타임 트래블러 외전

타임 트래블러 외전

1판 1쇄 찍음 2017년 2월 20일
1판 1쇄 펴냄 2017년 2월 28일

지은이 윤소리
펴낸이 정 필
펴낸곳 (주)뿔미디어

편집장 박경희
기획 · 편집 이영은, 김수정

출판등록 2002년 9월 11일 (제1081-1-132호)
주소 경기도 부천시 원미구 소향로 17, 303(두성프라자)
전화 032)651-6513   팩스 032)651-6094
E-mail bbulmedia@hanmail.net
비북스 http://b-books.co.kr

ISBN 979-11-315-7761-5 04810
ISBN 979-11-315-7760-8 04810 (SET)

타임 브 래 블 러 외전

인연 · 윤소리 장편 소설

1권

Contents

민호 씨, 만약 내가 미래에서 온 민호 씨를 만나면 말이에요.

응.

민호 씨한테 미래의 민호 씨를 만났다고 이야기해 줄까?

왜?

민호 씨도 미래가 궁금할 거 아냐.

글쎄? 살다 보면 어차피 알게 될 걸 뭐.

그래도 바꾸고 싶은 순간이 있을 거 아니에요.

글쎄, 난 사랑하는 사람 잃는 걸 몇 번씩 겪고 싶지는 않은데. '미래에 뭔 일이 터져서 넌 불행해졌어.' 하고 말해 주면 그 미래를 바꿀 수 있나?

말한 사람 입장에선 과거니까, 어차피 바뀔 수 없죠.

그럼 불행을 10년, 20년 전부터 미리 알게 해 주는 것뿐이잖아. 넌 장차 몇 살이 되면 불행할 거야, 불행한 일이 생길 거야, 하고. 근데 난 그런 거 짊어지고 살기 싫은데?

음, 그래도 미래에 행복하다는 것 정도는 미리 알아도 좋지 않을까요?

크리스마스 선물이 뭔지 10년 전부터 미리 아는 게 좋아, 크리스마스가 되어서야 아는 게 좋아?

말 안 할게요. 절대.

그런데, 나 늙어서도 예뻐?

……몰라요.

프롤로그
불면증
by. 박윤이

내 불면증은 해묵은 것이다. 어렸을 때부터 나는 잠을 잘 이루지 못하는 예민하고 까다로운 아이라고 했다. 아버지를 닮아서 그럴까? 아버지도 젊은 시절, 오랫동안 불면증에 시달리셨다고 들었다. 아버지의 불면증은 결혼으로 종언을 고하게 됐는데, 어머니의 수면 호르몬(?)이 너무 강력해서 주변을 초토화할 지경이라 얼결에 구원을 얻게 되었노라 하셨다. 너도 부러우면 빨리 장가를 들지? 하는 어머니의 말씀은 어쩐지 약을 올리는 것 같다.

아직 열다섯 살인 나에게 결혼이라는 방법은 조금 이른 듯하다. 그렇다고 어머니의 '초강력 수면 호르몬' 덕을 보겠다는 건 아버지께 죄송한 일이었다. 별수 없이 힘이 쭉 빠질 때까지 운동을 하거나, 저녁마다 뜨거운 우유나 라벤더 차를 두세 컵씩 마시고 침대에 들어야만 했다. 그래도 불면의 밤은 주기적으로 되풀이됐다.

잠자는 것이 두려웠다. 어릴 때부터 어둠 속에서 형체를 알 수 없는 덩어리가 목을 조르는 악몽에 종종 시달렸기 때문이었다. 아기였을 때는 갑자기 불에 덴 듯 경기를 일으키기도 했고, 멀쩡히 자다가 갑자기 입술이 퍼렇게 될 때까지 울기도 했다 들었다.

무던한 동생들은 바닥에 등만 대면 일 분도 되지 않아 곯아떨어지는데. 동물들은 겨울잠도 잘 잔다는데. 아니, 뭐 몇 달간 이어지는 겨울잠까지는 안 바란다. 하다못해 하룻밤 다섯 시간의 숙면이라도 취할 수 있으면 얼마나 좋을까. 새벽 세 시까지 잠을 못 자고 뒤척이며 나는 개구리와 불곰과 동생들을 부러워하곤 했다.

'오늘 밤도 틀렸나?'

두 시를 알리는 시계 소리가 희미하게 들린다. 결국 자는 것을 포기하고 일어나 앉았다. 더 버티는 게 미련한 짓인 건 경험으로 잘 안다.

수장고에 들어가서 낡은 이불을 꺼냈다. 붉은색 공단에 꽃과 나비가 화려하게 수놓인 것으로, 부모님의 소장품이자 내 어린 시절의 애착물이었다. 조선 중기 유물이라 들었는데, 내가 사용하며 목화솜과 홑청을 두어 번 갈았기 때문에 유물로서의 가치가 많이 떨어졌다. 그래도 불면의 고통을 잘 아는 아버지께서는 크게 잔소리를 하지 않으셨다. 이 낡은 이불은 불면증에 시달리는 박윤이를 죽은 듯이 잘 재우던 전설의 물건이기 때문이었다.

다섯 살의 박윤이는 이 이불에 꽤 집착한 듯했다. 여행을 갈 때마다 이 이불부터 챙겼고, 유치원에 갈 때도 가지고 가겠다 고집을 부리기도 했단다. 악몽 대신 꿀잠을 잘 수 있었을 테니 당연히 그랬을 것이다. 이 신통한 물건은, 오전 내내 멍하고 몽롱한 상태로 만드는 수면제나 수면 유도제보다 훨씬 효과가 좋았다.

다만 이 이불에는 작은 부작용이 있다.

이 이불을 덮으면, 가끔 이상한 꿈을 꾸곤 한다.

컴컴한 어둠 속, 사방팔방 뻗은 방사형의 거미줄이 보인다. 나는 거미처럼 그물의 한가운데 앉아 눈에 보일 듯 말 듯 희미하게 반짝이는 실을 눈으로 한참 더듬곤 했다. 실의 끝은 캄캄한 어둠 속으로 길게 이어져 있었다. 나는 그 끝을 잡아먹은 어둠이 항상 무서웠다.

어느 순간, 편안하고 따뜻한 목소리가 스며들어 온다. 어머니의 목소리보다 훨씬 맑고 다정한, 혹은 달래는 듯한 노랫소리다. 달그락, 달그락, 하는 규칙적인 소리와 함께 들리는 그 노랫소리는 따뜻한 온천물처럼 졸졸 흘러와 몸을 부드럽게 휘감는다.

바람은 솔솔 부는 날, 구름은 둥실 뜨는 날
월궁에 놀던 선녀님이 옥황님께 죄를 짓고
인간으로 귀양 와서 좌우 산천 둘러보니

천천히 마음이 가라앉는다. 조용히 귀를 기울이며 소리가 나는 방향으로 고개를 돌려 그 방향으로 연결된 거미줄을 더듬어 보노라면, 어느덧 노랫소리가 점점 선명해진다.

베틀 놓세 베틀 놓세 옥 난간에 베틀 놓세
앞다릴랑 돋워 놓고 뒷다릴랑 낮게 놓고

구름에다 잉아 걸고 안갯속에 꾸리 삶아
앉을개에 앉은 선녀 양귀비의 넋이로다

나는 어느덧 노란 불빛이 조그맣게 일렁이는 공간에 동그마니 앉아 있다. 아늑하고 편안한 느낌에 빙그레 웃음이 나온다.

이 비밀스러운 공간에 누가 먼저 와 있는지 잘 안다.

짙은 어둠에 잠식된 자그마한 공간은 항상 그윽하고 신비로웠다. 외부로 통하는 작은 창이 한 뼘쯤 열려 있을 것이고 그곳으로 작은 별들이 총총히 보일 것이다. 그리고 그 어스레한 공간 속에 머리를 길게 땋아 붉은 댕기를 드린 소녀가 새하얀 옷을 입고 노란 빛살을 받으며 앉아 있을 것이다.

앉아 있는 뒷모습만 보아도 마음이 녹는 것 같다. 소녀의 옷이 바스락대는 소리, 소녀가 가볍게 웃는 소리가 들릴 때마다 심장이 설탕에 절여지는 듯했다.

기억이 닿는 가장 어렸을 때부터, 그녀는 꿈속에 존재했다. 나는 신비한 그 소녀와 아늑하고 평화로운 그녀의 공간을 몹시 사랑했지만, 한편으론 그것이 꿈이라는 것도 항상 자각하고 있었다.

내가 공기 중에 스며드는 것처럼 자리에 가 앉으면, 소녀가 눈을 든다. 복숭아꽃처럼 발그레한 뺨, 봉숭아 꽃물을 들인 것처럼 붉고 매끄러운 입술, 그 모습을 볼 때마다 가슴이 두근거린다. 살구씨처럼 동그란 눈이 깜박, 하며 나와 시선을 맞추고 나면, 소녀는 볼우물이 쏙 패도록 웃은 후, 다정한 목소리로 말을 건넬 것이다.

"우리 아우님 왔구나. 또 코코 꿀잠 주무시려고 여기까지 오셨는가? 누나가 자장자장 재워 줄까?"

소녀는 나를 여러 가지 이름으로 불렀지만, 그중에 우리 아우님, 하고 부를 때의 목소리가 가장 달았다. 우리 아기님 오셨는가. 우리 아우님 오셨는가. 자자, 꿀잠 자자, 코코 자자, 하며 달래는 소녀는, 어떤 때는 어른처럼 성숙한 분위기였고, 어떤 날은 갓 열 살이나 되었을까 싶게 어려 보였다. 하지만 아이처럼 천진하면서도 엄마처럼 넉넉하고 포근한 분위기는 항상 공존하고 있었다.

내가 부드럽고 안온한 분위기에 젖어 가물가물 졸기 시작하면 소녀는 나를 향해 웃어 보이며 아까 부르던 노래를 나직나직 이어 갔다.

아미를 숙이시고, 나삼을 밟아 차고
부티 허리 두른 모습 만첩산중 높은 봉에 허리안개 두른 듯이
북이라고 나는 양은 청학이 알을 품고 백운간에 드나드는 듯
바디집 치는 양은 아양국사 절 지을 적에 전목 거는 소리로다

꿈속에서 나는 항상 그녀의 사랑스러운 동생이었고, 일곱 살, 열 살, 다섯 살, 혹은 아주 어린 갓난쟁이였다. 나는 일렁이는 노란 불빛이 동그랗게 만들어 낸 공간과, 웃음을 담은 동그란 얼굴에서 따스함을 느꼈고, 맑고 정겨운 노랫소리에 감싸여 편안했다.

잠에서 깨면, 꿈의 내용은 대부분 잊게 된다. 소녀가 했던 자자분한 이야기 역시 반나절도 가기 전에 대부분 기억에서 사라지곤 했다. 하지만 소녀의 부드러운 목소리와 단조로운 노랫가락, 그리고 나에게 보여 주던 웃음만큼은 끝까지 남았다. 눈을 감고 소녀의 모

습을 떠올릴 때마다 가슴이 따뜻해지고 입안엔 달콤한 물이 고였다.

단순히 꿈이라 치부하기엔 너무 선명하고, 믿을 수 없을 만큼 오래 반복되는 꿈. 그래서 나는 소녀의 꿈을 꿀 때마다 숙면의 달콤함을 한껏 만끽하면서도 항상 마음 한구석이 찜찜했다.

그 소녀는 누구일까?

그저 무의식이 만들어 낸 꿈속의 인물일까? 아니면 어느 시간엔가 실재했던 인물일까?

……실재했던 인물이라면, 난 드리머일까?

시간 여행 연구회의 송석 숙부께 듣기로, 잠을 자는 동안 의식 혹은 무의식이 다른 시공을 여행하는 자들을 드리머라 한다고 했다. 드리머들은 몸이 실제로 시공을 오가는 건 아니라서 엄밀히 따지면 일반인으로 분류된다는 말씀도 하셨다.

그렇다면 내 의식 혹은 무의식은 다른 시공에 있던 소녀를 꿈에서 만나고 있었던 걸까?

안타깝게도 정확히 알 수는 없었다.

나는 형제 중 유일하게 시간 여행을 하지 못한다. 아버지, 아니 60억 인구 대부분과 마찬가지로 '일반인'이다. 아버지는 시간 여행을 하지 못하는 것에 아무런 콤플렉스가 없었지만 나는 아니었다. 말을 하기 전부터 시간 여행을 하는 바람에 어머니 아버지를 노심초사하게 한 윤삼이나 윤오, 어머니 이상으로 능숙하게 시공을 찾아다니는 윤식이 같은 동생들 사이에서, 나는 심한 열등감에 시달렸다. 동생들이 시간 여행을 위해 길을 찾아다니는 이야기를 할 때면 시각 장애인이 일곱 색깔 무지개에 대해 설명을 듣는 기분이 되었다. 나는 옛 물건과 연결되어 있다는 길을 볼 수 없었고, 가끔 어스름하게 무엇을 느낀다 해도 그 길을 따라 몸을 옮길 수 없었다. 그 모든 것이 끔찍하게 두렵고 숨이 막혔다.

'선택과 집중. 랜덤 발현.'

시간 여행자들의 데이터를 오랫동안 분석해 온 송석 숙부님은 시간 여행 능력의 발현에 대해 그렇게 요약하셨다. 시간 여행 능력은 무작위로 나타난다 알려졌는데, 본능과 직감이 좋은 사람일수록 능력이 배가되고, 능력이 자녀에게 유전되는 경우는 뛰어난 트래커의 경우에만 한정적으로 보고되었다고 한다. 특히 쌍생아의 경우, 일란성이든 이란성이든, 두 쌍둥이든 네 쌍둥이든 어김없이 딱 한 명에게만 능력이 발현되는 것으로 미루어 보아, 시간 여행 능력의 유전력은 매우 선택적이고 집중적인 성향을 가지고 있는 게 확실하다 결론을 내리셨다. 어머니의 능력을 이어받지 못한 것 역시 전혀 이상한 일이 아니니 속상해하지 말라는 위로도 항상 잊지 않았다.

하지만 형제 전원이 트래커인 상황에서는 전혀 위로가 되지 않았다.

아버지는 내가 괴로워하는 것을 딱하게 여기신 듯, 어릴 때부터 나에게 각별하게 신경을 써 주셨다. 동생들은 시간 여행 능력이 없어도 사는 데 아무 지장 없다 했고, 어머니 역시 시간 여행이야말로 생존에 심대한 마이너스 요소라고 하셨지만, 그 역시 전혀 위로가 되진 않았다.

드리머일 가능성은 있지만 큰 의미는 없었다. 몸이 과거로 진입하지 못하는 드리머는 시간 여행자가 아닌 일반인에 불과했다. 시간 여행 연구회에서조차 드리머는 일반인으로 분류되었다.

사실 드리머인지 아닌지조차 확실하지 않잖아.

깜깜한 어둠 속에서 나는 실소했다.

"아아아, 아악, 아아아아!"

날카로운 비명이 터졌다. 익숙한 목소리?

황급히 사방을 둘러보았다. 예의 그 꿈에 들어온 것은 맞는 것 같은데?

하지만 오늘은 내게 익숙한, 포근하고 따스한 어둠이 아니었다. 무시무시한 어둠이 태산처럼 사방을 내리누르고 있었다.

맙소사.

호롱불조차 어둠에 잠식된 생소한 공간, 어깨가 우람하고 등의 근육이 우락부락 다져진 사내 하나가 웃통을 모조리 벗은 채 소녀의 다리 사이에 앉아 있다. 아니, 소녀의 다리를 두 손으로 벌린 채 앉아 있다. 사내의 울퉁불퉁한 등으로 땀이 줄줄 미끄러진다. 치마는 이미 허벅지 위로 기어 올라갔다. 버둥대는 다리와 흰옷은 이미 피투성이였고, 방인지 창고인지 알 수 없는 공간의 바닥은 흩어진 짚더미로 엉망진창이었다. 이미 방에선 피비린내가 왈칵 풍겼다.

"싫어, 아아, 아파! 하지 마아! 제발, 살려, 살려 주세……! 아악, 아아아!"

소녀가 몸부림을 칠 때 희고 가는 다리가 허공에서 펄쩍대고 퉁겼다. 소녀의 다리 사이에 자리를 틀고 앉은 거한은 소녀를 짜부라뜨릴 듯 짓누르며 몸을 꿈틀거린다. 아아, 제발! 그냥 죽여 줘! 소녀의 울부짖음 사이로 스며드는 밭고 거친 그의 날숨소리에 소름이 끼쳤다.

저, 죽일!

어금니가 까드득 갈렸다. 저 몹쓸 사내가 작은 소녀에게 무슨 짓을 하는지 바로 이해했다. 머릿속이 말갛게 지워졌다. 벌떡 일어나 웃통을 벗고 있는 사내에게 다가갔다.

"뭐야! 아무도 들어오지 말라 했잖아!"

짐승 같은 사내가 고함을 지른다. 봉두난발로 흩어져 얼굴을 뒤덮은 머리카락 사이로, 벌그레하게 핏발이 선 눈과 텁수룩한 수염, 그리고 피가 맺혀 시뻘게진 입술이 보인다.

악귀다. 사람을 잡아먹으러 기어 올라온 무간지옥, 무저갱의 악귀야.

주먹을 움켜잡은 채 우들우들 떨었다. 땀으로 번질번질 젖은 그의 등짝을 보니 속에서 무시무시한 살기가 끓어올랐다.

죽여 버리겠어. 죽여 ……버리겠어!

그녀를 범하는 사내를 칼로 찍고, 몽둥이로 박살을 내서 죽여 버리고 싶었다. 하지만 내 손에는 아무것도 없었다. 입술을 꽉 물고 그의 소매를 움켜잡자, 그는 소녀의 몸을 짓누른 채 팔을 휘둘렀다.

"안 들려? 썩 꺼지라니까!"

퍽! 가슴에 쇠망치로 맞은 듯한 격통이 일었다. 몸이 붕 날아가 벽에 부딪혔다. 꿈속에서의 나는 허약했고, 악귀 같은 사내의 힘은 엄청났다. 눈앞이 새까맣게 물든다.

"나 좀 살려, 살려 줘, 제발 그만…… 아악, 아아아!"

간신히 눈을 뜨니, 소녀의 눈이 커다랗게 벌어진 것이 보인다. 소녀가 나를 알아보았다. 소녀의 달싹이는 입술에서 동생, 동생이 왔다 하는 애처로운 말이 읽힌다. 사내의 팔을 움킨 소녀의 손에서, 살려 달라, 제발 나를 구해 달라는 비명이 읽힌다.

"잠깐만, 잠깐만요! 제가 구해 드릴……!"

꿈속의 나는 이를 악물고 자리에서 일어나 그녀를 향해 손을 뻗었다. 뻗으려 했다.

제가 구해 드릴게요, 조금만 기다리세요. 제가, 제가 무슨 수를 써서라도 당장…….

"형! 형! 윤이 형!"

익숙한 목소리가 귓가에서 터진다. 몸이 앞뒤로 크게 흔들렸다.

"형! 괜찮아? 정신 차려!"

눈을 번쩍 떴다. 침대 위 칸에서 자고 있던 윤식이가 두 손으로 내 팔을 붙잡고 있는 모습이 보였다. 어느새 창문이 희부옇게 밝아 오고 있었다.

아아, 역시.

일어나 머리를 흔들었다. 긴 한숨이 흘러나왔다.

가슴이 아팠다. 아니, 온몸이 두드려 맞은 것처럼 아팠다. 가장 아픈 곳은 눈이었다. 눈 안쪽이 너무 욱신욱신 쑤셔서, 두 손으로 눈을 감싸 눌러야 했다.

지금 꿈속으로 돌아가야 하는데. 저 소녀를 구하러 가야 하는데.

……저런 끔찍한 일을 겪게 두어서는 안 되는데.

내가 만약 드리머라면, 누나처럼 다정하고 엄마처럼 포근했던 저 소녀는 생의 어느 순간에 저렇게 끔찍한 일을 당하게 된다는 의미였다. 어쩌면 저리 강간을 당한 후 구해 주는 사람 하나 없이 살해당할지도 모른다. 소녀의 비명을 떠올리기만 해도, 바로 숨이 턱 막힐 지경이었다. 나는 꿈속의 소녀가 그런 참혹한 꼴을 겪는 것을 견딜 수 없었다.

혹여 그녀를 다시 볼 수 없게 된다면?

눈이 다시 심하게 욱신거린다. 나도 모르는 결에 손가락이 축축하게 젖어 들기 시작했다.

"구하러…… 갈게요. 기다려요. 내가 어떻게든, 어떻게든 다시 꿈속으로 찾아가서 구해 줄게요. 제발, 죽지만 말고 기다려요."

하지만 그날 이후, 내 무의식은 더 이상 소녀의 꿈을 꾸는 것을 거부했다.

1-1

엄마, 전 어떻게 생겨났어요?

by.박운위

"엄마, 전 어떻게 생겨났어요?"

토요일 아침 식사 시간, 뭔가 하나도 알아들을 수 없는 '고상하고 우아한 대화'만 오가던 식탁이 갑자기 조용해졌습니다. 까만 나비넥타이를 매고 뻔드르르한 정장을 입고 앉아 있던 형들이 나이프랑 포크를 쥔 채 갑자기 돌멩이처럼 굳어 버렸고요. 아빠도 조금 긴장한 얼굴이 되었습니다. 제가 뭘 잘못 여쭤 본 걸까요? 하지만 엄마는 빙긋 웃으시면서 다정하게 물어보셨어요.

"글쎄? 우리 박윤위 어린이가 그게 갑자기 왜 궁금할까?"

"가람 반 친구들하고 어제 그 문제로 싸워…… 이야기를 나누어 보았거든요. 우리는 어떻게 생겨난 걸까?"

"어머나, 철학적이기도 해라."

엄마가 입을 가리고 호호호 웃으십니다. 아빠 앞이라고 자그마치 새끼손가락도 힘껏 폈습니다. 푸, 콜록콜록. 형들이 죄다 고개를 돌리더니, 냅킨으로 입을 가리고 기침을 합니다. 형들이 저런 모습을 보이는 건 뭔가 하고 싶은 말이 아주아주 많은데 참느라 그러는 거라고 했습니다. 저는 어린이용 포크를 내려놓고 바른 자세로 진지하게 여쭤 보기로 했습니다.

"어, 민지는 양배추밭에서 라푼첼이 생겼다고 했고요, 형기는 엄마가 다리 밑에서 주워 왔다고 했고요, 정수는 산타 할아버지가 선물로 동생을 갖다 준 거라고 했어요. 말이 다 달라요."

"워야. 아기는 엄마하고 아빠하고 결혼하면 저절로 생기는 거야."

제일 안쪽에 앉아 계시던 아빠가 나비넥타이를 고쳐 매면서 대답해 주셨어요.

저는 이럴 때면 기분이 조금 안 좋습니다. 아빠와 형님들은 제가 막내라고 무시하는 발언을 가끔 하십니다. 그게 아니라는 것 정도는 저도 안다는 걸 왜 모르실까요. 저는 일곱 살, 내년이면 학교에 들어갈 만큼 컸는걸요. 세상의 모든 것 중에서 저절로 생긴 것이 없다는 것 정도는 다섯 살 코끼리 반 동생들도 압니다.

"연두도 아빠랑 똑같이 대답했는데요, 형기가 아니래요. 같이 살던 삼촌이 결혼도 안 했는데 아기가 생겨났다고 아빠한테 두들겨 맞고 밤중에 쫓겨나는 걸 봤대요."

아빠의 얼굴이 우글쭈글 이상하게 변합니다. 아빠는 형들처럼 콜록대는 대신 헛기침을 하고 냅킨을 만지작만지작하십니다. 엄마는 눈을 예쁘게 빛내면서 물으셨지요.

"그래서 넌 뭐라고 말했니?"

"교미를 하면 생긴다고 했어요."

푸우우, 푸압. 형들의 입에서 아직 삼키지 못한 뭔가가 막 튀어나옵니다. 엄마의 눈이 커다래지고, 아빠 얼굴이 파랗게 변했습니다. 나는 무슨 말을 잘못한 것 같아 얼른 설명을 덧붙였습니다.

"접때 큰형한테 선물 받은 자연과학 생명의 신비 책을 보니까요, 포유류 동물들은 새끼를 낳으려면 수컷과 암컷이 만나서 교미라는 걸 한대요. 그리고 사람은 포유류라고 나와 있었고요. 그래서 저는 포유류 남자 사람하고 포유류 여자 사람하고 교미라는 걸 해서 새끼를 낳는 거라고 했어요. 그런데 엄마, 교미가 뭔가요?"

윤이 형은 입을 가린 채 막 기침을 했고 윤식이 형은 포크로 식탁을 두드리면서 신나게 웃었습니다. 보통 때 식사 시간은 조용조용 이야기하고 조용조용 밥을 먹는데, 가끔 제가 알지 못하는 이유로 화산이 폭발할 때도 있습니다. 그리고 대부분 화산을 터뜨리는 건 윤식이 형님입니다.

"큰형! 형이 책임져! 그런 불온서적을 사 준 건 형이니까 형이 애 성교육 책임지라고!"

다른 형들도 식탁을 두드리면서 형이 책임져, 형이 책임져! 하고 외쳤습니다. 어쩐 일인지 엄마도 킬킬 웃으십니다. 아빠와 큰형의 얼굴만 점점 고릴라 삼촌을 닮아 갑니다.

"윤식이 조용히 해라. 어디 초딩이 그런 얘길 함부로 해."

"아 왜 언론을 탄압해, 이 독재자야! 큰형이면 다야? 난 조금 있으면 중학생이란 말이야. 말이야 바른말이지 해맑은 유치원생한테 그런 몹쓸 책을 사 주다니. 그런 19금 어휘가 창궐하는 책을, 아야! 형! 때리지 좀 마! 아빠, 아버지! 형이 연약한 초등학생을 때려요! 저 돌

주먹에 한번 맞으면 대퇴골이 나가! 으아이고!"

"형, 윤팔이한테 점수 따려고 몰래 사 준 거지? 애 버릇 나빠진다고 하지 말라더니 완전 비겁했어. 그러니까 형이 책임지고 교육시켜!"

제 이름은 박윤위인데 제가 태어나기도 전에 형들이 머리를 맞대고 정성껏 지어 준 이름입니다. 그래 놓고 형들은 저를 윤팔이나 똥팔이라고 부릅니다. 저도 윤위보다는 윤팔이 똥팔이라는 이름이 더 재미있고 좋습니다.

"맞다, 윤이 형 전공도 생명공학이잖아. 생명 탄생의 신비를 널리 알려서 세상을 널리 이롭게 해야지! 홍익 성교육 몰라?"

큰형은 얼마 전에 미국에 있는 아주아주 유명한, 이름은 까먹었는데, 어쨌든 그런 대학의 생명공학과에 입학 허가가 났습니다. 그래서 기념으로 '생명의 신비'를 저에게 사 준 거였습니다.

그런데 그거 사 줬다고 홍보는 형님들도 사실 할 말은 없습니다. 형님들은 자기한테 무슨 좋은 일이 생기면 꼭꼭 저한테 뭔가를 사 주면서, 남들이 사 주면 애 버릇 나빠진다, 애한테 인기 관리 한다고 욕을 합니다. 엄마 아빠도 좋은 일이 생기면 저한테 뭔가를 사 주시면서 서로 애 버릇 망친다고 뭐라 하십니다. 늦둥이 막내니까 이러는 건 절대 아니라고 하고, 귀여워서 그러는 것도 절대 아니라고 하고, 행운의 마스코트라서 그러는 것도 절대 아니라 하니,—아빠가 꽁꽁 묶어 둔 뭔가를 풀어서 빛을 본 놈이니 억수로 재수 좋은 놈이래요. 그런데 그게 무슨 뜻인지는 잘 모르겠습니다.— 다들 저한테 왜 그러는지는 정말 모르겠습니다. 하여튼 큰형이 소변을 한 컵은 마신 얼굴로 소곤소곤 알려 줍니다.

"교미는 동물들의 짝짓기를 말하는 거야."

"짝은 어떻게 짓는 거야, 형? 선생님이 짝꿍 정해 주시는 거랑 비슷한 거야?"

"아니, 어른이 돼서 결혼하는 거랑 비슷해."

"그렇지만 아까, 형기네 삼촌은 결혼 안 하고도 아기가 생겨나서……."

"음, 여자 친구 사귀는 것과 더 비슷한가? 그런데 위야, 이런 이야기는 식사할 때 안 어울리는데. 나중에 엄마 아빠한테 가서 여쭤 보면 안 될까?"

큰형은 내키지 않는 얼굴로 대답했습니다. 고개를 갸웃하던 나는 큰형님에게 몹시 매너 없는 질문을 한 것을 깨달았습니다. 큰형님의 콤플렉스를 건드린 것이죠.

큰형은 연애고자입니다.

물론 큰형은 굉장히 잘생겼고, 굉장히 힘도 세고, 목욕을 한 다음에 다 찢어진 수건 한 장만 두르고 나와도 참 멋집니다. 저는 그런 형을 보고 있으면 좋아서 헤헤 웃음도 나고, 침도 조금 나옵니다. 그러면 큰형은 주변을 둘러보고 다른 형이 있으면 "박똥팔, 뭘 바보처럼 웃고 그래?" 하고, 아무도 없으면 머리를 쓰다듬어 주면서 "귀여워, 우리 강아지, 귀여워." 하면서 업어 주고 서랍에 숨겨 놓은 과자도 몰래 줍니다. 그리고 머리도 굉장히 좋아서 해마다 4만 원씩 벌금을 내야 할 정도입니다.—이건 윤식이 형이 비밀이라면서 몰래 가르쳐 준 정보입니다. 다른 사람의 뇌세포를 많이 빼어 간 사람들에게 멘사라는 회사에서 해마다 4만 원씩 벌금을 물린다고 해요. 학생은 4만 원, 어른은 5만 원입니다.—

그런데 그런 형님에게 아직 여자 친구가 없습니다. 태어나서 지금까지 19년이나 살았는데 유치원 시절부터 한 번도 생겨 본 적이 없다고 합니다. 그런 형에게 제가 무례하게도 교미에 관해서 물어본 것이죠. 항상 즐거워야 할 식사 시간에 형님의 자존심을 크게 상하게 할 만한 짓을 한 겁니다.

하지만 형의 말대로 아빠 엄마한테 여쭤 볼 수도 없을 것 같습니다. 아빠도 결혼 전까지 여자 친구가 단 한 명도 없었다고 하셨거든요. 엄마는 '난 그래도 연애는 해 봤다!' 고 눈을 부릅뜨고 우기시는데, 다들 콧방귀를 뀌는 걸 보면 그것도 별로 믿음이 가지는 않습니다.

그래서 형님들은 연애 사업이 잘 안 될 때마다 저에게 와서 하소연합니다. 야, 박윤팔. 네가 DNA의 무서움을 아냐? 연애고자끼리 결혼해서 태어난 자식들의 운명을 아냐? 잘나신 큰형까지 저 꼴인 걸 보면 우린 꿈도 희망도 없어. 똥팔이 너도 형님의 좌절을 이해할 날이 머지않았다.

어쩐지 형님들에게 미안한 마음이 들어 얼른 큰형에게 눈을 찡긋했습니다.

"응, 큰형, 미안해. 그럼 모르는 건 나중에 아빠한테 여쭤 볼게."

"그래, 그리고 교미란 말은 동물들한테 쓰는 말이고, 사람한테는 안 쓰는 거야."

"그럼 사람들의 교미는 뭐라고 해?"

식탁은 아주 조용해졌습니다. 형님들의 목구멍에서 침이 꼴깍거리고 눈이 반짝거립니다. 겁이 나서 두리번거리니까 엄마와 아빠는 뭔가 머리가 터지게 고민을 하고 계십니다. 큰형이 결투를 앞둔 기사처럼 굉장히 엄숙하게 대답했습니다.

"……사랑한다고 하지."

어쨌든 식탁은 여전히 조용했습니다. 저는 형을 말끄러미 올려다보았습니다. 사랑한다는 말은 엄마 아빠, 그리고 큰형에게 정말 많이 듣는 말입니다.

"형, 그럼 동물로 치면 형은 나하고 교미를 하는 거야? 그럼 아기는 언제 생기는 거야?"

형님들의 손에서 포크와 나이프가 우르르 떨어졌습니다. 윤식이형이 벌떡 일어났습니다.

"아 형, 아빠, 진짜 이게 뭘 감출 일이라고. 물어볼 때 제대로 알려줘야 쓸데없는 호기심이 안 생기죠! 그래, 박똥팔! 이 형이 알려 주마. 사람은 교미가 아니라 성교! 섹ㅅ…… 악!"

용감하게 진실을 밝히려던 윤식이 형은 윤이 형한테 걷어채어 의자 아래로 굴러떨어졌습니다. 악, 악악! 헐크가 연약한 초등학생을 친다! 사람 살려! 연약한 초딩 좋아하시네. 낼모레면 징그러운 중딩이! 어디서 발라당 까져 가지고! 형들은 순식간에 패가 갈려서 왁왁 소리를 치기 시작했습니다. 야동, 성교육, 나이, 호기심, 정자, 난자, 피임, 그리고 뭔가 알 수 없는 낱말들이 막 날아다녔습니다. 형들은 무슨 중요한 일 때문에 '은폐봉인파'와 '홍익공유파'라는 두 패로 갈라져 있는데 걸핏하면 지금처럼 싸워 댑니다.

엄마가 벌떡 일어나서 벼락처럼 고함을 질렀습니다.

"새끼들아! 밥 먹는데 이게 무슨 짓이야! 조용히 안 하면 기합이야!"

"그치만 엄마, 윤이 형이! 저 무식하게 힘만 센 깡패가!"

"어머니! 윤식이가 아직 어린 막내한테 그런 말을 하도록 둘 수는……."

"엄마, 나는 아무 짓도 안 하고 정당방위만 했어. 큰형이랑 똥삼이 형이 먼저 때렸어!"

"엄마, 윤사가 이 틈에 내 고기 훔쳐 먹어서 때린 건데! 저 얍삽한 새끼! 현행범이란 말이야, 아야, 엄마아!"

"닥치고 다 내려가서 엎드려뻗쳐!"

싸르르 다시 침묵이 내려앉았습니다.

큰형이 한숨을 쉬더니 꼬리가 긴 겉옷을 벗어서 의자에 잘 걸어 놓고는, 구석에 가서 엎드려뻗쳐를 합니다. 형들은 접시 위에 있는 걸 손으로 얼른 집어서 허겁지겁 입에 틀어넣고 큰형 옆에 가서 똑같이 따라 합니다. 하지만 입에 있는 걸 다 삼키고 나서는 또 구시렁구시렁 욕을 하고 엎드린 채 밑으로 주먹질을 하고 한 발로 옆의 형들에게 발길질도 합니다. 엄마가 드디어 슬리퍼를 벗어 듭니다.

"새끼들아 입 안 다무냐? 동작 그만!"

"……."

"내가 아들 일곱 키우면서, 팔에 붙느니 근육이고 입에 붙느니 욕이구나, 엉? 나 결혼 전엔 바른 말 고운 말밖에 안 쓰던 사람이었는데 너희들이 욕을 벌고 매를 버는구나, 엉?"

저는 슬리퍼 스매싱을 당해 본 적은 없는데 큰형은 하나도 안 아프다고 하고, 윤식이 형은 똥꼬가 째지게 아프다고 합니다. 어쨌든 형님들의 엉덩이에서 벼락 치는 소리가 납니다.

저는 어린이용 키높이 의자에 앉은 채 훌쩍훌쩍 울었습니다. 저는 그냥, 내가 어떻게 생겨났는지 조금 궁금했을 뿐입니다. 형들이 이렇게 싸우고 얻어터지는 걸 바랐던 게 아니었어요. 형들한테 너무너무 미안했습니다.

"우리 위야는 아빠랑 밖으로 나가자."

식사를 마친 아빠가 저를 안고 식당 밖으로 나오셨습니다. 아빠 엄마는 한 분이 형들을 야단치면, 다른 한 분은 말리는 대신 나머지 형들과 저를 데리고 밖으로 나옵니다. 그렇게 약속이 되어 있는 것 같습니다. 아빠는 목에 두른 냅킨으로 제 눈물을 닦아 주셨습니다.

"네가 어떻게 생겼는지 궁금했어?"

아빠가 이마에 입을 맞춰 주며 빙그레 웃으십니다. 저는 형들이 또 혼날까 봐 얼른 고개를 저었습니다.

"안 궁금해요. 절대 안 궁금해요."

거짓말입니다. 형들이 저래서 더 궁금합니다. 저는 작전을 조금 바꿨습니다.

"하지만 윤이 형은 어떻게 생겨났는지 궁금해요. 저렇게 잘생기고 힘도 세고 멋지고 남의 뇌세포도 막 갖다 쓰는 사람은 어떻게 생겨나요?"

"윤이? 이번엔 윤이냐?"

아빠는 고개를 들고 막 웃으셨습니다. 대답을 제대로 할까 넘길까 고민하시는 것 같더니 결심한 듯 한마디 하셨습니다.

"엄마는 잘 모르시겠지만, 위야."

"예."

"……아빠가 죽을 만큼 열심히 노력했단다."

"예?"

33

"자자, 오늘은 여기까지. 엄마나 윤이 형한테 따로 물어보지 않기다?"

아빠는 다시 저를 꼭 끌어안고 이마에다 뽀뽀해 주셨습니다. 아빠의 웃음소리가 귀에서 간지러웠습니다.

어떤 사나이의, 임신에 관한, 이상한 로망

"이레야. 왜?"

앤드류가 전화기를 손으로 감싸 잡고 목소리를 낮춘다. 맞은편에 앉아 있던 이완은 이마를 지그시 찌푸렸다.

'눈꼴시다, 눈꼴시다, 눈꼴시다!'

강력한 암흑의 오라에 앤드류의 목소리가 한 겹 더 작아진다. 하지만 시기가 시기이니만큼 바로 전화를 끊지 못하리란 건 알고 있다.

"몸 괜찮아? 밥은 잘 먹고 있고? 일찍 퇴근? 오늘은 안 되지. 인사동은 주말 대목인데. 대신 평일에 쉬잖아. 회사 다니는 남자들은 1주 내내 야근에 절야도 얼마나 많은데. 아아, 일있어, 그래그래, 미인하다니까? 응응, 알았어. 우리 자기한테 뭘 사 갈까?"

'그따위 꽁냥질은 문자로 해! 멀쩡한 손가락은 뒀다가 어디에 써,

엉? 이 공공의 적들아. 민폐야, 그것도 소음 200데시벨급의 거대 민폐라고!'

이완의 얼굴이 점점 험상해지는 만큼 앤드류의 목소리는 바닥에 납작 달라붙는다.

"아니, 어젯밤에 사 갔잖아. 그, 그게! 안 사 가고 싶어서 안 사 간 게 아니야. 아, 글쎄 애정이 식은 게 아니고 그 닭발집이 망해서 문을 닫았다니까. 그래서 다른 집의 것을 사 간 것뿐이라고! 속인 게 아니라니까! 이, 이레야, 왜 울어. 왕후장상의 닭발이 따로 있냐. 어후, 미치겠네! 야, 박이레! 아무 닭발이라도 먹으면 되지 왜 울어, 야!"

소리를 빽 높이던 앤드류는 땀을 삐질삐질 흘리며 입을 틀어막고 이완의 눈치를 본다. 이완은 괜찮아 괜찮아, 하며 손을 저어 주는 대신 팔짱을 낀 채 대놓고 콧방귀를 뀌었다.

온갖 눈치를 준 끝에 저 공공의 적이 간신히 전화를 끊나 했더니 이번엔 출입문 쪽에서 새로운 지뢰가 터진다.

"엄머 자기야아, 열한 신데 왜 벌써 일어났어, 무슨 일이야아?"

대장 고릴라의 애교 작렬 목소리가 사무실을 가로지른다. 저 '공공의 적 2'는 왜 자기 사무실에 붙어 있지 않고 허구한 날 이곳에 와서 얼굴을 들이밀고 야단이냐.

"오호홍 오호홍, 아 글쎄 말을 해야 알지, 말도 안 하는데 어떻게 알아. 내가 천리안도 만리안도 아니고?"

대장 고릴라의 대화도 평시와 다름없이 앤드류와 비슷한 수순을 밟기 시작하는데, 고릴라는 앤드류만큼의 눈치까진 없어서, 어느덧 목소리가 점점 커지기 시작했다.

"아 글쎄 뭘 원하는지 말을 해야 알 거 아냐!"

지지난달 이레 씨와 앤드류가 결혼했다. 지난달엔 선정 씨와 진송석 실장이 결혼했다. 짝을 찾으려고 그렇게 긴 세월 발광하던 인간들이, 이런 게 바로 인연이었어용 운명이었네용 어쩌고 하면서 너무나도 태연하고 재빠르게 결혼식까지 해치웠다.

이완은, 민호 씨에게선 기대하기 어려운 꽁냥질 염장질을 매시간 자행하는 두 커플이 몹시 못마땅했다. 게다가 '나는 민호 씨와 결혼할 때 산전수전 우주전까지 골고루 치렀는데 저것들은 어째 쥐똥만 한 장애물 하나 없이, 어찌 저리 미끈미끈 결혼까지 넘어갈 수 있지?' 하는 데 생각이 닿고 보면 사뭇 심통스러워지고 만다.

굳이 이유를 찾자면 속도위반이라는 변수가 있긴 했다. 실수인지 미필적 고의인지 어쨌든 둘 다 애가 덜컥 생겼고, 두 여자 모두 목하 맹렬 입덧 중이다. 물론 결혼하려고 마음먹은 판에 애가 생겼으면 속전속결이 정답이긴 하다. 그래도 억울하다는 생각은 사라지지 않는다. 우리도 확 속도위반을 해서 덜컥 애라도 만들어 버렸으면 그 고생을 안 하고 저것들처럼 수월하게 결혼했으려나?

"형님."

쓰게 웃던 이완은 흠칫 소스라쳤다. 고릴라의 험상한 얼굴이 코앞으로 다가들었다. 시커먼 얼굴이 더 시커멓게 죽어 있었다. 이완은 저놈의 '형님' 소리를 들을 때마다 간이 오그라드는 것 같았다. 하지만 하지 말라 했다간 '매형'으로 호칭이 바뀔 것 같아 산넝이가 쥐눈이콩이 되도록 내버려 두고 있다.

"제가 돈이 없어서 안 사 준다는 게 아닙니다."

"그렇지. 남대문 큰손 진 여사의 외아들께서 돈이 없을 리가."

"이러지 마십쇼 형님. 어머님은 원래 소녀 같고 공주 같던 분이었습니다. 우리 선정 씨처럼요."

"……그러시겠지."

일수 장사로 시작해서 남대문 큰손, 보름달 나이트, 반달 카바레, 명월 주점 등 문어발 물장사로 남산 큰누님 소리까지 들었다는 분이시니, 아무렴 당연히 소녀 같고 공주 같으셨겠지.

"공주 같았죠! 제가 실종되고 나서 어머니는 식음을 전폐하고 홀짝홀짝 흐느껴 우셨는데, 눈물을 나이아가라 폭포처럼 철철 흘리셨단 말입니다. 그 덕에 한강 수위가……."

"알아. 10미터 높아졌다고."

이완은 얼른 말을 끊었다. 물장사 이름값을 하셨네, 쏘는 말이 목젖까지 치미는 것은 간신히 삼켰다.

"그렇죠. 전설의 10미터! 그러면서 하느님, 부처님, 알라신, 석가모니, 옥황상제, 10대 조상님까지 모조리 불러 가며 저만 돌아오면 그 바닥에서 손을 씻고 당신만 섬기며 거룩하고 조신하게 살겠다고 맹세까지 하지 않았겠습니까? 그때 쓰신 혈서가 사무실에 아직도 붙어 있다 이겁니다!"

"진 실장, 그 얘기 우리 결혼식 전날 밤에 술 먹고 백 번쯤 했었어."

이완은 머리를 헤집으며 한숨을 푹푹 쉬었다.

그 후의 이야기 역시 귀에 못이 박히게 들어 잘 알고 있다. 선정 씨를 닮았다는 진 여사는 일단 입 밖에 낸 말은 반드시 지키는 화통하고 뚝심 있는 여인이었다. 문제는 하느님 부처님 알라신 석가모니

옥황상제 10대 조상님 중 누가 소환되었는지 알 수 없다는 점이었다.

모르는 척하자니 열 손가락 째 가면서 썼던 혈서가 뻘쭘했고, 모조리 분산 공양 하기엔 평생 '결단과 몰빵'으로 이름을 휘날린 남산 진 누님의 모양새가 빠지는 일이었다. 연필을 굴릴까, 다트를 던질까, 제비를 뽑아 볼까, 주사위를 던질까 고민하던 그녀는 전 국민이 애용한다는 사다리를 타기로 결심했다.

결국, 사다리의 신탁대로 진 누님은 사무실에서 가장 가까이 있는 작은 개척교회에 등록하게 되었는데, 이듬해 전도 기간엔 건장한 아우 30명을 모조리 끌고 가서 전도대상을 받는 쾌거를 이루기도 했다. 상으로 성지순례까지 얼결에 다녀오게 된 진 누님은 약속대로 사업체를 하나씩 매각하고 대학을 갓 졸업한 아들에게 기획사—의 탈을 쓴, 정체가 애매모호한 회사— 하나와 금고 열쇠를 넘겨주는 것으로 대망의 은퇴 라이프를 시작했다.

그때부터 소녀 같고 공주 같은 진 누님의 마지막 소망은 단 하나였다. 아버지 없이 기른 외아들, 눈에 넣어도 안 아플 잘생긴 그 아들이 당차고 멋진 '10년 전 그 아가씨'를 며느릿감으로 끌고 오는 것뿐이었다. 진 누님은 그 한 가지 소원을 밤이고 낮이고 뚝심 있게 빌었다.

다만, 자신에겐 오리 주둥이가 없는 것을 한탄하며 물러선 나름 매너 있던 고릴라가, '진 누님 아우님'들의 '그 아가씨 납치 행각'을 온몸으로 막았다. "용감한 레이디가 미남을 차지할 권리가 있지 않습니까 형님! 어흐어흐어." 이렇게 모골이 송연해질 이야기를 고릴라는, 결혼 전날 밤에 술을 잔뜩 처마시고 백 번쯤 되풀이했다.

안타깝게도 진 누님은 대망의 은퇴 라이프를 제대로 즐기지도 못하고, 마지막 소원이 이루어지는 것을 보지도 못한 채 심근경색으로 세상을 등지셨다. 그나마 불행 중 다행인 것은, '10년 전 그 아가씨'가 다른 놈팡이와 결혼했다는 소식과 애지중지하던 아들이 자신을 닮아 소녀 같고 공주 같은 처자에게 한눈에 반한 이후, 지금까지 사정없이 휘둘리고 있다는 소식을 듣지 못하게 되었다는 점 정도였다.

"선정 씨는 왜 뭘 먹고 싶은지, 뭘 갖고 싶은지 딱 부러지게 말을 하지 않는 걸까요? 예? 말 안 하는 걸 무슨 귀신 용쓰는 재주로 알아냅니까? 어머니께서 가라사대, 기 아니면 미! 모 아니면 빽도! 맺고 끊는 것은 확실하게! 아랫놈이 말귀를 퍼뜩 못 알아들으면 알아들을 때까지 후려 까서! 알아듣도록 만들어야 한다고 하셨죠."

"그래서? 알아들을 때까지 후려 까서 확실하게 의사 전달을 하시겠다? 지금?"

"형님, 그 무슨 경을 칠 말씀을! 선녀 같은 우리 선정 씨가 아랫놈일 리가 없잖습니까? 지금 상황은, 선정 씨가 저를 후려 까는 중이라고요! 제가 알아들을 때까지! 확실하게!"

"그럼 알아들을 때까지 더 까이든가."

"그런데 백 번 더 후려 까인대도 저는 도저히 알아먹을 것 같지 않습니다."

"하긴. 돌대가리는 나라님도 구제 못 한다잖아."

"형님! 제가 이래 봬도 서울에 있는 S모 대학을 나름 우수한 성적으로 졸업한, 이 업계에선 나름 수재인데요, 그래도 모르겠습니다. 형님, 대체 선정 씨는 뭘 먹고 싶은 걸까요? 임신한 여자들은 대체 뭘 먹고 싶어 할까요? 예? 예? 예?"

"그걸 왜 자꾸 나한테 묻지? 벌써 백내장이라도 왔어? 내가 임신한 여자로 보여?"

"예? 형님은 코끼리가 건실하시고 아랫배가 이토록 날렵하시니 절대 그렇게 보이지 않습니다!"

"진 실장, 백 년쯤 후려 까이면 대오각성하는 날이 올지도 모르니 기다려 봐. 아니면 돌아가신 어머님처럼 열심히 여러 신을 소환해서 뇌에 벼락이라도 떨어지길 빌어 봐. 아, 귀에 떨어져도 괜찮겠어. 귀가 갑자기 뻥 뚫릴 수도 있잖나?"

송석은 팔짱을 낀 채 신나게 이죽대는 사내를 바라보았다. 하도 답답해서 하소연하는 것뿐인데, 요새 저 쌔끈한 형님의 반응은 임신한 마누라와 크게 다른 것 같지 않다. 원래 저 형님이 독설이 삼삼하다 듣긴 했지만, 저건 독설이 아니고 히스테리다 히스테리. 현명하고 똑똑하고 능력이 우월하신 우리 민호 누님은 왜 저렇게 만사 지랄맞은 사나이를 골라잡은 걸까? 한숨을 푹 쉰 송석은 이완의 뒤에 있는 책장을 가리키며 물었다.

"형님, 그래도 결혼 선배 아닙니까? 날이면 날마다 저런 책들을 짝으로 사들이면서 모르신다고 하실 겁니까?"

고리타분한 전공서적만 빼곡하던 그곳은 '임신과 출산', '임신 기간 여성의 변화', ' 좋은 부모가 되는 방법', '간단하게 배우는 라마즈 호흡법', '전통 태교' 따위의 책들로 은근슬쩍 물갈이가 되어 있었나. 이완은 미간을 구기녀 사납세 쏘아붙였다.

"우린 아직 아이 없으니 장모님한테나 가서 물어봐! 아니면 직원 중에 결혼한 사람에게 물어보든가. 주변에 기혼자 아무도 없어?"

"아 형님, 모양 빠지게 아우들한테 그런 걸 묻습니까? 게다가 장모님이라니요! 진짜 너무하십니다! 그거 묻자고 등골 빠지는 장모님표 잔소리를 다섯 시간씩 들으라고요? 아 근데 왜 화를 내십니까, 형님? 뒤에 쟁여 놓은 책들 다 읽으셨으면 산부인과, 어린이집 차리셔도 되겠네요. 이제 애만 씀푸덩, 낳으면 되는 거잖습니까? 대체 2세는 언제쯤 가지실 계획인데요? 너무 늦으면 우리 누님이 힘드십니다."

송석은 맞은편에 앉아 있는 선비 같은 사내의 얼굴이 드디어 부글부글 끓어오르기 시작한 것을 알아차렸다.

"시간 여행자들은 원래 다 이렇게 오지랖이 풍년이야? 애가 계획대로 턱턱 다 생기나? 속도위반으로 애 일찍 생겼다고 자랑하러 왔어?"

"예? 형님, 피임하시는 거 아니었습니까?"

이완의 눈썹꼬리가 위로 확 솟구친다. 송석은 찔끔해서 뒤로 물러 앉았다.

이런, 우리의 남산골 형님이 왜 내내 저 모양인가 했더니 노력해도 애가 안 생기는 거였구나. 왜일까, 왜일까? 신체 건강하고 정신력조차 만렙으로 튼튼한 우리 누님이 문제일 리가 없으니, 그렇다면? 하지만 그럴 리가? 형님의 멀끔한 얼굴은 이제 붉으락푸르락 터질 것 같고, 송석은 진땀을 짤짤 흘리며 눈치를 보기 시작했다.

"진 실장, 지금 차 빼야 할 것 같은데. 단속 뜬 것 같아."

천만다행히 눈치 좋은 앤드류 형님이 손을 저으며 말을 끊어 준다. 송석은 꽁지에 불이 붙은 듯 튀어 밖으로 나갔다. 확 단속이나 걸려라. 확 견인돼서 끌려가 버려라. 끌려가면서 양쪽 앞뒤로 스크

래치나 팍팍 나 버려라. 벌금 100만 원쯤 먹고 인사동에 다시는 오지 마라. 속으로 저주 방자를 하는 심술 첨지 형님의 목소리가 다 들리는 것 같아 송석은 모골이 송연했다.

"이레 씨 입덧이 많이 심하대?"

이완은 앤드류에게 시선을 돌렸다. 앤드류는 퀴퀴하니 썩어 가는 얼굴로 고개를 저었다.

"입덧은 그 정도면 아주 심한 건 아니래. 문제는 낮에는 입맛이 없고 밤마다 그렇게 뭐가 당긴다는데 먹고 싶은 걸 그 순간 못 먹으면 아주 미칠 것 같다는 거야."

"그거 아기가 먹고 싶다는 거라며. 아빠가 힘들어도 그 정도는 해 줘야지."

이완답지 않게 굉장히 시큰둥한 반응이다. 앤드류는 허둥지둥 손을 저었다.

"야야, 그거 아니래. 그거 사실 애 엄마가 먹고 싶어 하는 거래."

"그게 말이 돼? 여자들이 단체로 생떼 부리는 것도 아니고. 그게 사실이라고 해도, 호르몬이 변하니까 입맛까지 뒤집힌 걸 잘 달래 줄 생각은 안 하고 왜 남자가 돼서 앓는 소리만 하고 있어?"

다른 때는 곧잘 편을 들어 주던 이완이 입바른 소리만 해 댄다. 그러잖아도 앤드류는 지난주에 산부인과 복도에서 들은 이야기 때문에 잔뜩 쫄아 있던 참이었다. 여자들이 아이를 가졌을 때 먹고 싶은 것을 못 먹으면 환삽이 될 때까지 그 음식에 맹목적으로 집착하게 된다는 괴담들이었다. 진짜 공포는 그것이 카더라 통신이 아닌 그네들과 엄마들의 경험담이었다는 것. 그러고 보면 새벽 세 시에 어디에서 파는 무슨 닭발이 먹고 싶다며 귀신처럼 울고 있는 이레를 보고 있는 것 자체가 호러였다.

"이완이 넌 안 겪어 봐서 그렇게 쉽게 말하지? 생각해 봐. 어떤 날은 혀가 빠지게 달달한 케이크, 어떤 날은 불타는 닭발, 어떤 날은 멜론, 어떤 날은 신혼여행 때 딱 한 번 먹어 본 두리안. 제발 밤 열두 시 넘어선 편의점에서 파는 것만 먹고 싶다고 해 주면 소원이 없겠어. 그래, 백번 양보해서 떡볶이까지는 어찌어찌 새벽에 만들어 줄 수 있지만, 새벽 세 시에 벌떡 일어나서 대한항공 기내식 비빔밥이 먹고 싶다고 하면 정말 미치겠어. 나 요새 잠도 제대로 못 자."

"……."

"그런데 너 표정이 왜 그래? 혹시 내가 고생하는 게 그렇게 고소하냐? 재밌어 보이냐?"

"그럴 리가. 몹시 안타까워하고 있지."

하지만 앤드류는 보고야 말았다, 냉랭하게 깐죽대던 실장께서 고개를 핑 돌리고 혼잣말을 중얼대는 모습을. 복도 많은 놈, 호강에 겨워서 저러지. 호강에 겨워서.

이런 맙소사. 앤드류는 눈을 둥그렇게 뜨고 그의 얼굴을 뜯어보다가 조심스럽게 물었다.

"너 혹시, 물론 그럴 리는 없겠지만…… 너도 한밤중에 간식 레이드 뜨고 싶어서 그러냐? 내가 고생하는 게 부러워?"

"내가 미쳤어? 절대 그런 거 아니야, 절대."

얼굴이 벌겋게 되어 오금을 팍팍 박는 것을 보니 아무래도 맞는 모양이다. 오 마이 굿니스. 앤드류는 입을 떡 벌리고 동갑내기 오촌 숙부를 바라보았다. 세상에 꿈은 다양하고 오만 가지의 로망이 존재

한다지만 입덧에 시달리는 마누라한테 들볶여 오밤중에 간식 찾아 삼만 리 하는 것이 로망인 인간은 처음 보았다. 박이완이라는 인간 눈에는 다크서클이 뺨까지 내려온 불쌍한 사나이가 안 보이는 모양이었다. 요상한 로망을 가진 사나이는 그래도 창피한 것은 아는지 얼른 앤드류의 등을 밀어 낸다.

"됐으니 오늘은 이만 퇴근해. 정 메뉴를 모르겠으면 지난 보름 동안 이레 씨가 먹고 싶어 했던 음식들이나 한 가지씩 사 가서 앞에 늘어놓든가. 아기가 변덕 대마왕이 아니라면 그중에서 뭐라도 골라 먹지 않겠어? 불타는 닭발, 족발, 골뱅이무침, 냉면, 스테이크, 케밥, 두리안, 마카롱! 지금은 뭐든지 구할 수 있는 시간이니까."

출입문으로 밀려가던 앤드류는 눈을 커다랗게 뜨고 요상한 로망을 가진 사내를 돌아보았다. 이건 뭔가 이상하다.

"야, 박이완. 넌 남의 마누라가 보름 동안 먹은 밤참을 왜 일일이 기억하고 있는 거야? 나도 다 기억 못 하는데?"

"다른 사람은 다 기억해. 네가 연애질하느라 뇌세포를 엉뚱한 데 탕진해서 그렇지."

"너 오늘따라 말 진짜 예쁘게도 한다. 너 같은 놈 때문에 남자들이 욕을 먹는 거야. 알아?"

난데없이 다섯 시간이나 일찍 퇴근하면서도 앤드류는 전혀 기쁘지 않았다.

내장에 혼자 남은 이완은 수첩을 신경질적으로 뒤적었다.

〈입덧할 때 찾게 되는 음식 리스트〉

뉴욕 치즈 케이크, 라즈베리 무스 케이크, 모나카, 양갱, 스테이크, 마카롱, 감자탕, 아귀찜, 매운 떡볶이, 순대, 튀김, 장충동 뒷골목의 족발과 매운 비빔냉면, 불타는 닭발, 삼계탕, 피자, 크림치즈 스파게티, 삼선짜장, 샤부샤부, 연어 샐러드, 양고기 케밥.

이완은 볼펜을 들어 그 뒤에 추가로 한 줄 적어 넣었다.

두리안, 대한항공 기내식 비빔밥.

그는 리스트를 쭉 훑은 후 한숨을 쉬었다. 민호 씨와 이레 씨는 멀지 않은 혈연이니 참고할 만하다 생각했는데 이런 중구난방이 있나. 이건 뭐 기준도 없고 일관성도 없으니 사서 쟁여 놓을 수도 없겠다. 앤드류가 암담해하는 이유를 알 것도 같다.

하지만 진인사대천명 아니던가? 21세기, 배달의 기수가 횡행하는 대한민국 수도권. 의지만 있으면 구하지 못할 게 뭐가 있겠어?

이완은 음식 리스트 뒤에 길게 늘어진 꼬리를 내려다보며 눈을 끔벅거렸다.

24시간 배달 가능 감자탕집, 족발집, 안주 24시, 케이크를 판매하는 심야 카페, 24시간 호텔 베이커리, 레스토랑, 조금 멀긴 해도 24시간 영업하는 대형 할인점, 할인점 푸드코트 입점 메뉴 목록.

이완은 진지한 표정으로 주먹을 불끈 쥐었다.

"……Perfect!"

민호 씨, 저는 만반의 준비가 되어 있습니다!

무슨 강짜를 부려도 좋아요. 케이크든 순대든 캐비어든 곰 발바닥이든 자정이든 새벽이든 수단 방법 가리지 않고 대령할 수 있습니다.

음식뿐인 줄 아세요? 순면 기저귀에 배내옷에 아기 이불에 우유병에 유모차에 아기 신발까지 모조리 장바구니에 담아 놓았어요. 아기 성별만 나오면 바로 결제 들어갑니다. 유기농 유아식 전문 매장도 다 알아 놓았고요. 출산 전 교육 과정도요. 같이 손잡고 다니기만 하면 되는 거예요. 아기 심장 소리 들으려고 진짜 의사 선생님들이 쓰는 청진기도 하나 사 놨고, 유아용 그림책들하고 교구들도 유아교육학과 교수님들 찾아가서 다 추천받아 왔어요.

그리고 요새 저 모차르트 연습해요. '태교' 하면 볼프강 형님 아닌가요.

임신의, 임신에 의한, 임신을 위한 그 모든 것이 완벽합니다!

⋯⋯그런데 민호 씨.

우리는 왜 아직도 아기가 안 생기는 걸까요?

이완은 수첩의 앞부분에 달린 캘린더를 열고 손가락으로 톡톡 두드렸다.

물론 불임을 걱정하는 건 아니다. 민호 씨는 아직 모르고 있지만, 나는 우리에게 적어도 세 명, 혹은 그 이상의 아이들이 생기리라는 것을 알고 있다. 딸이 있는지까지는 알 수 없어 아쉽지만, 먼 훗날의 내가 자식들에 대해서 조조이 알려 주지 않은 데는 그럴 만한 이유가 있을 거라 믿고 있었다.

그래도 나이 계산을 해 보면 올해는 첫아이가 태어나야 맞는데.

벌써 4월이라⋯⋯.

이완은 등을 의자에 깊이 기대고 눈썹을 찌푸렸다. 길게 심호흡을 하며 초조한 마음을 다스렸다. 안 맞아. 기간이 안 맞잖아. 지금 아기가 생긴다 해도 내년에나 태어나는데 그러면 내가 들었던 아이들과의 나이가 안 맞는데.

이완은 애써 이마를 펴고 눈을 감았다. 아니야, 이루어질 것이다. 내가 유일하게 알고 있는 확정된 미래. 그 모습이 안온하고 아름다워 어찌나 다행인지. 어쨌든 이루어질 일 아닌가. 상상이 이어진다. 마당에 가득한 우리 두 사람의 아이들, 아이들이 마당을 가로지르며 깔깔대는 소리. 더 이상 꿈이 아닌, 현실로 당연히 이루어질 그림 같은 그 장면.

그러니까 걱정할 거 없어.

이완은 다시 한숨을 쉬며 수첩 앞쪽에 붙은 캘린더를 펄럭거렸다. 4월. 자잘하게 줄지어 있는 서른 개의 숫자가 보인다. 이완은 머리를 톡톡 치며 생각에 잠겼다가, 붉은 볼펜을 꺼내 한 숫자에 큼직한 동그라미를 그렸다.

잠시 머뭇거리던 이완은 숫자 아래에 조그만 글자를 써넣었다.

Special day.

"특별한 날? 오늘이 뭔 특별한 날이라고?"

밥을 먹던 여자의 맹렬한 숟가락질이 멈춘다. 눈이 반짝반짝한다. 이완은 헛기침을 두 번쯤 하고 최대한 아무렇지도 않게 대답했다.

"민호 씨, 그러니까 오늘이 민호 씨 배란기예요."

"에이! 뭐야! 김빠지게!"

기대에 부풀었던 여자의 얼굴이 쭈글쭈글해진다.

"배란기가 뭐가 특별한 건데?"

"그야, 난자가 정자 만나려고 자궁에서 기다리는……."

민호의 얼굴은 더욱 심드렁해진다.

"나도 배란기가 뭔지 정도는 알아. 그것 때문에 인간 윤민호가 자그마치 반평생 동안 앵앵통에 시달리고 있잖아! 그런데 그게 특별할 게 뭐 있어?"

"민호 씨, 생각해 봐요. 민호 씨의 난자 입장에선 평생에 한 번밖에 없는 선보는 날이고, 우리에게도 한 달에 겨우 하루 이틀밖에 되지 않는 찬스인데 당연히 특별하죠."

"배란이란 게, 그렇게 낭만적인 거 아니거든? 진희가 전에 그랬는데, 그 뜻이 '알을 밀어 낸다'는 뜻이래. 그럼 닭이 달걀 밀어 내기 한판 하는 거하고 비슷한 거 아냐? 병아리도 아닌 달걀이 특별해 봤자지."

맙소사. 진희 씨, 당신 말이야, 대체 민호 씨한테 무슨 만행을 저지르고 튄 겁니까. 이완은 더듬더듬 화를 냈다.

"무슨 말을……. 제가 수탉이고 민호 씨가 씨암탉이에요? 동물 다큐멘터리 찍는 줄 알아요?"

"배란이라는 게 뜻이 그렇다잖아! 한문 막 무시해? 근데 저기, 내가 오늘 배란기라는 거 확실해? 나도 모르는데 어떻게 알았어?"

"그야 민호 씨 지난달 ……주기를 따져 봤으니 알죠. 시작일로부터 14일. 설마 민호 씨, 시금까시 사기 배란일도 몰랐년 서예요?"

횅하니 벌어진 여자의 입을 보니 설마가 확신이 되어 버린다. 아니 나는 2세를 염두에 두자마자 바로 책 사서 배란기니 임신 주기니 그런 것부터 공부했는데, 인생의 절반이 넘도록 생리통을 겪고 있다며 분개하는 여자가 왜 그걸 모르지? 여자가 우물쭈물하며 말을 돌린다.

"이 아저씨 취향 참 요상하네. 남의 앵앵통 날짜 같은 걸 뭐하러 일삼아 기억하고 앉았어?"

"아 진짜! 민호 씨가 남입니까? 예? 아기 빨리 갖고 싶지 않습니까?"

당연 갖고 싶어! 여자가 주먹을 불끈 쥐고 고개를 맹렬히 끄덕인다.

"그래서, 오늘은 민호 씨 배 속에서 대기하는 난자하고 제 정자들하고 소개팅을 시키기에 딱 좋은 날이고, 그래서 특별한 날인 거예요. 됐어요?"

여자가 진지한 얼굴로 숟가락을 내려놓았다.

"그러니까, 결론은 오늘도 저녁 먹고 한판 뜨자는 거 아냐?"

"그렇습니다. 아, 잠깐요. 당연히 한 판이 아니고 여러……."

"말 참 복잡하게 한다. 오늘은 좀 특별하게 많이 꼴려서 여러 판 뛰고 싶습니다, 하면 되잖아. 이 인간이 아저씨가 돼서는 낭만도 없고, 무드도 없고."

이야, 살다 보니 인간 윤민호한테 무드 없다는 말까지 듣는구나. 이완은 어이가 없어서 그냥 웃고 말았다.

"그래도 배란기를 잘 맞추면 아기가 빨리 생길 수 있다잖아요. 우리 임오년 합방 기간까지 따지면 1년 넘었어요. 책에서 보니까 그 정도면 불임이라고 한대요."

불임의 기준. 결혼하고 피임 없이 정상적으로 부부관계를 하는데도 아기가 안 생기는 기간 1년. 10년도 5년도 아니고 고작 1년이라는 걸 보면, 원래 남자 여자의 신체 구조는 2세를 쉽게 만들도록 특화되어 있는 모양이다. 초조한 이완과 달리 민호는 눈썹 하나 까딱하지 않는다.

"지금도 발바닥에 땀 나게 하고 있는데 그 이상 어떻게 잘 맞춰? 삼신할머니가 점지해 줄 때까지 얌전히 기다려야지 뭐. 그 할매 보시기에 정성이 2% 부족했나?"

"……참 내, 그럼 밤일하면서 정안수 떠 놓고 치성이라도 드릴까요?"

"아 그래. 정성이 아니라 횟수가 부족한 걸지도 몰라. 그 할매 참 변태스럽네. 대체 몇 탕이면 만족할까?"

뭔가 굉장한 반발심이 드는 발언을 참 아무렇지도 않게 하고 있다? 횟수가 중요한 게 아니라 날짜, 날짜를 맞춰야 한다니까요! 이완이 벌떡 일어나 반박하려는 순간 민호는 머리를 긁으며 투덜거렸다.

"주말 몰빵이 할매 마음에 안 들었나? 그래도 평균이라는 게 있지. 선정이나 이레 그 잡것들은 대체 무슨 용쓰는 재주로 단번에 애가 생겼담? 아, 그래, 이완 씨, 비아그라 받아 올까? 아는 친구가 야매로 꽁쳐 놓고 팔던데."

"그게 왜 필요해요? 제가 다른 사람들보다 못한 것 같아서요? 민호 씨가 몰라서 그러는 건데, 그 정도면 평균치를 엄청나게 상회하는 숫자일 겁니다. 장담하는데 상위 10%? 내신으로 따지면 2등급 안에 늘 거라고요."

"내가 확인 못 하니까 막 장담하지? 내신 2등급을 아무나 하냐? 2등급은 한 반에서 두 명밖에 안 됐다고!"

"저는 1등급이었어요. 예? 믿거나 말거나 1등급이었다고요! 비아그라 따위는 백 년 가도 필요 없다고요, 예?"

이완은 탁 소리가 나게 숟가락을 놓고 자리에서 일어났다. 불 지르는 방법도 참 여러 가지고, 멍청한 도발에 휘말리는 모지리도 참 여러 종이다. 이젠 무슨 짓을 해서라도 결판을 내서, 자존심을 회복해야 할 시점이었다.

"오늘은 좀 일찍 시작하시죠."

다음 날부터 앤드류는 약 먹은 병아리처럼 책상에서 졸고 있는 이완을 심심찮게 보게 되었다. 뒤늦게 춘곤증이 발동했는지 단정하고 빈틈없던 실장님은 차에서도 사무실에서도 식당에서도 틈만 나면 사정없이 졸곤 했다. 좋은 점은, 저렇게 졸아 대느라 이레 씨에게 전화가 와도, 진 실장이 무시로 찾아와서 부아를 질러도 비아냥대거나 콧방귀를 뀌지 않게 되었다는 점이다. 전자레인지에 돌린 핫팩을 허리에 댄 채 봄볕 쬐는 병아리처럼 꼬박꼬박 졸고 있는 상사를 보며, 앤드류는 한 사나이의 필사의 노력과 불굴의 의지, 그리고 밑도 끝도 없는 애잔함을 동시에 느껴야 했다.

꽃피는 5월 어느 날, 앤드류는 남양주에 사는 오촌 숙모님이 작은 플라스틱 조각을 들고 훌랄라 춤을 추며 매장에 들이닥치는 꼴과 이상한 로망을 가진 사나이께서 누군가의 무엇인가가 묻었을 것이 분명한 플라스틱 막대기를 움켜잡고 감격의 발광을 하는 꼴을 실시간으로 지켜보아야 했다.

드디어 어떤 사나이의 말 못 할 로망이 이루어질 때가 되었다. 임신 테스트기의 붉은 선이 생각보다 흐릿했다는 것도, 아직 산부인과에서 확진을 받지 못했다는 것도 잊었고, 정자하고 난자가 만나서 수정란이 돼도 1/3은 세포 상태로 자연적으로 소멸한다는, 임신 서적에서 애써 얻은 고급(?) 정보도 뇌에서 모조리 자진 삭제 해 버렸다.

　그날 저녁 이완은 당장 스칼렛을 침실로 옮겼다. 온도와 습도가 조절되는 작은사랑에서 나름 새침한 공주님처럼 모셔지던 스칼렛이지만 마마님의 회임—일지도 모른다는— 낭보에는 얄짤없이 끌려 나오고 말았다. 이완은 민호를 침대에 앉혀 놓고 엄숙하게 말했다.

　"민호 씨, 오늘부터는 모차르트입니다. 태교 하면 볼프강 형님이죠, 그렇죠?"

　"그렇지!"

　그동안 민호 씨 몰래 연습했던, 볼프강 형님의 현악 4중주 G장조, 사랑스러운 소야곡, Eine kleine Nachtmusik의 사랑스러운 선율이 달콤하게 흘러나오기 시작했다.

　태교 전용 음악이라는 뒷소리를 들건 말건, 모차르트는 하늘이 내린 천재가 맞다. 그렇지 않고서야 이렇게 사랑스럽고 달콤하면서도 애수에 찬 분위기로 음을 배치할 수는 없을 것이다. 그는 눈을 감고 활을 그으며 천상의 멜로디와 지상 최고의 첼로 음색에 흠뻑 취했다.

　하지만 연주를 들어야 하는 유일한 관객은 사정이 조금 달랐다.

여자는 바흐, 브람스 때와 마찬가지로 꾸벅꾸벅 사랑스럽게 침을 흘리며 졸았다. 나팔 소리 낭랑한 말러를 5관 편성으로 천 명이 연주한대도 반응이 별다를 것 같지 않다. 연주를 멈추니 여자는 거짓말처럼 잠에서 일어나 손등으로 침을 닦으며 사방을 두리번거렸다. 그리고 눈을 동그랗게 뜨고는 진지하게 말하기 시작했다.

"이완 씨. 진 고릴라네 엄마가, 꿀잠은 하느님이 사랑하는 아우(?)들한테만 하사하신 선물이라고 했대. 우리 애는 하느님이 사랑하시는 게 틀림없어."

"그렇죠. 자그마치 솔로몬이 그런 말을 했다더군요."

"그래, 그런 멋진 말을 하다니, 그 솔로몬은 나중에 훌륭한 커플몬이 됐을 거야. 그렇긴 한데, 그래도 우리 아기는 아빠 연주만큼은 정신 차리고 들어야 하지 않겠어?"

"……그럼 고맙죠."

"그래서 말인데, 혹시 달타령 켤 수 있어?"

"달타…… 예."

"악보나 그런 거 없어도?"

"물론입니다. 몇 번 들어 봤으니까요."

"우와! 들은 것만으로도 연주가 돼? 이완 씨 대박 천재다. 골동품 장사 하지 말고 음대 시험 보지 그랬어!"

민호 씨, 저 줄리아드에서 떨어진 거 잊어버리셨어요? 아니 혹시 줄리아드가 음대인지 몰랐나요? 이완은 처량한 눈으로 민호를 바라보았다.

"그럼 꽃타령도 할 수 있어? 군밤타령도? 자진방아타령도 전부?"

"예."

"그래! 그러면 달타령 반주 좀 해 줘! 오랜만에 몸 좀 풀어 보자!"

이완은 비장한 표정으로 활을 움켜잡았다. 우리의 소원은, 모차르트도 바흐도 아니고, 새벽 세 시의 족발도, 비빔냉면, 명품 가방, 귀금속, 자동차도 아니고, 그렇지, 달타령, 꽃타령, 자진방아타령.

스칼렛, 미안하다. 네가 이해해라. 가사도 얼마나 좋으냐. 일월에 뜨는 저 달은 새 희망을 주는 달이라지 않느냐.

잠시 후 붉고 유려한 악기에서 달타령이 장중하게 흘러나오기 시작했다. 이완은 스칼렛의 악센 반항을 힘으로 꽉꽉 누르며 활을 그어 댔다. 짠짜라짠짠 짜라빠빠! 조금 전까지만 해도 침을 흘리며 졸던 여자는 자리에서 벌떡 일어나 달아 달아 밝은 달아 노래를 뽑아 대며 신나게 춤을 추기 시작했다.

이상한 로망을 가진 사나이는 비장한 표정으로 갖가지 신청곡을 연주했다. 달타령이 어때서, 꽃타령이 어때서, 군밤타령이 어때서! 신청곡이 마릴린 맨슨이 아닌 게 어디냐! 어디냐! 어디냐! 비장한 표정과 장중한 첼로의 음색과 달리 오만 잡스러운 타령은 하나같이 신명이 넘쳤다. 유일한 관객이자 가수이자 댄서도 덩달아 즐거웠다. 안락재의 알쏭달쏭한 밤은 그렇게 깊어 갔다.

연주를 끝낸 이완은 일찌감치 사 둔 청진기를 꺼내 아직도 할딱할딱하며 땀을 닦는 여자의 아랫배를 한참 더듬어 보았다. 두근두근? 콩닥콩닥? 콩콩콩? 어떤 소리가 날까? 물론 어느 소리든 눈물겹게 사랑스럽게 들릴 것이다.

하지만 꿈이 이루어지기 위해선 시간이 필요한 법. 아직 어드메 세포에 불과한 아기에게선 아무 소리도 들리지 않고, 대신 여자가 방출하는 소리만큼은 확실하게 들렸다. 백만 기병의 말발굽 소리에 버금가는 우렁찬 심장 소리와 태풍 소리에 비견할 만한 숨소리, 그리고 폭포 소리에 맞먹을 맹렬한 소화 사운드까지.

며칠 후, 이완은 리스트에 적힌 음식들을 대여섯 가지 골라 바리바리 사 들고 일찍 퇴근했다. 평이 가장 좋은 산부인과를 고르고 골라 일주일 후로 예약 날짜를 따낸 이완은, 병원에 오실 때쯤이면 살짝 흐릿한 선도 밧줄처럼 뚜렷하게 보일 것이고, 아기 심장 소리도 북소리처럼 크게 들릴 거라는 간호사의 친절한 안내에 가슴이 한껏 부풀었다.

그는 조만간 이루어질 세 번째 로망을 떠올리며 있는 대로 흥분했다. 초음파 사진에 아기의 모습이 보일까? 누구를 닮았는지는 언제부터 알 수 있을까? 심장 소리는 언제부터 들을 수 있을까? 아아, 빨리 예약 날짜가 되면 좋겠다. 미치겠다. 죽겠다. 정신이 하나도 없어서 차를 타고 왔는지 비행기를 타고 날아왔는지 알 수 없을 지경이었다.

"민호 씨, 민호 씨?"

안락재는 텅 비어 있었다.

이상하다? 오늘 선생님 외부 출강일이라 요리 수업 없다고 했던 것 같은데?

급히 번호를 누르니 주인에게 버림받은 전화기가 주방에서 애처롭게 울기 시작했다.

식탁 위에는 쪽지가 한 장 얹혀 있었다.

친구한테 자랑하고 올 거다!

친구가 배냇저고리랑 쫑쫑 자수 놓은 기저귀 만들어 둘 테니 아기 생기면 바로 알려 달라고 했거든. 원삼 활옷보다 더 예쁘게 만들어 주겠다고 약속했어.

물론 이완 씨가 나랑 같이 가고 싶어 하는 건 알지만 혼자 갔다 올게. 거기가 워낙 요상한 마을이라, 이완 씨는 위험해서 데려갈 수가 없거든. 이해해 줘.

좀 늦어도 걱정하지 마~♥♥

이완은 조그마한 종잇조각을 뚫어져라 내려다보았다. 이해할 수 없는 내용과 더 이해할 수 없는 하트 조각이 하얀 종이 위에서 춤을 추었다.

그러니까, 자그마치 임신한 여자가.

'위험'해서, '요상한 마을'에, '혼자' 갔다 올게?

"민호 씨이이이!"
손에서 종잇조각이 와그작 구겨졌다.

2-1

생생 서바이벌, 미스터리 빌리지

by.박운삼

"어머나, 저기 좀 봐. 세상에 귀여워라. 어쩌면 저렇게 인형처럼 생겼지?"

"한복 입고 다니는 거 보니 알바인가? 근데 애들을 알바로 쓸까?"

"그래도 상투 틀고 갓 쓴 거 보면 알바 같잖아? 어머, 쟤 담뱃대 들고 있는 거 봐!"

짧은 웃음소리와 함께 짤깍, 짤깍, 카메라 셔터 터지는 소리가 들린다. 윤오는 턱을 조금 들어 얼굴이 잘 보이는 각도를 취하고, 윤식이와 윤세는 집에서 열심히 연습한 팔자걸음을 시연하고 나는 손에 쥔 긴 담뱃대를 입에 문다. 연기 한 모금 안 나지만 폼만큼은 조선시대 대감마님이 따로 없다. 윤사와 큰형은 삿을 푹 눌러쓰고 얼른 엄마를 따라간다. 나는 큰 소리로 윤사를 불러 세웠다.

"어이 박 대감! 거 같이 좀 갑시다. 뭐가 그리 급하시오?"

"대감, 내가 뛰고 싶어 뛰는 게 아니라오. 저기 앞서 뛰어가는 저 아리따운 처자에게 주스, 아니 과일물이라도 한잔 청하려는데 도무지 따라잡을 수가 없소이다. 어느 집 처자이기에 저리 망아지처럼 뛰는 게요?"

윤사가 뒤를 돌아 죽을 맞춘다. 윤이 형과 달리 나와 윤사는 손발이 짝짝 맞는 편이다.

"아 윤씨 부인 말이오? 축지법이라도 배웠는지 근두운이라도 불렀는지 망아지처럼 잘도 뛰고 손오공처럼 휠휠 잘도 난다오. 끗발 좋고 혈기 넘치는 방년 18세 아니오? 오, 다시 이쪽으로 날아오고 있소이다."

민중을 이끄는 자유의 여신처럼 치맛자락을 휘날리며 뛰어오던 엄마는 용케 '방년 18세'를 주워듣더니 고개를 뒤로 젖히고 캬캬캬 소리를 내며 웃었다.

"어허, 저 처자, 기상이 씩씩하기도 하오. 병자호란을 승리로 이끈 박씨 부인 같구려."

"아! 물론 미인으로 변신한 다음의 박씨 부인 말이오!"

윤이 형이 황급하게 덧붙였다. 아 맞다. 하마터면 큰일 날 뻔했다. 캬캬캬, 하는 소리가 한층 커졌다. 우리는 조금 창피해져서, 아니, 외간 여자에 대한 에티켓으로 얼른 부채를 펴 들고 내외를 했다. 아빠, 아빠? 빨리 와서 엄마가 폭주하는 걸 좀 막아 줘요.

"대체 저 부인의 남편은 무얼 하는 자이기에 부인을 저리 혼자 뛰게 두고 지금껏 뵈지도 않소?"

"그게, 허우대는 멀쩡하다는데 체력이 영 저질이라 좀 느리다 하오."

"오, 부인의 낭군이 이제야 오는구려."

"아, 저자가 그 유명한 천마산 저질 체력이오?"

아빠가 호박 갓끈, 도포 자락을 휘날리며 허덕허덕 따라와 툇마루에 주저앉는다. 저질 체력이라는 말을 들었는지 미간의 주름이 빡빡하게 잡혔다.

"너, 너, 이놈들, 천천히 가라 하지 않았느냐. 저질, 체, 체력이라니, 그래도 동년배 중에선 여전히 상위 10%니라! 내가 혼인했을 당시만 해도 지게에 쌀을 세 가마씩 지고 한양의 시전, 난전에 숭례문, 청계천까지 두루두루 날아다녔느니라. 낭설을 유포한 네놈들을 모조리 고변하겠다. 이따 관아에 가서 모조리 곤장! 곤장이다!"

진심으로 삐친 아빠의 손에서 커다란 부채가 요란하게 펄럭거렸다. 주변에 모여 있던 사람들은 우리의 대화에 킬킬대며 플래시를 터뜨렸다.

"거봐, 알바들 맞잖아."

"저 저질 체력이라는 아저씨도 완전 잘생겼어. 요새 알바들 얼굴 보고 뽑나 봐."

우리는 알바생이 아니라 한복을 차려입은 관람객, 전문적으로 말해서, 이곳 '미스터리 빌리지'의 '코스튬 플레이어'에 불과하다. 하지만, 대중의 시선을 즐기는 우리는 정체를 밝히는 대신 그윽한 미소를 흩날리며 장터 방향으로 천천히 걸음을 옮겼다.

우리 형제들은 이곳을 미스터리 빌리지라는 별명으로 부른다. 시간 여행을 온 건 아니지만, 여행을 온 기분이 들어서이다. 실세 고백을 옮겨 지은 곳도 꽤 있어서 과거와 연결된 길도 우리 집 수장고나 박물관 전시실만큼 빡빡하다.

현재 속에서 섬처럼 동실 떨어져 나와 다른 시간 속에 살짝 잠긴 듯한 요상한 동네.

우리는 현재 민속촌에 와 있다.

아빠는 걱정이 많다. 잔소리도 많다. 그래서 우리에게 걱정도 팔자, '8호 대원'으로 불린다.

우리는 8호 대원의 잔소리에 시달리다 못해 결국 그를 위한 특별 작전을 수행하기로 했다.

일단 첫 번째 미션, 우리 형제들의 생존 능력을 입증하여 8호 대원의 잔소리에서 벗어나기. 두 번째 미션, 8호 대원의 저질 생존 능력 향상시키기. 심지어 두 번째 미션은 만장일치로 결정되었다.

아 물론, 생존 능력 향상에는 실전이 최고지만, 겁 많고 소심한 8호 대원은 우리와 시간 여행을 간다는 것 자체를 엄청나게 부담스러워했다. 할 수 없이 비슷한 환경에서 '위기 상황 모의 시뮬레이션'을 해 보는 것으로 방향을 바꾸게 되었다. 우리의 계획에 방년 18세 대원이 투입되면서 작전은 일사천리로 진행되었다.

물론 이런 상황극이 실제 시간 여행에서 얼마나 큰 효과가 있을지는 천마산의 현자 토마스 폰 에디슨 경조차도 모른다. 시간 여행의 사건들은 한결같이 예측 불허라는 특징을 갖고 있기 때문이다. 일단 여행지에 도착하면 그 시대 원주민(?)의 전투용 슈트를 입수해 착용한 후 장착된 모든 레이더를 총동원해서 그때그때 위기 상황을 헤쳐 나가야 한다.—그러니까 개똥이 소똥이 한복부터 주워 입은 후, '본능'과 '감'으로 살아남아야 한다는 뜻이다.—

하지만 8호 대원은 그렇게 머리에 든 것이 많으면서도 그 쉬운 전투복 입수라는 단계조차 혼자 해결한 적이 없다고 한다. 그렇다고 윤씨 부인처럼 어여뻐서 미인계가 통하느냐 하면 그것도 아니고, 큰형처럼 무식하게 힘이 세냐 하면 그것도 아니었다. 우리가 8호 대원의 비밀 교관까지 자처하며 이런 상황극을 벌이는 데는 이런 애잔하고 눈물겨운 이유가 깔려 있다.

음, 깔려 있……었다. 처음에는.

지금은 뭐랄까, 교관들이 8호 대원을 팽개치고 상황극에 푹 빠져버렸다. 이렇게 재미있을 수가! 건담 행사장의 코스튬 플레이에 댈 게 아니다. 관객 호응도가 장난 아니고, 잘생겼다 소리도 많이 들을 수 있다. 재미있는 놀이기구와 맛있는 것들은 덤이다.

윤식이, 윤세는 별로 짜릿하지도 무섭지도 않은 놀이기구와 귀신의 집에 환장해서 그 판에서 벗어나질 않는다. 목청 크고 시끄럽기로 천마산 일대를 접수한 윤식이는 전설의 고향 저승 열차에서 얼마나 소리를 질러 댔는지, 녀석이 지금 어느 구간을 통과하고 있는지 밖에서도 알게 될 지경이었다. 윤세 역시 오줌을 지릴 정도로 무서워했으면서도 눈물 콧물을 휘날리며 후들후들 나와선 별거 아니네, 별거 아니네 하며 허세가 만발이었다.

윤사는 장터에 아예 터를 잡고 앉아서 진종일 먹방을 찍는다. 엄마의 배 속엔 오래전부터 식신 삼 형제가 사이좋게 살고 있다 들었는데 그게 새끼를 쳐서 윤사에게 입양이 된 것 같다.

눈을 감고 쭙쭙대고 먹으면서 여기엔 어떤 재료가 들어가고 어떤 양념이 들어가고 첫맛은 어떻고 끝맛은 어떻고, 콧구멍을 벌름거리며 품평도 해 댄다. 달고 짜고 기름지고 양만 많으면 장땡인 놈이 웃기지도 않는다. 어차피 위액, 장액으로 모조리 녹여서 하루 두 번 쾌

변으로 발사하는 주제에, 왜 같잖게 성분이니 비율이니 하는 걸 쫀쫀하게 따져 댈까? 다만 사람이 치사하게 먹는 거로 구박하면 천국에 못 간다는 것이 엄마의 신념이라 그냥 내버려 두고 있을 뿐이다.

사진 찍히기 좋아하는 윤오는 그림이 될 만한 곳에 그림이 될 만한 포즈로 앉아서 외국인들이나 대학생 누님들의 피사체가 되는 것을 즐긴다. 인정하긴 싫지만, 어쨌든 우리 형제들은 꽤 잘생겼기 때문에 사진에 잘 찍히는 편이다. 특히 윤오 저 자식은 남의 관심을 받기 위해서라면 각설이 누드쇼는 물론이고 대통령 출마 같은 짓까지 저지르고도 남을 놈이다.

큰형은 여기저기 흩어져서 노는 우리를 매의 눈으로 감시해서 엄마 아빠에게 보고⋯⋯를 빙자한 고자질을 해 대느라 정신이 없다. 그래서 윤식이처럼 잘 놀지도 못하고, 윤사처럼 잘 먹지도 못하고, 윤오처럼 잘 찍히지도 못한다. 그리고 우리가 말없이 도망치기라도 하면 굉장한 히스테리를 부린다. 정말 인생을 무슨 재미로 사는지.

방년 18세 아리따운 우리 엄마는 조선 시대든 대한민국이든 미스터리 빌리지든 안락재든 한결같이 행동한다. 엄마는 언제 어디서나 그냥 엄마의 길을 갈 뿐이다. 엄마는 미스터리 빌리지가 안방처럼 편안하다. 우리도 미스터리 빌리지가 앞마당처럼 편안하다. 편안하지 않은 것은 두 명의 민간인, 힘만 무식하게 센 큰형과 환경이 조금만 바뀌면 생존 능력이 최저치를 찍는 8호 대원뿐이다.

"그러니까 너희들끼리 다른 시간에 들어가면 말이다, 현대의 것임이 드러나는 물건을 절대 흘리고 와서는 안 된단 말이야."

그런 주제에 8호 대원은 교관들에게 서바이벌 강의까지 한다. 말세다.

"알아요. 안다고요. 돈도 안 되고 24K, 925가 새겨진 금반지 은반지는 글자를 다 갈아서 가져가야 하고, 영어가 막 새겨진 옷도 안 되고 벌레잡이 연막 깡통도 안 되고."

"옷 얻어 입으면 뉴욕 양키스 티셔츠도 팬티도 양말도 운동화도 모두 태워 버려야 하고요."

"그런데 대체 어떤 멍청한 놈이 여행을 가면서 벌레잡이 연막 깡통 같은 걸 가져가겠어요?"

8호 대원의 얼굴이 숙연해진다.

"특히 이름은 절대 알려 주면 안 돼. 옆에서 누가 비비적대면서 친해진답시고 뭔가 캐물으면 무조건 집도 절도 없고, 돈도 없고, 이름도 없다고 해! 그리고 함부로 연대표를 계산하면서 정치 경제 사회적인 대화에 끼어들 생각 하지 말고, 공자 왈 맹자 왈 논쟁도 하지 말고, 그저 나는 모른다, 나는 무식하다 복창하고 입 다물고 다니는 거야. 알겠니?"

"어휴, 알았어요, 알았어. 걱정 마세요."

"어떤 정신 나간 놈이 여행지에서 공자 왈 맹자 왈 토론을 하고, 연도 따위를 계산해서 정치 경제 사회적인 대화에 끼어들겠어요?"

"큰형이라면 모르겠지만, 큰형은 하느님이 보우하사 여행을 하지 못하잖아요."

순간 찔끔하며 입을 다물었다. 큰형의 주먹이 부르르 떨린다. 시간 여행을 하지 못하는 것은 큰형의 큰 콤플렉스로 함부로 긴드리면 안 되는 거였다.

"그리고 너희들끼리 장난이라도 함부로 대감, 영감 불러 대면 안 된다. 어른이 돼도 마찬가지야. 드라마에서는 개나 소나 대감마님 영감마님이지만, 대감은 정1품, 종1품, 정2품뿐이고, 영감도 종2품 정3품밖에 없어. 전국에도 몇 명 없는 희귀한 사람이니까 사칭하면 바로 걸려. 대감 영감 말고도 판서, 참판 같은 직책명, 하다못해 9품 참봉 같은 직책도 들키기 쉬우니 안 들킬 만한 호칭으로 불러야 해. 예를 들면 벼슬과 상관없는 비교적 흔한 호칭, 소과 1차에 합격한 초시나 2차에 합격한 진사, 생원, 양시 정도면 무난할 거고, 그냥 선비, 유사, 유학……."

아아, 이야기가 길어지려나 보다. 게다가 현실 감각 제로의 조언이다. 들어가면 얻어 입는 옷이 대부분 개똥이 소똥이 옷이라, 우리는 진사 생원이 아니라 각설이 마당쇠 중노미 행세를 해야 한다. 하지만 귀를 후비적대거나 하품을 하면 방년 18세의 등짝 스매싱이 날아오기 때문에 우리는 반듯하게 앉아 8호 대원의 말씀을 경청한다.

그런데 놀라운 것은 시간 여행 서바이벌계의 세계 최고봉이라는 방년 18세 대원도 귀를 쫑긋하고 듣고 계시다는 점이었다. 그것도, 열 번도 넘게 들은 이야기인데 마치 처음 듣는 것처럼! 눈까지 샛별처럼 반짝이면서! 사랑은 정말 위대한 것이다.

"그럼 조선 시대 아니면요? 고조선이나 고구려나 고려 시대는요?"

"고조선에는 단군왕검이 있고, 단군 할아버지네 아빠가 거느리고 내려온 풍백, 우사, 운사가 있어."

갓 국사 공부를 시작한 윤오가 튀어나온다. 그럼 나는 풍백 할래, 그럼 나는 우사 할래, 나는 단군 할래. 우리는 8호 대원의 입을 막기 위해 얼른 풍백, 우사, 운사, 왕검, 웅녀, 호랑이들을 나눠 가졌다.

웅녀가 여자인지 남자인지도 모르는 윤세가 웅녀를 맡았고, 형들은 정의롭게 침묵했다.

"그럼 고구려는?"

"상가, 고추가, 대로, 패자, 주부……."

"와와와! 난 고추가!"

"내가, 내가, 내가 고추가!"

"아니야 형, 내가 꼬추가 할 거야!"

고구려의 고추가는 경쟁률이 셌다. 우리는 희한하고 웃긴 별명이면 사족을 못 썼다.

"형은 똥꼬가 해! 똥꼬가! 꼬추가는 나 줘! 형들은 아까 좋은 거 다 가져갔잖아!"

아직도 똥, 방귀 타령에서 벗어나지 못한 여섯 살이 발을 구르며 떼를 쓴다. 일곱 살 윤식이는 양보하지 않았고, 윤오, 윤사까지 고추가 경쟁에 끼어든다. 꼬추가, 똥꼬가, 엉덩이가, 큰가, 안 큰가, 형아 이 나쁜 놈들아! 윤세가 와와 떼를 쓰고 우는 바람에 주변에 있던 사람들은 폭소를 터뜨렸다.

"관아로 가자. 거기 괜찮은 서바이벌 아이템이 있어."

귀를 후비고 있던 서바이벌의 최강자 방년 18세 대원이 일어섰다.

"생존 능력 중 최고봉은 눈치 까고 튀는 능력, 그다음은 어디 떨궈 놔도 먹을 것과 잘 곳을 확보하는 능력이지."

옳소이다. 관아 앞에서 팔짱을 끼고 치맛자락을 휘날리는 방년 18세는 뭔가 엉성하지만 경험치 능력치 만렙 마스터로서의 권위가 넘쳐흘렀다.

"그다음은 맷집이야. 주리를 틀려도, 궁둥짝이 터지게 곤장을 맞아도 살아 돌아올 수 있는 것이야말로 진정한 서바이벌 능력이지."

그렇다. 그래서 우리 집의 가훈이 매 앞에 장사 없다, 가 되어 버린 것이다.

우리는 서바이벌 능력치의 향상을 위해 관청 앞에 가서 한 대씩 돌아가며 맞아 보기로 했다. 얼마나 아픈지 알아야 여행 가서 허튼 짓을 안 하게 된다는 게 서바이벌 전문가의 주장이었다.

우리는 사다리 타기로 운명의 파트너를 정한 다음 가위바위보로 순서를 잡아 곤장 체험을 했다. 네 죄를 네가 알렷다? 그런 건 없다. 형님 동생이라고 살살 때리는 일 따위도 없었다. 여섯 살 윤세마저도 큰형에게 몸을 날리며 풀 스윙을 했다. 평소 점잖고 무게만 잡던 큰형이 악 소리를 내면서 튀어 일어났다. 윤식이도 윤오에게 고래고래 욕을 퍼부으며 일어나 곤장을 받아 들고 풍차처럼 팔을 붕붕 휘둘렀다.

그때부터 피의 복수가 시작됐다. 방년 18세 대원이 8호 대원의 주리를 틀고 연약한 8호 대원이 끙끙 소리를 내며 능력치를 올리는 사이, 우리 6형제는 혼신의 힘을 다해 풀 스윙을 했다. 잠시 후 우리는 서로 파트너의 멱살을 잡고 주릿대 앞으로 끌고 와서 줄을 섰다. 좋은 구경거리를 만난 관람객들만 깔깔대며 웃었다.

단언하건대, 우리의 복수는 진지하고 정의로웠다.

오후 여섯 시. 장터를 거덜 낼 정도로 먹는 것으로 생존 능력을 충분히 입증한 우리는 히스테리 수치가 만렙으로 올라간 큰형과 배터리가 방전된 천마산 저질 체력 8호 대원을 이끌고 귀향길에 올라야 했다.

차에 오른 8호 대원은, 미스터리 빌리지고 나발이고 앞으론 이곳에 발도 디디지 않겠노라, 1대 조상부터 박부전 할아버지까지 모조리 팔아 가며 맹세를 한 후, 엄숙한 얼굴로 다시 잔소리를 시작했다.

"그런데 얘들아, 조선 시대 한양에도 미스터리 빌리지가 있었단다."

"……."

"그 이상한 마을은 한양 안의 섬과 같아서, 외인은 들어갈 수도 없고, 거주민은 밖으로 나갈 수도 없고, 포도대장 금부도사도 들어갈 수 없는 위험하고도 신비한 곳인데……. 물론 아빠는 너희가 그딴 마을엔 발도 안 디딜 거라 믿는다만……."

고난은 끝나지 않았다.

2-2
나의 작고 아름다운 세상

"야야! 너 눈탱이가 왜 이 모양이야! 엉? 어떤 놈이 이렇게 쥐어팼냐!"

몇 달 만에 만난 어린 친구의 눈가에 퍼런 꽃 한 송이가 덴그러니 피었다. 평상에 앉아 수를 놓던 친구의 손에서 수틀이 톡 떨어진다.

"언니야, 나 시집간다아아! 흐어어어어어엉!"

빛의 속도로 달려와 민호를 끌어안은 친구는 인사고 이유고 다 팽개치고 대번에 울음을 터뜨렸다. 올해 스물다섯 먹은 구월이는 민호보다 까맣게 어렸지만, 이 마을에선 노처녀 소리 들은 지 오래다.

"뭐? 갑자기 무슨 바람이 분 거야? 저번에 내 원삼 활옷 속곳 쪼르르 만들어 주면서 넌 절대 시집 안 가니 걱정 말고 쇠다 가져가랬잖아!"

"내가 언제! 시집 안 가는 게 아니라 못 가는 거랬지."

그렇지. 엄밀히 말하면 못 가는 거였지.

사람만 놓고 본다면 요 작은 친구는 천하제일 100점짜리 신붓감이었다. 얼굴도 동글, 성격도 동글, 바느질 솜씨는 천하제일에 효성 지극하고 웃음 많고 정도 많아 도무지 흠잡을 곳이 없었다. 역마살이 잔뜩 끼어 훌랄라 망아지 댄스나 추고 다니는 자신과 비교할 수조차 없는 레벨이었다.

하지만 결혼이란 게 어디 당사자만 달랑 보고 성사되는 일이던가. 구월이가 따 놓은 100점을 돌아가신 엄마가 200점 깎아 먹고, 아빠가 300점 깎아 먹고, 구월이네 집에 대해 동네방네 떠도는 소문이 또 500점을 깎아 먹어서, 구월이는 현재 마이너스 900점에 빛나는 찬란한 노처녀였다. 민호는 친구의 옷고름을 끌어 올려 얼굴을 문질러 주었다.

"야야, 좋은 일이네! 잘됐다! 학분이 경실이 시집갈 때도, 명우 애 낳을 때도, 나 결혼한다고 할 때도 앙앙 부러워했잖아. 그런데 왜 이렇게 울어? 야야, 뚝! 그만 좀 울라니까! 코 좀 풀고 이 맹꽁아. 그래 어떤 사람이야?"

"이 마을 남자지 뭐. 오래전부터 알고 있던 사람이야."

"어이구, 다른 마을 남자랑 결혼할 수나 있냐? 동네에서 모르던 사람이 있긴 하고?"

구월이가 사는 이 마을은 뭐랄까 좀 미스터리한 구석이 많았고, 요상한 규칙도 많았다. 그중 하나가 '이 마을 사람은 다른 마을 사람과 결혼하면 안 된다.' 하는 것이었다. 그러니 지금 결혼하게 될 사나이는 천구월이 마이너스 900점 신붓감이라는 것을 잘 아는 사람이란 뜻이었고, 그 말인즉 구월이가 별로 좋지 않은 조건으로 팔려

간다는 뜻이었다. 누군지 얼른 대답을 안 하는 걸 보니 더더욱 틀림없다. 민호는 친구의 통통한 뺨을 죽 잡아당기면서 으르렁댔다.

"대체 누구야?"

구월이가 사는 마을은, 한양이라는 큰 도시 속에 있는 섬과 같은 곳이었다. 이놈의 동네는 서바이벌의 황녀 소리를 듣는 민호로서도 살아남기가 정말 어려웠다.

이곳에 사는 사람들은 본디 죄다 송도 사람의 후손들이라 했다. 좀 더 자세히 말하자면, 그 이름도 이상한 문성공(文成公 安珦)—얼마나 성공을 바랐으면 이름이 문성공이었겠느냐—이란 사람이 부리던 노비 100명의 후손이라고 했다. 그 말을 증명이라도 하듯, 반촌에는 아직도 송도 사투리를 쓰는 사람들이 상당히 많았다.

그 노비들은 몇백 년 동안 요 마을에서 쭉 살아왔단다. 그러니까 여기 사는 사람들은 백 세 노인부터 갓난아기까지, 우물가의 아낙네부터 반궁 푸주에서 소를 잡는 수복 아저씨까지 모조리 노비라는 뜻이었다.

마을 사람들은 '반인' 이라는 이름으로 불렸다. 어째서 반인이냐, 사람이 반쪽이냐, 하는 짓이 반푼이냐 물으니 마을 이름이 '반촌' 이라 반인이란다. 마을 이름이 어째서 반촌이냐 하니, '반궁' 의 선비님들만 섬기는 동네라 반촌이란다. 그럼 반궁이 대체 뭐냐 하니, 뾰죽 귀 모자에 청금복(검은 깃을 두른 진청색 난삼) 차림의 선비님들이 공자 왈 맹자 왈 하며 하염없이 공부만 하는 곳이란다. 머리가 터질 것 같아 민호는 묻는 것을 그만두었다.

어쨌든, 반궁의 재산인 그들은 마을 밖에 나가 살지 못했고, 외인은 반촌에 들어와 살 수 없었다. 당연히 결혼도 마을 사람끼리만 해야 했다.

그런데 이 상황이 구월이에게 상당히 뭣한 것이, 민호가 보기에 이 동네 남자들은 하나같이 참 거시기했다.

일단 반궁에 입번해서 일하는 것이 그네들의 본분이긴 한데, 입번 안 하는 나머지 사람들 중에선 놀고먹는 백수가 많다. 그러다 보니 술주정뱅이 노름꾼도 많다. 나도원 영감님처럼 능력 좋은 주정뱅이도 아니다. 그냥 술 처먹고 계집질하고 노름질하다가 기분 나쁘면 바로 주먹질에, 수틀리면 칼부림, 아니면 칼로 가슴팍을 긋거나 허벅다리를 찍으며 자해하는 인간들이다. 그러면서 자기들이 열혈협객, 정의의 사도인 줄 안다. 패션 감각은 또 얼마나 요란한지 남자들 옷이라는 게 빨갛고 파랗고 아주 난리굿이고, 말투도 송도 억양이 남아 있어 살랑살랑 간들간들 기생 오빠야들이 따로 없다.

그래도 이 동네 남자들은 용케 장가를 간다. 여자들이 마을 안에서만 결혼을 했기 때문이다. 이 마을 여자들은 바깥세상 남자들도 대충 저렇겠거니, 상제님이 사내란 종자를 만들 때 뭔가를 잘못 넣으셨겠거니 생각하고 살았다.

"아이고 답답해. 여자들이 평생 마을 밖으로 한 걸음도 나가지 않으니 세상이 넓고 괜찮은 남자들이 많은 걸 모르는 거야!"

민호가 가슴을 펑펑 치자 구월이는 눈을 동그랗게 뜨고 얼른 고개를 저었다.

"그게 다 무슨 소용이람. 마을 밖으로 나가 살 수 없으니 그림의 떡도 안 되는걸. 그리고 반촌 사람들이 마을 밖으로 도망치다 들키면 맞아 죽는 거 알잖아."

허가 없이 마을을 벗어나는 것은 '도망'이라, 바로 관아의 나졸들이 따라붙었다. 남은 가족은 치도곤을 당했고, 잡혀 들어오면 마을에 질질 끌려다니며 조리돌림을 당했다. 반궁의 책임자인 대사성 어르신 손에 붙여지기도 전에 쥐도 새도 모르게 맞아 죽는 경우도 많았다. 반궁을 감독하는 어르신들은 그런 짓도 반촌의 유지를 위한 필요악으로 여겨 문제가 커지지 않으면 적당히 눈감아 주곤 했다.

"어휴, 나도 알지만 속이 터져서 그렇지. 너는 이렇게 갇혀 사는 거 답답하지도 않냐?"

"답답하긴 뭐가 답답해? 마당에 뽕나무, 울 밖에 복숭아나무 조르르 둘렸으니 풍경도 좋고, 꽃이랑 푸성귀는 뒤꼍에 가득 심어 놨고, 비단 짜고 수놓다가 가끔 반궁의 숙객 받아서 밥 먹고 살면 여기가 신선 마을인 거지. 마을 밖 노비들은 평생 가 봐야 쇠고기도 거의 못 먹는다며? 여기서야 소 잡을 일이 진진하니 잡뼈라도 얻어먹을 일이 많잖아? 배부르고 등 따습고, 궁궐이 바로 옆이니 산 좋고 물 좋고, 무릉이 뭐 따로 있나? 함부로 마을 밖을 싸돌아다니다가 백정 연놈들이라고 봉변당하는 것보단 백배 낫지."

피할 수 없으면 즐기라 했던가? 구월이는 집과 마당, 그 주변을 예쁘게 꾸미는 데 온 정성을 쏟았다. 구월이는 베 잘 짜고 수 잘 놓기로 이름이 따르르했지만 꼼지락꼼지락하면서 주변을 예쁘게 꾸미는 데에노 특별한 새주가 있었다.

구월이네 초가는 울타리를 따라 가득 피어오른 하얗고 발그레한 복숭아꽃과 안팎으로 곱게 꾸며 둔 꽃밭 덕에 무지개 구름 속에 폭 파묻혀 있는 것 같았다. 구월이는 자신의 집을 복숭아꽃집이라 불렀는데, 그 집을 보고 있으면 예쁜 아가씨가 발그레한 얼굴로 웃는 느낌이 들었다. 집이 사람을 닮는다는 말이 이런 건가 싶었다.

반궁의 유사들은 복숭아꽃집을 구경할 때마다 한양 속 무릉도원이라 부르며 감탄했다. 본디 무릉도원과 속세는 자유로이 교통할 수 없는 법, 복숭아꽃집 가까이엔 작은 개천이 흘렀고, 그 위엔 작다란 돌다리가 놓여 있었다. 그것이 반촌과 바깥세상을 가르는 경계선이었다.

"그래, 어쨌든 좋아. 다 좋은데 네 서방 될 사람 이름이 뭐라고? 내가 아는 사람이야?"

"구용출. 내가 혼인 안 한다 했더니 눈을 밤탱이로 만들어 놨어. 흥, 나쁜 놈."

"뭐?"

민호의 입이 떡 벌어졌다.

"그러니까, 형님. 누님께서 구월이라는 친구한테 간 게 확실합니까?"

송석은 뒤에서 도열한 아우들, 아니 직원들을 얼른 쫓아내고는 이마에 주름을 잔뜩 잡았다. 실종 하룻밤 만에 다크서클이 뺨까지 내려앉은 형님이 아주 애잔해 죽겠다. 학처럼 고고하고 샴고양이처럼 도도한 형님께서 저렇게 망가지는 일이라고는 누님과 관련된 일뿐인데, 아우들, 아니 직원들이 새까맣게 포진한 내 사무실까지 친히

왕림해서 저렇게 부탁을 하는 걸 보면 똥줄이 맹장 끝까지 타들어 간 게 틀림없다.

하긴, 우리 선정 씨는 임신하자마자 휘장 친 침대에서 꼼짝도 하지 않고 누워 있는데 누님은 여전히 동가식서가숙, 아, 아니 동에 번쩍 서에 번쩍 하고 계시니, 아무리 서바이벌의 황제라 해도 대체 그 무슨 경거망동이란 말이냐. 형님의 똥줄이 새까맣게 타들어 가는 걸 어찌 이리 모르실까.

"혼례용 원삼하고 활옷을 만들어 준 친구라면 구월 씨가 맞는 것 같은데. 그런데 어떤 물건을 타고 들어갔는지 알 수가 없어. 흔적을 좀 추적해 줄 수 있을까?"

이완은 큼직한 007가방을 꺼내 책상 앞에 턱 펼쳐 놓았다. 구월이에게 받아 왔을 성싶은 물건들, 본래 용도는 바늘꽂이였지만 용도가 요상하게 변경된 검은색 비단자수뽕 한 세트와 백색 원삼, 홍색 활옷, 드림댕기, 도투락댕기에 애, 련, 정이 수놓인 민망 속곳 3종 세트까지 모조리 각을 맞춰 007가방 안에 줄을 서 있었다.

형님이 누님 걱정, 아기 걱정에 드디어 쪽팔림과 이성을 잃으셨구나.

송석은 얼른 일어나 가방을 닫으며 말했다.

"형님. 누님은 구월이한테 가실 때는 선물 받은 물건을 타고 가지 않습니다. 받은 물건들을 가지고 현대로 떠난 순간부터 구월이한텐 그 물건이 없는 게 되잖습니까. 다른 물건들로 가게 되면 길을 새로 내서 가는 거라 같은 시간으로 들어가진 못합니다. 누님은 친구와 나이를 똑같이 먹는 것이 좋다고 하셨습니다."

"아, 그도 그렇군. 아니, 그런데 진 실장이 구월 씨를 알아?"

"알죠."

송석의 태연한 대답에 이완의 눈이 휘둥그레진다.

"누님이 예전에 저를 구해 주러 오신 적 있었잖습니까? 그때 빈 폐가에 숨어 있는 저를 보시고는, 지금 대대적으로 야광귀 탐문 중이라 여기 있다간 금방 들킬 거라 협박하시면서, 흔적을 지울 동안 금부도사, 포도대장이 얼씬 못 하는 마을에 숨어 있으라 하셨습니다. 그러면서 저를 업고 이상한 동네로 잠입해서 어떤 집에 맡기셨는데, 거기가 바로 복숭아꽃집, 구월이네였어요."

"그게 정말이야?"

"예. 누님과 어렸을 때부터 친구라더군요. 사실 구월인 그때도 어렸죠. 얼굴은 똥그랗고 키는 누님 반 토막은 됐을는지. 그런데 그 꼬마 아가씨가 겁도 없지, 누님이 가져온 비단실 다섯 뭉치를 보더니 바로 창고로 안내하더군요. 물론 구월이는 그 일로 아버지에게 야단을 맞긴 했지만, 어쨌든 저는 그곳에서 잘 버티다가 누님 바짓자락을 붙잡고 무사히 귀환할 수 있었죠."

송석은 아련한 표정으로 과거를 회상했다. 이완은 다급하게 물었다.

"혹시 진 실장 정도 되면 오지 않겠다고 고집부리는 민호 씨를 잡아끌고 되돌아올 수 있을까?"

어쩌면 천군만마 지원 세력이 생길지도 모른다……고 생각하기가 무섭게 송석은 어이가 없다는 듯 커다랗게 웃음을 터뜨렸다.

"요크셔테리어하고 세인트버나드하고 줄다리기를 시키면 누가 어느 쪽으로 끌려가겠습니까, 형님?"

"그 정도야?"

"누님을 끌고 나올 정도가 되려면 누님보다 생존 본능에 충만한 타임 트래커가 눈에 뵈는 것도 없이 목숨 걸고 덤비는 상태여야 할 겁니다. 그런데, 그런 사람이 과연 누가 있겠습니까?"

아내의 생존 본능과 트래킹 능력이 탑 레벨이라는 건 물론 반가워 해야 할 일이지만, 이완은 전혀 반갑지 않았다. 송석은 이완을 달래 려는 듯 무시무시한 이를 드러내고 활짝 웃으며 말했다.

"어쨌든 걱정하지 마십시오. 누님을 억지로 모셔 오는 건 불가능 하지만 두 분의 재회까지는 제가 장담하겠습니다. 다른 곳은 몰라도 구월이네로 가는 통로는 제 홈그라운드입니다. 제 명예를 걸고 모셔 다드리죠."

예상외의 흔쾌한 태도에 이완은 도리어 어리둥절했다.

"홈그라운드라니?"

"구월이네 마을은 제 모교와 연결돼 있습니다."

"대체 그곳이 왜 그렇게 위험하다는 거야? 구월이란 아가씨는 또 어떤 사람인데?"

이완은 조수석에 앉은 채 안절부절못했다. 민호 씨 혼자만이라면 그래도 걱정을 덜 하겠는데, 대체 임신까지 한 사람이, 겁도 없이!

하지만 운전대를 잡은 송석은 태연하기 그지없었다. 누님의 안전 기환에 대한 신뢰는 믿음을 넘어 이예 신앙 차원으로 승화한 듯했 다.

"구월이라는 아가씨, 형님이 걱정할 만큼 이상한 사람 아니에요.

예쁘고, 착하고, 명랑해요. 꽤 괜찮은 아가씨죠."

"그런데 민호 씨한테 들은 말로는 구월 씨는 평생 혼인 안 할 거라는데? 현대가 아니고 과거라면, 미혼인 여자가 특별한 이유 없이 독신주의 고수하기 어렵잖아. 사별 후 수절이라면 모를까. 주변 사람들도 다들 이상하게 여겼을 텐데?"

"아마 아버지 때문에 그랬을 겁니다."

송석은 선글라스를 고쳐 쓰며 덤덤하게 말했다.

"구월이 아버지는 앞을 못 봅니다. 동네에서 천 봉사라고 하지요."

"아……."

"구월이는 아빠를 끔찍이 위하는 효녀고요. 어릴 때 어머니가 돌아가셨으니 아버지를 수발할 생각이었던 거죠. 열세 살이라 했던가? 지금으로 치면 초등학생 때 벌써 수절 선언을 한 겁니다."

구월이의 아버지는 칠삭둥이로 태어나, 아기 때부터 앞을 보지 못했다. 그나마 아비어미가 살뜰히 모아 둔 엽전 뭉치와 그럴듯한 일곱 칸 초옥 덕에 뒤늦게 장가는 들 수 있었다.

찢어지게 가난한 집안에서 삼순구식(三旬九食)하다가 아비의 노름빚에 팔려 시집이란 것을 온 구월 어미는 불평 한마디 없이 남편 시중을 들었다. 그녀는 스스로가 병자 수발을 위해 팔려 왔다는 것을 잘 알고 있었다.

구월 아버지는 반촌 사내답지 않게 성품이 무던했고, 동네에서 곱다 소문난 아내와 하나뿐인 딸을 끔찍하게 아꼈다. 저리 예쁜 마누라와 딸녀이라니, 봉사에게 과하기두, 하는 이웃의 말을 듣고도 그는 허허 웃기만 했다. 세끼 밥 주는 대로 먹고 자리 펴 주는 대로 잤다. 낮에는 어린 딸과 함께 지팡이를 짚고 더듬더듬 마실 가거나, 양지바른 곳에 쪼그리고 앉아 딸과 도란도란 이야기를 나누는 것이 그의 유일한 낙이었다.

구월이는 수놓는 것을 배우면서부터 아빠를 위해 특별히 도톰하게 속심을 두어 모란과 매화, 나비와 새들을 수놓아 아빠 앞에 가져다 놓곤 했다. 그는 유난히 볼록볼록한 이불과 베갯잇, 방석 등을 손끝으로 만지며 딸이 만들어 낸 세상을 구경했다. 딸이 만든 작은 세상은 화려하고 따스하고 아름다웠다.

'펭생 딱 한 번이라두 니 오마니랑 니 얼굴을 보믄 소원이 없갔서. 내래 남은 소원은 게 하나뿐이디.'

그는 아내와 딸의 얼굴이 궁금할 때마다 서글프게 웃었다. 구월이는 눈물을 고랑고랑, 콧물을 홀짝홀짝하면서 아빠의 손을 제 뺨에 가져다 댔다. 그럴 때마다 노인의 주름진 입가가 벙긋 벌어진다.

'어이구야, 이레 보니께네 아조 잘 보인다. 우리 월이가 화중지왕에 천하제일 미인이구나야.'

만약 어머니가 살아 있었으면 구월이는 제때 결혼해서 서방과 자식들과 알콩달콩 살 수도 있었을 것이다. 실제로 어머니가 살아 계실 때까지만 해도 동네 아낙들은 구월이가 고사리손으로 수놓아 선물한, 모란이 곱게 수놓인 베갯모를 들고 다니며, '천 봉사 수발은 어차피 어머니가 들 것이니, 구월이 정도면 흉잡을 곳 없는 신붓감'이라며 열심히 자랑해 주었다.

하지만 구월이가 열세 살 되던 해, 어미가 태중의 동생과 횡사하면서 사정이 달라졌다. 그때부터 구월이는 슬퍼할 겨를도 없이 혼이 빠져 버린 아버지의 수발을 도맡아야 했다. 천 봉사는 안방 문고리에 연결해 둔 새끼줄을 잡고 뒷간에 가는 것 외에는 혼자서 아무것도 할 수 없었다.

아무리 바느질 솜씨가 천의무봉 상방 궁녀 같다 해도 열세 살은 가장 노릇을 하기에 너무 어린 나이였고, 사내들의 복색이 화려하다고는 해도 근본은 노비들만 사는 곳인지라, 자수나 삯바느질 따위 일감을 얻기는 도라지밭에서 인삼을 캐는 것보다 어려웠다. 그렇다고 작은 계집아이가 억세고 험한 동네에서 구걸하며 빌어먹기는 더욱 위험했다.

결국, 구월이는 낮에는 남은 방에 뜨내기 숙박 손님들을 치르거나 허리가 녹도록 베틀을 돌리고, 밤에는 작은 등잔 곁에서 수를 놓고 옷을 지으며 두 입에 풀칠을 시작했다. 밤이면 아버지가 듣지 못하도록 이불을 뒤집어쓰고 엄마를 부르며 눈가가 짓무르도록 울었다.

"그러면 사위가 들어와서 살 수도 있지 않나? 조선 시대에도 처가살이가 없었던 건 아닌데."

"그것 말고 고약한 소문도 하나 있습니다, 형님."

"무슨 소문?"

"복숭아꽃집에 동자 귀신이 지폈다는 소문입니다."

"그건 또 뭐야! 민호 씨 아니야 그거?"

"잠시 잊으신 것 같아 말씀드리는데, 동자는 남자아이를 말하는 겁니다, 형님."

이완은 칠색 팔색 하며 진저리를 쳤다. 결혼 전엔 얼굴 없는 귀신 때문에 정신이 쏙 빠지도록 고생을 했는데 결혼하니까 이젠 동자 귀신이야. 이번에야말로 축사(逐邪)를 해야 하나 액땜을 해야 하나 아주 머리가 지끈거렸다.

"대인배인 누님이시야 헛소문이라고 크게 신경 쓰시지 않지만 한 치 건너 한 치면 모조리 친척 이웃으로 연결되는 마을이라, 한번 소문을 타니 걷잡을 수 없이 부푼 모양입니다."

"진 실장 보기에 그 아이에게 신기나 좀 이상한 분위기가 있는 건 아니고?"

"전혀요. 구월인 작두를 타 본 적도 없고, 방울도 흔들어 본 적도 없고, 신기라고는 좁쌀만큼도 없습니다. 뭐, 굳이 신기를 찾는다면 신들린 것처럼 수놓는 솜씨 정도?"

"수 잘 놓는 건 알아. 원삼 활옷 수놓은 걸 보면 기계수보다 더 정확하고 깔끔하고 디자인도 예뻐."

"손도 무지하게 빠릅니다. 수놓고 베 짜고 바느질하는 거 보면 눈이 돌아갑니다, 형님. 그리고 주변을 예쁘게 꾸미는 거 좋아하고 마음 쓰는 것도 곱습니다. 천생 여자죠. 웃을 때 보면 정말 인형처럼 예쁘고 귀여웠는데, 이제 스물다섯쯤 됐으니 그때보다 훨씬 예뻐졌을 겁니다. 우리 선정 씨처럼 말입니다."

예이, 예이. 이완은 성의 없이 대답했다.

"눈먼 아버지를 평생 수발해야 하고, 싸한 소문도 있으니 혼자인 거지 애가 이상해서 그런 건 아닙니다, 형님. 아무리 여자가 좋아도 그런 조건이면 어느 남자가 데려가겠다고 하겠습니까?"

송석은 안타까운 듯 코를 실룩이다가 한마디 덧붙었다.

"애가 서넛 딸린 영감의 재취, 삼취 자리가 아니고서야 말입니다."

"아오쉐쉐! 왜 하필 구용출 그 인간이야? 애도 셋인가 있지 않아? 바람에 노름에 술 퍼먹고 마누라를 둘이나 때려 내쫓은 새끼를! 야! 반촌에 남자들이 씨가 말랐냐? 으으…….'

"그놈이 우리 아빠를 폭 구워삶았지 뭐야. 글쎄 언니, 그 인간이 비상으로 국을 끓여 먹었는지 울 아빠를 친아버지처럼 모시고 산다 그랬다네?"

'가시아바이(장인어른), 힘 뻗치는 대루 사는 것두 다 젊어 한때 아니겠쉐까. 저두 이 나이 먹으니끼니 각시허구 간난이 위하면서 오순도순 사는 게 좋아 보입데다. 내래 아바이 모시구 효도하면서 살 테니끼니 염려 노시라요.'

'구월이 고거 이밥에 고깃국 먹이구 호사시키는 건 일도 아니디요. 대성전에 석던제(釋奠祭) 올리구 유사님들 육선(肉饍, 고기반찬) 낼 소 잡구, 다립방에 내다 파는 것도 짭짜름허니끼니. 어르나 셋두 다 커서 수월합네다. 고조 아바이는 뜨끈한 구들에 등 지지믄서 딸년이 해 주는 따순 밥 묵고 펜안히 사시라요.'

"나이 먹어 오순도순이 좋아 보여? 미치겠네. 그래서 예비 각시 눈탱이에 푸르뎅뎅 장미를 피우셨나? 아오 쌍! 밑천에 벼락 맞을 소릴 예쁘게도 하네!"

"언니, 그게 술이 한 말이지 그 인간이 한 말이겠어?"

끙끙 앓는 소리를 하던 민호는 어차피 결정된 일에 괜히 초를 치는 것 같아 입을 틀어막고 웃어 보이려 애썼다. 하지만 얼굴 근육마저 솔직하다 보니 웃음은 영 나오지 않는다.

구용출은 반촌 남자들 사이에서는 가장 사나이다운 사나이, 정을 알고 멋을 아는 '열혈 낭만 협객' 정도로 통했다. 특히 마누라 자식보다 친구를 중시하고 의리, 그놈의 의리에 죽고 산다는 개허세가 아주 그냥 작렬이었다. 물론 그놈의 의리는 노름 한 판 만에 바로 칼부림으로 이어질 만큼 얄팍하기 짝이 없어서 규방 여자들끼리의 의리에도 한참 못 미쳤다. 야리야리 여리여리한 궁중 항아님들이 마마님들께 지키는 의리란 그 얼마나 무시무시하던가! 민호가 보기에 이동네 남자들의 '싸나이답다'는 칭찬은 백 퍼센트 '개새끼'와 같은 말이었다.

"글쎄 언니, 아빠가 잠시 나간 틈에 갑자기 들어오더니, 옥가락지를 들이대면서 손까지 잡고 추근대잖아. 그래서 얼른 뿌리치고, 시집 안 가고 아빠랑 살 거니까 이젠 오지 마세요, 하니까 대뜸 눈앞에서 별이 번쩍하는 거야. 눈깔이 빠져나가는 줄 알았어! 술내 나는 거 알았으면 아무도 없는 척하고 장독간 빈 항아리 속에 숨었을 텐데."

"낼모레 마흔 살에 아들이 셋이나 딸린 놈이 100점짜리 신붓감 데려가면서 사람을 쳐? 아주 간덩이가 순대랑 같이 배꼽 밖으로 삐져나오지? 이니 근데, 네기 이 꼴이 된 걸 보고도 이빤 그 개새끼를 그냥 뒀어?"

"아빠는 안 보이니 모르시고, 옆집 아줌마 아저씨들은 취해서 그런 거니까 봐주라고 하잖아. 멀쩡할 땐 또 여자한테 나름 잘해 준다네?"

"아오 씨, 술 지랄병을 물 줘 가며 우쭈쭈 키우고 앉았네! 야, 술 먹고 사람 치면 뼉다귀가 안 부러지냐? 술 먹고 칼질하면 사람이 안 죽냐? 취해서 사람을 쳤으면, 다섯 배, 열 배로 후드려 까야 덜 마시고 조심하지! 자꾸 봐주니까 그래도 되는 줄 알고 계속 처먹고 똑같은 지랄을 하는 거잖아! 그거 망국병이야 망국병! 가중 처벌을 해야 한다고!"

아아, 네이롱의 검색창하고 살다 보니 내가 이제 이런 어려운 말도 술술 할 수 있게 됐구나. 민호는 엉뚱한 곳에서 결혼한 보람을 느꼈다. 얘도 보람을 느낄 만한 남자하고 결혼해야 할 텐데. 얘는 나보다 100배는 나은 신붓감인데. 세상은 참 불공평한 것이다.

"그럼 어떡해. 나보다 머리 하나는 더 크고 몸집도 몇 배나 되는 장산데. 술꾼한테 칼 맞을 일 있어?"

"아빠한테 결혼 안 한다고 하면 안 돼?"

작은 친구는 어깨를 축 늘어뜨리고 시무룩하게 고개를 저었다. 평생 딸한테 큰소리 한 번 안 냈던 물렁이 아빠가 이번에는 아주 단호했다.

'월아, 널 혼자 두구 가면 아바이가 눈 편히 감갔네? 딴소리 말구, 꼭 날 잡아 혼인하라. 우리 아가처럼 고운 가스나이를 미워할 사난이 오데 있갔네?'

'너 여우는 것만 보믄 내래 낼 죽어도 괜찮아. 내 딱 한 가디 소원이야.'

구월이는 싫다는 운도 못 떼고 훌쩍대기만 했다. 눈먼 아비는 마을을 돌아다니며 힘겹게 혼처를 수소문했다. 결국 수복인 용출에게 혼인 말이 나온 날, 아비는 춤을 추며 울었다.

'나이 좀 있어두 사난이 어깨 바라디고 튼튼허다니 그만만 허구. 술 먹구 욱허는 건, 사난이면 으레 그런 게라, 에미나이가 달래기 나름이디. 구 서방만 해두 예뻐하는 에미나이가 살살 갈롱을 떨면 간이라두 빼 줄란다 허구, 어르나 셋 있는 것두 인제 다 커서 손 갈 일 없다 하디 않네? 내래 인제 눈 감아두 안심이야.'

딸의 손을 꼭 잡고 울다 웃다 하는 아비 앞에서 도저히 싫다고 입이 떨어지지 않았다. 그렇다고 직접 용출을 찾아가 이 혼인 무르자 말할 수도 없었다. 그 인간이 무슨 해코지를 할지 몰랐다. 그 장한 성질머리에 망신을 당했다 생각하면 눈 안 보이는 아버지 등짝에 칼을 꽂고도 남을 것이다.

구월이는 한참 동안 발가락만 옴죽거렸다. 얄밉게 솟아오른 버선 코가 되똑이며 움직이는 것이 점점 보기 싫었다. 발가락을 오므리고 조그맣게 중얼거렸다.

"언니, 나 도망갈까?"

민호는 바짝 긴장했다. 이 마을에서 도망친다는 것의 의미는 민호 노 살 알고 있었다.

"정말이야?"

"......"

"······도와줄까?"

구월이는 한동안 눈만 깜박이더니 배시시 웃었다.

"에이, 그냥 해 본 말이지. 평생 쫓기고 숨어 살 일 있나. 게다가 바깥세상에선 백정들은 개돼지처럼 돌에 맞고 다니고, 계집들은 백정각시놀음이란 것도 당한다며."

구월이를 비롯한 대부분의 반인들은 바깥세상에 대한 호기심보다 공포심을 더 많이 갖고 있었다. 반인들은 문묘에 배향하는 일을 한다는 자부심이 넘쳤지만 바깥사람들이 보기에 반인이란 백정처럼 도살업에 종사하는 천것일 뿐이었다. 백정은 아니라지만 백정과 크게 다를 바 없었던 것이다.

바깥세상의 백정은 아무 이유도 없이 맞고 돌팔매를 당했고, 백정의 처나 딸은 사람이 많이 모인 장소나 잔치에 갔다 들키면 백정각시놀음을 당하기도 했다. 입에 재갈이 물리고 목이 묶인 채, 짐승처럼 엎드려 사람들을 태우고 마을을 엉금엉금 도는 것이다. 옷이 벗겨진 채 당할 때도 있었다. 백정 각시를 타던 사내들은 실제로 백정 각시를 윤간하기도 했는데, 남편이 고기를 바쳐야 풀려날 수 있었다.

반인들은 적어도 반촌 안에선 평등하고 자유로웠다. 길 가다 돌에 맞을까 겁먹을 일도 없고 백정각시놀음 따위를 당할 일도 없었다. 반촌 여인들은 반촌을 드나드는 떠돌이 방물장수나 생선장수들, 반궁의 유사들에게 이런저런 이야기를 열심히 주워듣고는, 바깥세상 이야기가 나올 때마다 반촌이 좋지, 행여나 돌다리 넘어갈 생각 말어, 하며 몸서리를 쳤다.

반인 중 바깥을 오가는 몇몇 사람들이나 반촌에 드나드는 선비들,

외지인들은 그런 오해를 굳이 바꿔 주지 않았다. 반인들이 반촌 안에서만 갇혀 그곳을 무릉도원으로 알고 살아가게 하는 것이 모두에게 평화이자 질서였기 때문이었다. 민호 역시 단호하게 부인하지는 못했다. 민호도 예전에 잔칫집에 구걸 갔다가 새파란 사내놈들이 낄낄대며 백정각시타기 하는 꼴을 본 적이 있었다. 민호는 조금 자신 없는 목소리로 말했다.

"바깥세상이 전부 그렇게 이상하고 무서운 건 아니야. 요 앞에 시전에 한 번도 못 가 봤지? 재미있는 것도 많아. 다 사람 사는 곳이라고."

"그래도 아빠는 어떡해. 엄마도 바깥세상으로 도망치다 잡혀서 돌아가셨잖아."

구월이가 도망칠 수 없는 사정은 민호도 알고 있었다. 그래도 이렇게 지옥 같은 삶으로 들어가는 것을 손 놓고 볼 수도 없어서 속이 부글부글 끓었다. 구월이는 입을 꼭 다물고 반궁 쪽을 힐끗거리다가 마침내 결심한 듯이 주먹을 꽉 쥐었다.

"사실, 방법이 아주 없는 건 아냐 언니."

"여긴……."

눈앞에는 고색창연한 옛 건물과 높직한 현대 건물이 함께 어우러져 있었다. 송식의 모교는 창덕궁과 창경궁 인근, 이완의 갤러리와도 지척인 곳이었다.

배낭을 멘 학생들이 석양을 받으며 와글와글 떼 지어 나오는 중이었다. SKKU라는 머리글자가 새겨진 길쭉한 입간판이 보이고 그 맞은편에 있는 옛 건물 앞에는 '成均館—성균관' 이라는 굵은 글자가 박힌 돌 비석이 놓여 있다. 송석은 학교를 가리키며 자랑스러운 목소리로 말했다.

"여기가 대한민국에서 가장 유서 깊은, 600년 전통을 자랑하는 제 모교입니다, 형님! 저기서 나오는 저 파릇한 청춘들은 다 제 후배이자 아우들입니다, 형님!"

이완이 의외라는 표정으로 송석을 바라보았다. 생긴 것과 달리 섬세하고 눈치 빠른 송석은 불끈했다.

"섭하게 표정이 왜 그러십니까? 이래 봬도 초중고 12년 나름 모범생이었습니다."

"중학생 때 성적표 위조했다가 도망쳤었다며."

"누님께서 그런 말씀까지 하셨습니까? 이거 실망……하지 않습니다! 저도 선정 씨에게는 제가 시간 여행자라는 것만 빼놓으면 모든걸 다 고백하고 삽니다! 물론, 그것도 선정 씨의 과민한 신경을 배려한 것뿐 딱히 속이려는 건 아닙니다!"

"응? 어차피 애 낳으면 들키지 않아? 아이도 시간 여행자 되는 거아니야?"

송석은 펄쩍 뛰었다.

"그 무슨 식겁할 말씀을. 시간 여행 능력을 자식한테 물려주는 게코 푸는 것처럼 쉬운 일인 줄 아십니까? 일급 트래커 레벨이 아니면능력 유전 따위는 턱도 없습니다."

"아…… 그런가?"

"물론입니다. 제가 그동안 무수한 데이터를 토대로 연구한 바에

의하면, 시간 여행 능력은 본능이 충만하고 직감이 뛰어난 개체에서 특별히 만개하는 양상을 보이는데, 아 물론 이게 누님께서 꼭 그렇다는 말씀은 아니지만⋯⋯."

이완은 속으로 코웃음을 쳤다. 이봐, 하늘이 알고 땅도 알고, 댁도 알고 나도 아는데 그런 말로 진실이 가려지나?

"어쨌든 시간 여행 능력의 유전적 특성에 대해선 '선택과 집중'으로 결론이 났습니다. 특히 쌍생아의 경우는 두 쌍둥이든 네 쌍둥이든 열 쌍둥이든 반드시 한 명에게만 능력이 발현하는데, 그런 거로 미루어 보면 선택과 집중 이론은 확실하다고 볼 수 있습니다. 그런 것까지 경쟁이라니 참 세상 더럽지만, 이해는 갑니다. 원래 인생이 몰빵이니까요!"

"시간 여행자 자체가 조물주의 몰빵이지."

"카페 회원들을 보면 몰빵인지 쪽박인지 확실치 않습니다. 시간 여행은 무병장수 무사안일의 가장 큰 적입니다!"

"하긴."

"물론 저희 누님께서는 몰빵이든 쪽박이든 모조리 한주먹으로 때려 부술 정도로 우월한 파워를 갖추고 계시므로 인생 150까지 무사안일하게 무병장수하실 거라 믿어 마지않습니다!"

⋯⋯이 정도면 확실히 신앙이다, 신앙.

"어쨌든, 형님. 오해는 사양입니다. 철모르던 소년기의 서류 조작 사건은 'S대'를 향한 어머니의 소원을 이루어 드리려는 거룩하고 선한 의지가 다소 바람직하지 못한 형태로 나타닌 깃뿐입니다. 인격이란 테제와 안티테제의 아름다운 하모니로 이루어지는 법 아니겠습니까? 저는 그 사건 이후 국·영·수 위주로 열심히 공부해서 어머님의 소원을 이루어 드릴 수 있었습니다! 인간 진송석의 현재 모습 이야말로 조화로운 진테제의 정수라 할 수 있습니다."

고릴라의 얼굴과 철학적인 장광설이 썩 조화롭지는 않았지만, 그간 이완이 지켜본 바로, 송석은 누님에 대한 신앙과 어머니에 대한 환상과 마누라에 대한 찬양을 제외하면 상당히 지적이고 이성적인 사나이였다.

"아아, 조금 포괄적이긴 하지만 소원은 이루어 드렸네."

"그렇습니다. 어머님께선 300박스의 무지개떡에 '진송석 S대 입학 기념'을 붙여서 교회와 지역 사회에 널리 돌리셨습니다. 저는 다만 한 곳이 모자라서 형님과 동창회에서 만날 일이 없어진 것이 아쉬울 뿐입니다!"

물론 이완으로서는 그 모자란 한 곳이 백골난망으로 고마웠다.

송석은 트렁크를 열고 묵직한 떡고리를 짊어졌다. 구월이네 처음 가는 형님이 빈손으로 덜렁 가지 않도록 세심하게 준비한 쑥설기로, 시대에 어긋나는 무지개떡은 아니었다.

"잘 어울리십니다, 형님!"

송석은 이완이 차 문을 열고 나오는 모습을 보며 엄지를 척 들어 올렸다. 누님과 몇 달 오지 여행(?) 좀 하셨다더니 저 샌님 형님도 여행자의 꼴이 온몸에 딱 박혔다. 앞뒤 반드르르한 양반 복장보다 돌쇠 마당쇠가 눈에 덜 띈다는 걸 형님도 이제 아시는 것이다. 분장용 상투 가발에 패랭이, 무명 바지저고리에 짚신, 마당쇠 복장이 뚜르르 감긴 형님의 자태가 기가 막히게 아리따웠다. '창피하지 않다. 나는 창피하지 않다. 레드 썬!' 하는 형님의 목소리가 가슴에 왕왕 와 닿는 것을 송석은 기꺼이 이해했다. 형님은 시간 여행자가 아니니까 창피와 생존의 경중을 가끔 헷갈릴 때가 있는 것이다. 그는 힘차게 손을 들어 고색창연한 솟을대문을 가리켰다.

"가시죠. 바로 저깁니다."

성균관의 옛 건물들은 대학교와 연결되어 있음에도 인적이 드물고 고즈넉해서, 사람들이 많이 드나드는 고궁과는 또 다른 분위였다. 명륜당의 널찍한 뜰에는 동서 양쪽으로 길쭉하게 늘어선 두 동의 기숙사 건물 말고는 등산복을 입은 노부부가 두엇, 손을 꼭 잡고 웃으며 자분자분 지나가는 연인과 듬성듬성 솟아 있는 나무들뿐이었다.

그중 가장 강력한 존재감을 자랑하는 것은 뜰 한가운데 있는 두 그루의 은행나무였다. 둥치가 어찌나 굵은지 어른 둘이 팔을 둘러 감아도 모자랄 정도였고 가지도 무거워 축축 늘어지는 바람에 쇠파이프를 박아 지탱하고 있었다. 송석은 어깨높이까지 늘어진 가지를 잡아 내리더니 경외에 찬 목소리로 말했다.

"형님, 이 은행나무 한 쌍은 말입니다, 중종 때 성균관의 왕형 노릇을 하셨던 대사성 윤탁 영감이 심으신 거라는데 존경스럽게도 현재까지 500년째 커플이랍니다."

"커플? 둘 다 수나무 아냐?"

"촌스럽게 왜 이러십니까, 형님? 취향은 존중의 영역입니다!"

"……."

"어쨌든 둘이 붙어 있으니까 키플목이고, 이쨌든 이 거플목이 통로입니다. 형님."

이완은 또 장광설이 터져 나올까 봐 얼른 고개를 끄덕였다. 한국으로 귀화하면서 닥터 노아 버틀러의 주둥이질에서 간신히 벗어나나 싶었더니 이젠 고릴라 한 마리가 바통을 이어받아 더욱 힘찬 주둥이질을 하고 있었다. 독설엔 독설로 맞대응이 되지만 파워 주둥이질에는 침묵 말고는 방법이 없었다.

이완은 민호 씨가 구월이네 가는 통로로 이용해 왔다는 은행나무를 물끄러미 쳐다보았다. 명륜당과 대성전은 임진왜란 후 새로 지어졌지만, 이 나무는 전란의 불길 속에서도 질기게 살아남았던 모양이다. 창덕궁 돈화문, 천마산 본가보다 오래된 나무라니 시간 여행을 위한 통로나 비상구 역할을 할 수도 있겠다.

하지만 기억을 더듬던 이완은 이내 눈썹을 찌푸리고 말았다.

좋지 않다.

궁궐과 담장을 맞대고 있는 성균관 한복판이니 감시는 오죽할 것이며, 남초 구역이라는 것도 마음에 안 드는 판인데 설상가상으로 태학생들의 '반촌 섹스 스캔들'까지 줄줄 떠올랐다. 요즘 식으로 따지면 '고급 공무원 임용'을 준비하는 '국립대 전액 국비 장학생'들이 '대학교 안'에서 저지른 '여직원 강간 사건' 정도가 될까?

문제는 그런 일이 한두 번 일어난 게 아니라는 거였다. 여자들의 입번 시스템도 바뀌고, 여자들이 머무르던 거처인 비복청도 다른 이름으로 바뀐 꼴을 보면 뻔한 일이다. 이래저래 학문의 전당에서 꽤나 아리따운 면학 분위기를 가꾸셨던 모양이다.

하지만 그걸 안다고 여기에 안 올 여자도 아니고 말린다고 들어먹을 거면 애초에 오지도 않았을 테니 차라리 민호 씨한테 맞을 만한 청금복하고 유건이나 몇 세트 준비해 두는 게 가장 안전할 성싶다. 이완이 쓴 입맛을 다시며 생각에 잠긴 동안, 송석은 똥 마려운 강아지처럼 나무 주변을 한참 빙빙 돌았다.

번쩍, 눈이 빛난다. 송석은 송곳니까지 모조리 드러내며 활짝 웃었다.

"자취가 남은 길이 많이 보입니다, 형님!"

"아, 그래?"

반색하며 다가가던 이완은 이어지는 송석의 말에 온몸이 석고처럼 굳고 말았다.

"이제부터 다트로 찍어서 차례로 들어가 보면 됩니다, 형님!"

찌르르찌르르 왜애애애.

갑작스럽게 매미 소리가 귀청을 찢었다. 나무를 두르고 있던 철제 울타리가 어느새 사라지고, 가지가 늘어진 늙은 은행나무 대신 가지가 짱짱하게 솟은 젊은 은행나무 두 그루가 보인다. 갑자기 후끈 달아오른 공기가 팔을 휘감았다. 이런 변화에 익숙해진 이완은 덤덤하게 사방을 둘러보았다.

"제대로 도착한 건가?"

"첫술에 배부르겠습니까? 가서 확인해 봐야 합니다. 바로 옆 동네니 형님은 여기에서 꼼짝 말고 기다리십시오."

이런 식으로 레벨 차이가 나는구나. 민호 씨가 워낙 길을 정확하게 찾아다녀서 시간 여행자들은 다 비슷한 줄 알았다. 트래커──추적자라는 별명이 아무렇게나 주어진 게 아니구나. 진 실장은 그래도 시간 여행 연구회 안에서 꽤 높은 레벨이라고 들었는데.

"진 실장. 같이 가면 안 될까? 혼자 보내는 것도 미안하고, 여기서 멍하니 기다리는 것도 이상하잖아. 성균관의 태학생들만 줄잡아 백에서 이백 명은 될 텐데."

"아, 그게요. 구월이네 동네가 좀 우범 지역이라서요. 여기는 그래도 죄 선비님들이라 점잖지만, 구월이네 동네엔 욱하고 주먹질하는 놈들 천지고, 칼부림하는 놈도 있습니다. 외지인들이 함부로 나대면 시비 털리고요. 형님께 뭔 일이 생기면 전 누님한테 맞아 죽습니다."

주먹다짐, 칼부림이라니. 명색 500년 도읍지였던 한양 한복판에서 이건 또 무슨 황야의 무법지대냐. 이완은 가만히 눈썹을 찌푸렸다. 성균관의 인근 마을이라면 짚이는 게 있었다.

"혹시 구월이가 반촌 사람인가?"

"아, 어찌 아셨습니까? 어쨌든 반촌 분위기를 아신다니 다행입니다. 그럼 꼼짝 말고 여기 계셔야 합니다!"

송석은 떡고리를 그의 무릎에 던져 놓고 문을 향해 힘차게 달리기 시작했다.

이완의 입에서 끙, 하는 신음이 흘러나왔다. 젠장, 요상하고 위험한 곳이라 못 데려간다 했을 때 짐작했어야 했는데. 도무지 기가 막혀서 말도 안 나오고, 속만 부글부글 끓는다.

임신한 여자가 자그마치 반촌, 그 위험천만한 치외 법권 지역에 덜렁 들어갔단 말이지?

조선이라는 나라는 사상적 근간이 성리학이고, 성리학의 성지로 여겨지는 성균관에 대한 예우는 그래서 각별했다.

성균관 전속 노비 마을인 반촌의 고립화나 자율 통제에 대한 존중도 그 연장선에 있었다. 죄를 저지른 자가 마을 안으로 들어가거나 마을에서 살인 사건이 터진다 해도 의금부나 포도청 관리들은 들어갈 수 없었다. 마을의 경계 밖에서 죄인의 인도를 요청해야 했다. 마을 사람들이 합심해서 모르쇠를 대도 안에 들어가 추적할 수 없었다. 그랬다가는 당장 유사들의 권당, 즉 단식 투쟁 및 수업 거부에 맞닥뜨려야 했고 사간들의 상소가 벌떼처럼 날아들 터였다.

물론 500여 년 세월 동안 포도청, 의금부의 성균관 권역 침해 시도가 없지는 않았고, 반촌 노비들을 다른 행정부로 배치하려던 왕도 없었던 건 아니었다. 하지만 결국 성균관의 판정승으로 끝나곤 했다. 그래서 그곳은 조선이 끝날 때까지 치외 법권 지대이자 치안의 사각지대, 한양 속의 고립된 섬처럼 남았다.

이완은 한숨을 쉬며 나무 그늘에 앉아 사방을 둘러보았다. 일이 이렇게 된 거, 기다리는 수밖에 없다.

명륜당의 양쪽 방에선 교수들의 카랑카랑한 목소리, 혹은 굵거나 가는 목소리가 뒤섞여 흘러나오고 있었다. 분합문으로 막아 놓은 대청마루 쪽에서는 사내들 여럿이 경문을 힘차게 합독하는 소리도 들린다. 기숙사인 동재 서재는 문이 조르르 닫혀 있고 뜰은 인적 없이 고즈넉했다.

카랑카랑한 목소리가 들리던 방에서 문이 비쭉 열리더니만, 성균관의 교복인 정금복 차림에 양쪽 귀가 뾰족한 유건을 쓴 백빌 유사 한 명이 툇마루로 쫓겨나고 만다. 안에서 꾸짖는 선생은 제자 나이의 반절도 되지 않을 성싶었다.

좌우를 둘러보며 헛기침을 하던 노인은 주춤주춤 버드나무 아래로 가서 나뭇가지를 하나 꺾더니, 네모난 바위 위에 올라가 똥 씹어 먹은 얼굴로 종아리를 걷어 올린다. 저 돌 위에서 유사들이 스스로 제 종아리를 쳐 가면서 공부했다던데 아픈 것은 둘째 치고 마당 한가운데라 꽤 창피했을 것 같다.

……그것도 저렇게 주름이 조글조글한 선비가.

과거 한 번에 집안의 운세가 좌우되었던 건 알지만, 다섯 살부터 늙어 죽을 때까지 오로지 과거 공부만 해야 했던 선비들을 생각하면 그저 딱할 뿐이었다. 현재로 치환하여 보자면 전국의 모든 지식인이 평생 고시, 공시 준비만 하다가 죽는 건데, 그네들의 고달픔과 자괴감은 얼마나 지독했을 거며, 총기 있는 젊은이, 다른 쪽으로 뛰어난 지식인들의 재능 낭비는 또 얼마나 안타까운가.

이완은 쓴웃음을 짓다가 주춤대던 노인과 눈이 마주치고 말았다. 얼굴이 벌게진 유사는 콧물이 다 튈 정도로 불호령을 내렸다.

"고이얀 것! 천한 것이 예까지 기어들어 온 것도 모자라 눈을 흘끔대며 상전을 비웃고 있느냐. 그 시건방진 눈깔을 뽑혀 봐야 정신을 차리겠느냐!"

이완은 황급히 일어나 고개를 숙였다. 노유사는 온몸을 부들부들 떨더니, 이내 회초리를 던지고 방으로 들어가 문을 콱 닫아 버리고 만다. 이완은 이번엔 대놓고 콧방귀를 뀌며 중얼거렸다.

"그렇게 창피하면 방에 들어가서 회초리질을 하든가, 중인환시 마당에서 할 거면 창피한 거 감수하든가. 멀쩡하게 눈 달린 게 대역죄인가."

"그러게 말일세. 저러다 길 가던 사람들 눈이라도 뽑겠네."

이완은 화닥닥 자리에서 일어났다. 패랭이, 잠방이 차림의 천것이 감히 반궁에서 유사를 욕하다가 현행범으로 걸린 것이다. 여차하면 물고다. 등으로 진땀이 쭉 흘러내렸다.

"……십년감수했지?"

목소리의 주인공이 은행나무 뒤에서 고개를 쏙 내밀며 킬킬 웃는다. 대충 걸친 청금복에 비딱한 유건을 보아하니 반궁의 유사는 틀림없는데, 영 불량 학생 분위기다. 앳된 얼굴에 아직 수염자리도 제대로 잡히지 않은 소년 선비로, 얼굴엔 장난기가 가득했다.

이완은 냉큼 다시 고개를 숙였다. 계급 구분이 고착된 사회에서는 나이보다 복장에 따른 상하 위계대로 행동해야 안전했다.

"넌 뭐냐? 태학생도 아닌 게 왜 여기서 계속 얼쩡대고 있어?"

"황송합니다. 유사님. 이곳에서 주인어른을 뵙기로 연통이 되어 있어서요."

소년 선비는 고개를 갸웃하며 이리저리 살피더니 빼꼼 열린 떡고리를 보고서야 고개를 끄덕였다.

"집에서 심부름 왔나? 떡 갖다 주려고 온 게로구나?"

"예, 유사님."

"네 주인이 예서 공부를 한다면, 음, 진사이시냐, 생원이시냐?"

"새, 생원……이십니다."

이완은 서툴게 눙치면서 머리를 굴렸다. 이름을 물으면 뭐라 할까? 이 꼬꼬마 선비가 전교생 이름을 다 외우진 못할 테지만 혹시 모르니까. 하지만 소년에게서 나온 질문은 의외였다.

"네 주인님은 공부를 잘하느냐?"

"예? 예, 아마…… 잘하실 겁니다. 그런데 유사님, 지금 수업에 들어가셔야 하지 않습니까?"

이완은 떨떠름한 얼굴로 되물었다. 이번에도 의외의 대답이 나왔다.

"도망 나왔어."

아닌 게 아니라 정말 담치기라도 했는지, 교복인 청금복엔 흙이 묻고 긁힌 자국이 있었다. 잘한다. 쪼끄만 게, 땡땡이가 자랑이냐. 밥 먹고 교복 입고 공부하는 거 죄다 백성들이 쌀독 닥닥 긁어서 낸 세금이거든? 그래도 발군의 영업 모드로 돌아선 이완은 나긋나긋하게 웃어 보였다.

"아아. 그러시군요. 더워서 공부하기 많이 힘드신가 봅니다."

"더운 건 상관없어. 외워지지도 않는 걸 기어이 외우라니 미칠 지경이지. 네 주인은 생원이시라니 글 외우는 건 달통했겠구나. 경서 한 장을 외울 때 몇 번 정도 되풀이해서 읽으시더냐?"

묻는 소년 선비의 얼굴이 시무룩하다. 꾀해야 열대여섯 살 정도로밖에 안 보이는데, 표정은 십 년 묵은 공시생, 아니 벌써 인생 다 산 백발 노옹처럼 폭 삭아 있었다. 이완은 웃음을 거두고 진지하게 대답해 주었다.

"저는 다섯 번에서 열 번 정도 되풀이하면 대충 외워졌습니다. 아니, 저, 제 주인님은요."

"뭐? 다섯에서 열 번? 대단하구나. 나는 서른 번, 마흔 번을 읽어도 되지 않는데. 확실히 내 머리가 좋지 않은 것 같아."

소년의 얼굴로 좌절의 빛이 번져 나갔다. 이완은 속으로 웃음을 삼키다가 문득 고개를 갸웃했다.

저 어린 나이에 이곳에 들어왔다는 것 자체가 엄청나게 똑똑하다는 뜻인데? 그런데 왜 이 소년에게선 자랑스러운 기색이 손톱만큼도 없을까?

"유사님은 성균관에 언제 들어오셨습니까?"

"삼 년 전인가, 열네 살 가을에 입학례를 치렀어."

"그 연치에 사마시(소과)에 입격하셔서 생원 진사님이 되시고, 성균관에 들어오실 정도라면 대단하신 겁니다."

"나 사마시 치르고 입학한 거 아니야."

소년 선비는 꾸물꾸물 실토했다. 이완은 고개를 갸웃하다가 아하, 하며 터지려는 웃음을 삼켰다.

……뒷문으로 입학한 하재생이군.

이곳의 기숙사는 실력으로 정식 입학한 진사·생원이 머무르는 상재와, 권력으로 입학한 보궐 유생들이 머무르는 하재로 나뉘었는데, 상하재 간의 차별이 무척 심했던 것으로 알려져 있었다. 실력은 없고 허구한 날 무시는 당하고 저 어린 나이에 참 고달프기도 하겠다.

"어쨌든 난 생원도 진사도 아니니까 나 부를 땐 그냥 유사님이라고 불러. 이 유사님, 그러면 돼."

"예. 유사님."

소인은 너랑 통성명 같은 거 하고 싶지 않사옵니다. 하지만 이완은 고개를 숙이고 매우 하인배(?)답게 대답했다.

이완은 한숨을 쉬며 송석이 사라진 문을 바라보았다. 금방 갈 줄 알았던 땡땡이 소년은 눈을 반짝반짝 빛내며 무슨 밀이든 붙이려고 안달을 하고, 집 떠난 고릴라는 돌아올 줄 모른다. 말이 길어질수록 꼬리라도 잡힐까 봐 골치 아픈데 그렇다고 무시하자니 괘씸죄로 끌려갈 일이라 이완은 입이라도 막을 셈으로 버들고리에서 떡을 하나 꺼내 주었다.

"장과쑥설기로구나! 달다! 너희 집 찬모의 솜씨가 좋구나."

소년 선비는 떡을 먹고 입을 다무는 대신 아예 떡고리 옆에 자리를 틀고 앉아 본격 사연을 풀기 시작했다.

"공부란 것이 얼마나 지겹고 어려운지 아느냐? 이놈의 책들을 몇 백 자씩 매일 외우고 보름에 한 번씩 시험도 봐야 한단 말이지."

소년은 손에 든 책의 첫 장을 펼쳐 보이더니 맹렬히 털어 댄다. 표지에는 아무 글자도 없었지만, 첫 장이 子曰 學而時習之, 로 시작되는 걸 보니 논어겠고, 古今歷代標題註釋十九史略通攷, 라는 글자가 첫 줄에 박혀 있는 건 보나 마나 십구사략이겠다. 공자님 말씀이야 선비들이 배워야 할 기본 중의 기본일 테고, 사략이니 통감이니 하는 역사서 역시 조선의 사대부라면 당연히 깔고 가는 책들이었다. 물론 역사라는 과목은 예나 지금이나 취향의 호불호가 극명하게 갈리는 듯하지만.

"그래도 유사님, 논어에서는 백성에게 본이 될 만한 예를 배우시고, 사략이나 통감 같은 역사서에선 후일 목민관이 되셔서 백성을 돌볼 때 필요한 교훈을 얻으시면 되잖습니까. 역사라는 게 본디 치자(治者)의 학문이라 하니까요."

"……응? 역사는 인내심을 훈련하기 위해 배우는 거 아닌가?"

소년 선비의 진지한 결론에 이완은 입을 틀어막고 얼른 웃음을 삼켰다. 뭐, 민호 씨를 보면 그 말도 틀린 것 같지는 않다. 이완은 송석이 나간 문을 흘낏거리다가 다시 책으로 시선을 돌렸다. 예전처럼 신상을 취조당하는 것보다는 논어 사략을 토론하는 것이 백배는 안전했다.

"뭐가 그렇게 어려우셔서 도망을 나오신 건가요? 도와 드릴 게 좀 있을까요?"

소년 선비의 얼굴이 활짝 밝아진다. 그 말이 나오기를 기다리고 있었던 모양이다. 오늘 배울 부분에서 백이 숙제가 나오는데 말이야, 하고 하소연이 튀어나오는 데는 일 초도 걸리지 않았다.

"대체, 백이 숙제가 충신인 거 모르는 사람이 어디 있어? 예전에 섬기던 패역무도한 은 주왕에게까지 의리 지키려고 고사리만 캐 먹다가 굶어 죽었잖아. 그런 충신은 본받아야 마땅해. 그렇지?"

"그런 생각은 개나 줘 버려! 댁들이 그따위 것만 본받으려고 하니까 폭군, 혼군(昏君)이 끊이지 않았던 거야!"

……라는 진심을 털어놓는 대신, 이완은 매우 동의한다는 표정으로 열심히 고개를 끄덕였다.

"아, 물론 그렇습니다. 그렇고말고요."

"그런데 그거 말고 어떻게 새로운 교훈을 말해 보라는 거지? 스승님들은 하나같이 하루 백 번씩 읽으면 다 외워지면서 뜻도 통할 거라는데, 난 3, 40번만 읽어도 지쳐서 더 읽을 수가 없어. 스승님들을 실망하게 해 드리고 싶진 않은데 내 머리는 딱 콩나물시루인 거야. 물을 한 바가지 붓든, 열 바가지 붓든 계속 줄줄 빠져나온단 말이야. 아 정말 미치겠다."

소년 유사의 얼굴은 정말 미치기 일보 직전으로 보였다. 이 맹렬한 기시감과 친근감을 어쩔 것인가. 이완은 결국 키들키들 웃고 말았다.

"유사님, 제 주변에도 자칭 콩나물시루가 한 명 있는데요, 역사 공부를 어떻게 하는지 아세요?"

"어떻게 하느냐?"

"일단 머리 좋고 공부 잘하는 사람하고 혼인을 해서 말입니다."

"오호?"

"매일 밤 이불 속에서 옛날이야기로 들으면서 배운답니다. 효과 아주 조오습니다."

이완의 호언장담에 소년은 픽 콧바람을 내고 만다.

"매일 밤 이불 속에선 가시버시 일 치르기도 바쁠 텐데 옛날이야기를 들을 틈이 어디 있단 말이냐? 일각도 못 되어 곯아떨어질 텐데. 설마 자넨 그 나이에 벌써 가시버시 일이 시들해진 건가?"

갑작스러운 반격에 이완은 얼빠진 꼴로 소년을 바라보았다. 맞다. 유건 속에 감추어진 것은 동그랗게 솟은 상투와 동곳이었다. 어려 보여도 장가를 들었다는 것이고, 그렇다면 농담을 야한 말로 맞받아칠 수도 있는 사내란 뜻이었다. 이완이 당황한 것과 달리 소년 선비는 아주 **뻔뻔하게** 웃고 있었다.

"뭐 작년에 맞은 내 부인이 나보다 똑똑한 것 같긴 해. 고집도 보통이 아니지만. 고집쟁이 천하 삼절로 안, 강, 최 세 성씨를 친다던데, 허언이 아니더군. 부인이 강씨거든. 그나저나 자네 장가는 갔어?"

은근슬쩍 부인의 뒷담을 깐 어린 선비는 이완에게 캐물었다.

"예, 저도 작년에 혼례를 올렸습니다. 다행히 제 내자는 안, 강, 최 아니고 파평 윤씨입니다."

"자네가 잘 모르나 본데 파평 윤가 여인들도 만만치 않아. 강단 있고 무시무시한 거로만 따지면 안, 강, 최가 문제가 아니야."

이완은 어쩐지 묘하게 수긍이 되어 멍하니 고개를 끄덕였다.

"그리고 이불 속 콩나물시루 이야기, 그거 자네하고 자네 내자 이야기지? 자네가 시루에 열심히 물을 붓는 거고? 자네, 옷차림을 위장했어도 본디 신분은 천출이 아닐 게야. 반가의 서자일 수도 있고. 그렇지?"

이완의 입이 다시 멀끔 벌어졌다. 저 꼬꼬마, 머리가 콩나물시루라더니 눈치는 백 단이다.

"책의 첫 장만 보고도 십구사략과 논어를 바로 알아보는 천출이 몇이나 될까? 통감이나 춘추가 어떤 내용인지도 꿰고 있는 걸 보니, 다섯 번 읽어 외운다는 네 주인 이야기도 사실은 네 이야기일 게고."

"아, 전 그, 그저 어깨너머로 들은 것뿐입니다. 다 외웠을 리도 없고, 쓰는 건 개 발바닥이고……."

"에이, 왜 그리 당황해? 의금부로 끌고 가 신분을 취조하진 않을 테니 걱정하지 말게. 아, 자네 내자 흉본 거 들켜서 바가지 긁힐까 봐 그러나? 나 입 무거워."

소년은 흔쾌하게 말했다. 소탈하지만 양반다운 품위가 있는 소년과의 대화는 꽤 재미있었다.

"대신 오늘 배울 백이 숙제에 대해 달리 생각한 소회가 있으면 좀 나눠 주게. 그럼 내 평생 비밀로 해 주지."

다만 세상에 공짜는 없었다. 그나마 다행스러운 건, 백이 숙제의 맹목적 충성 따위는 얼마든지 씹어 줄 수 있었다는 점이었다.

땀에 쫄쫄 젖어서 되돌아온 송석은 은행나무 아래를 살펴보고 입을 딱 벌리고 말았다. 아니 저 형님이 원래 저렇게 천하태평이었나? 겁 많은 민간인 샌님께서 눈에 안 띄게 숨어 있을 줄 알았더니 생판 모르는 소년 선비와 떡고리를 열어 놓고 형님 한 입 아우 한 입 하는 것도 모자라 책까지 펼쳐 놓고 도란도란 대화의 장을 여셨다.

송석은 이완의 시선이 닿을 만한 거리에 서서 무언의 메시지를 방출했다. 손발을 버둥버둥, 입은 금붕어처럼 뻐끔뻐끔, 형님! 죄송합니다! 다트 잘못 찍었습니다, 얼른 다른 데로 가 봅시다!

이완은 얼굴을 구기고 인상을 썼다. 이봐 진 실장, 사람을 여기 떨궈 났으면 빨리 돌아와야 할 거 아냐. 민간인을 다른 시간에 방치해 놓고 이제 오면 어떻게 해! 순간 소년 선비가 송석에게도 알은척을 하더니 급하게 일어나는 이완의 소맷부리를 잡아당겼다.

"아, 일행이군. 어이, 이보게. 뭐가 그리 급해. 친구가 된 김에 조금만 더 앉았다 가게."

"친구? 친구라 하셨습니까?"

송석이 눈을 둥그렇게 뜨고 묻자 이완의 얼굴이 우거지 죽상으로 변했다. 소년 선비는 해맑은 얼굴로 설명했다.

"내가 흉금을 터놓고 교유를 청했다네. 실은 의형제를 맺고 싶었지만 하도 기겁을 해서, 내가 조금 양보했지."

"예⋯⋯?"

"진정한 선비라면 배울 것이 있는 자와 연이 닿았을 때, 장유 귀천을 가리지 않고 벗이 되기를 청하는 법이지. 이자의 생각이 어찌나 독특하고 날카로운지, 진심으로 감탄했다네. 목숨을 두려워하지 않고 칼끝처럼 날카로운 직언을 할 줄 아는 강직한 유사란 그 얼마나 귀한가?"

아하. 송석은 고개를 끄덕였다. 역시나 그 짧은 시간에도 형님의 독설은 빛을 발한 모양이었다. 물론 저놈의 독설쟁이께서 백이 숙제를 맹렬하게 까대는 바람에 충격과 공포의 신세계를 경험한 소년 유사가 어떻게든 인연을 만들어 보려고 저지른 짓이라는 건, 이완도 몰랐고, 송석도 몰랐다.

소년 선비는 쑥설기를 들어 올렸다.

"도원결의까지는 아니지만 반궁결의 정도는 맺었네. 술과 고기는 없지만, 떡은 나눠 먹었고, 대유(大儒) 공자의 말씀에 대해 깊은 이야기도 나누었으니, 그 정도면 충분히 흉금을 터놓은 친구라 할 수 있지 않은가?"

"아, 예, 물론입니다! 그런데 송구하지만, 저와 형님은 지금 돌아가야 해서 말입니다."

"뭐, 지금 가야 한다면 어쩔 수 없지. 대신, 뭐 하나만 대답해 주고가게. 솔직하게 말해 줘야 놓아줄 걸세."

이완의 등 뒤로 불길한 예감이 싸르르 올라온다. 아니나 다르랴.

"아까 담 너머에서 여길 엿보고 있는데, 은행나무 속에서 갑자기 시커먼 야차가 튀어나오더라고. 놀라서 자세히 보고 있으니 관옥같은 신선도 하나 따라 나오지 않던가? 뭘 그리 놀라. 자네 말일세."

"아, 코, 콜록, 그, 그게, 콜록콜록콜록, 이, 이 유사님."

이완의 입에서 미친 듯이 기침이 쏟아지기 시작했다. 망했다. 이놈의 시간 여행에선 방심해도 망하고 조심해도 망하는구나. 민호 씨하고 다닐 때는 드나들면서 한 번도 들킨 적이 없었는데. 하지만 소년은 식겁할 소릴 뱉어 놓고도 세상 태평하게 웃기만 했다.

"그걸 보고 바로 은행나무에 깃든 옛 유사들의 혼백일 게라 생각했지. 저쪽의 잣나무 아래서 낮잠을 자면 장원을 할 수 있다고 하고, 이 은행나무 밑에서는 선진들의 혼백을 만날 수 있다 하던가? 평생 반궁에서 공부하고도 춘당대 한번 오르지 못하고 죽은 자들이 이 나무에 깃들어서 종묘사직과 후배들을 보살핀다는 게야. 그게 사실일까 늘 궁금했고, 만나면 물어보고 싶은 것도 있었고, 살아생전 고생하셨다고 위로도 좀 해 주고 싶었다네. 논어에 사략의 첫 장만 보고도 줄줄이 내용을 읊는 걸 보고 그리 짐작했었는데……."

이완의 등으로 땀이 졸졸 흘렀다. 제기랄. 우리 지금 귀신으로 몰린 거지? 차라리 시간 여행자보다는 귀신으로 몰린 게 나은가? 진실장, 송석 씨? 이럴 땐 어떻게 해야 해?

하지만 고릴라 한 마리가 턱을 한 발은 내려놓고 얼어붙은 꼴을 보아하니 이완보다 뇌 속의 상태가 훨씬 황량해 보였다. 저거 시간 여행자라는 게 저렇게 위기 대처 능력이 없어서 어떡해. 이완은 등에 진득하게 흐르는 땀을 느끼며 이 위기에서 벗어날 방법을 궁리했다.

'나는 윤민호다, 나는 윤민호다, 민호 씨라면 어떻게 할까, 레드썬!'

순간 놀라운 일이 벌어졌다. 마음속으로 알 수 없는 대범함과 될 대로 되라, 하는 자신만만함이 치솟더니, 기적같이 먹구름이 걷히고 새 하늘이 밝아졌다. 위기 해결 방법은 역시 윤민호식 정면 돌파렷다. 이완은 싱긋 웃으며 되물었다.

"이 유사님은 겁도 안 나십니까? 저희가 물귀신처럼 이 유사님을 끌고 저승으로 가면 어쩌시려고요. 기왕 말이 났으니 유사님께서 한

번 맞춰 보시죠. 저희가 저승을 헤매는 반궁 유사의 혼백인지, 구미호, 도깨비, 야차인지 아니면 변복한 저승차사인지."

"내 말 다 안 끝났네. 누가 자네들을 혼백이라 믿는다 했나? 생각해 보니 뭔가 이상하더란 말일세. 그림자도 이렇게 짱짱하고 떡도 먹고 기침도 하는 혼백 잡귀가 대체 어디 있단 말인가?"

이완은 짧게 한숨을 쉬었다. 이 지경까지 눈치를 챘으니 그냥 툭 털어놓고 입단속이나 한 후에 발을 빼야 하려나. 이완은 다시 한번 민호 씨를 떠올리며 붉은 태양을 소환한 후, 결론을 내렸다.

"아 이런 들통났네요. 사실 저희는 은행나무에 깃든 혼백은 아니지만, 인연이 닿을 때마다 여러 시간을 여행하는 사람들이니, 귀신이나 혼백과 비슷해 보일 수도 있겠습니다."

송석의 눈이 주먹만큼 커진다. 형님 지금 뭐 하십니까? 갑자기 약 드셨습니까? 반면 소년은 놀라기는커녕 호기심 어린 얼굴로 가까이 다가앉았다.

"여러 시간을 여행한다? 그거 재미있구나. 역시 야차나 혼백 따위는 아닐 것 같았어. 그럼 너희는 과거에서 왔느냐? 아니면 앞으로의 시간에서 온 게냐?"

"그건 영업상 비밀입니다. 장사치한테 밑천까지 달라는 건 상도에 어긋합니다. 유사님."

"이런, 반궁의 선비에게 상도를 논하는 게냐? 선비의 명예를 걸고 비밀을 지켜 준대도 그러는구나."

소년은 의외로 태연했고, 이완은 안도의 한숨을 쉬었다. 역시 윤민호식 정면 돌파가 최고였다. 다만 사소한 문제가 있었으니.

"여러 시간을 유람했다면, 여러 시대의 사람 사는 모습을 많이 봤겠구나. 자세하게 이야기 좀 해 다오."

이완은 짧게 한숨을 쉬었다. 윤민호식 해결 방법의 문제는 귀찮은 일에 발목을 잘 잡힌다는 거였지. 이럴 때는 박이완다운 꼬리 빼기로 마무리!

"인연이 되어 나중에 다시 뵙게 되면 그땐 밤새 이야기를 나눠 보도록 하지요. 선비의 명예를 걸고 약속하겠습니다. 가야 할 시간이 되어서요."

"자네 선비가 아니라고 선비의 명예 따윈 가볍게 팔아 치우는군그래. 나중에 다시 보긴 어떻게 본단 말이냐. 아, 그럼 이거 한 가지만."

소년은 소맷자락을 꽉 붙잡았다. 이완은 당황했다. 이렇게 잡히면 이동을 할 수가 없다.

"미래가 궁금해. 내가 어떻게 살아가게 될지, 내가 살아갈 조선은 어떻게 될지. 후세 사람은 나에 대해 뭐라 평가할지 궁금해. 그것만 알려 주면 바로 보내 주마."

······마무리 실패.

예전의 윤 진사가 미래를 알고 싶어 했던 것은 세기말 지식인의 단순한 호기심이었지만 이 소년 유사에게서는 좀 더 절박한 무언가가 느껴졌다. 이완은 쓴 입맛을 다시며 되물었다.

"후세에 칭송을 받고 싶으신가요? 어떤 평가를 받고 싶으신데요?"

"약하고 힘없는 백성들이 고통을 겪지 않도록 만들어 주고 싶다."

오랫동안 생각했던 것인지 단숨에 대답이 나왔다. 이건 좀 의외인데? 이완은 고개를 갸웃했다. 대과를 준비하는 반궁의 선비라면 입신양명, 임금에게 충성하고 크게 출세하여 집안과 개인의 이름을 드높이는 것이 일반적인 목표일 텐데?

이완은 소년 유사의 눈을 물끄러미 내려다보았다. 개인적인 탐욕과 출세를 위한 욕망에 절지 않은 맑고 아름다운 눈이었다. 소탈하고 정직한 시선이 퍽 마음에 들었다.

"그리기 위해서 유사님께서는 어떤 일을 하실 생각입니까?"

소년 선비는 대답하지 않았다. 방법을 모르는지, 혹은 생각한 방법이 있지만 허황하여 말하지 못하는지는 알 수 없었다.

이완은 문득 소년 선비의 이름을 묻고 싶었다. 소년의 곧고 아름다운 꿈이 이루어졌는지 확인하고 싶었다. 하지만 이완은 천천히 웃으며 궁금증을 삼켜 넣었다. 모르는 것이 좋다. 이 소년에게도, 그리고 나에게도.

"만약 유사님께서 공부를 열심히 하시면 춘당대에 오르실 날도 있겠지요. 그러면 이 나라 조선과 백성을 위해서 크게 쓰임 받으실 기회가 열릴 겁니다."

"내가 어떤 사람이 되는지 알려 줄 순 없어? 아, 아직 내 이름을 모르는구나. 나는 이름자를 물 수에 무성할 왕(汪) 자를 쓰는데."

이완은 눈썹을 찡그렸다. 안 듣는 게 좋았을 텐데 한발 늦었다. 이 유사라 했으니 이름이 이수왕이 되는 건가? 이수왕, 이수왕. 아무리 기억을 더듬어도 걸리는 이름이 없어 이완은 조금 쓸쓸해졌나.

집안 좋아 뒷문으로 여기 들어왔으면 공부라도 좀 열심히 하지.

저 소년 선비는 처음 보았던 백발의 유사처럼 평생 과거 공부만

하다가 아무것도 이루지 못하고 일생을 허비하려나 보다. 혹은 이름이 알려질 정도까지는 아니지만 운 좋게 과거에 합격해서 말단 공무원 생활이라도 하게 되려나? 노둣돌에 올라가 머뭇대던 늙은 선비의 등이 그렇게 허망해 보일 수 없었는데. 곧은 시선과 맑은 눈을 가진 이 소년이 그런 인생을 보내진 않았으면 좋겠는데.

"미래를 아는 것은 그리 좋은 게 아닙니다, 유사님."

"왜? 미래를 안다면 어려운 판단을 내려야 할 때 좀 더 현명하게 결정할 수 있지 않겠느냐?"

"바뀌지 않는 미래에 좌절해서 인생을 허비할 수도 있습니다."

"……"

"미래를 알게 되면, 미래에 맛볼 행복이 고마운 것이 아니라 당연한 것이 될 것이고, 미래의 불행 역시 현재부터 당겨서 겪게 될 것입니다."

"그래도 듣고 싶어. 들어야 하고. 나에겐 중요한 일이야."

미래를 안다는 것의 의미와 무게를 제대로 모르는 소년 선비는 단호하게 말했다. 이수왕, 이수왕. 기억나는 내용이 전혀 없어서 다행이었다. 이완은 적당히 표정을 꾸며 둘러댔다.

"이 유사님께선 훗날 상감마마의 총애를 받는 유능한 신하가 될 것이고, 조선 백성들에게는 널리 존경받는 위대한 학자가 되실 겁니다."

소년 선비의 표정이 이상해졌다. 그는 잠시 후, 차갑게 코웃음을 치며 등을 돌렸다.

"웃기시네."

"누님께는 절대, 절대, 절대 제가 모셔다드렸다 말씀하시면 안 됩니다."

어쨌거나 미션 완료. 이완이 노둣돌과 은행나무 근처에서 방황하는 각 연령층의 선비들을 열 명쯤 구경하는 동안, 재직 놈들이 술래잡기를 하며 '못 찾겠다 꾀꼬리'를 열댓 번은 내지르는 동안, 고릴라 한 마리는 마을과 은행나무를 오락가락하다가 드디어 꿈에 그리던 누님을 발견할 수 있었다.

그는 눈물 콧물 휘날리며 달려 들어와 '똥장군을 위풍당당 짊어진 누님께서 구월이네 텃밭에서 달인의 솜씨로 거름을 도포하고 있었으며, 먼발치에서도 그것이 누님임을 한눈에 확인할 수 있었다'고 보고한 후 바로 길을 안내했다.

"그럼 민호 씨가 누가 데려다줬느냐 물으면 뭐라고 하지?"

"형님께서 누님을 너무 그리워하다 보니 몸까지 오게 되었다고 해주십시오."

"진 실장! 나는 시간 여행은 고사하고 길이 전혀 보이지도 않는 완벽한 민간인이야."

"모든 타임 트래커가 물건에서 길을 찾아 이동하는 건 아니란 말입니다. 아 형님의 첼로 소리도 시공을 여행하는 판에 불가능할 게 뭐가 있겠습니까? 형님은 저희 카페에 오시기만 하면 등업 절차도 없이 바로 트래블러 레벨 드립니다!"

"무의식에서 들린 환청 따위로 좀 우기지 말라고."

목소리를 높이려는데 갑자기 송석이 쉿, 하며 이완의 뒤에 쪼그리고 앉았다. 송석의 손가락이 가리키는 곳에는 무지개색 구름 같은 꽃밭에 폭 파묻힌 초가가 있었고, 그 안에서 매우 익숙한 노랫소리가 흘러나오고 있었다. 배고프다, 배고프다, 아아아 배고프다아아. 이완은 드디어 안도의 한숨을 쉬었다.

"아 정말 고마워. 오늘 정말 고생 많았어, 진 실장. 민호 씨에게도 안부 전할게……."

안 된다니까요! 송석은 기겁하고 부르짖었다.

"다시 한번 말씀드리지만 제 이야기는 절대절대 하시면 안 된다고요. 앞으로 위험한 데 짤짤대고 돌아다니면 토마스 폰 에디슨 2세를 만들어 버리겠다고 하셨단 말입니다! 형님까지 이 위험한 곳에 모시고 들어온 걸 알면 딸랑이를 한쪽도 안 남겨 놓으실 겁니다! 제가 결혼까지 한 마당에 우리 선정 씨에게 그런 모진 짓을 해서야 쓰겠습니까?"

"……."

"만약 누님하고 손잡고 다니시다가 손을 놓쳐서 미아가 되시면, 바로 반궁에 오셔서 커플 은행나무의 가지 두 개를 새끼줄로 꼭꼭 묶어 주십시오. 꼭 하트하트 나비 모양으로 매듭을 만드셔야 합니다. 그게 누님이 정해 주신 SOS 신호입니다. 그리고 구월이네 그대로 짱박혀 계시면 제가 48시간 내로 구조 신호를 확인하고 구조대를 1개 연대 규모로 조직해서 꼭 모시러 오겠습니다. 하트하트, 절대 잊으시면 안 됩니다!"

이완은 절대 민호 씨의 손을 놓지 말아야겠다고 비장하게 결심했다. 송석은 매무시를 가다듬고 씩씩하게 거수경례를 올려붙였다.

"형님, 건투를 빕니다."

민호는 평상에 앉아 대님 끈을 묶다가 그대로 얼어붙었다. 꽤 많이 낯익은 사내가 불뚝하니 패랭이를 쓰고 잠방이를 입고 등 뒤에 고리짝까지 매단 채 사립문 앞에 서 있다. 영화 속에 있던 사람이 스크린 밖으로 튀어나온 것처럼 현실감이 없었다.

이완은 평상 쪽으로 천천히 다가가 여자를 내려다보았다. 어디를 또 가려는지 무슨 짓을 하려는지 긴 댕기 머리가 아니라 틀틀 올려 묶은 상투에 삼베 쪽으로 띠를 두르고 치마저고리 대신 낡아 빠진 바지저고리를 입었는데, 누덕누덕 기워 붙인 꼴이 천틀바지 만틀저고리가 따로 없었다.

이완은 아무 말도 하지 않고 여자의 머리를 끌어안았다. 폐를 녹일 듯 진하고 깊은 한숨이 흘러나왔다.

"왔어?"

"예."

"왜 보자마자 한숨이야."

"아아, 거름 냄새 때문에 뽀뽀를 할 수 없어서요. 하다못해 거름마저 우리 사랑을 방해하다니, 우리는 이제 꿈도 희망도 없네요."

민호는 이마를 맞댄 채 킬킬 웃었다.

"미안. 구월이 잠깐 도와주고 회사로 가서 저녁 같이 먹으려고 했는데."

"그 잠깐이 한두 시간이 아니란 것쯤은 저도 알 만한 관록이 생겨서 말이죠."

"그래서 마누라 보고 싶어서 여기까지 찾아온 거야?"

"아, 이런. 민호 씨 보고 싶어 왔을 거라는 편견은 버리세요."

이완은 코웃음을 치며 민호의 아랫배를 손가락 끝으로 톡, 튕겼다. 민호는 멋쩍게 웃고 말았다. 저놈의 깐족대는 말질을 듣고 있으니 드디어 내 남자가 왔다는 실감이 나기 시작했다.

"이틀 동안 쫄쫄 굶었어? 얼굴이 왜 이래. 내가 얼른 밥 차려 줄게. 호박도 따 와서 된장 끓였고, 구월이가 섞박지도 새로 담았어. 와, 쑥설기구나! 구월이 아버지 떡 완전 좋아하시는데!"

민호는 여기 어떻게 왔느냐, 누가 데려다줬느냐 묻지도 않았다. 어차피 반촌을 알고 구월이와 자신의 인연을 아는 사람이라면 진 고릴라 말고는 아무도 없었다. 왜 얼굴도 안 비치고 뺑소니를 쳤는지도 뻔했다. 일급 트래커도 아닌 주제에 이완 씨를 이런 위험한 곳에 데리고 왔으니, 현행범으로 붙잡혔다간 토마스 폰 에디슨의 위대한 전통을 이어받아 새로운 성 정체성을 얻게 될 거라 확신했을 것이다.

마침 부엌에서 나오던 댕기 머리 아가씨, 민호보다 머리 하나는 작은 처자가 눈동자를 데구루루 굴리며 민호에게 입으로 묻는다. 언니, 형부야?

"응. 아, 이완 씨, 여기 내 친구 구월이. 내가 얘기했지? 조선 최고의 바늘쟁이. 나도 바늘에 찔려서 피 본 김에 자매결연도 맺었지만 하여튼 오래전부터 말 놓고 지내는 친구야."

"으이, 어떡해. 나 원래 이렇게 못생긴 애 아닌데. 안녕하세요, 형부? 언니한테 자랑 많이 들었어요."

구월이는 시퍼런 눈을 한 손으로 가리더니 허리를 폭 숙여 나붓이

인사를 했다. 눈 코 입이 오밀조밀 모인 동그란 얼굴이 몹시 귀여웠는데 웃을 때 유난히 볼록한 뺨과 반짝거리는 까만 눈동자가 도드라졌다. 저 예쁜 얼굴이 퍼렇게 물든 사연이 궁금했지만, 이완은 묻지 않고 조용히 맞인사만 했다. 민호 씨가 늦은 사연이 저 멍 자국 때문일지도 모른다는 생각이 들었다.

"잘 왔어. 이완 씨. 그러잖아도 내가 부탁하고 싶은 게 생겼어."

"절대 안 됩니다."

이완은 딱 잘라 거절했다. 쉬운 청은 아닐 거라고 생각했지만 듣고 보니 역시나 머리가 지끈지끈한다.

"정말 안 돼? 왜?"

민호는 밥상에 놓인 보시기 속의 하얀 섞박지 김치를 이완의 숟가락 위에 얹어 주며 있는 힘껏(?) 애교를 부렸다. 이완은 뭐라 해야 할지 알 수 없어서 꾸역꾸역 밥만 먹었다. 너무 당연한 것은 너무 당연해서 설명하기 어려웠다.

"데려가면 누가 돌보죠?"

"내가. 쟤 완전 똘똘해. 혼자 언문도 깨치고 여기저기서 얻은 책으로 천자문에 소학까지 뗐대. 나보다 백 배, 천 배는 나아. 한번 말해 준 건 절대로 안 잊어버리고. 쟤가 남자로 태어났으면 키만 작은 박이완이 됐을 거라니까? 어쨌든 어딜 가든 적응 하난 끝내주게 잘할 거야."

"적응이 일이 년에 끝날 것 같습니까? 가갸거겨 abcd부터 가전,

컴퓨터, 스마트폰 사용법까지 죄다 가르쳐야 할 텐데요. 그리고 민호 씨는 조만간 엄마가 될 텐데 아기 키우는 것만으로도 벅찰 겁니다."

"아냐, 사람은 원래 적응의 동물이라잖아. 이완 씨만 해도 옛날에서 현대로 적응하는 데 10년, 20년 걸린 거 아니잖아. 아니 그 전에, 이완 씨야말로 원래대로라면 나 태어났을 때 이미 백골이 난망한 상태였을 거라고. 절대 안 될 일은 아니지 않나?"

"…… '백골이 진토 된' 상태입니다, 민호 씨. 그리고 1940년대에서 1990년대로 이동하는 것하고, 400년을 건너뛰는 건 차원이 달라요."

꼼꼼 예민한 사나이는 그 와중에 거슬리는 것을 바로잡고야 말았다.

"여기가 400년 전인지 100년 전인지 어떻게 알아?"

"이 밥상 보면 알아요."

"밥상 한 번 보고 그걸 어떻게 알아?"

민호는 눈을 부릅뜨고 상을 노려보았다. 똑같은 눈깔로 똑같이 보는 밥상인데 밥상 너는 왜 저 인간한테만 그런 정보를 말해 주느냐. 이완은 젓가락으로 섞박지가 담긴 보시기를 통통 두드렸다.

"젓갈에 절인 섞박지 백김치요. 밥상에 고춧가루가 전혀 안 보이죠?"

"응, 구월이네선 빨간 김치 먹어 본 적이 없는데?"

"그러리라 생각했습니다. 아까 들어오면서 마을 구경을 했는데요, 사람들이 그늘에서 담배를 피우고 있더라고요. 그런데 김치는 백김치란 말이죠. 담배나 고추나 모두 임진왜란 때 들어왔다고 알려져 있잖습니까? 제 생각에 지금은 임진왜란은 지났고, 담배는 폭발적으로 퍼졌지만 고추는 아직 식용으로 민간에 퍼지지 않은 중간 시기 같습니다. 고추 맛이 하도 강렬하다 보니 독초인 줄 알고 무기로는 썼지만, 식용으로 정착하기까지는 시간이 좀 걸렸거든요."

"뭐가 그렇게 휘뚜루마뚜루야? 훨씬 먼저일 수도 있고, 아주 나중일 수도 있어. 이 동네 사람들이나 구월이네가 고춧가루를 싫어할 수도 있고, 담배가 아니고 뽕잎을 말아 피우는 것일 수도 있잖아!"

아아, 한국사능력검정시험 5급에 빛나는 윤민호가 뇌세포를 박박 긁어 필사적으로 딴지를 거는구나. 내용의 허접함은 차치하고, 토론이 된다는 것 자체가 눈물겹게 바람직하다. 이제야 야간 수업의 보람을 느끼게 된 이완은 본격 이빨을 드러냈다.

"성균관으로 들어올 때 보니까 성균관 유사들 교복인 청금복이 짙은 청색 난삼에 검은 깃이었어요. 청금복은 시기별로 그 디자인하고 색깔이 달랐는데 청색 난삼에 검은 깃은 세종 10년 이전, 그리고 선조 후기에서 숙종 전기까지의 디자인입니다. 그리고 명륜당이 현재와 동일한 건물인 걸 보면 임진왜란이 지난 상태라는 뜻이에요. 임진왜란 때 소실된 건물을 선조 때 바로 개축해서 내려오는 거니까요. 하지만 뒤에 활 쏘는 도구를 모아 놓은 육일각이 보이지 않는 걸 보면 아직 영조 때까지는 이르지 않았다는 말이고요."

"어, 어, 으으."

"그러면 교집합은 선조 후기부터 숙종 전기, 그중에서도 왜란 시기에 도입된 담배는 퍼졌고, 고추는 아직 퍼지지 않은, 짧은 과도 기간 정도가 되겠죠? 그래서 1600년대 초, 400년 전이라 한 거고요."

민호는 입을 멍하니 벌린 채 그의 설명을 들었다. 무슨 말인지 절반도 알아들을 수 없었다. 어쨌든 확실한 건, 딴지는 개뿔이고, 명탐정 코난도, 셜록 홈스도, 괴도 뤼팽도 이 사람을 절대 따라가지 못할 거라는 사실이다.

"대체 얼마나 공부해야 그렇게 우화등신의 경지로 가는 거야?"

"우화등선입니다! 우화등선!"

모르면 아주 모르든가, 알면 제대로 알든가 말입니다! 이완은 빽 소리를 지르려다 민호의 아랫배를 보고 어깨를 찔끔했다. 순식간에 말투가 마시멜로처럼 나긋해진다.

"중요한 건 그게 아니고, 민호 씨. 적응 문제는 둘째 치고 구월이 아버지는 어쩌시게요. 데려가시게요? 아니면 눈도 안 보이는 분 덜렁 놓고 가실 겁니까?"

민호는 맥없이 고개를 저었다. 사정 모르는 건 아니었다. 눈먼 아버지까지 어쩌지 못하는 것도 잘 안다. 하지만 구월이 사정이 하도 딱해서, 너무 답답해서 그랬던 것뿐이었다.

"딱하지만 어쩔 수 없어요. 게다가 이 마을에서 누가 도망치면 남은 가족들 추달당하다 반 죽어 나가지 않아요? 금부도사 포도대장은 못 들어와도 마을 사람끼리 똘똘 뭉쳐 도망 노비 잡아 족치는 곳 아닙니까."

"어? 이완 씨 처음 와 본 곳인데 어떻게 그렇게 잘 아냐?"

"아 진짜. 성균관 통해서 들어왔으니, 붙어 있는 옆 동네는 당연히 반촌이죠. 성균관 소유 노비 마을이요. 아니 설마 내가 그걸 몰랐을 거라고 생각한 거예요?"

민호의 얼굴은 이제 존경과 감탄을 넘어 좌절로 폭 곯아 버린다. 나만 아는 줄 알았더니 아는 게 당연한 거였구나. 대체 나는 아는 게 뭐고, 저 사람은 모르는 게 뭘까? 저 섹시한 두개골 속에 들어 있지 않은 정보는 대체 뭐가 있을까? 이완은 가만히 혀를 차더니 민호를 끌어안고 등을 토닥거렸다.

"왜 안 어울리게 풀이 죽고 그래요. 씩씩한 게 매력인데 김빠진 사이다처럼. 우린 앞으로 항상 같이 있을 거니까 둘 중 하나만 잘 알면 되지."

"아오, 제기랄. 머리도 좋은 인간이 마음씨도 비단결이네. 진짜 인생 불공평해."

이완은 민호를 안은 채 큰 소리로 웃었다.

"어쨌든 현재 우리가 구월이를 도와줄 방법은 없어요. 그래서도 안 되고요. 도망보다는 차라리 아버지한테 말씀드려서 파혼을 권해 봐요. 이 상황에선 그게 최선이에요."

다만 윤민호 한정으로 비단결이었다. 남에 대해선 여전히 가차 없었다. 민호는 시무룩하게 대답했다.

"아냐. 아버지가 이번엔 기필코 구월이 시집보내려나 봐. 그리고 아무 이유도 없이 파혼했다간 그 개차반에게 분명 해코지도 당할 거야."

"그렇다 해도 도울 방법이 없는 건 마찬가지예요. 난리라도 나서 마을 경계가 억지로 뚫린다면 모를까. 그렇다면 도망이라도 쳐서 죽은 척 숨어 살라 해 볼 수도 있겠죠. 하지만 그런 일이 흔치는 않잖아요."

"어? 마을 경계가 억시로 뚫리는 일이 있었이? 그게 언젠데?"

이완은 내키지 않는 얼굴로 대답했다.

"임진왜란처럼 외적이 한양까지 쳐들어왔을 때, 그리고 이괄의 난처럼 반군이 도성을 점령하고 왕이 튀었을 때? 왕이 도성을 버리면 치안이 무너져서 무법천지가 되는데, 그럼 여기 반촌도 뚫리죠. 그럴 때 도망가서 잘만 숨어 지내면 난리 통에 죽은 줄 알고 넘어갈 수 있을 거예요."

"아하!"

"하지만 구월이는 지금 한시가 급하잖아요. 그러니 다 소용없죠. ……아 구, 구월 씨, 아, 아니, 처제. 기, 기척 좀 하지."

이완은 기겁하며 뒤로 물러앉았다. 밥상을 물리러 들어온 구월이가 문간에 서서 두 사람을 처량하게 바라보고 있었다.

"형부, 난리 통에 반촌이 열 번 뚫리든, 백 번 뚫리든 소용없어요. 여기서 태어난 반인들은 기어이 여기서 죽어야 하는 팔자라고 하늘이 정해 놓은 것 같아요."

"처제?"

"전에 우리 엄마가 반촌 밖으로 도망친 적이 있어요. 저 열세 살 때, 갑자년에 평안 절도사 이괄 역당이 모반을 일으켜서 한양으로 밀려왔을 때요. 다들 엄마가 난리 통에 죽은 거로 알고 찾는 걸 포기하고 있었는데……."

아아. 추측대로 이괄의 난이 일어난 지 얼마 안 된 때였구나. 이완은 안도의 한숨을 삼키며 이마로 흐르는 진땀을 걷어 냈다. 분명, 엄마는 사실 수도 있었는데……. 고개를 숙이고 중얼대던 구월이는 담담한 목소리로 덧붙였다.

"난이 끝나고 잡혀 오셔서 결국 동네 사람들 손에 돌아가셨어요."

"어……."

"저는, 저희는 이 마을을 벗어날 수 없는 운명이 틀림없어요."

고운 얼굴이 죄였을까 예쁜 웃음이 죄였을까.

구월 어미는 성균관 진사 식당에 입번해서 다모로 일하다가 어떤 유생에게 겁간을 당했다. 멍이 시퍼렇게 오른 아내의 몰골을 천 봉사는 보지 못했고, 어머니는 구월이에게 입단속을 시켰다. 멍이 사라지기도 전에 새로운 멍 자국으로 덮이기를 두세 차례, 어머니는 어느 날부터 밥 냄새에 토악질을 하기 시작했다.

반촌 여자들은 종종 성균관 유사들의 아이를 뱄다. 하지만 그들이 낳은 아이들을 자식으로 인정하고 돈푼이나마 주는 사내는 거의 없었고, 밖으로 데려다 키우는 경우는 전무했다. 사고를 친 놈들은 귀찮고 번잡해서 발뺌을 하다가, 문제가 커지면 성균관을 나가 버렸다. 성균관을 나간다 해서 대과 응시가 아예 불가능해지는 건 아니었다. 하지만 여자들은 사정이 달랐다. 인생이 바로 진흙탕으로 곤두박질했다.

마을 사내들은 성질이 괄괄하다 보니 겁간당한 제 계집은 죽도록 때려 쫓아내고, 상간한 놈에겐 칼부림을 하곤 했다. 그러나 상대가 성균관 유사일 경우는 칼 들고 찾아가기는 고사하고 찍소리도 할 수 없었다. 기본적으로 마을 사람들은 모두 성균관 종의 신분이기 때문이었다.

하여 사내들은 애꿎은 계집만 흠씬 때려 준 후 저고리 고름을 갈라 쫓아내는 것으로 끝을 내고 말았다. 쫓겨난 여인들은 쌍과붓집 같은 작부 집에 모여 더러운 일 구차한 일 가리지 않고 해 가며 아비

없는 아이들을 키웠다.

구월이의 어머니는 그렇게 하지 않았다. 목멱산의 봉화가 한꺼번에 오르고 머나먼 북쪽에서 치달은 흉흉한 소문이 지척으로 들이닥쳤을 때, 그녀는 몰래 마을의 경계를 벗어나 선비의 본가까지 찾아갔다. 배 속 동생의 아비는 전직 참의의 외아들이었고, 본부인과의 사이에서 아이가 없었다는 데 한 가닥 희망을 보았던 모양이었다.

평생 기약 없는 병자 수발에 지친 어미는 단 한 가지만 빌었다 하였다. 첩은 바라지도 않는다, 추쇄하는 포졸의 눈에 안 띄게 숨겨만 달라, 애만 키우면서 숨도 안 쉬고 평생 없는 것처럼 살겠다. 참의 댁에서 그녀를 별채에 숨겨 두고 고민하는 사이 평안 병마절도사 이괄은 변방의 대군을 휘몰아 한양을 휩쓸었고, 왕은 한양을 버렸다. 한양 거민들 역시 모반으로 정권을 잡은, 그리고 할아버지(선조)처럼 백성을 버리고 도망치는 왕을 버리고 반군에게 침묵으로 협조하기 시작했다.

반촌 역시 이도 저도 아닌 상태로 소문만 흉흉해졌다. 왜란 때 반촌을 떠났던 경험이 있는 나이 먹은 반인들이 반촌을 떠나느냐 마느냐 안절부절못하는 동안, 젊은 장정들이 반군을 환영하랴 싸우랴 수군수군하는 동안, 어머니는 아예 죽은 것처럼 돌아오지 않았다.

구월이는 아침저녁으로 마을 당산나무에 가서 간절하게 빌었다. 소원은 아침저녁으로 바뀌었다. 아침엔 엄마가 제발 무사히 살아 돌아오기를. 저녁때는 엄마가 끝까지 돌아오지 않고 밖의 세상에서 무사히 숨어 살기를. 무섭고 험한 바깥세상을 선택했으니 어떻게든 죽지 말고 그곳에서 동생과 살아남기를.

난은 한 달 만에 끝나고, 엄마가 돌아왔다. 참의 어르신의 입에서는 아이가 아들이면 어미까지 몰래 거둬 주겠단 말이 나왔건만, 추노꾼들은 하필 마을 경계인 돌다리 부근에서 숨어 있던 여자를 발견해 개처럼 질질 끌고 들어왔다. 마을 사람들이 몰려나와 배가 불룩하게 나온 여자를 돌바닥에 엎어 놓고 태질했다. 제발 목숨만 살려 달라 바짓가랑이를 붙잡고 울부짖던 아버지 옆에서, 얼굴 곱고 웃음 많던 엄마는 복중의 동생과 함께 맞아 죽었다.

이튿날, 성균관에 새로 입번한 수복은 대사성 영감에게 반역 도당의 한양 침노를 틈타 도망쳤던 서반촌 아랫말의 비복, 천 봉사의 처 되는 장이라 하는 계집이 급하게 쫓기다 높은 돌계단에서 굴러떨어져 죽었다고 보고했다.

민호는 가슴이 답답해졌다. 구월이는 자신이 무릉도원에 살고 있다 믿고 있지만, 저 작고 가련한 친구를 두르고 있는 사슬이 너무 겹겹이라, 친구는 그것을 벗어날 엄두조차 내지 못하고 세뇌를 걸고 있던 거였다. 민호가 뒤통수를 긁다가 단도직입으로 물었다.

"구월아, 너 만약에 엄마와 똑같은 기회가 주어진다면, 뒤도 안 돌아보고 도망칠 자신은 있어?"

"……."

"그때 너 열세 살 때, 엄마가 마을 근처로 오지 않으셨으면 지금까지 살아 계실지도 몰라. 엄마가 대체 왜 마을 근처에 다시 오셨는지는 모르겠지만."

머루처럼 검은 눈동자가 살짝 흔들렸다. 코앞으로 닥친 끔찍한 결혼에서, 아비라는 족쇄에서의 탈출. 상상조차 해 보지 않았다는 말은 거짓말일 것이다.

하지만 이 착한 친구는 그런 행운을 믿을 만큼 어리지도, 아비를 버리고 자신의 행복을 욕심낼 만큼 모질지도 못했다. 그녀는 안방을 곁눈질하며 배시시 웃고는 고개를 저었다. 그럼 이대로 용출이하고 혼례 올릴 거야? 하는 민호의 안타까운 말에 구월이는 조그만 목소리로 대답했다.

"방법은 하나뿐이야. 언니."

"그게 뭔데?"

구월이는 귀 밝은 아버지가 듣지 못하도록 민호의 귓가에 조심스럽게 입을 가져다 댔다.

"우리 엄마처럼 성균관 유사님의 아이를 가지면 돼."

"뭐? 뭐가 어째?"

민호가 기가 막혀 소리를 빽 지르자 구월이는 울 것 같은 얼굴로 더듬더듬 말했다.

"유사님한테 도, 돈 달라는 것도, 데려가 키워 달라는 것도 아냐. 몰래 데려가서 첩으로 삼아 달라는 것도 아니야. 그냥, 구월이란 계집이 내 애를 낳았으니 집적대지 마라, 그 선비님한테 한 번만 얘기해 달라 부탁하면 되는 거야. 그럼 구용출 그 인간은 꼼짝 못 해. 아빠가 등에 칼 맞을 일도 없고, 나도 그 인간하고 결혼 안 해도 돼. 그냥 여기서 아기 낳아 키우며 지금처럼 조용히 먹고살면 되는 거야."

"야, 이, 미, 미친! 그럼 너 아무 선비님이나 붙잡고 애 좀 만들자고 할 거야?"

민호는 벌떡 일어나 와와 소리를 질렀다. 구월이는 눈물이 그렁그렁 고인 눈으로 민호를 올려다보았다.

"언니, 나 사실은……."

"야, 너, 너 ……우냐? 왜 그래!"

"반궁에 연모하는 선비님이 계셔."

3-1
심청전
by.윤민호

윤이가 다니는 영어 학원에서 연말에 영어 연극을 공연한다는 통신문이 왔을 때 아, 벌써 재롱 잔치의 계절이구나, 하고 깨달았다. 물론 윤이는 올해 열 살, 의젓하고 씩씩한 십 대 청소년으로 재롱 잔치를 할 나이는 한참 전에 지났고, 이제는 '영어 연극'을 할 정도의 나이가 되었다. 올해 처음 십 대 학부모에 입성한 나는 가슴이 벅차올랐다.

"크리스마스 일주일 전에, 주민 센터 강당을 빌려서 공연을 한대요."

"어머나, 초등학교 3학년에게 그렇게 큰 무대라니, 너무 낭만적이야!"

……하고 눈을 반짝거리기엔 윤이야, 이 엄마가 무대 뒤의 똥망적 사정을 너무 빠삭하게 알고 있구나.

그렇다고 저 천진난만한 아들에게 어머나 윤이야, 너희 선생님들 다 죽어나겠구나, 라고 현실을 알려 줄 수도 없었다. 오래전, 산타클로스가 없다는 진실을 알려 준 외국의 어떤 유치원 선생님이, 어린이의 동심을 파괴했다는 죄목으로 '빠이야'를 당했다 하지 않더냐.

학원에서 하는 공연에는 중요한 원칙이 있다. 그것은 학원에 등록한 모든 학생이 무대에 한 번 이상은 무조건 머리를 들이밀고 무슨 짓인가를 해야 한다는 것이다. 완성도고 미장센이고 다 필요 없다. 그러니, 말 안 통하는 앵앵이, 무대 공포증이 있는 덜덜이, 잘 삐치는 투덜이, 대사나 가사를 말짱 까먹는 레드 썬 군단을 이끌고, 무대마다 옷을 갈아입혀 가며, 저 선생님이 내 옷 벗긴다고 우는 아이를 달래 가며, 내보내는 순서를 점검해 등짝을 떠밀어 가며, 오만 소지품 분실 사태와 각종 돌발 상황을 몸으로 때워 가며 공연을 무사히 마치려면 죽어나는 건 선생님들밖에 없었다.

집안에서 애지중지하는 외동아이의 경우, 엄마 아빠, 할아버지 할머니, 외할아버지 외할머니, 이모 삼촌까지 몰려와 무대를 다 가리고 사진을 찍어 대는 경우도 있었다. 무대 가리지 말라는 부탁을 같은 사람들에게 방글방글 스무 번쯤 반복하다 보면, 이건 무슨 병신 짓이지 싶은 생각이 절로 드는데, 적반하장 민폐 남녀들은 선생님이나 보조교사를 아래위로 깔아 보며 화를 버럭 내기도 한다. 그쯤 되면 배도 고프겠다, 짜증도 나겠다, 사랑과 정의의 용사, 출동! 상태가 되는 것이다.

그러구러 용사가 출동하고 나면 대충 일어나야 할 일이 일어난다. 나는 오래전에 유치원 교사를 그만두었지만, 여전히 구민회관 강당의 재롱 잔치 무대와 '빠이야'의 악몽을 꾸곤 한다.

"그래, 무슨 연극을 하기로 했는데?"

"올해는 심청전이래요."

"어? 왜?"

고개를 갸웃했다. 심청전과 영어 사이에는 뭔가 딱히 설명할 수 없는 요단 강 같은 것이 흐르는 느낌이었다.

"이상하네? 영어 연극이면 로미오와 줄리엣이나 백설공주나 잠자는 숲 속의 공주 같은 걸 해야 하지 않아?"

"왜 영어 연극이면 그런 걸 해야 해요?"

"제대로 된 연극이면 남자 주인공하고 여자 주인공하고 뽀뽀를 해야 하잖아."

아들이 화들짝 놀라더니 다급하게 물어본다.

"아, 엄마, 심청전에 뽀뽀가 나와요?"

"안 나와!"

나는 주먹을 움켜쥐고 한껏 분노를 담아 외쳤다.

"아빠하고 딸하고 스님하고 노 젓는 뱃사공뿐이야. 등장인물만 봐도 케미 제로의 삘이 팍팍 나잖니! 심청이랑 남편이 나와도 손도 안 잡고 뽀뽀도 안 한다고! 말세야 말세!"

조그만 얼굴로 안도의 빛이 포르르 퍼진다. 무슨 역을 맡게 될지 모르지만, 아들은 그저 반의 여자 친구와 뽀뽀를 할 기회가 원천 봉쇄 되는 것만으로도 다행이라 여기는 듯했다.

"왜 하씰 ㄱ.ㄹ.ㄱ. 끌라 심청선이랍니ㅆ?"

어쩐지 저 사나이도 심청전이 마음에 들지 않는 모양이다. 팔짱을 끼고 콧등을 실룩대는 꼴만 봐도 안다. 아니 사실, 저 사나이의 뒤태만 봐도 이죽이 모드인지 발그레 모드인지 슬픈지 기쁜지 대충 보이기는 한다. 토마스 폰 에디슨 경의 엉덩이 언어와 비슷한 상태인데, 다만 저 사나이는 토마스 경의 솔직 담백한 미덕이 많이 부족했다.

"해마다 전래동화에서 한 편씩 뽑아서 연극으로 만들어 올린다나 봐. 한국 고전의 아름다움과 교훈을 배우고, 학생들이 외국인을 만났을 때 적극적으로 소개할 수 있도록 한다는 게 취지래. 가장 한국적인 것이 가장 세계적이라는 말도 있잖아?"

나는 뽀뽀가 나오지 않아 대실망이라는 진실을 숨기고 조금쯤 예찬론자 흉내를 내기로 했다. 효녀 심청 정도면 비록 뽀뽀도 없고 케미도 없지만 선녀와 나무꾼 따위의 이야기보다 훨씬 교훈적이고 건전하며 아름답지 아니한가!

"그 교훈이 사실 썩 아름다운 게 아니면 어쩌지요? 외국 사람들에게 아버지 눈 고친답시고 딸이 바닷물에 빠져 죽고, 엄마 배고프다고 자기 몸을 팔고, 부모님 반찬 좀 더 먹으려고 어린 아기를 땅에 생매장하고, 아버지를 위해 허벅지 살을 잘라서 구워 먹게 한 이야기를 소개하면 반응이 어떨까요? 이야, 카니발리즘이 따로 없죠. 게다가 그런 걸 본받으라 전국적으로 홍보하고 대대로 칭송했다는 얘기까지 한다면요? 백설공주의 계모가 사실은 친모였다는 사실보다 훨씬 호러 아닙니까?"

"어? 얘기가 또 그렇게 되는 건가?"

갑자기 뇌세포들이 편을 갈라 싸우기 시작한다. 오오, 효심이 지극한 아들딸들이로구나! 본받아야겠다, 하는 마음을 절로 불러일으키던 동화책, 위인전 속의 효녀 심청, 효녀 지은, 효자 손순, 효자 상덕 이야기가 갑자기 충격과 공포의 화신으로 바뀌어 버렸다.

"이상하다. 옛날이나 지금이나 엄마 아버지한테 잘하고 싶어 하는 마음은 똑같을 텐데, 왜 옛날엔 본받을 이야기가 되고 왜 지금은 호러로 느껴지지?"

"글쎄요. 얘기가 좀 길긴 한데."

이완은 팔짱을 풀더니 빙긋 웃었다. 문득 불길한 예감이 들었다. 저 사나이는 뭔가 사악하고 안 예쁜 말을 길게 늘어놓을 때 저렇게 사람을 홀리게 웃는다.

"국가 주도의 효녀 효자 띄우기 정책에 어떤 의도가 있었나 생각하면 답이 나오죠."

"그건 무슨 철학이야?"

말은 분명 한국어로 하는데, 도무지 이해할 수 없는 것을 보면 저 이야기는 철학과 관련 있는 것이 분명하다. 저 인간이 분명, '철학자란 아주 쉬운 이야기를 굉장히 어렵게 설명하는 재주를 가졌다'고 했으니까. 미남의 탈을 쓴 사악한 철학자가 키들키들 웃으며 대답했다.

"자, 민호 씨, 우리 애들을 생각해 봅시다. 민호 씨는 무슨 일을 하려고 할 때 우리 아들들이 말을 착착 들어 주고 고분고분한 게 좋겠어요? 아니면 말마다 트집 잡고 일 한번 할 때마다 설명하고 설득하느라 죽을 똥을 싸거나 소리 박박 지르고 힘으로 빡빡 눌러서 시키는 게 좋겠어요?"

0.1초도 되지 않아 입에서 대답이 통 튀어 나갔다.

"착착 고분고분이 당근 좋지, 아오, 새끼들! 그게 안 되니까 내가 하루에 십 년어치씩 늙잖아! 애들하고 배틀을 뜰 때마다 백 년 장수 만세를 위해 비축해 둔 에너지가 쫙쫙 빠져나가는 것 같다고! 아, 그런데 엄마 말을 착착 들어 주고 고분고분한 애들이 지구 상에 존재하긴 해?"

"아주 없는 건 아니죠. 윤이처럼 엄마 아빠라면 꺼벅 죽는 애도 분명 존재하긴 해요. 물론 난 걔가 좀 말썽을 부려 줬으면 싶지만."

"걔는 외계인일 거야 아마. 내가 전생에 우주를 구해서 은혜를 갚으려고 우쿨렐레 폰 아스트랄라 별 같은 데서 파견한 특사."

이완은 유쾌하게 웃더니 좀 더 밝은 목소리로 설명을 이어 갔다.

"세상의 애들이 전부 윤이처럼 효성이 지극하면 세상의 부모들은 지금보단 열 배는 편하겠죠?"

"그럼. 애를 열 명씩 키울 만하다고 생각할 거야."

"그럼 왕으로 바꿔서 생각해 볼까요? 민호 씨가 왕이라면요, 충성심이 뛰어나고 절대복종하는 신하와 백성들만 득시글대는 게 편하겠어요, 아니면 말마다 트집 잡고 정책마다 비판하고 설득하려면 죽을 똥을 싸야 하고 그래도 안 되면 힘으로 빡빡 눌러야 하는 신하와 백성들만 득시글대는 게 편하겠어요?"

그야! 당연히 왕의 말에 옛썰! 만 복창하는 신하랑 백성만 있으면 좋겠지. 하지만 저 인간의 얼굴을 보아하니 그렇게 대답하기가 뭔가 찜찜한 기분이 든다. 그러니까 결론이, 애들이나 백성이나 고분고분한 게 장땡이라는 건가? 아, 그런데 이게 무슨 이야기의 결론이었지? 머리가 벌써부터 터질 것 같다.

"옛날 옛적에, 중국에 진나라가 중국을 통일하기 직전에, 자잘자잘한 왕들이 모여서 치고받고 싸울 때, 인간의 도리와 예에 관해 깊이 연구한 학자가 어떤 이론을 들고 나와요. 네. 바로 유가의 공자죠."

"오오! 역시! 내가 또 공자님 말씀을 몹시 사랑하지! 자그마치 몇천 년 전부터 덕질을 적극 권장하셨던 분이었다잖아! 뭔갈 좀 아는 것보다는 좋아하는 게 낫고, 좋아하는 것보다는 덕질이 낫다 하셨다며! 이완 씨가 그랬잖아."

"내가 언제 그랬어! 아니, 아니에요! 내용을 제대로 파악했으면 백점입니다, 백 점!"

모처럼 공자님 말씀을 읊었더니만, 저 인간은 감탄 대신 배를 잡고 웃기만 했다.

"어쨌든, 후일 왕들은 공자의 가르침이 상명하복의 위계질서를 뒷받침하는 사상적 토대가 될 수 있다는 걸 본능적으로 알아차리게 돼요. 힘으로 누르는 게 장땡인 줄 알았는데 그게 아니었고, 외려 고리타분하고 하품만 나오는 공자님 말씀이 장기적으로는 백성 통제 효과가 훨씬 좋을 것 같더란 말이죠. 그래서 그걸 전 국민 기본교육과정으로 채택해서 몇천 년간 잘 써먹죠. 사람들 머릿속엔 충효 사상이 절대 진리로 단단히 뿌리가 박혔고요. 권위에 심드렁한 장자, 노자의 도가가 권력에 미운털이 박혔던 거완 천지 차이죠."

갑자기 어려운 말이 막 쏟아져 나오기 시작한다. 나는 주먹을 꼭쥐고 열심히 들었다. 듣다 보면 가끔 아는 낱말이 나오기도 하니까.

"세뇌 잘 시켜 놓으니 얼마나 다스리기 편해요. 임금을 배신하지 않고 알아서 기는 데다 여차하면 왕을 위해 죽음도 불사한다는데. 백만의 군대로 국민을 짓밟으며 통제해도 말을 들을까 말까, 전국에 KGB FBI CIA 요원을 개미 떼처럼 깔아도 배신자는 넘쳐 나는데 이 방법으로 교육만 해 두면 왕은 돈과 힘을 조금만 들이고도 백성들을 통제할 수 있게 되는 겁니다. 물론 효율적으로 사회 질서가 유지되는 건 백성에게도 꼭 필요한 일이지만, 왕이 삐딱선을 타면 그 시스템에선 그야말로 답이 없죠."

"어쩐지 열라리 재수 없네? 공자님이 그러라고 공자님 말씀을 한 건 아닐 텐데."

"뭐, 공자님 맹자님은 아름다운 꿈을 꾸었고, 왕들은 그 꿈을 이용해 먹은 거죠. 눈앞의 떡을 갖다 먹지도 못하나요. 사는 게 그렇죠."

이완은 어깨를 으쓱하며 중학생처럼 쿨한 척을 했다. 나는 그 잘생긴 얼굴에 잠시 한눈을 팔았다가 문득 고개를 흔들었다.

그런데 우리가 무슨 말을 하고 있었지?

아 맞다, 심청전 연극.

"……그런데 이완 씨. 그게 효녀 심청하고 무슨 상관이지?"

이완의 표정이 묘하게 변했다. 얼굴 언어를 굳이 번역하자면 '지금까지 내내 설명했잖아!'에서 '그래도 콩나물은 자라지' 쯤 되는 것 같았다.

"사실 나하고 아무 상관 없는 왕 따위에 대한 애정이 충성 교육 좀 받는다고 그리 쉽게 생길 리는 없어요. 하지만 부모는 다르죠. 엄마 아버지와 자식 간의 애정은 굉장히 강력하고 실질적이라, 부모님께 잘해 드리라는 말은 누구나 납득해요. 조금 더 나가서 부모에게 절대적인 권위를 주고 '부모가 까라면 까' 하고 가르쳐도 대체로 받아들일 수 있어요. 사랑하는 마음이 바탕으로 깔려 있으니까요."

"그건 그래. 난 어렸을 때 엄마만 좋다면 무슨 짓이든 다 할 수 있을 거 같았어."

"그런데, 바로 그 관계를 왕과 백성의 관계에 갖다 붙인 거예요. 제가 보기에 '왕에 대한 충성'은 '부모에 대한 효도'의 확장판이에요. 왕은 백성의 어버이고, 백성은 왕의 자식이라고들 하잖아요. 그럼 백성은 어버이인 왕에게 자발적으로 헌신해야 하고, 왕이 까라면 까야 한다는 결론이 나오죠. 반면에 서양에선 모성애 부성애 찬양과 왕에 대한 충성과는 큰 연관이 없어요."

이야기를 들을수록 점점 기분이 나빠졌다. 나는 팔짱을 낀 채 대체 왜 이렇게 기분이 더러운지 열심히 생각해 보았다.

"거 열라 재수 없네. 뭔가 복잡한 이야기는 잘 이해가 안 되지만 내가 엄마를 사랑하는 그 마음을 충성심이라는 이름으로 바꿔서 이용해 먹는 놈이 있다면 좀 많이 재수 없을 것 같네. 그딴 짓 안 해도 나는 우리나라 대한민국을 충분히 사랑한다고!"

"그렇죠. 그게 바로 제가 심청전을 싫어하는 이유예요."

말 잘하는 사나이가 어깨를 탁 치며 명쾌하게 결론을 내렸다. 고개를 갸웃했다. 아니, 왜 결론이 이렇게 나는 거지? 내 머리로는 아무리 생각해도 결론이 연결되지 않았다. 나는 폼 나는 반박과 논쟁을 포기하고 처량하게 중얼거렸다.

"그치만, 이완 씨. 그래도 난 심청이가 좋은데? 심청이는 죄가 없단 말이야. 물론 뽀뽀를 안 하는 것은 마음에 안 들지만, 그 착하고 효성이 지극하고 얼굴도 예쁜 아가씨를 어떻게 미워할 수 있겠어? 고약하게 이용해 먹은 놈이 나쁜 거지, 그럼!"

이완은 '그래도 콩나물은 자라지'에서 '고무줄은 아무리 당겨 봐야 제자리로 되돌아가지' 쯤 되는 표정으로 나를 물끄러미 바라보았다.

하지만 어쩔 수 없는 것은 어쩔 수 없는 것이다. 나는 눈이 안 보이는 아빠를 그렇게도 극진히 보살피던 작고, 예쁘고, 착하고, 잘 웃던 심청이를 결코 미워할 수 없을 테니까.

"아빠, 심청전이 그렇게 재수 없는 동화예요?"

문가에서 들린 목소리에 화들짝 놀랐다. 바야흐로 심청전에 출연해야 할 어린이가 눈을 동그랗게 뜨고 문가에 서 있다. 아이고, 이걸로 연극을 해야 할 아이가 들을 만한 이야기는 아닌데. 백 점 아빠가 되기 위해 열심히 노력하는 사나이는 본격 남녀상열지사를 들킨 것보다 더 당황해하며 허둥허둥 발뺌을 했다.

"아니, 아니, 아니! 그럴 리가! 심청전이 재수 없는 게 아니고 삼청전, 삼청전!"

안타깝게도 백 점 아빠는 순발력이 부족했고, 십 대 소년은 생각보다 귀가 밝고 총명했다. 그의 까만 눈동자가 고뇌로 물들었다.

"윤이가 연극에서 빠진다고 고집을 부린다고요?"

말발은 고슴도치 같은 주제에 아이들에게는 소심킹인 사나이가 좌절해서 부르짖었다. 아오 씨, 진짜! 신랄하면 무심하기라도 하든가. 소심하면 예쁜 말만 쓰든가, 한 가지만 하란 말이야. 게다가, 애가 하기 싫으면 안 하면 되지, 아이에게도 선택의 자유가 있는 거고, 애 하나 빠진다고 큰일이 나는 것도 아니고, 세상에 영어 연극을 할 기회가 이번 한 번뿐이겠냐고. 하지만 쓸데없는 곳에서 양심의 가책을 받은 사나이는 머리를 쥐어뜯으며 광란의 폭주를 시작했다.

"대체 왜! 이런 맙소사, 나 때문인가? 내가 그때 쓸데없는 말을 하는 게 아니었는데! 어쩌지? 어쩌지? 아 민호 씨 어떡하죠? 몰라요? 왜 전직 유치원 선생님이 그것도 몰라요?"

결국 나는 내공이 약해 빠진 사나이를 위해서 상처 입은 십 대 소년을 배스킨라빈스 아이스크림집으로 불러내 '보이콧 철회를 위한 진지한 상담'을 해 보기로 약속했다.

"뽀뽀가 들어간대. 그래서래."

이완의 표정이 아리송해진다. 이상한 데서 형광등인 사내를 위해 친절하게 설명도 해 주었다.

"심청이가 연꽃에서 나올 때 자는 심청이에게 왕이 뽀뽀를 하면 심청이가 일어난다는 거야…… 그런데 윤이가 죽어도 뽀뽀는 못 하겠다고 해서."

아아 다행이다, 내 탓은 아니었구나. 안도의 한숨을 크게 내쉰 사나이는 1초도 되지 않아 다시 트집거리를 찾아냈다.

"대체 왜 거기서 뽀뽀가 나오는데요?"

"애들이 재미없다고 뽀뽀 장면 넣자고 건의했다는데? 좋잖아! 창의적이고. 퓨전 몰라 퓨전?"

"뭐가 창의적이에요. 어디서 짬뽕 같은 걸 갖다 붙이고! 왜요? 심청이한테 사과는 안 먹인대요? 일곱 명의 뱃사공은 안 나와요? 심장에 칼은 안 꽂아?"

"왜 또 트집이야. 뭐 뽀뽀 좀 나오면 어때서! 설마 진짜로 하겠어? 그냥 클라이맥스지. 애들 연극이라노 클라이맥스는 중요한 거야."

"그게 왜 클라이맥스예요! 심 봉사가 눈 뜨는 게 클라이맥스지!"

"심 봉사 눈 뜨는 거 따위, 하나도 안 궁금해. 남자 여자 나오는 연극에선 뽀뽀 이상의 클라이맥스가 없어."

나는 아자아자, 파이팅을 외치며 손을 비볐다. 그렇지! 자고로 영어로 하는 연극이라면 뽀뽀가 나와야 하는 법. 저 사나이의 멘탈이 아스트랄라 행성계로 뻗어 가든 말든, 좋은 건 좋은 것이다.

"그나저나 윤이는 영어 학원에서 인기 관리를 어떻게 한 걸까요? 이런 배역은 보통 애들끼리 의논해서 뽑을 텐데. 그러면 남자 주인공인 심 봉사로 뽑혔어야지, 왜 대사도 제대로 없는 왕이에요?"

아들의 명예를 자신의 명예라 생각하는 팔불출 아빠가 투덜투덜하기에, 팔짱을 끼고 단호하게 대답해 주었다.

"뭔 말이야! 심 봉사나 스님, 노 젓는 뱃사공보다는 왕이 훨씬 좋아. 뽄새 나잖아? 옷도 멋진 거 입고! 그리고 중요한 거! 뽀뽀 씬이 있다니까? 그럼 됐지 뭘 더 바라?"

"어휴, 그래요, 그래요. 인생에서 뽀뽀만큼 중요한 게 뭐가 있겠어요. 그래서 어떻게 설득했어요?"

"일단, 뽀뽀할 때 안 해도 하는 것처럼 보이는 방법을 알려 줬어. 얼굴을 비스듬하게 이렇게 붙이다가, 응, 얼굴 각도를 틀어서 관객이 안 보이게 하고 허공에다 쪽! 소리만 내면 되는 거지. 이렇게."

나는 상대 배우의 뒤통수를 잡고 아삼아삼해 보이는 위치까지 끌어당긴 후, 입술 바로 위의 허공에서 요란하게 쪽, 소리를 내며 가짜 뽀뽀를 해 보였다. 진짜 뽀뽀를 하는 줄 알고 눈을 감고 침을 꼴깍 삼키는 사나이가 너무 귀여워서 결국 뺨에다 진짜 뽀뽀를 해 주고야 말았지만.

"이런 말도 있잖아. 나의 뽀뽀를 솔로들에게 알리지 마라. 위대하신 이순신 장군께서."

"아, 예……."

"어쨌든 윤이는 안심하고 다시 연극에 나가기로 했어. 친구랑 그렇게 가짜 뽀뽀를 하기로 약속하겠대."

"……다행이네요."

"그런데 엄마 아빠는 절대 오지 말래. 창피하대. 오면 무대에 안 나가겠다고."

이완의 입이 덜그렁 벌어졌다. 사실, 한숨이 나오기는 한다.

"불쌍한 것, 위기를 기회로 잡을 줄 모르다니. 걔는 당신의 연애고 자 유전자를 물려받은 게 틀림없어."

"민호 씨! 그게 왜 제 유전자예요?"

"난 그래도 연애, 아니 짝사랑은 해 봤다니까?"

어디 연애고자가 나에게 도전장을 내미느냐. 연애고자와 짝사랑은 다르다! 하늘과 땅만큼이나 완전히 다르고말고! 나는 뒷소리가 나오지 않도록 냉큼 이야기를 마무리 지었다.

"그래서 윤이가 연극을 잘 마치고 돌아오면, 내가 상으로 '모 미 스터리 빌리지의 미녀 심청 리얼 러브 스토리'를 들려줄까 하는 데……."

"들려주지 마세요!"

무슨 이야기인지 바로 짐작한 이완이 냉큼 말을 막더니 단호하게 덧붙였다.

"소심하고 예민한 애한테 그런 고난의 가시밭길 얘길 해 줬다간 필히 천년 연애고자의 길을 걷게 될 거예요."

"엄마, 엄마! 심청이가 정말 예뻤어요! 너무너무 예뻤어요!"

엄마 아빠가 가지 않겠다고 약속했으니 약속은 지켜야 하는 법. 우리는 윤삼이에게 꽃다발을 안겨 비밀가족대표로 보냈다. 하지만 윤삼이는 심 봉사가 눈을 뜨는지 마는지, 심청의 남편인 왕—형님이 멋졌는지 아닌지 따위는 전혀 관심이 없었다. 그저 '페가수스 영어학원 최고의 미인'으로 만장일치로 뽑혀 주인공으로 발탁된 심청이에 대한 이야기만 줄창 쏟아 놓았다.

"심청이가 뱃사공들한테 막 끌려갈 때 진짜로 막막 울어서 눈물이 났어요."

"심청이가 치마를 뒤집어쓰고 바다에 뛰어드는데 착지가 예술이었고요, 그런데 속옷이 다 보였어요!"

"왕하고 심청이하고 뽀뽀할 때 사람들이 막 난리가 났어요! 뽀뽀해! 뽀뽀해! 막 소리를 쳤더니요, 정말 뽀뽀했어요!"

"했니? 진짜 했니?"

"진짜 한 거 같아요! 얼굴로 가렸지만 쪽 소리가 났다니까요? 그런데 자고 있던 심청이가 갑자기 벌떡 일어나서 약속을 어겼다면서 발로 왕을 걷어찼어요. 그러면서 야 이 나쁜 새끼야, 아니, 안 예쁜 말도 조금 했어요. 그래서 사람들이 막 웃었어요."

나는 고개를 뒤로 젖히고 호탕하게 웃었다. 아무렴, 그래야지! 누구 아들인데!

"캬! 역시 내 아들이다! 그렇게 내숭을 떨더니 실전에선 해 내는구나! 괜한 걱정을 했어. 장하다 박윤이! 변장하고 내가 가 봤어야 했는데!"

이완도 기분 좋게 웃으며 아들을 놀렸다.

"그런데 윤삼이 너, 왜 그렇게 심청이 얘기만 해? 혹시 그 누나한
테 한눈에 반한 거 아냐?"

"아니에요! 절대 아니에요!"

신나게 떠들던 윤삼이가 질겁을 하며 펄쩍 뛰었다.

"형이 심청이였고요, 이 얘기는 엄마 아빠한테 절대 누설하지 말
랬어요."

3-2
반촌의 효녀 지은

"꺅, 엄마아아! 저게 무슨 짐승이야!"

난데없이 이상한 소리가 들려 방문을 연 구월이는 기겁하며 고함을 질렀다. 커다란 짐승이 마당을 배회하고 있었던 것이다. 푸르르, 푸르르 투레질하는 소리에 한 번 더 질겁한 구월이는 두 손으로 눈을 가리고 손가락 사이로 마당의 괴물을 살펴보았다.

"마, ……말인가?"

생긴 걸 보아하니 말은 말인데 조랑말을 두 배쯤 위로 잡아 늘인 것처럼 덩치가 컸고, 온통 누런빛으로 반들반들했다. 꼬리와 갈기마저도 금사를 묶어 둔 것 같았다. 딱 봤을 때는 하늘에서 마당으로 굴러떨어진 신수인 줄 알았다. 날개만 달렸다면 분명 천마라고 했을 것이다.

"왜 호들갑이냐. 말 처음 보나? 됐다. 쉬, 쉬이, 그만. 걱정하지 마라."

말고삐를 잡은 사내가 눈썹을 찌푸리더니 말의 목을 쓰다듬으며 달랬다. 걱정 마라 한 것은 구월이가 아니라 말에게 한 말이었다. 양태 너른 갓에 옥관자, 티끌 한 점 묻지 않은 갓신과 깨끗하게 다림질된 푸른 도포가 차례로 눈에 든다. 바람이 건듯 불자 도포의 소맷자락이 후르르, 물결치듯 펄럭인다.

세상에.

마당에는 아침나절에 널어 둔, 화려하게 꽃수를 놓은 비단들이 가득 펼쳐져 있었는데, 그 앞으로 하늘에서 강림한 듯한 황금색 말이 섰고, 그 위로 천계의 백마신장(白馬神將)같이 위용이 당당한 사나이가 높이 앉아 있었다.

그는 말의 목을 툭툭 치더니 땅으로 풀썩 뛰어내렸다. 보통 양반 나리들은 조막만 한 조랑말에서 내릴 때도 말구종의 도움을 받거나 하마석을 딛고 버둥버둥하면서 내려오는데 저 선비님은 저렇게 큰 말에서도 구름을 타고 하강하듯 거침이 없었다.

멍하니 넋을 놓고 있던 구월이는 퍼뜩 정신을 차렸다.

아차, 손님이다.

구월이는 머리를 조아리며 마당으로 나갔다. 베틀에 오래 앉아 있다 보니 양쪽 어깨와 오른쪽 다리가 너무 쑤시고 저려서 걸음새가 오리처럼 어기적어기적한다. 그는 술대에 꽂은 부채를 펴서 얼굴을 가려 점잖게 내외를 하더니 한참 만에야 못마땅한 듯 입을 열었다.

"다리가 불편한가?"

목소리는 굵고 지독하게 낮아서 웅웅웅 하고 뱃속까지 울리는 것 같았다. 구월이는 잔뜩 쪼그라든 목소리로 대답했다.

"아이고, 아니에요. 종일 베틀신 굴리던 요놈의 다리 한 짝이 요망하게 떼를 쓰는 거예요. 무슨 일로 오셨나요? 혹시 반궁 유사님이신가요? 방을 구하러 오신 건가요?"

낯선 외부 사람이 구월이의 집을 찾는 경우는 대부분 두 가지였다. 소문을 듣고 알음알음 찾아와 바느질거리를 맡길 때, 그리고 성균관 유사들이 기숙사가 모자라서 하숙을 하거나 그들을 만나러 온 손님들이 빈방을 찾을 때였다.

"그래. 반궁에서 왔다. 길게 머무를 건 아니다만……. 깨끗한 방이 있느냐?"

성균관에는 동재와 서재라는 두 개의 기숙사에 스물여덟 개의 방이 있어 유사들이 기숙했지만 그래도 방은 부족했다. 과거라도 치르는 날은 마을 전체가 하숙촌으로 바뀌기도 했다. 원래 반인들은 성균관 입역 외에는 다른 장사를 할 수 없었지만, 그들에게 숙식을 제공하는 일은 성균관에서 필요해 허락한 일이라 반촌 사람들은 손님일 성싶은 사람에겐 득달같이 달려들어 호객을 했다.

"네. 넓고 깨끗한 방 있어요. 서반촌 아랫말에서 제일 넓고 환한 방이에요. 9월이면 항상 이엉 새로 얹어서 짚 썩는 내도 전혀 안 나고요. 3월과 10월에 꼬박 문풍지 새로 바르고요, 매일 두 번씩 걸레질 치고 꽃도 꺾어서 방에 놓아 드려요. 제가 수놓은 비단 보료와 비단 이불도 넣어 드릴게요."

구월이는 눈을 깜박이며 배시시 웃어 보였다. 그는 주변을 한참 둘러보다가 내키지 않는 듯 한마디 뱉었다.

"집이 예쁘구나."

"그럼요. 반촌에서 최고로 예쁘고 깨끗한 집이에요. 마을 사람들

은 이 집을 복숭아꽃집이라고 하고, 유사님들은 작은 무릉이라고도
부르셔요."

"부모님은 어디 계시고 이렇게 어린 네가 손님을 맞느냐."

너무 지절지절 방정을 떠는 게 마음이 안 드시는지, 부채 너머 유
사님의 반응은 짧고 무겁기만 했다. 구월이는 속으로 한숨을 쉬며
조금 얌전하게 대답했다.

"어머니는 몇 년 전에 돌아가셨어요. 아버지는 지금 방에서 주무
시고요. 제가 손님치레 도맡은 지도 벌써 5년이니 걱정 않으셔도 돼
요."

자신만만한 말에 유사님의 미간에 실 같은 주름이 잡혔다.

"올해 몇 살이냐?"

"열여덟 살이에요."

실 같은 주름이 확 굵어진다.

구월이는 뻘쭘해졌다. 아니, 내가 열여덟 살이라는 게 마음에 안
드시나? 아니 내가 뭐 워낙 조그맣고 얼굴이 동그라니 십 년은 어려
보이기는 하지만, 방년 18세 파릇파릇한 내 나이가 어때서! 어때서!

구월이는 망설이는 손님이 다른 곳에 가시기 전에 말고삐를 얼른
받아 쥐곤 냉큼 뽕나무에 갖다 맸다. 천만다행히 덩치가 큰 말은 순
하게 따라와 묶여 주었다.

"제가 아침저녁으로 진짓상도 푸짐하게 올리고, 그렇죠, 진사 식
당 부럽잖게 넉넉히 드려요. 잿물, 쌀뜨물, 콩물, 오줌 삭힌 물 다 받
아서 적삼에 저고리에 비단 도포 빨래까지 해 드리고 바느질에 다림
질도 해 드려요. 공부하실 때 필요하시면 반궁 푸주에서 일하는 분
께 부탁해서 소기름도 넉넉하게 얻어다 드리고요. 기름값으로 한두

문만 챙겨 주시면 돼요. 침금에는 햇솜을 둥덩산처럼 두둑하게 넣었지요. 유사님은 반궁 양재(동재 · 서재)에서 방을 못 잡으신 거죠? 어느 정도 머무실 건가요?"

구월이는 손님의 마음이 바뀌기 전에 추가 제공 사항을 줄줄 읊었다. 조금이라도 나이 먹어 보이려고 고개도 바짝 들고 까치발도 해 보았지만 유사님은 여전히 어린아이 대하듯 시큰둥한 반응이었다.

"……서재에 방은 잡혀 있다. 다만 같은 방에 코 고는 이가 있고, 좁기도 해서 수업 없는 날 하루 이틀 쉬러 나올 참이다. 집이 멀어서."

어깨가 폭 가라앉았다. 기숙사 순번에 밀린 하숙생이면 길게 길게 계실 텐데. 그래도 손님이 안 드시는 것보다는 낫지. 그리고 이 정도로 과묵한 선비라면 괜히 이것저것 수작을 거는 개한량보다는 백배 낫다.

"이번 사마시 치르시고 들어오신 거죠? 존함이 어떻게 되시나요?"

"거 콩알만 한 게 종알종알 말이 많네. 손님 붙잡고 호구 조사 하냐? 하루 이틀 잔다 하면 그걸로 끝이지 어디 감히 어르신들 존함까지 꼬치꼬치 캐고 드냐? 양시 형도 어지간하오. 하숙집 계집애한테 뭘 그렇게 구구절절 호구 조사를 당하고 앉았소그래?"

"에구머니!"

구월이가 놀라 팔짝 뛰자 몸집이 퉁퉁한 선비가 뒤에서 고개를 들이밀고 하하 웃는다.

"이분은 나랑 같은 방을 쓰시는 방형(房兄)인 이 양시(兩試) 나리시다."

"저, 양시 나리시라면 이번 사마시의 생원시·진사시에 모두 입격하셨다는 뜻인가요?"

"그렇지. 춘당대 어사화는 따 놓은 당상이다. 하숙집 계집종한테 호구 조사나 당하실 분은 아니라 이거야."

서재. 이 양시 나리. 세상에나 저렇게 잘생기고 백마신장처럼 위용이 당당하신 분이 공부까지 그리 잘하시다니. 구월이가 감탄하며 입속으로 되풀이하는 동안, 이 양시라 불린 사내는 불청객을 돌아보며 혀를 찼다.

"방에서 기다리라 했더니 왜 따라왔어?"

"에이, 너무하시네. 아는 사람도 없는 한양에 혼자 나가서 뭐 하려나 궁금해서 따라왔지. 아무리 내가 코 좀 골기로 그걸 반촌 비복 앞에서 흉을 잡소그래?"

그러더니 몸을 휙 돌려 구월이를 내려다보며 눈을 찡긋한다.

"아 참, 나로 말할 것 같으면, 장래의 삼공육경(삼정승 육판서), 일인지하 만인지상의 자리에 오를 몸이지만 일단은 육 생원 나리라 불러라. 아니, 너는 얼굴이 귀여우니 오라버니라고 불러도 된다. 내가 특별히 허락해 주마."

"아, 예."

오라버니 좋아하시네. 매미 날개같이 하늘하늘한 도포 자락 팔락이는 꼴을 보아하니 기생 오라버니는 되시겠다. 구월이는 고개를 폭 숙이고 속으로 종알거렸다. 양시님은 엄한 얼굴로 손을 저었다.

"방에 돌아가 있어."

"에이, 섭하게 왜 이러십니까. 같이 놀자니까."

옆구리를 쿡 찌르던 육 생원이 갑자기 눈을 커다랗게 뜨고는 손뼉을 딱, 친다.

"아하, 왜 이렇게 구박이 자심한가 했더니 난생처음 한양 오신 기념으로 오입, 아, 아니 음양의 신공이라도 깨우치시려고? 내가 눈치가 없었네. 공부 때문에 허벅지에 송곳 콱콱 찍으면서 독수공방하던 우리 형님 속사정을 불초한 아우가 몰랐구먼요?"

그러더니 양시님의 어깨를 끌어안고 엉덩이를 살랑거리며 음흉하게 웃어 댄다.

"그런데 양시 형님은 저렇게 쬐그맣고 얼굴이 땡그란 처자가 좋소? 거참 취향 특이하네. 나랑 취향이 정반대니 불행 중 다행이긴 하오만, 기껏 나와서 물 좋은 기방도 아니고 반촌 하숙집은 또 뭐요. 얼른 따라오슈. 한양에서 어디가 물 좋은 곳인지는 소제가 제일 빠삭합니다!"

구월이는 화가 나서 입술을 비죽거렸다. 생긴 것도 달떡 같은 뚱돼지 주제에 하는 짓 좀 봐라! 생원은 개뿔, 저렇게 왈패 같은 놈이 제대로 된 생원님일 턱이 없다. 뒷구멍으로 들어온 하재생인 게지.

순간 구월이는 놀라서 입을 딱 벌리고 말았다. 이 양시가 온몸으로 비비적대는 달떡 생원님의 어깨를 틀어쥐고 정강이를 걸어챘던 것이다. 달떡 생원님의 몸이 앞으로 버둥버둥 기울어지자, 이 양시는 기회를 놓치지 않고 들고 있던 부채로 뒤통수를 후려쳤다. 빡, 소리와 함께 육 생원이라는 작자는 찍소리도 못 하고 진창에 엎어지고 말았다.

구월이가 입을 떡 벌리고 서 있는 사이 육 생원은 개구리처럼 버둥대며 간신히 일어났다. 하지만 이미 갓은 양태가 납작하게 찌그러졌고 얼굴과 도포의 앞판도 진흙 빈대떡이 척척 붙어 버렸다.

161

"지저분한 짓을 하면 지저분한 꼴을 당할 게라 일러뒀을 텐데."

"양시 형님, 아니 사람이 어째 이래! 장난 좀 했다고 이게 뭐야! 아미치겠네! 이 도포가 얼마짜린지나 아쇼? 이거 한산에서 올라온 보름새 세모시로 지은 거라 말했잖소! 그리고 이건 통영에서 올라온 진짜배기 진사립이야! 내가 진짜 쫀쫀하게 옷 자랑 갓 자랑을 하자는 건 아니지만, 이 갓 하나가 쌀 스무 섬 값이랬어! 아이고 오지게도 찌그러졌네! 난 죽었소. 죽었어! 아버님 생신연 선물로 간신히 올린 건데. 진짜 내가 미쳐!"

진흙으로 뒤발한 똥보 생원 나리께선 하얀 이빨을 뻐끔뻐끔, 팔다리를 퍼덕퍼덕, 쇠똥 같은 진흙을 튀기며 악악거린다. 구월이는 냉큼 마당에 쪼그리고 입을 틀어막았다. 웃으면 안 돼. 반궁 선비님을 비웃으면 물고가 나고 말 거야.

하지만 결국 꽉꽉 동여 놓았던 웃음보가 째지고 만다. 평소 웃음이 많은 구월이는 웃음 끝도 길어서 한번 터지면 여간해서 멈출 수가 없었다. 까르륵, 깔깔깔. 구월이는 베틀이 있는 골방으로 뛰어가서 문을 닫아건 채 데굴데굴 구르며 웃었다.

한참 후에야 정신을 차린 구월이는 자신이 무슨 짓을 저질렀는지 알아차렸다. 등짝으로 식은땀이 조르르 흘렀다.

"맙소사. 선비님을 비웃다니 난 죽었다."

하지만 눈치를 보며 골방에서 살금살금 나오니 이미 상황은 종료되어 있었다. 달떡 생원님은 성균관으로 돌아갔고, 양시님 혼자 마당에 서서 기다리고 있었다. 구월이가 고개를 폭 수그리자 양시는 부채를 접고는 무표정한 얼굴로 말했다.

"다 웃었으면 저녁상이나 준비해 다오. 말먹이 주는 것도 잊지 말고."

양시님은 꼭 필요한 말 아니면 하지 않는 것 같았다. 방으로 천천히 들어가는 양시님에게서 시원하면서도 어딘가 날카롭고 섬뜩한 향기가 나는 것 같았다.

"이게 다 네 솜씨냐?"

이 양시는 바닥에 펴 놓은 보료를 물끄러미 내려다보았다. 검은 비단으로 만든 길쭉한 보료 위에는 수십 마리의 학이 하늘을 날아오르고 있었다. 그 주변으로 해와 달, 다섯 개의 봉우리가 오색구름에 둘러싸였고 서왕모가 애지중지한다는 복숭아나무에는 발그레한 복사꽃이 흐드러지게 달렸다. 완연한 무릉의 정경이었다.

"네, 봄부터 누에 먹여서 실 뽑고, 보름새로 짠 명주에다 제가 물들인 실로 수놓은 거예요."

구월이는 배시시 웃으며 대답했다. 딱히 자랑하려는 것은 아니지만 구월이는 제가 타고난 재주는 잘 알고 있었다. 베 짜고 수놓는 것은 다른 이들보다 서너 배는 빨랐고, 아무리 해도 진력이 나지 않았다. 같은 학, 같은 산과 구름이라도 구월이의 것이 눈에 확 띌 정도로 빼어났다. 그림본이나 글자본을 뜨는 것도, 색을 고르는 것도, 징금을 박는 것도, 자련수로 은은히 색을 내는 것도.

그의 시선이 벽에 둘린 열 폭 병풍으로 향한다. 굽이굽이 푸른 산 위로 이글대는 붉은 해, 소나무와 불로초, 물에서 헤엄치는 거북 떼, 구름 속을 노니는 백학이 한 쌍, 소나무 사이로 보이는 황금빛 달, 불로초를 헤치는 뿔이 장한 사슴. 그리고 매화, 난초, 국화, 대나무. 십장생 사군자가 보기 좋게 어우러진 병풍이었다.

"명불허전이구나. 이걸 일일이 손으로 다 놓았니?"

"그럼요! 아무려면 발로 수를 놓았을까요!"

구월이는 까르륵 웃다가 식겁해서 얼른 입을 틀어막았다. 오늘 참말로 정신이 빠졌나 보다.

"흐이, 난 몰라. 양시님 죄송합니다. 오늘 제가 아무래도 도깨비한테 홀렸나 봐요. 아, 아이고, 그게, 양시님이 도깨비란 게 아니고요! 아이 미치겠다, 요놈의 주둥아리를 그냥!"

"됐다."

엄한 듯 무심한 대답에 구월이는 혀를 쏙 내밀고 안도의 한숨을 쉬었다. 웃음보가 잘 터지는 것도 문제지만 요 까불이 조동이는 더 큰 문제였다. 다른 유사님 같으면 벌써 따귀를 몇 번이나 때렸을 것이다. 저분이 표정은 차가워 보여도 그래도 점잖고 너그러운 분 같다. 조심조심, 말조심, 웃음 조심. 양시님의 약간 누그러진 말이 흘러나온다.

"이런 건 손님방에 두지 말고 잘 두었다가 결혼할 때 가져가지 그러니."

"아니에요. 저 같은 천한 계집한테 수놓인 비단 보료가 가당키나 한가요. 손님 오시면 깔아 드리려고 만든 거니까 걱정 마시고 쓰세요. 마음에 드시거나 필요하시면 서재에 들어가실 때 가지고 가셔요. 병풍이든, 보료든, 침금이든, 재룟값만 계산해서 주시면 돼요."

"말도 안 된다. 품이 얼마나 들어간 걸 재룟값만 받는단 말이냐."

"또 만들면 되는걸요. 저 이런 거 만드는 것 좋아해요. ……고, 공임도 주시려면 알아서 쳐주시……고요."

"이런, 장사를 그리 무르게 해서야 쓰나."

그는 짐짓 나무라는 표정으로 보료 위에 앉았다. 햇솜을 둥덩산처럼 넣은 푹신한 보료, 햇살이 잘 드는 깨끗한 방, 벽을 화려하게 두른 열 폭 병풍, 그는 사방을 둘러보더니 구월이를 올려다보며 설핏 웃었다.

"여기가 작은 무릉이로구나."

순간 구월이는 눈을 동그랗게 떴다.

……어, 뭐지?

양시님의 얼굴로 뭔가 놀라운 것이 스쳐 지나간 것만 같다. 그냥 잠깐 웃으신 것뿐인데. 구월이는 눈을 깜박이며 고개를 갸웃했다.

신기하다. 웃으시니까 별로 안 무서워 보이네?

구월이는 순간적으로 지나간 그의 웃음을 한 번 더 보고 싶어 한동안 툇마루에 멀거니 서 있었다.

이 양시는 처음 했던 말과는 달리 나흘을 머물렀다. 나흘 내내 강의에도 들어가지 않고 책도 보지 않으며 시간을 보냈는데, 무료할 것 같아 구월이가 이런저런 말을 붙여도 제대로 된 대답을 해 주지는 않았다. 그렇다고 노여워하거나 귀찮아하는 내색을 보이지도 않았다.

그는 웃음이 드물었다. 표정이 차갑고 행동거지는 선비답게 엄격한 편이었다. 그래서 붙임성이 좋은 구월이지만 말을 붙이기가 쉽지 않았다. 하도 조용해서 주무시나, 하고 고개를 빼꼼 들이밀면, 눈을 감은 채 좌정하고 있던 선비님은 귀신같이 눈치채고 눈썹을 살짝 찌푸리곤 했다. 그때마다 허둥지둥 꽁무니를 뺐는데, 마당 밖 울타리까지 뛰어나와도 심장에서 쿵쿵대는 소리가 멎지 않았다.

세상에, 무슨 사내가 저리 관옥 같고, 어째 저리 위풍당당하실까나. 저놈의 눈꼬리가 살짝 움직이기만 해도 염통이 벌떡벌떡 일어나는 것 같잖아! 어휴, 저분이 광화문 앞에서 한 번만 웃었다간 진짜 큰일 나겠다. 조선 팔도에 있는 여인들 가슴이 모조리 벌렁벌렁하고 말 거야.

결국, 구월이는 아버지와 선비님의 아침상만 물리고 툇마루에 걸터앉아 수틀을 폈다. 마음을 가라앉히는 데는 수놓는 것이 으뜸이었다.

바늘을 잡으려면 빛이 잘 드는 곳이 좋다. 작년 봄에 누에를 쳐서 실을 뽑아 갖은 색으로 물들인 실꾸리를 왼편에 놓고, 바늘과 실패, 바늘꽂이, 골무 따위가 담긴 반짇고리를 오른편에 놓는다. 가장 가는 바늘을 골라 바늘귀에 머리카락만큼 가늘고 반짝이는 명주실을 끼우고 나면 수틀 속의 작은 세상에 들어갈 준비가 다 된 것이다.

아버지가 지팡이를 짚고 더듬더듬 햇볕 쬐러 나가셔서, 집은 조용하다. 멀리서 지이, 지이, 재재재재하는 종다리 소리가 들리다가 어느새 들리지 않게 되었다.

흰 실로 표시해 둔 선을 따라서 나무와 꽃들을 반짝이는 명주실로 채운다. 검은 명주 위에 매화가 한 송이 두 송이 피어오른다. 나무 윤곽은 세 줄 채우는 이음수로 형태를 잡고 잎들은 신경 써서 가름수로 빽빽하게 채운다. 두 번 꺾인 가지 위에서 꽃이 봉긋 솟아오른다, 봉오리를 수줍게 벌린다, 활짝 웃는다, 흐드러져 꽃잎을 눈발처

럼 날린다. 구월이는 망울이 터질 듯 올라오는 꽃송이가 실감이 나
도록 속심을 뿌듯하게 집어넣고, 수줍게 속을 보이는 꽃에는 은은하
게 자련수를 놓는다. 눈처럼 새하얀 꽃잎의 안쪽으로 붉은 피가 한
방울 떨어져 번지는 것 같다. 요요하고 색기 어린 복숭아꽃은 한 송
이, 두 송이 수틀 안의 작은 세상을 화사하게 휘감다가 바람에 흩날
리는 꽃잎으로 화해 눈송이처럼 하느작하느작 날린다.

폭, 사르르, 폭, 사르르.

폭, 사르르르.

바늘이 천을 뚫고 실이 그 뒤를 따라가는 소리가 살갑게 귀를 간
질인다. 이런 시간이면 햇볕이 발치로 쏟아지는 소리마저 들릴 것
같다.

문득, 시선이 느껴진다. 어깨와 등, 팔과 손으로 이어지는 무게 있
는 눈길. 돌아보지 않고도 알 것 같다. 툇마루에 앉아 계시는 양시님
이 반듯하게 좌정한 자세 그대로, 수놓는 모습을 바라보고 있다는
걸. 시선이 등을 부드럽게 쓰다듬는 것만 같다. 바람 소리, 햇볕이
마당에서 부서지는 소리가 들리는 듯하다. 다시 바늘을 꽂았다.

폭, 사르르, 폭 사르르.

고개를 살짝 돌려 뒤를 보았다. 눈길이 마주쳤다. 굵은 눈썹이 꿈
틀했지만, 이번엔 부채를 펴지 않는다. 구월이는 천것인 자신이 고
개를 숙이고 눈을 내리깔아야 한다는 것을 알았지만, 양시님의 저
눈을 조금만 더 바라보고 싶었다. 그 역시 뭔가에 좀 취한 것도 같
고, 몽롱한 것도 같았다. 그의 주변을 내내 감싸고 있던 날카롭고 서
늘한 분위기가 사라지고 온통 노랗고 나긋한 공기만 주변을 가득 채
우고 있었다. 나직하고 부드러운 목소리가 햇솜처럼 귓가로 내려앉

는다.

"어째서 도화지?"

울 안에는 복숭아나무를 심으면 안 된다지. 아씨들 마음에 봄바람 난다고. 멀쩡한 여인들 마음에 도화살을 지핀다고. 하필 그것을 수 놓느냐고 책망하시는 걸까? 양시님은 그런 말을 믿는 걸까? 구월 이는 한참 생각하다가 조그맣게 대답했다.

"예쁘잖아요."

"······넌 수놓는 것이 좋으니?"

"네. 예쁘니까요."

"그저 예뻐서?"

"네. 저는 뭐든지 예뻐지도록 만드는 게 참 좋아요."

양시는 방의 작은 물그릇에 운치 있게 꺾어 놓은 꽃가지와 장식, 손님의 동선을 고려해 놓아둔 서안과 방석을 보며 고개를 끄덕였다.

"예뻐지게 만드는 네 손이 귀하다."

난데없는 칭찬에 갑자기 얼굴로 열이 올라왔다. 창피해서 고개를 푹 숙였다. 양시님이 어쩐지 웃고 계시는 것 같다. 차분한 목소리가 이어졌다.

"꽃 한 송이를 놓아도 가장 아름답게 보일 곳을 아니, 안목도 귀하 구나."

돌아가신 어머니는 구월이가 수를 놓거나 꽃을 따 와서 집 안을 예쁘게 장식하면 콧방귀를 뀌며 지청구를 해 댔다.

'이 미련퉁이야. 또 쓸데없이 바늘 장난이냐. 그리고 어차피 시 들 꽃, 자꾸 따 와서 뭐에 써.'

'예쁘잖아요.'

'예쁜 게 무슨 쓸모가 있다더냐. 집이 예뻐 무엇하고 옷이 고와 무엇하고, 계집 얼굴 반반해서 또 무엇하니. 복사꽃처럼 고운 계집은 팔자에 풍파 들고, 바느질 잘하는 년은 팔자 고되단다.'

하지만 아버지는 그러는 어머니를 나무라곤 했다.

'님자는 괜히 월이한테 지청구하디 말라. 여게 올록볼록 만져디는 것만 봐도 요 꽃이 어드러케 고운디 알겠구만 와 쓸데없다 하네? 기러디 마라.'

구월이는 아버지를 위해 솜을 듬뿍듬뿍 넣어 속수를 놓는 버릇이 있었다. 아버지는 유난히 올록볼록 수놓인 꽃과 나무, 나비, 새들을 하나씩 어루만지며 몹시도 좋아했다.

'구월이 네 덕에 방석 위에 모란이 핀 줄 알겠다. 이불 위에서 학이 나는 걸 알겠구나야.'

'참말 곱디, 세상에서 가장 예쁜 우리 월이처럼 곱구나.'

예쁘고 아름다운 것이 꼭 쓸모가 있어야 하나? 예뻐서 사랑받고 예뻐서 주변을 밝히는 것만으로도 쓸모 있다 하면 안 되나? 꽃 한 송이 나무 한 그루가 이불 위에, 옷 위에, 방석 위에 돋아나면, 이렇게 마음이 따뜻해지는데.

평생 마을에 갇혀 살아야 하는 구월이는 자신이 사는 동네가 세상에서 가장 아름다운 곳이라 믿기로 했다. 구월이의 복숭아꽃집은 그중에서도 제일 예쁜 집이었다. 가장 예쁜 집에서도, 동그랗게 닫혀 있는 수틀 안의 작은 세상이 가장 아름다웠다. 닫힌 수틀 속의 세상에선 추하고, 악하고, 아프고, 슬픈 것들이 존재하지 않기 때문이다.

두 사람의 사이로 선들, 바람이 부는 순간, 구월이는 문득 궁금해졌다.

"양시님, 바깥세상은 여기보다 아름다운가요?"

구월이는 바깥세상이 엄마가 목숨을 걸고 도망칠 만큼 아름답고 행복한 곳이었기를 빌었고, 간혹 이곳보다 더 아수라 같은 곳이기를 빌었다.

"왜?"

그는 대답 대신 되물었다. 폭, 사르르르. 구월이 역시 대답하는 대신 새로운 것을 물었다.

"바깥세상의 여자들은 많이 예쁜가요? 저보다 훨씬 더?"

그의 엄격하던 표정이 천천히 사라졌다. 입술 끝이 살짝 올라간 것도 같은데 너무 순간이라 웃었는지 아닌지는 알 수 없었다. 한참 침묵이 흘렀다. 구월이는 선비님과 단둘이, 수정처럼 맑은 물속에 고스란히 잠겨 있는 듯한 기분이 들었다. 깍지를 끼고 있던 선비님의 손가락이 푸른 도포 자락을 잡는다. 그의 긴 손가락에서 하얗게 핏기가 가실 무렵, 낮고 부드럽게 중얼거리는 소리가 흘러들어 왔다.

"……니."

제대로 듣지 못했다. 고개를 갸웃하며 말끄러미 사내를 쳐다보았다. 하지만 대답은 되풀이되지 않았다. 자르르르, 부채가 펴지는 소리를 들으며, 구월이는 그 대답을 끝내 듣지 못하리라는 것을 알았다.

도로 바늘을 들었다. 폭, 사르르, 폭, 사르르, 폭, 사르르르. 실과 바늘이 내는 소리를 따라 마음이 보드랍게 녹아 수틀 위로 흘러내리는 것 같았다.

더듬더듬 지팡이 짚고 마실 나간 아비는 땅거미가 질 때까지 돌아오지 않았고, 구월이는 아비가 돌아올 때까지 툇마루에 앉아 수를 놓았다. 사내는 그 자리에 말없이 함께 앉아 있었다. 등 뒤에서 들리는 그의 가는 날숨소리가 사르르르, 실이 오가는 소리와 함께 어우러져 몸을 따뜻하고 부드럽게 감쌌다. 웃는다, 등 뒤에 앉아 있는 그가 조용히 웃는다. 구월이는 뒤를 돌아보지 않았다. 돌아보지 않고도 그의 모습이 보인다. 눈앞의 작은 마당에선 새로 물들인 각색 세모시가 팔락거렸고, 뽕나무에 매인 누런 말은 물결처럼 흘러내리는 꼬리를 흔들며 푸르르, 푸르르 게으른 꼴로 투레질을 했다. 좁은 툇마루는 온통 황금빛 햇살로 눈부셨다.

이 양시는 한 달에 한두 차례 구월이의 집으로 쉬러 나왔다. 양태 큰 갓에 소매 너른 도포를 입고 말 위에 높이 올라앉은 양시님이 무시무시한 백마신장 같았다면, 검은 깃이 둘린 푸른 난삼에 양쪽 귀가 뾰족한 유건을 쓰고 기척 없이 들어오시는 양시님은 산중에 은거한 와룡 제갈량이나 인세(人世)를 벗어난 신선처럼 보였다.

성균관에서는 초여드레와 스무사흘날 수업이 없는데, 쉬러 나오시는 날은 영 두서없었나. 생각에 네 분 유사님이 힘께 씨야 히는 서재의 좁은 방보다는 아무래도 널찍하고 깨끗한 이곳이 편하실 성싶었다. 게다가 일강에 월강에 순두전강 오만 시험 치르기도 벅차실 텐데 뚱돼지 생원 나리께선 코까지 곤다니 얼마나 힘드시겠는가.

"깨우지 말아 다오. 공부하느라 삼 일간 밤을 새웠다."

평소보다 더 창백해진 얼굴로 오실 때는 종일 주무시는 날이었다. 어떤 때는 식사도 거른 채 곤한 숨소리를 내며 주무시기만 할 때도 있었다. 구월이는 그가 잠을 잘 동안은 천둥 벼락 홍수가 나도 절대 깨우지 않았다.

양시님은 정말 과묵한 사나이였다. 처음에는 입속에 곰팡이가 피는 게 아닐까 싶을 정도로 필요한 말만 했는데, 어떤 때는 필요한 말도 안 하셔서 구월이는 옆에서 얼쩡거리며 발을 동동거렸다.

"양시님, 반찬이 부족하세요?"

"양시님, 진지를 더 드릴까요?"

"양시님, 푸새는 좀 삼삼한가요? 억세진 않나요? 다음엔 소금 간을 좀 더 할까요?"

"양시님, 숭늉 가져다 드릴까요? 냉수를 가져다 드릴까요?"

"양시님, 복숭아가 열렸어요. 첫물 복숭아예요! 학분이네서 앵두도 한 사발 얻어 왔는데, 뭘 드시겠어요?"

"아이고야! 양시님! 숟가락도 없이 어떻게 드셨어요. 말씀을 하시지!"

"양시님! 이거, 이거 민호 언니라고 친구가 만들어 준 약과하고 강정이에요. 드셔 보세요. 맛이 어떤가요? 저야 맛있는지 아닌지 모르죠. 양시님 드리려고 넓적다리 꽉꽉 꼬집어 가면서 참았는걸요."

"양시님, 혼자 말 타고 마을 다녀오셨어요? 말이 나라님 말보다 좋아서 괜히 사람들이 들러붙을지도 모르는데, 다음번엔 제가 견마

잡이를 할 테니 가시기 전에 미리 말씀하세요."

그럴 때마다 양시님은 눈썹이나 입꼬리를 아주 살짝 움직이는 것으로 대답을 대신했다. 그 말은 반찬은 넉넉하니 괜찮다. 밥은 좀 더 다오, 나물 간이 딱 맞구나. 숭늉이 있었어? 그러면 한 사발 내주렴. 복숭아는 네가 기른 것들이냐, 어여쁘다, 복숭아를 주고 앵두는 너 먹으렴. 괜찮다, 젓가락으로 먹으면 돼, 약과도 강정도 맛이 좋은 걸 보니 솜씨 좋은 친구로구나. 안 돼, 너처럼 작은 아이가 고삐를 잡다 말이 날뛰면 크게 다친다, 라는 말씀이었다. 구월이는 부엌과 손님 방을 재게 뛰어다니면서 '한 가지 표정으로 백 가지 말씀을 다 하시다니 참 재주도 좋으시지.' 해 놓고는 퍼뜩 '별것이 다 감탄스럽네, 이 빙충이야.' 하며 입을 틀어막고 웃었다.

구월 아비는 그것 때문에 가끔 방문을 열고 딸에게 잔소리를 했다. 손님이 워낙 말이 없으니 딸년이 혼자 진종일 떠드는 것처럼 들리는 것이다. 과묵한 손님은 그때가 되어서야 입을 떼곤 했다.

"그만하게, 잘하는 아이한테 왜 그러나."

구월이는 그럴 때마다 기분이 훌훌 하늘을 날았다. 잘하는 아이한테 왜 그러나. 잘하는 아이한테. 구월이는 입속으로 양시님의 목소리를 흉내 내며 마당을 빙빙 돌았다. 그럼, 내가 대접을 잘하지. 썩 잘하고말고. 그분의 굵고 부드러운 그 목소리를 듣기 위해서라면 아버지한테 백번 야단을 맞아도 좋았다.

양시님은 구월이가 수를 놓는 것 말고도, 시시새새 이야기하는 것을 퍽 좋아하는 눈치였다. 골방 문을 조금 열어 놓고 베틀에 앉아 흥얼흥얼 짤끄닥짤끄닥 하고 있으면 그는 어느새 옆의 툇마루로 나와

앉아서 비단 짜는 것을 구경하거나 졸린 눈으로 햇볕을 쬐곤 했다. 처음 한양에 오셨을 때만 해도 반궁을 감독하는 대사성 어르신의 동향이나 동재, 서재 간 알력 싸움(?) 같은, 꼭 필요한 정보에만 관심을 두었지만, 이제는 구월이의 모든 이야기에 귀를 기울인다. 구월이가 수다가 시끄럽지 않으냐 물었을 때, 그는 고개를 갸웃했다.

"왜, 누가 시끄럽다 하더냐? 괘념치 마라."

구월이는 제가 하는 이야기가 썩 별다른 게 아니란 건 알고 있었다. 하루가 멀다 하고 고함이 터지고 남자들끼리 패싸움이 붙는 쌍과붓집 아줌마네 이야기, 투전판에서 잃다 잃다 저고리 잠방이 속고의까지 홀딱 털리는 바람에 거시기를 잡고 집까지 뛰어가야 했던 재 너머 곰치 영감님,—물론 동네 사람들이 죄다 몰려나와서 손뼉 치며 구경했었다.— 비석치기를 하고 놀다가 빨래 삶던 걸 홀랑 태워서 석 달 동안 등짝이 훤히 보이는 저고리를 입고 다녔던 도영이, 벽장 속의 엿을 몰래 꺼내 먹다가 이빨이 덜렁 빠지는 바람에 들켜서 부지깽이로 뒤지게 얻어맞은 학분이.

"하, 하하. 아하하. 학분이라면 이웃에 산다는 네 단짝 친구 아니냐."

구월이는 말을 멈추고 멍하니 양시님을 쳐다보았다. 이렇게 큰 소리로 웃는 양시님은 처음이었다. 곁눈질로 양시님의 얼굴을 살펴보니, 엄하고 무서운 표정이 오간 데 없이 사라지고 부드럽고 따뜻한 얼굴을 가진, 전혀 다른 사나이가 되어 있었다. 양시님은 이내 부채를 펴고 헛기침을 했다.

"어지간하구나. 어떻게 그리 재미있는 이야기가 끝도 없이 쏟아지나."

174

하지만 짧은 헛기침 속에는 여전히 웃음기가 남아 있었다.

구월이는 양시님이 진심으로 딱해졌다. 얼마나 재미없는 인생을 살았으면 이런 시시한 이야기가 재미있을까. 하긴, 평생 재미없고 고리타분한 글자들만 외워야 했을 테니 그럴 수도 있겠다.

나랑 같이 있으면 종일 웃게 해 드리는 건 장담할 수 있는데. 어릴 때부터 그렇게 웃음이 많아서 갓난아기 때부터 깔깔대고 그렇게 잘 웃었다는데. 아무 때고 터지는 웃음 같은 건 얼마든지 퍼 줄 수 있다. 구월이는 자신에게 남아도는 요놈의 웃음보가 양시님에게 조금쯤 옮겨 가서 저 잘생긴 분이 시원하게 웃는 모습을 자주 보게 되기를 열심히 빌었다.

소원이 이루어진 걸까? 양시님은 쉬러 나올 때마다 점점 자주, 제대로 소리 내어 웃게 되었다. 그럴 때마다 구월이는 양시님이 처음 봤을 때보다 더 잘생긴 사람이 되어 가는 것 같아 어찌할 바를 몰랐다.

"오랜만이구나, 월아."

두 번의 휴일을 건너뛰고 오신 양시님은 갑자기 앞 토막이 잘린 이름으로 자신을 부르기 시작했다. 구월이는 양시님이 건네주는 말고삐를 받고도 그 자리에 못 박힌 듯 서 있었다. 월아, 월아, 월이야, 하고 불러 주는 양시님의 목소리가 평소보다 훨씬 나긋나긋하고 풍성하게 들려서 숨이 콕 막히는 것 같다. 쫄깃쫄깃한 가슴을 부여잡고 올려다보니, 양시님은 목소리보다 훨씬 부드러운 표정으로 자신을 내려다보고 있었다.

"받으렴."

구월이가 지난번에 만들어 드렸던 주머니에는 기름종이에 싸인

약과가 가득 들어 있었다. 어리둥절한 얼굴로 고개를 들자 자르르르, 쥘부채가 펴지며 멋들어진 괴석과 가을 국화가 양시님의 얼굴을 가로막는다.

"나 때문에 못 먹어서 시전에서 사 온 것뿐이다. 앞으론 그리 마라."

구월이는 저놈의 부채가 세상 원수 같기만 했다.

양시님이 이상해졌다. 이젠 확실히 이상해진 걸 알겠다.

"월아? 이렇게 따서 담으면 되는 게냐?"

키가 작은 구월이가 뽕나무 아래서 팔을 버둥버둥하며 뽕잎을 따고 있는 것을 본 양시님은 부채로 얼굴을 가리고 흠, 흠 한참 동안 헛기침을 하시더니 소매를 걷고 다가오셨다.

"당과 약과 말고 밥 많이 먹고 키 좀 커야겠구나."

키가 큰 양시님은 팔을 드는 것만으로도 구월이가 껑충대고 뛰어도 닿지 않던 높은 가지의 잎사귀를 쉽게 쉽게 따셨다. 깜짝 놀라서 펄쩍 뛰어도, 그러지 마시라고 소매를 잡아도 들은 척도 하지 않으신다.

"이 작은 손으로 따다간 온종일 걸리겠구나. 이걸 매일 이렇게 따는 거니?"

양시님은 키도 크고, 힘도 세고, 손까지 커서 커다란 광주리가 금방 수북해졌다. 구월이는 우물쭈물 광주리를 받으며 대답했다.

"요새 좀 더 많이 따긴 해요. 누에들이 많이 자랐거든요. 막잠 자고 일어난 때라 애들이 얼마나 무시무시하게 먹어 대는지 몰라요. 이따 오후에도 주고 밤에도 주어야 해요."

구월이는 잠실(蠶室)로 만들어 둔 베틀 방으로 들어가 켜켜이 놓인 목판 위에서 꿈틀거리는 누에들을 살폈다. 올해는 누에가 잘 자랐다. 목판 위에서 꼬물꼬물하는 푸르스름한 누에들은 벌써 덩치들이 많이 커져서 하루 이틀만 더 먹이면 노르스름하니 익은 누에가 될 거고, 이내 고치를 지을 것이다. 고치를 짓고 나면 잘 말려서 물에 삶아 실을 뽑으면 된다. 누에 한 마리에서 명주실 사천 자를 풀어내야 하고, 누에 열 마리에서 명주실 한 가닥이 나오니, 천이백 가닥 실로 한 폭을 삼는 사십 자 보름새 명주 한 필에 서린 정성이란 이루 말할 수가 없다.

밖에 서 계시던 양시님이 슬그머니 잠실의 문가로 다가와 목판을 구경한다. 구월이는 잎을 큼직하게 썰어서 목판 위에 술술 뿌려 주었다. 먹성 좋은 누에들이 사그락사그락 뽕잎을 갉아먹기 시작했다. 광주리에 수북이 쌓인 뽕잎이 다 비워질 때쯤 되니 뽕잎 갉는 소리가 한데 뭉쳐져 쏴아아아, 하는 소리로 바뀌었다. 덥고 후끈후끈한 누에방이었지만 그 소리만 들으면 속이 시원해졌다.

선들, 바람이 일었다. 멀찍이 서 계시던 양시님이 어느새 바로 뒤에 다가와 부채로 바람을 일으키고 있었다. 목덜미에 땀이 맺혔던 곳이 서늘해진다. 쏴아아, 쏴르르르르, 쏴아아. 나뭇잎이 바람에 한꺼번에 바스락대는 소리일지, 무성하게 자란 벼 이삭이 스치는 소리일지, 시원하게 소나기가 내리는 소리일지. 그 청량한 소리 사이로 양시님의 차분하고 맑은 웃음소리가 스며들었다.

"대체 누군데? 엉? 누구냐고! 솔직히 말 안 해?"

학분이가 눈을 가느스름하게 뜨고 아래위로 구월이를 훑었다.

"누구긴 누구야, 우리 집에서 가끔 기숙하시는 이 양시님이시지. 벌써 5년 넘게 단골손님이시란 말야. 잘 챙겨 드려야 한다고."

"네가 언제부터 손님들을 그렇게 챙겼다고? 뭐? 그분한테만 고기 반찬을 듬뿍 놔 드려? 탕국 그릇 밑에 고기를 잔뜩 깔아? 이년이 식모 아즈마이한테 나 맞아 죽는 꼴 보려고!"

학분이는 진사 식당의 탕모로 입번해서 일을 하는 중이었다. 본래 결혼하지 않은 여자를 진사 식당에 들이지는 않는데, 조만간 혼례를 올릴 박잠미 수복이 식당직으로 일을 하고 있어서 학분이가 병으로 앓아누운 아버지를 대신해서 입번할 수 있도록 주선해 주었다 하였다.

학분이는 눈썹을 찌푸리고 심각하게 물었다.

"너 그 선비님에게 홀랑 빠졌지? 이게 죽으려고 작정했냐?"

"이년이 미쳤다! 무슨 대대로 벼락 맞을 소리를 해! 양시님이 요새 시험 준비로 너무 힘들어하셔서 그러는 거야. 반궁 드시고 대과가 벌써 몇 번이 있었는데 아직도 입격 방에 오르지 못하셨다잖아. 얼마나 힘드시……."

"됐고, 너 진짜 미친 짓 하고 있는 거 아냐? 너 조금이라도 이상한 마음 먹었다간 내가 먼저 네 아빠하고 장의 어르신, 장 수복 아저씨랑 대사성 영감님한테까지 모조리 이야기할 거야. 이게 겁대가리도 없이 어딜."

"아니야! 그냥 손님이라고!"

"그걸 믿으라고?"

"야, 다른 사람도 아니고 내가 반궁의 유사님을 좋아하게 생겼니?

우리 엄마 어떻게 돌아가셨는지 너도 알잖아. 그런데 내가 똑같은 짓을 저지르면 대대로 벼락을 맞아도 싸."

스스로 다짐하듯 한 마디 한 마디에 힘을 주어 큰소리를 쳐도 학분이는 눈을 실처럼 가늘게 뜨고 째리기만 했다. 이번엔 설득 대신 뇌물을 들이대 보았다.

"야야, 그 부탁 들어주면 내가 새로 짠 무명하고 따끈한 햇솜으로 너 결혼할 때 들고 갈 차렵이불 한 채 지어 줄게. 응?"

의리의 학분이는 그제야 동한 얼굴을 하며 표정을 조금 누그러뜨렸지만, 여전히 내키지 않는 듯 입맛을 쭉쭉 다셨다.

"그게, 생각처럼 챙기기가 쉽지 않단 말이야. 네가 안 와서 모르겠지만 상 한 번 차리려면 난전이 따로 없어. 일하는 여자들은 열 명도 안 되는데 백 명 넘는 상을 보려고 해 봐라. 여기저기서 뭐 가져와라, 뭐 가져와라, 늦으면 불호령에 네 이년, 굼뜬 년, 주리를 틀 년 소리까지 배 터지게 듣는 판에, 거기서 따로 챙기긴 누굴 챙겨? 시아버님, 아니 대사성 영감이나 세자 저하께서 들어오셔도 못 알아볼 판이라고."

"그래도 어떻게 좀 해 봐. 그 선비님, 체구도 크시고 드시는 양도 많은 편인데, 식사도 천천히 하시더라고. 그러다 시간에 쫓기거나 나이 많은 영감님들한테 밀려서 진지도 못 드실까 봐."

"이건 시집도 안 간 주제에 어디서 열녀 시늉을 하고 지랄이냐."

하지만 이불 한 채에 아기가 입을 배냇저고리까지 덧붙자 학분이는 결국 고개를 끄덕였다.

"좋아, 내가 한번 신경 써 보지. 동재야 서재야? 설마 지질지질 하재생은 아니지? 성함하고 본은 뭐라시고?"

"그래그래, 역시 의리의 학분이라니까. 이 양시님이시고, 성함은 모르는데 찾긴 어렵지 않을걸? 서재에서 뚱뚱보 육 생원님이랑 같이 방을 쓰신댔는데, 하여튼 우리 양시님은, 훤칠한 헌헌장부에 얼굴은 관옥 같고, 피부는 백옥 같고, 앉은 자태는 신선 같고, 엄위하고 위풍당당하기로는 백마신장에 신비롭기로는 태상노군…….."

순간 이마에서 딱, 소리가 나며 사방으로 별이 튀었다.

"에라이, 맹추땡추야."

"아이코! 야!"

"한양서 이 서방을 찾아라! 이름이나 본관이라도 제대로 알려 줘야 국그릇에 고기를 깔든 침을 뱉든 할 거 아냐. 훤칠한 헌헌장부는 개뿔, 식당에서 하루만 일해 봐라. 유사님이고 박사님이고 직강님이고 죄다 똥돼지 악머구리로 보일 테니까!"

학분이는 머리를 쥐어박더니 휭하니 돌아가 버리고 말았다.

"내 이름? 본관? 그건 갑자기 왜?"

구월이는 치맛자락을 쥐고 우물쭈물했다. 기숙하는 집 계집종이 겁도 없다, 생각하니 목소리가 점점 기어들어 갔다.

"지금 비복청에 입번해서 탕모로 일하고 있는 아이 중에 학분이라는 친구가 있어요. 민호 언니하고, 학분이하고 저하고는 의리로 맺어진 사이인데요, 아마 진사 식당에서 보셨을 거예요. 오른뺨에 커다란 사마귀가 있고 눈이 좁쌀처럼 조그만 친구예요."

"그래. 먼발치에서 본 적 있다. 그런데 왜?"

"제가 그 친구에게 부탁해서 고기 좀 많이 놔 드리라고 말해 두었거든요. 대별미날하고 소별미날하고, 별공일하고, 하여튼 소 잡는

날엔 탕국 밑에 고기도 좀 쫙 깔아서……. 그랬더니 성함을 알려 달라고 해서요. 뚱땡이 박잠미 수복 아저씨, 왜 식당직 수복 아시죠? 그 아저씨가 조만간 학분이 남편이 될 거라 어지간하면 눈감아 줄 건데요."

이 양시는 갑자기 푸하핫, 큰 소리를 내면서 웃었다. 그러더니 엄숙하게 고개를 저었다.

"싫다. 그 소란 통에 내 이름이 쩌렁쩌렁 울리게 놔두라고?"

"그래도 양시님."

"고기 잘 먹고 다닌다. 나 건강하니 걱정 마라."

이마에 딱, 꿀밤이 날아왔다. 이마를 열심히 문지르니 다시 껄껄 웃는 소리가 이어졌다.

구월이는 툇마루에 멍하니 앉아 생각에 잠겼다. 이마가 종일 화끈 거렸다. 인두로 지져 인을 박은 것처럼. 눈앞에 놓인 수틀이 하나도 눈에 들어오지 않는다.

'너 그 선비님에게 홀랑 빠졌지?'

아니야. 그런 거 아닌데. 아닌데. 구월이는 머리를 확확 돌렸다.

'너 진짜 미친 짓 하고 있는 거 아냐? ……이게 겁대가리도 없이 어딜.'

정말…… 아닌가?

긴가?

마음이 납덩이처럼 무거워졌다. 나 자신을 속일 정도로 어리석은 건 아니다. 다만 어느 쪽으로든 대답하기 어려웠다.

성균관의 유사가 반촌의 계집종을 마음에 두는 건 결과가 몹시 좋지 않았다. 반촌의 여인들 중 그걸 모르는 이는 없었다. 갇힌 마을, 양반이 들어가 살 수도 없고, 거주민이 나가서 살 수도 없는 노비들의 마을. 계집종이 겁간당하건 좋아 일을 치르건, 바로 버려지건 한동안 귀여움을 받건 종착지는 한결같았다. 반촌의 계집종들은 늦든 이르든 반드시 쓰레기처럼 버려졌다.

더욱이 반촌의 계집종이 성균관의 유사를 혼자 마음에 담는 건 있을 수 없는 일이었다. 천한 것이 감히 삼공육경의 위에 오르실 귀한 분들을 언감생심 마음에 품고 있다는 것 자체가 물고가 날 일이었다.

들키지만 않으면?

수틀 안에서 복사꽃이 하느작하느작 지고 있었다. 구월이는 하염없이 떨어지는 꽃잎을 쓰다듬었다. 그래도 살그머니 웃음이 흘러나왔다.

어쩌긴. 마음도 이렇게, 아무도 모르게 하느작하느작 지게 두면 되는 것이지.

괜찮아, 아무도 몰라. 아무도 모르는 마음은 없는 것과 마찬가지야. 좋아하는 만큼 내 마음껏, 남몰래 좋아하면 돼. 어차피 난 시집도 가지 못하고 평생 아버지하고 살 건데 뭐.

그러니 괜찮아. 아무도 몰라. 나만 알아, 내 마음. 복숭아꽃 심지에 박힌 한 점 핏방울처럼 잘 감춰진 내 마음. 조그맣게 맺혀 곱게 피어나고 활짝 웃다가 후회 없이 떨어지는 꽃처럼, 피어라 내 마음. 저절로 힘에 부쳐 질 때까지 제일 곱게 피어 있는 힘껏 활짝 웃어라.

내 마음을 후회할 일은 없을 거야. 기쁘면 기쁜 대로, 아프면 아픈 대로.

구월이는 핏빛으로 물든 반짝이는 실을 바늘귀에 끼워 수틀에 살그머니 꽂았다.

"사난 중엔 살꺼죽이 진말(밀가루) 반죽처럼 보동보동 매끈한 것두 있구, 팔다리 가슴팍에 시꺼먼 터럭이 북슬북슬한 놈두 있다. 기런 놈은 벳게 놓으면 온 들즘생이 같더라."

으악! 꺄악! 구월이와 학분이가 입을 틀어막고 동동거리자 과부댁이 음흉하게 웃는다.

"요년! 낼모레 바로 초례 치르디 않네? 폭 시어 꼬부라져 연지 곤지 찍는 주제에 밤일까디 맹탕 목석이믄 첫 밤에 소박이야! 덩신 채 리구 들으라!"

구월이는 이불을 움켜쥐고 발가락에 꽁꽁 힘을 주었다. 하나도 궁금하지 않아. 알고 싶지도 않고, 알 필요도 없어. 하지만 귀는 쫑긋, 발가락은 간질간질, 얼굴로는 열이 포르르 오른다.

학분이가 똥땡이 박잠미 수복에게 시집갈 날이 닷새 뒤로 다가왔다. 쌍과붓집 아주머니가 뭐시깽이 거시깽이를 살짝 알려 주겠노라 불러냈다. 엄마가 일찍 돌아가시는 바람에 조롱조롱 달린 다섯 남동생들과 병든 아비 치다꺼리를 도맡느라 혼기를 놓친 학분이가 딱하시다나. 뭐시깽이 거시깽이가 무언지 단번에 감을 잡은 학분이는 '의리의 김학분이 어떻게 닐 두고 혼자 가겠냐'는 말로 난짝 친구를 꾀었다.

그러니까 지금 내가 여기 와서 이런 이야기를 듣고 있는 이유는,

그렇다. 의리! 순전히 의리 때문이다. 난 뭐시깽인지 거시깽인지 절대 알고 싶지 않지만 민호 언니 말이 '여자의 의리는 목숨보다 중하다.' 했으니까. 우리 셋이 의리의 삼총사라고도 했었다. 총사가 뭔지는 모르지만, 어쨌든 우리끼리 의리를 지키지 않으면 누가 지키겠느냐.

그사이, 과부 아주머니는 벌써 신랑·신부 초례상까지 후딱 치워 버리고 신방으로 들어와 비녀 빼고 족두리 내리고 원삼에 저고리에 스란치마 겹겹 속치마까지 홀랑홀랑 벗겨 가며 진도를 나가기 시작했다.

"첫날밤에 올마나 창피하고 끔찍허니 아픈디 아네?"

"아프다고요?"

구월이가 눈을 동그랗게 뜨고 묻자 늙은 여자가 콧방귀를 뀌며 슬슬 웃는다.

"니년은 시집 안 간다 하디 않았네? 와, 이제 와서 겁나는 기야?"

"아니에요!"

"뭐 큰 걱덩은 마라. 첫날만 아프니끼니. 내래 기걸 딘작 알았으믄 좋았을걸. 사람 좀 살리라 밤새 울었는데 서방이란 새끼는 마누라 입을 틀어막고 제 욕심만 채우디 않았갔어? 아침엔 기양 목매 둑으려고 했다. 사난들이 배꼽 밑으루다 기르는 물겐이 기래 숭한 걸 뉘라든 미리 알켜 줬어두, 온."

"배꼽 밑에 기르는 물건이요?"

"잘 들으라. 사난들 다리 중간엔, 간난이 씨가 쟁여 있는 조롱박하구, 달랑거리는 긴 꼭지가 있어. 사난들은 까 보면 똑같아. 다 있디. 게가 없는 놈들은 고자 내시들뿐이야. 알간? 어르나들 누에고치 딸랑이는 거 생각하믄 안 되는 기야."

"네, 네에……."

"생긴 게야 홍두깨루 큰 놈두 있고, 애호박만 한 놈두 있서. 오이처럼 길쭉한 놈두 있고, 콩꼬투리처럼 작은 놈도 있다. 썩은 호박처럼 물렁한 놈두 있구, 자갈돌처럼 딱딱한 놈두 있다. 어드런 물겐이 걸릴 디야 니년들 타고난 복이고."

"맙소사, 난 이젠 채마밭엔 다 나갔네."

구월이가 얼빠진 얼굴로 중얼거리자 아주머니는 큰 소리로 껄껄 웃었다.

"어쨌든 고것들은, 가스나 살내만 맡았다 하면, 족제비마냥 저 들어갈 굴을 찾아내는데, 평생 기집 구경 못 해 본 놈들두, 에미나이들 어디께에 제 구녕이 숨었는디 다 안다. 고 요상한 거이, 평시에는 막 뽑은 가래떡마냥 말랑하구, 빼꼼하니 힘없이 늘어졌다가두 가스나들이 옷만 벗었다 하면 벌떡 일어나서 갖은 용천지랄은 다 해 쌓는데, 홍두깨는 사자춤을 출 게구, 콩꼬투리는 초라니 방정을 떨 게다. 보다 보면 재밌느니라."

"으으. 네."

"괜히 겁먹을 건 없서. 첨엔 챙피허구 아파두 한 메칠만 꾹 참아 보라. 나종엔 고게 또 참말 간딜간딜허구 따르르르 쨍하니 좋아지는 날이 오니끼니. 공이가 절구통을 자근자근 찍어 대고, 족제비가 제 굴을 밤낮으루 들랑달랑하다 보면, 네년들 배 속에 사난들 씨가 들게 되구, 기래야 갓난이들을 많이많이 낳게 되는 기야. 에이구 요 에미나이들, 귀 쫑긋하고 콧구멍 발름발름하는 거 봐라?"

"아니에요. 우리가 언제요!"

학분이는 억울해하며 고함을 빽 지른다. 구월이는 억울한 척했지만 사실 귀를 쫑긋한 것은 맞는지라 고개만 폭 숙이고 말았다.

"오늘 여기 왔던 건 양시님한테 절대 말하지 말아야지."

눈 위를 조심조심 걸어 돌아오며 구월이는 단단히 결심했다. 아무리 반촌의 참새 천구월이라도 맘속에 내숭이라는 것을 한 떨기쯤은 키우고 있었다.

"학분이 혼인 준비로 쌍과붓집에 같이 다녀왔다며? 네 아버지한테 들었다."

망했다.

근엄하게 앉아 계신 양시님을 보니 머리통이 휑 비는 것 같다. 아빠는 왜 양시님한테 그런 얘기를 해서! 뒤로 돌아 아빠 방을 확 째렸다가 다시 풀 죽은 얼굴을 했다. 양시님은 왜 하필 오늘 오셨어요. 공부 열심히 해서 대과에 합격하셔야지 이렇게 땡땡이 자꾸 치셔도 되나요. 고개를 푹 파묻고 발가락에 꾹꾹 힘을 주었다. 그래도 자꾸 발끝이 간지럽고 곱아드는 것 같다. 얼굴로 모락모락 열이 지핀다.

"친구가 시집가는데 네가 더 예뻐진 것 같구나."

양시님이 빙그레 웃으신다. 구월이는 뭔가 망조가 든 것을 느꼈다. 기를 쓰고 잊어버리려 애쓰던 복숭앗빛 찬란한 그림이 스무 폭 병풍처럼 좌라락 펼쳐졌던 것이다.

툇마루에 걸터앉아 하아, 후우, 하아, 길게 심호흡을 해 본다. 평시에는 양시님 진지 드시는 것을 살펴보며 정성껏 시중을 들었는데, 오늘은 아무래도 안 되겠다. 구월이는 저 하늘의 달님으로 시선을 고정한 채 열심히 중얼거렸다.

"저분은 남자가 아니고, '벳게 놓으면 들즘생이'도 아니고 그냥 나무토막이다. 아무렴, 나무토막."

하지만 잊으려고 애쓸수록 상황은 심각해져서 아랫배에서 솔솔 지펴지던 잉걸불이 이제 온몸에서 자글자글 소릴 내며 돌아다닌다. 방에서 늦은 저녁상을 받던 양시님이 의아한 표정으로 고개를 들었다.

"오늘 그 집에 가서 안 좋은 일이 있었니?"

"예, 양시님은 들즘생이 아니고, 나무토막, 으악, 악! 아니에요! 그냥, 그냥 이야기만, 수다만 떨고 왔어요!"

"과부댁에서 무슨 재미있는 이야기를 들었기에 젓가락을 세 개나 주고 숭늉 대신 동치미를 주었을까? 상 물리라는 말도 못 듣더니 나는 이제 나무토막이냐."

"아니에요, 아무 이야기도 안 했고요! 저는 아무것도 못 들었어요."

망했다, 정말 망했어! 쌍과붓집에서 무슨 얘기를 들었는지 눈치채신 거야! 구월이는 허둥지둥 상을 챙겨 들고 부엌으로 뛰어들다가 하마터면 문틱에 걸려 엎어질 뻔했다. 저, 저런! 조심해! 조심해라! 어지간하면 목소리를 높이지 않는 양시님이 기겁하는 소리를 냈다.

그녀는 부뚜막 앞에 쪼그리고 앉아 댕기 꽁지를 쥐어뜯었다.

"이 망할 것. 학분이 요 망할 것, 혼자 가기 창피하다고 평생 수절하겠다는 친구를 끌고 가? 뭐가 의리의 학분이야, 이 웬수야."

하지만 시간이 흘러갈수록 콩꼬투리, 홍두깨, 길쭉이 오이, 애호박, 썩은 호박, 고구마, 풋고추, 채마밭의 온갖 길고 짧은 채소들이 머릿속에서 둥둥대며 강강술래를 시작했다.

'가만, 가만 좀 있어 봐. 그럼 저, 점잖은 야, 양시님한테도 그, 홍두깨인지 콩꼬투린지, 그 망측한 게 달려 있을까?'

'당연하지, 선비님이 내시 고자로 보이냐? 사내란 까 보면 속은 다 똑같다 했잖아. 그분이 갖고 계신 가래떡인지 족제비인지도 계집 냄새만 맡으면, 맡으면……'

'벌떡 일어나서 용천지랄을……'

순간 굉장히 애먼 것을 상상한 구월이는 입을 틀어막고 말았다.

"엄마야 난 몰라."

이젠 얼굴로도 화르르 열이 올라왔다. 난 몰라, 어떡해. 손에 바짝 힘을 주어서 뺨을 힘껏 두드렸다. 딱, 딱, 따닥. 그럴수록 뺨은 더욱 불타올랐다. 벌떡 일어나 부엌을 빙빙 돌다가 밖으로 나가니 어느새 달이 둥실 중천으로 떠올랐고, 양시님은 이미 문을 닫고 주무시고 계셨다. 구월이는 양시님이 누워 계신 방을 향해 정신없이 머리를 박았다.

"양시님 죄송합니다. 죽을죄를 지었습니다. 제가 잘못했습니다."

순간 방문이 삐걱 열리더니 새하얀 침의를 입은 양시님이 모습을 드러냈다.

"지금 뭘 하는 게냐?"

구월이는 마루에 이마를 박은 채 그대로 얼어붙었다. 오밤중에 계집종이 툇마루에서 손님방 앞에 절을 해 대고 있으니, 무슨 만고의 충신이 났다고……가 아니고 달밤에 미친년 춤추는 것으로 보였을 텐데. 구월이는 얼빠진 얼굴로 대답했다.

"아, 더, 더워서 열을 식히려고요."

의아한 시선이 마당을 향한다. 그제 내린 첫눈이 항아리 뚜껑 위로 하얗게 얼어붙어 있었다. 구월이는 허둥지둥 덧붙였다.

"오, 오밤중에 신열이 좀 올라서……."

"신열? 의원에게 받아 온 열 내리는 환약이 있는데 그거라도 좀 먹겠느냐? 그런데 열이 오르면 추워야 하지 않나?"

아 맞다.

이젠 뭐라고 변명할 말도 없어서 그녀는 발가락을 꼼지락대며 우물쭈물했다. 치맛자락 사이로 찬바람이 들어오고, 얼음장 같은 툇마루 위의 맨발이 뒤늦게 시렸다. 이제 얼굴이 걷잡을 수 없이 빨개졌다.

양시님의 눈이 가늘어지는 것이 보인다. 아하. 무언가를 짐작한 듯, 애매한 신음성이 흘러나오며 엄격하기만 하던 안색이 살짝 흩어졌다. 구월이는 양시님이 자신의 마음을 짐작했음을 알았다. 꽁꽁 숨겨 둔 내 속을 대체 어떻게 아셨을까. 나는 저분의 마음을 또 어떻게 알게 된 걸까? 영문 모를 일이지만 어쨌든 절로 알게 된 것을 무를 재간이 없었다. 서로의 마음을 절로 알게 된다는 것은 정말 몹쓸 일이라, 점잖은 선비님의 귓불과 목덜미는 옅은 복숭앗빛으로 물들었고, 구월이는 얼굴이 허옇게 변해 버렸다.

"추운데 들어가 자거라."

양시님은 캐묻지 않고 조용히 문을 닫았다.

구월이는 흐늘흐늘 방으로 돌아가 이불 위에 주저앉았다. 이렇게 멍청할 데가. 머리가 텅 빈 셋처럼 아무 생각도 나지 않았다.

이튿날 새벽, 양시님은 식사도 않고 온다 간다 인사도 없이 돌아갔다. 문득, 그가 더 이상 이곳에 오지 않을지도 모른다는 불길한 생각이 들었다.

양시님이 몇 달째 오시지 않는다. 겨울이 지나고 다시 복사꽃이 봉오리를 돋우는데도 여전하다. 구월이는 눈에 띄게 웃음을 잃고 말도 잃었다. 입안에서 시도 때도 없이 재재거리던 참새 떼가 모조리 사라져 이제 복숭아꽃집은 적막하기만 했다.

구월이는 골방에 들어앉아 발끝으로 베틀을 툭 건드렸다.

나 때문일까.

역시 그렇겠지. 귀엽게 봐 주고 계셨지만 사실 나는 스물다섯, 노처녀로 소문이 짜르르 난 계집이고, 그런 년이 자신을 보며 몹쓸 망상에 잠겨 있던 걸 알면 어느 선비님이 웃어넘기시겠나. 그 자리에서 무엄하다 방자하다 호통을 치고 물고를 내지 않으신 것만으로도 고마운 것이다.

앞으로 오시지 않을 것을 안다.

그래, 차라리 다행이다. 마음이 제멋대로 자꾸 커졌다면 걷잡을 수 없는 일이 벌어졌을지도 모른다.

그래도 비워 둔 손님방은 허전하다. 이제 구월이는 빈방이 있느냐 묻는 손님에게 으레 없다고 대답하곤 했다. 양시님이 오시지 않을 것을 알지만, 그분께서 머물렀던 곳에 다른 사람이 자리 잡고 그분의 자취와 냄새를 지우는 것이 싫었다.

벌어지지도 못하고 주춤대다 찬비를 맞고 떨어진 복숭아꽃 한 송이를 주워 들었다. 보일락 말락, 붉은 피 한 방울 스며든 속살이 아프게 느껴졌다. 뭉그러져 가는 꽃잎을 손가락으로 살살 펴 주며 희미하게 웃었다.

얘, 너는 왜 그렇게 미련하니. 기왕 떨어질 거, 활짝 피어나 보지.

피어나 보지.

반궁에서 쉬는 날은 초여드레, 스무사흘. 구월이는 그날이 돌아올 때마다 반궁 앞에 가 볼까, 학분이를 통해 안부라도 전해 볼까 망설이다가 한숨을 쉬며 다시 베틀에 앉았다. 북이 오른쪽 왼쪽으로 느릿하게 오가며 짤깍짤깍 못난 생각을 함께 짜 넣는다.

장장춘일 봄 일기에 명주 분수 짜내어서

짤그닥, 덜컹, 짤그닥, 덜컹

은장도 드는 칼로 으르슬큰 끊어 내어

짤그닥, 덜컹, 짤그닥, 덜컹

앞 냇물에 빨아다가 뒤 냇물에 헹궈다가

짤그닥, 덜컹, 짤그닥, 덜컹

담장 울에 널어 바래 옥 같은 풀을 해서

오늘쯤 반궁 앞 정문으로 가 얼쩡얼쩡 기다려 볼까. 양시님이 나오시나 아니 나오시나. 눈썹을 찌푸리시면서 네가 여기 웬일이냐 하시면 지나가는 길입니다, 우연히 뵙습니다 하면 되려나. 다른 하숙을 정했다, 하시면 나는 어떤 표정을 지을까? 무슨 대답을 하게 될까?

홍두깨에 옷을 입혀 아당타당 두드려서
짤그닥, 덜컹, 짤그닥, 덜컹
임의 직령 지어 낼 제 금가위로 베어 내어
짤그닥, 덜컹, 짤그닥, 덜컹
은 바늘로 폭을 붙여 은 다리미 다려 내어

새로운 집에는 또 어떤 여인이 있고 어떤 예쁜 딸이 있을까. 다른 집의 계집에게도 귀엽다, 어여쁘다 하며 웃어 주고 계실까.

양시님, 양시님 들어 보세요. 울 옆 길가로 가지를 드리우고 봉오리 맺은 복숭아꽃 같은 계집종이 말이지요, 오며 가며 어루만지고 어여쁘다 화사하다 하시는 말씀에 겁도 없이 마음이 설레더랍니다. 복숭아꽃이 잘못했죠. 마음이 설렌다고 활짝 피어나서 발그레한 속살까지 속속들이 보여 드렸으니 영 잘못했죠.

횃대 걸면 먼지 앉고 개어 두면 살 잡히고
짤그닥, 덜컹, 짤그닥, 덜컹
접척접척 곱게 개어 자개함농 반닫이에
짤그닥, 덜컹, 짤그닥, 덜컹
맵시 있게 넣어 놓고 대문 밖에 내달으며

아니야. 다른 하숙에 가신 게 아니라 본가에 일이 있어 가셨을 거야. 본가가 한양이 아니라 하시었으니 오가는 데 시간이 오래 걸리시겠지.

……하지만 본가에는 또 마님이 계시겠지?

갑자기 북을 쥔 손이 싸르르 얼어붙었다. 구월이는 움직임을 멈추고 웃기 시작했다. 웃음만 나왔다. 하, 하하하, 아하하하.

믿을 수가 없어! 마님이 계실 거란 생각을 지금까지 한 번도 안 해 봤다니!

양시님의 입성이나 품행이나 몰고 다니는 말을 보면, 만석 지기 대갓집 자제라 해도 허언이 아닐 듯했다. 게다가 진사 생원시에 모두 입격해 성균관까지 올라오신 분이라면 더더욱 홀몸일 리가 없다. 슬하에 자식이 조롱조롱 달렸을 수도 있다.

울컥, 눈시울 아래로 눈물이 고였다. 베틀에 걸어 놓은 실들이 일렁일렁 찌그러 들어 뭉텅이로 보였다.

저기 가는 저 선비님 우리 임이 오시던가
오기야 오데마는 칠성판(관에 들어가는 목판)에 누워 오네
웬 말인가 웬 말인가 한양 길이 원수로다
쌍교 독교 어데 두고 칠성판이 웬 말인가

천구월, 이 바보야. 너 지금까지 뭘 하고 있었니?

님아 님아 서방님아 무슨 일로 죽었는가
배가 고파 죽었거든 밥을 보고 일어나오
목이 말라 죽었거든 물을 보고 일어나오
임을 그려 죽었거든 나를 보고 일어나오

그래도 한 번만 더 오시면 안 될까요.

이 미련한 계집종이 제대로 인사라도 올릴 수 있게 한 번만 더 오시면요, 양시님.

보고지고 보고지고 우리 낭군 보고지고
보고지고 보고지고 우리 낭군 보고지고

믿을 수 없는 소리가 들린다. 푸르르, 투르, 푸르르. 이러이러, 이럿, 워……. 구월이는 베틀에 앉은 채 방문을 활짝 열어젖혔다. 빨랫줄에 널린 각색 이불과 펄럭이는 옷감을 헤치고 누군가 마당으로 들어선다. 키가 크고 털이 반들거리는 누런색 말, 귀가 양쪽으로 접힌 유건, 검은 깃을 댄 푸른 난삼, 수려하고 반듯한 얼굴이 일렁일렁 파도치듯 흔들린다.

"월이 있느냐. 그간 격조하였……."

"양시님……."

"왜, 왜 이래! 너 왜 우느냐!"

그의 손에서 부채가 떨어졌다. 그가 등자도 딛지 않고 높은 말에서 훅, 뛰어내리는 모습이 느릿하게 흘러갔다.

"저런. 많이 기다렸니? 울지 마라. 스물다섯이나 먹은 아가씨가 왜 이렇게 어린애처럼 울고 이래. 미안하다. 아버님 연통으로 본가에 좀 다녀온 게다. 그래, 정말이다. 집에 혼사가 있었는데 손님이 많이 오시는 바람에……. 궁에서도 오신 데다 외사촌 누이에 매형에 그 집 안사돈 어르신까지 오셔서 대접하고 모셔다드리느라 경황이 없었다. 그 뒤로도 시험 준비 때문에 바빠서 나올 짬도 없었느니라. 같은 방 아우에게 잠시 들러서 말이라도 해 두라 할걸. 기다리게 해서 미안하구나."

단숨에 툇마루까지 뛰어오른 양시님은 방 안에 들어오지는 못한 채 문고리를 잡고 중언부언 설명을 늘어놓았다. 물론 구구절절 늘어놓는 말이 사실이 아닌 것도 알고, 시끄러운 계집종을 달래려는 변명일 뿐이라는 것도 안다. 양시님이 미안해하실 일이 전혀 아니라는 것도 잘 안다. 하지만 구월이는 만류하지 못했다. 이렇게 이것저것 주워섬기며 변명하시는 양시님은 처음이었고, 그렇게 당황하신 양시님도 처음이었다.

물론 뚱땡이 생원님 따위는 한 지게짝이 와도 안 반갑지만 이렇게 구구절절 다정한 말씀까지 들으니 너무 죄송하고 고마워서 새로 눈물이 쏟아졌다. 흐어, 흐어어, 눈물이 도무지 그치질 않으니 결국 양시님이 품에서 하얀 무명 수건을 꺼내 뺨을 닦아 주셨다. 뺨을 감싼 손은 크고 무척 따뜻했는데, 무척 당황하셨는지 손의 힘이 무지막지했다.

"양시님, 흐이, 아, 아야야, 껍질이 벗겨질 것 같아요."

"이런. 미안."

양시님의 목덜미와 귓불이 복숭아색으로 물든다. 저놈의 복숭아색이 왜 저렇게도 요망한지 모르겠다. 양시님은 수건을 품속에 넣더니 다시 마당으로 내려섰다. 땅에 떨어진 부채를 주워 얼굴을 향해 펄럭이는데, 그래도 백옥 같은 얼굴로 옅게 핏기가 오르는 것을 가라앉힐 수는 없었다. 구월이는 간신히 울음을 거두고 조심스럽게 여쭈었다.

"죄, 죄송해요. 별일도 아닌데……. 집안의 혼례라면 동생분이 결혼하신 건가요? 부모님하고 내당 마님은 잘 뵙고 오셨고요? 오랜만에 가신 거라 마님께서 되게 반가워하셨겠어요."

"……마님? 내 아내를 말하는 거냐?"

그의 눈이 설핏 가늘어지더니 말투마저 싸늘해졌다. 구월이는 어리둥절했다.

"예. 본가에 가셨으면 당연히 내당 마님도 뵙고 오신……."

"있지도 않은 사람을 무슨 재주로 보고 와?"

말꼬리를 차갑게 끊어 내는 양시님은 어쩐지 언짢아 보였다. 갑자기 속에서 커다란 파도가 울렁, 솟았다. 사실일까? 아닐까? 양시님이 거짓말을 하시는 걸까? 구월이는 멍하니 선비님을 올려다보았다.

"……어? 왜 안 계세요……?"

진사 · 생원 양시에 합격하시고 성균관 유학까지 오신 분이라면 어여쁘고 집안 좋고 현숙한 아가씨들이 줄을 섰을 텐데요? 아니면 일찍 돌아가신 건가요? 물으려던 구월이는 양시님의 싸늘한 얼굴을 보고 퍼뜩 정신을 차렸다.

세상에 미쳤다. 네가 뭔데 감히 그런 말을 꼬치꼬치 캐묻고 있어?

예의가 날아간 건지 생각이 날아간 건지, 아니면 속에 나 말고 또다른 구월이가 있어서 하지 말아야 할 말을 둥둥둥 작정하고 내뱉는 건지 모르겠다. 고개를 폭 수그리고 얼른 사죄했다.

"으으, 죄송합니다. 정말 죄송합니다."

"미안할 건 없다. 그런데 너는."

갑자기 접힌 부채의 끝이 다가오더니 목덜미로 폭 파묻힌 턱을 들어 올렸다. 바닥을 헤아릴 수 없는 검고 깊은 눈동자가 지척이다.

"그게 왜 궁금하지? 내가 내자가 있다 하면 좋겠니?"

턱에 닿았던 부채의 끝이 사라지고 긴 손가락이 그 자리를 대신했다. 차가운 대나무의 감촉 대신 그분의 손, 그 손가락 끝의 열감이 턱선을 따라 미끄러지는데, 구월이는 오히려 온몸이 들들 떨렸다.

"……양시님?"

구월이는 아득해지는 기분으로 질문의 의도를 헤아렸다.

저분은 지금 내가 값싼 호기심으로 여쭌 것 같아 못마땅한 걸까? 건방지다 무엄하다 여기시는 걸까?

아니야! 그 반대야!

그의 손가락이 지나간 곳에서부터 물결치며 퍼지는 고함이 머릿속을 하얗게 휩쓸었다. 구월이는 눈을 커다랗게 뜨고 입술을 파르르 떨었다.

양시님의 진짜 마음은? 내 마음은?

난 뭐라 대답해야 하지?

목구멍으로 마른침이 넘어간다. 달싹거리는 입술이 천근처럼 무거웠다.

"……아뇨."

손끝이 거두어졌다. 머리 위로 다시 날숨이 흘러나오는 소리가 들렸다. 한참 후, 그는 팽팽하게 당겨진 활시위와 같은 목소리로 물었다.

"너는, 왜 지금까지 혼인하지 않았지?"

"저는 결혼 안 할 거예요. 이 집에서 아버지랑 오래오래 같이 살 거예요."

올해 스물다섯이랬던가, 혼잣말을 하시던 양시님은 안타까운 듯 말을 이었다.

"네 별명이 반촌의 효녀 지은이라는 이야기는 들었다. 어릴 때부터 눈먼 아버지를 그리 끔찍이 위했다면서. 젊은 딸이 아버지 수발을 위해 평생 수절하고 산다며 칭찬이 자자하더구나."

구월이는 대답하지 않았다. 말투는 담담했지만, 그 속에 박힌 가시를 못 알아차릴 정도로 눈치가 없지는 않았다.

"너는 그런 칭찬을 듣는 게 좋으냐."

"……."

"충성, 효도. 좋지. 이기적이고 잔혹한 도구에 아름다운 옷을 입혀 놓았으니 치자(治者)의 위선도 그 정도면 예술이다. 하하."

그가 허탈하게 중얼거리는 말을 듣고서야 그녀는 조그맣게 반박을 할 수 있었다.

"효녀라 칭찬받고 싶어서 혼례 안 올리고 아빠를 모시는 건 아니에요."

효녀 지은이라는 별명 따위, 달가워한 적 없었다. 그렇다고 충성과 효도가 잔혹한 도구라고 생각해 본 적도 없었다. 그것은 건드릴 수 없는, 신성하고 아름다운 무언가를 지키고 있는 말이었고, 저항할 수 없는 운명을 받아들이게 해 주는 울타리였다. 그걸 굳이 위선이라 말할 필요가 있을까?

팔과 다리, 혹은 머리가 몸의 일부이듯, 아버지는 태어나면서부터 그녀 인생의 일부였다. 마음에 들지 않는다고 손발을 떼어 내진 않지 않는가. 혼자서 밥이라도 해 드실 정도만 된다면. 혼자서 장작을 패서 군불이라도 때실 정도만 된다면. 하다못해 우물가에 가서 물을 져 나를 정도만 된다면. 하지만 아버지에게는 그런 사소한 일조차 너무 위험했다.

사람이 사는 데 공기도 필요하고 물도 필요하듯, 그녀의 아버지는 그저 살기 위해서 바로 옆에 있는 사람의 도움이 필요할 뿐이었다. 그건 아버지가 원한 것도 아니었고, 아버지의 잘못도 아니라는 것을 구월이는 잘 알고 있었다. 구월이는 조용히 속삭였다.

"양시님, 세상 어느 누가 자기 원하는 대로만 사나요?"

"……."

"아무도 원하지 않고, 누구의 잘못도 아니지만, 누군가의 인생을 잡아먹는 몹쓸 일들은 세상에 널리고 널렸잖아요. 어차피 벗어나지 못할 것을 받아들이기 위해서라면, 허울뿐이라도 예쁜 이름의 울타리 하나쯤 있어도 좋지 않나요?"

양시님이 놀란 눈으로 한참동안 구월이를 내려다보았다. 그렇게 의외의 대답이었을까? 양시님의 목소리가 고요하게 가라앉는다.

"괜한 말을 했구나. 그래도, 평생 혼자 살려면 외롭지 않겠니?"

"외롭지 않아요. 친구들하고, 동네 아줌마들하고 지금처럼 살면 돼요. 낮에 일하고 밤에 베 짜고 바느질하고, 봄가을에 누에 치고, 여름에 밭일하고, 손님 드시면 손님 치르고, 아버지랑 수다 떨고, 친구랑 빨래하러 가고, 아는 언니가 잠시 마을에 들르면 세상 돌아가는 이야기도 밤새 듣지요. 심심할 틈도 없는걸요."

"많은 사람에게 둘러싸여도 정말 외로울 때가 있을 텐데."

느낌이 이상했다. 살그머니 고개를 들어 양시님의 눈을 마주보았다. 긴 속눈썹이 드리워진 새까만 눈동자가 참 맑으면서도 바닥을 헤아릴 수 없는 우물처럼 느껴졌다.

지금 양시님은 내 얘길 하시는 걸까?

……어쩌면 양시님 당신의 이야기일까?

한참 그의 눈을 들여다보던 그녀는 조그만 목소리로 물었다.

"양시님은 외로우신가요?"

"……가끔."

구월이는 가만히 눈썹을 찡그렸다. 양시님의 입속에는 항상 숨어 있는 말들이 많았다. 숨은 말들은 항상 튀어나오고 싶어 안달하는데, 왜 저렇게 삼키시기만 할까? 그가 되바라진 계집종에게 퍽 너그럽다는 것을 알고 있는 구월이는 조금 더 용기를 내서 물었다.

"언제요?"

그는 고개를 조금 수그리고 웃는 듯 마는 듯 했다. 복숭아꽃이 흐드러진 나뭇가지 아래 평상에 앉은 사내의 얼굴은 수려하고 단정하면서도 구월이가 봤던 어떤 여자들보다도 짙은 색기가 흘렀다. 여자인지 남자인지, 신선인지 귀신인지 알 수 없을 정도로 이상한 분위기에 숨이 막혔다.

"숨겨 둔 비밀 때문에 숨을 쉴 수 없을 때."

꽃잎을 문 것처럼 붉은 사내의 입술이란 얼마나 지독하게 요요한가. 그의 입술 사이로 흘러나오는 목소리에 도화에 스민 붉은 기운이 사르르 스며드는 것 같다. 그의 목소리를 듣고 있노라니 도화주에 흠뻑 잠긴 듯 어질어질하다. 의도가 있는 대답, 새로운 질문을 끌어내는 그의 대답. 하지만 그로서도 쉽게 내보일 수 없는 비밀스러운 무엇. 구월이는 불길한 것을 직감했지만 멈출 수가 없었다.

"친한 친구나 형제들한테 털어놓으면 되잖아요."

"그 정도면 진짜 비밀이 아니지."

"어머니, 아버지도요?"

"안 돼."

"혹시 역모에 가담하셨나요?"

"……그럴 리가."

그가 가볍게 웃었다. 구월이는 후, 한숨을 쉬었다. 짚이는 것은 아까부터 있었다. 다만 감이 맞는 것이 항상 좋은 건 아니라는 것을 알고 있을 뿐이었다.

"부모님께 절대 말 못 할 큰 잘못을 하신 거죠?"

"……그래."

그의 어깨가 움찔, 하며 굳는다. 하지만 부인하지는 않고 선선히 고개를 끄덕였다.

"그래도…… 뭔지는 모르지만 지금이라도 말씀드리고 푸시는 게 낫지 않을까요? 어르신들은 양시님께서 이렇게 힘들어하시는 걸 더 속상해하실 텐데요."

"아니. 지금 와서 토설하는 건 내 마음만 편하자고 연로하신 부모님의 상처를 헤집는 일이다. 내가 비난받는 건 상관없지만, 그분들은 나를 보실 때마다 그때의 지독한 고통을 반추하실 테지. 그러니 나 혼자 감수할 일이다."

평생을 따라다니며 사람을 짓누르는 짐의 무게에 대해선 구월이도 잘 알고 있었다. 수다쟁이인 그녀에게도 죽을 때까지 밖으로 내서는 안 될 말이 가슴속에 항상 숨어 있었으니까.

"제가 들어 드리면 안 될까요? 다른 데 말 안 하면 되잖아요."

"참새가 짹짹대고 싶은 걸 어떻게 참으려고?"

점잖으신 분이 왜 이러시나? 저는 지금 꽉 찬 스물다섯이란 말이에요. 친구들은 벌써 애가 줄줄 있단 말이에요. 구월이는 빙긋 웃으며 조금 가까이 다가앉았다.

"그러면, 서로의 비밀을 맞바꾸면 어떨까요?"

"그런 건 무게가 비슷해야 공평한 법이야. 그런 건 아니잖니."

"제 비밀이 가벼울 거라 생각하세요?"

그의 눈이 가느스름해지더니 픽, 바람 빠지는 소리가 들렸다.

"콩알만 한 게 많이 컸구나."

그는 하늘을 올려다보며 소리 없이 웃기 시작했다. 냉기가 사라진 웃음은 따뜻한 대신 서글펐다. 구월이가 망설인 끝에 그의 손끝에 손가락을 가져다 댔을 때, 그는 뿌리치는 대신 그녀의 손을 맞잡았다. 손바닥에 땀이 살짝 밴 것이 느껴졌다.

"난 말이다, 오래전부터 세상에서 정말 쓸모 있는 사람이 되려고 노력했다. 적어도, 두 사람 몫 이상은 할 수 있는 가치 있는 사람이 되어야 한다고 생각했어."

"왜 그런 생각을 하시게 됐어요, 양시님?"

"왜냐하면……."

긴 한숨. 맞잡은 그의 손에 지그시 힘이 들어간다. 손이 짜부라지는 것처럼 아플수록, 깊이 눌러두었던 그의 떨림이 느껴졌다.

"……내가 하나뿐인 누님을 죽게 했기 때문이지."

"일부러 한 짓이 아니니 괜찮다, 어려서 한 짓이니 괜찮다. 아무것도 모르고 한 짓이니 괜찮다, 아무도 모르니 괜찮다. 괜찮다, 괜찮다. 똑같은 변명을 오랫동안 되풀이하다 보면 언젠가는 정말 괜찮아질 줄 알았다."

"양시님."

머리 위로 실처럼 가는 날숨이 길게 꼬리를 물고 지나간다. 그의 눈에선 쫓기는 자의 초조함은 없었다. 그저 긴 세월 그를 짓눌렀던, 그리고 남은 평생도 짓누를 무거운 바윗돌만 박혀 있었다. 그의 나이답지 않은 엄격함과 무거움이 어디에서 기원했는지 이제야 알 것 같아, 눈이 욱신거렸다.

"부모님의 상심이 어떠할지는 상상도 되지 않았어. 처음엔 내가 죽고 누님이 살았으면 어땠을까 생각도 몇 번 해 봤다. 나중엔 그런 생각조차 가증하게 느껴져서 그만두었지."

그는 언제, 왜, 무슨 일로 누님을 죽게 했는지는 끝까지 함구했다. 다만 얼굴이 푸르게 질린 구월이를 위해 긴 한숨을 쉬며 한마디 덧붙였다.

"포졸에게 쫓길 일은 없으니 염려 마라. 정말 아무도 모르는⋯⋯ 월아?"

사내의 말이 멎었다. 그는 눈썹을 찌푸리며 당혹한 듯 짧은 숨을 삼켰다.

"⋯⋯울지 마라."

우는 것도 알지 못했다. 뺨이 그저 간지러웠고, 그 간지러운 것이 턱에 방울져 맺히고서야 주책없이 눈물이 흘러나왔다는 것을 알았다.

"누군가 한 명이라도."

"⋯⋯."

"힘들어하는 양시님 옆에서."

"월아."

"그래그래, 얼마나 힘들었니, 하고 안아 주는 사람이 있었으면 좋았을 텐데요."

그의 검은 눈동자가 크게 벌어진다. 믿을 수 없다는 듯, 깜박, 깜박, 느리게 눈꺼풀이 움직인다. 눈앞에 보이는 어둑하고 깊은 우물, 그곳에 긴 속눈썹이 잘박잘박 잠겨 촉촉하게 물기를 머금기 시작한다.

안다. 이런 위로가 옳은 것이 아니라는 거. 값싸게 괜찮다고 위로할 만한 일이 아니라는 거. 어떤 이유에서든, 무슨 일이 있었든, 친동기를 죽게 만든 것은 용서받을 수 없는 죄라는 거. 세상 아무도 모른다 해도, 영원히 밝혀지지 않는다 해도 잘못이 사라지는 것은 아니며, 죽은 누님이 돌아오는 것도 아니니, 저분은 결코 그 무게에서 자유로워질 수 없을 것이다.

하지만 구월이는 그가 용서받지 못할 죄를 지은 자라는 당혹감보다, 그가 짓눌리며 겪고 있는 고통이 더 지독하게 와 닿았다. 구월이에게 느껴지는 것은, 그가 저지른 죄의 크기가 아닌, 그가 아파하는 고통의 크기뿐이었다.

구월이는 어떤 것이 양시님께 옳은 길일까 무슨 말씀을 드려야 할까 갈팡질팡하다가 이내 포기했다. 나는 옳은 길 따윈 모르겠다. 그냥 내가 양시님께 하고 싶은 말을 할 것이다. 저분에게 필요한 말, 저분이 지금껏 그렇게 듣고 싶어 하던 말, 간절히 원하던 말, 하지만 아무에게도 들을 수 없었던 말을 해 드릴 것이다. 목멘 소리가 더듬더듬 흘러나왔다.

"얼마나 힘드셨어요. 그동안 얼마나."

"……구월아."

"제가 좀 더 일찍 양시님을 만났으면, 진작에 이런 이야기를 해 드렸을 텐데요. 힘들어하실 때마다, 이렇게 아파하실 때마다 열 번이든, 백 번이든, 양시님, 그동안 얼마나 힘드셨어요, 괜찮아요 양시님, 괜찮아요, 하고요."

누가 감히 그 일에 대해 괜찮다는 말을 할 수 있을까. 하지만 구월이는 용기를 내어 말했다. 괜찮아요 양시님. 그가 원하는 말이었기에. 그리고 나 역시 오랜 세월 들어 왔던 말이기에 나는 말해 줄 수 있다. 괜찮아요, 얼마나 힘드셨어요, 양시님. 괜찮아요. 이제 괜찮아요.

그의 얼굴이 천천히 일그러지는 것이 보인다. 깊고 검은 눈, 선명하게 붉은 입술, 가는 한숨, 긴 탄식. 눈앞으로 푸른 천이 혹 가까워졌다.

"……눈 감으렴."

눈앞을 가린 것이 청난삼의 넓은 소맷자락이라는 것을 아는 데는 시간이 조금 걸렸다. 그의 긴 손가락이 젖은 뺨을 더듬었다. 머리는 멍하고 몸은 움직이지 않는다. 얼굴이 그의 가슴에 파묻혔다. 그를 감싸고 있던 묵직하고 서늘한 향이 두터워졌다. 숨이 막혔다.

그의 심장 뛰는 소리가 들린다. 그는 나는 이제 괜찮다, 하고 끝까지 말하지 못했다. 누님을 죽였다는 사내의 심장 소리가 애잔하게 들린다. 두 팔을 벌려서 그의 등을 마주 안았다. 그는 몸이 굵고 등이 넓어 끌어안기 버서웠나. 짠물에 젖은 목소리가 그의 옷깃 속으로 부드러이 파고들었다.

구월이는 천천히 손을 미끄러뜨렸다. 그의 비밀스러운 고통을 어뗗게 위로할지 몰라, 그의 너른 등만 하염없이 어루만졌다. 근육이 단단한 어깨가 꿈틀거렸다. 귓가를 스치는 그의 숨소리도 점점 가팔라지는 것을 느낄 수 있었다.

"저도 비밀이 있다 말씀 올렸지요. 양시님은 비슷한 무게가 아닐 거라 생각하셨지만."

어둑하게 내려앉는 밤공기 속으로 은밀한 속삭임이 스며들었다. 나는 안다. 당신의 이야기는 내가 아니면 이해할 수 없고, 나의 비밀은 당신이 아니면 이해할 수 없다. 서로의 비밀에 대해 위로할 수 있는 사람도 당신에게는 나뿐이며, 나에게는 당신뿐이다.

……마치 이 순간을 기다리고 있던 운명처럼.

"사실 저는 동네 사람들이 말하는 것처럼 효녀도 아니고, 혼인하기 싫은 것도 아니에요. 저도 깊이 연모하는 분이 있고, 그분과 혼인해서 그분의 아이를 낳고 살고 싶어요."

그의 몸이 짧게 진동하더니 등을 두른 팔에 엄청난 힘이 들어갔다. 온몸이 두부처럼 뭉그러지는 것 같다. 그의 몸과 맞닿은 곳마다 열이 오른다. 구월이는 떨리는 목소리로 말했다.

"그런데, 제가 왜 혼인을 포기하고, 아버지를 평생 모시려 하는지 진짜 이유를 아세요?"

그의 얼굴이 보이지 않는다. 아니, 볼 수 없어 외려 다행이다. 구월이는 그의 가슴에 고개를 파묻은 채 고백했다.

"저도 엄마와 동생을 죽게 했거든요."

저 역시, 어릴 적에, 아무것도 모르고, 무슨 짓을 하는지도 모르고.

'이 어린 것을 두고 내가 미쳤지. 내가 금수다, 아가야. 내가 금수 아귀다.'

그믐밤, 불도 없는 방에 스며들어 온 엄마는 구월이의 손을 잡고 가슴을 치며 흐느꼈다. 난리 중에 죽은 줄 알았던 엄마는 살아 있었다. 한 달 반 새 바짝 말라 빗장뼈가 형형하게 드러날 정도였고, 배는 더욱 도드라지게 솟았지만, 분명히 살아 있는 엄마였다.

'가자 구월아. 숨을 곳이 생겼으니, 당장 가자. 지금 아니면 어림도 없다. 너랑 나랑 네 동생이랑, 바깥세상에 나가서 죽은 사람처럼 숨어 살자. 어디서 살든 어떻게 살든 예보단 낫다. 예보다는.'

달도 없는 어둠 속에 엄마 손에 질질 끌려온 구월이는 마을의 경계인 돌다리에서 멈췄다.

'엄마. 아빠는?'

엄마는 대답하는 대신 입술을 앙다물고 악세게 팔을 잡아당겼다. 구월이는 돌다리 위에서 발을 뻗대고 버텼다.

'아빠는! 아빠는 어떡해!'

이대로 가면 아빠는 어쩌지? ……혼자서는 아무것도 할 수 없는 우리 아빠는?

이렇게 몰래 이 돌다리를 건너고 나면 다시는 돌아오지 못할 것이다. 아빠는 내일 아침 일어나자마자 나를 찾을 것이고, 나마저 없어신 걸 알면 실성한 듯이 온 마을을 찾아 헤매며 눈가가 짓무르도록 울 것이다. 엄마가 난리 중에 없어졌다, 이괄 병마사 역도에게 잡혀가 죽은 것 같다는 말에 식음을 전폐하고 죽으려 했던 아빠, 죽지 말라고 울부짖는 나를 위해 억지로 밥을 먹고 정신을 차렸던 아빠가. 매일 내 얼굴을 더듬으며 예쁘다 곱다 천상 선녀로구나 말해 주던 그 아빠가.

'엄마, 잠깐만.'

찾지 말라고 그 말 한마디만. 어디서든 잘 살 테니 걱정하지 말라고 그 말이라도 남겨야. 하다못해 인사라도 해야.

'엄마, 잠깐만 기다려. 잠깐만 집에 들렀다가 올게. 잠깐만 기다려.'

구월이는 안 된다며 소매를 잡는 엄마를 뿌리치고 집으로 뛰었다.

집에 들어서니 캄캄한 마당에 서 있던 것은 늙은 아버지였다. 그는 어린 딸의 다리를 붙잡았다. 어딜 가려느냐, 이 흉흉한 때에 너마저 죽으러 가려느냐. 너는 안 된다. 너만은. 너 하나만은.

구월이는 아버지 옆에 주저앉으며 잠시 후회했다.

……엄마 혼자 가, 라고 해야 했는데.

이튿날 점심나절, 구월 어미는 돌다리 근처에서 두 명의 추노꾼에게 잡혀서 마을로 들어왔다. 입에 재갈이 물리고 두 손을 묶인 채 개처럼 질질 끌려 들어왔다. 전란으로 흉흉해진 마을, 그 흉흉함을 틈타 모두를 속이고 도망치려 했던 계집종. 사람들은 눈에 핏발을 세우고 모여들어 돌바닥에 엎드린 여자를 둘러쌌다.

아버지의 울부짖음이 고막을 찢는 동안, 구월이는 귀를 꽉 막고 당산나무의 신령을 부르며 빌었다. 한 가지만 빌었다. 엄마와 배 속의 동생이 고통 없이 빨리 숨이 끊어지게 해 주세요. 제발, 한시라도 빨리, 한시라도.

영험하다 소문난 당산나무는 그 소원을 들어주지 않았다.

"내가 네게 철없는 투정을 부렸구나."
낮고 습한 목소리가 귓가로 스며들었다.
"너야말로 힘들지 않았니? 나도 버거울 때가 많았는데."
"저에게는 다행히, 괜찮다 말해 주는 사람이 있었어요."
힘들 때마다 찾아와서, 괜찮아, 이해해, 걱정 마, 라고 위로해 주
는 누군가가.
"그게 누구지?"
구월이는 고개를 들어 그의 얼굴을 바라보았다. 대답할까. 감출
까. 이것마저 이분께 털어놓을까. 구월이는 그의 깊고 습한 눈을 바
라보다가 홀린 것처럼 대답했다.
"그때 죽은 동생이 찾아와요."
"……"
"깊은 밤에 꿈결처럼 찾아와서는 내 곁에 앉아서, 괜찮아요 누님,
이젠 괜찮아, 라고 말해 주고 가요."

"양시님은 나한테 왜 그런 말씀을 하셨을까."
구월이는 무릎을 감싸 안고 쪼그린 채 중얼거렸다.
"나는 또 왜 그런 말을 했을까? 지금까지 아무한테도 안 한 말인
데."
아빠한테도, 학분이한테도, 경실이한테도, 민호 언니한테도.

문틈으로 실바람이라도 스몄는지 등잔불이 가늘게 흔들렸다. 구월이는 가슴을 지그시 누르며 끙, 앓는 소리를 냈다.

하나뿐인 누이를 죽게 했다는 그의 고백이 무섭다거나 놀랍지는 않았다. 외려 백마신장처럼 기골이 장대한 양시님이 말할 수 없이 가련하고 애틋해 보였다. 무릎 사이에 고개를 파묻었다.

그분은 비밀을 털어놓아서 속이 시원하실까?

나는 비밀을 털어놓아서 속이 시원해진 걸까?

잘 모르겠다.

그렇다면 저분은 조금은 덜 외로워졌을까?

구월이는 등잔불을 보며 눈을 깜박였다. 실 같은 바람에 휘말린 불꽃이 몸을 흔들며 어지러이 이지러졌다. 일렁임이 서서히 잦아들 때, 구월이는 등잔불 너머를 응시하며 오랫동안 마음에 담아 두었던 것을 입 밖으로 내어 물었다.

"나는 저분을 연모하는 걸까?"

응.

곱게 펴 놓은 이부자리 위에 누군가 일렁이는 형태로 앉아 있었다. 피부가 백랍처럼 희고 머리칼은 흑단처럼 검은 소년이었다. 속 눈썹은 여인의 그것처럼 길었고 눈썹은 갈매기처럼 시원하고 짙게 뻗었다. 콧대는 곧고 매끈하고, 입술은 핏빛으로 붉어 요요한데, 표정이 전혀 드러나지 않아 아름다운 만큼 섬뜩했다. 새하얀 옷은 티하나 없이 정갈했고 기이하고 은은한 꽃향기까지 풍겨, 구월이는 그가 이승의 사람이 아닐 거라 진작부터 눈치채고 있었다.

"오랜만이야. 선동(仙童)님."

태어나지도 못하고 죽은 동생에겐 이름이 없었다. 처음에는 아기였다가, 바로 아우님, 혹은 동생으로 불렸던 그는 소년의 태가 나기 시작하면서부터 한두 번씩 '선동님'으로 불리기 시작했다.

소년의 우물처럼 깊은 눈이 구월이의 얼굴로 향한다. 소년은 재갈을 품고 죽은 어미의 한이 맺혔는지 말을 하지 못했고, 팔다리가 묶인 채 죽은 어미의 고통에 얽혔는지 움직임도 없었다. 아니, 어쩌면 바깥세상을 구경하지도 못하고 죽어서인지 눈앞에서 보이는 것, 들리는 것에 별다른 반응을 하지 않았다.

하지만 소년은 구월이를 원망하지도 않았고 설워하지도 않았다. 그는 자신이 죽었다는 것을 모르는 듯, 산 사람인 척 그 자리에 앉아 구월이가 하는 길고 짧은 이야기를 들었다. 대답 없이 조용히 듣기만 했다.

하지만 동생의 대답이 없는 것이 아쉽지는 않았다. 구월이는 동생의 소리 없는 대답을 대부분 알아들었다. 알아듣는다고 믿었다. 동생에게 두런두런 속을 털어놓은 후, 마음속으로 어떤 말이 떠오르면 그게 바로 동생의 대답이라 믿기로 한 다음부터 동생의 말은 더욱 잘 들렸다.

그게 사실인지 아닌지 확인할 방법은 없었지만, 어차피 크게 상관은 없었다. 어쩌면 구월이는 엄마와 동생에 대해서 진짜 속을 털어놓을 상대가 필요했던 건지도 몰랐다. 그것이 사람이든, 귀신이든.

"아까 그분한테 네 이야기 했다?"

응?

"그분의 비밀을 듣고 내 비밀을 말씀드렸지. 공평해야 하니까."

구월이네 집에 대한 고약한 소문을 알고 있던 양시님이지만, 그는 믿는 대신 웃기만 했었다. 너도 힘들 때마다 악몽을 꾸는 게로구나,

하며 헛소리로 치부했다. 구월이는 항변하지 않았다. 믿지 않는 것이 다행일 수도 있으니까.

"뭐 안 믿어도 상관없어. 응? 네 이야기를 해서 화났니?"

아니.

"어쩌면 너는 그분 말씀대로 꿈일까?"

그녀의 말에 소년은 표정 없는 얼굴로 소리 없이 웃었다.

"꿈이라도 좋고, 아니라도 좋아. 네가 신선이라도 좋고, 둔갑한 백여우라도, 도깨비나 야차, 귀신이라도 상관없어."

동생의 표정이 멀뚱해진다. 멀쩡한 동생에게 도깨비 야차 백여우가 뭐야, 하고 나무라는 것처럼 보인다. 어차피 사람 아닌 허깨비에게 털어놓는 속마음, 어차피 남에겐 들리지 않는, 내 마음속으로만 울리는 대답인 것을. 하지만 구월이는 삐친 동생에게 웃으며 사과했다.

"그래. 그래, 미안해 아우님."

네가 나를 미워했으면 나는 어쩔 뻔했을까? 네가 나를 찾아와 주지 않았으면, 괜찮다고 고개를 끄덕여 주지 않았으면, 나는 양시님이 괴로워하는 것처럼 오래, 깊게 아팠을까?

표정이 없는 얼굴이 구월이를 따라 가만히 시선을 옮긴다. 구월이는 소년을 보며 웃다가 다시 혼잣말을 했다.

"그분은 왜 비밀을 나누어 주셨을까? 나 같은 계집종 따위에게."

소년의 눈이 조금 동그래진다.

자랑하고 싶은 거야? 그분의 비밀을 처음 알게 되었다고?

"아니. 그건 아닌데."

구월이는 고개를 흔들다가 갑자기 멈췄다. 어쩌면 동생의 말이 맞

212

을지도 모른다.

"그럼 나는 왜, 그분한테 비밀을 알려 드렸을까. 네 이야기까지."

이유는, 누님이 더 잘 알겠지.

누님이, 가장, 잘 알겠지…….

소년의 검고 맑은 눈이 깜박거리는 것이 짓궂게 느껴진다. 그는 구월이가 마음을 준 반궁의 선비를 저어하는 눈치였다.

불현듯 동생을 처음 만났을 때 생각이 났다.

거적에 싼 엄마를 멀찍이 묻어 버리고 방에 들어왔을 때 구월이는 제정신이 아니었다. 엄마와 동생을 따라 죽어야 한다는 생각과 그럼 아빠는 어찌하나 하는 생각뿐이었다. 눈앞이 캄캄하고 눈물밖에 나오지 않았다. 구월이는 구석에서 이불을 뒤집어쓰고 울기 시작했다.

얼마나 울었는지, 시간이 얼마나 흘렀는지도 모를 때, 구월이는 문득 흐느낌을 멈췄다. 귀에 거슬리는 소리가 들린다. 이불을 살짝 걷고 고개를 내밀자 방 안을 채우고 있던 희미하고 날카로운 소리가 조금 더 선명해졌다. 이애애애애으으, 애애애. 삶은 누에에서 갓 뽑아낸, 가늘고 투명한 명주실과 같은 소리가 어둑한 방에 거미줄처럼 가득 차 있었다.

이부자리 위에, 연기처럼 흔들리는 형상의 아기가 누워 있었다. 무언가를 움키려는 듯, 손을 허공으로 뻗어 허우적거리고 있었다. 허깨비처럼 나타난 아기가 누구인지는 한눈에 알아볼 수 있었다. 엄마처럼 선명하게 붉은 입술과 엄마처럼 오뚝한 콧날과 긴 속눈썹, 엄마처럼 새하얀 피부를 갖고 있었다.

동생이라는 확신이 들자마자 온몸이 덜덜 떨리기 시작했다. 그래,

213

죽은 엄마나 동생이 해코지하러 올지도 모른다고 생각했었다. 그런데 이렇게 바로 올 줄은 몰랐다.

"……미안해, 내가 잘못했어. 나도 일부러 그런 건 아냐, 일부러 그런 건 아니야……."

숨이 턱 막혔다. 엄마를 보고 싶었지만, 또 이 순간 엄마까지 나타나면 무서워 죽을 것 같았다. 겁에 질린 구월이는 숨을 꺽꺽대며 방구석에 쪼그리고 숨었다.

이애애, 으아아아, 으애애애.

하지만 동생의 울음소리가 점점 커지자 구월이는 귀를 틀어막고 주춤주춤 곁으로 다가갔다. 무서운 건 무서운 거지만 아빠나 동네 사람이 동생의 울음소리를 들어서는 절대 안 됐다. 귀신이든 뭐든 달래야 했다.

동생은 희고, 검고, 붉고, 요사하다 할 만큼 어여뻤다. 가까이서 보니 무서운 것이 조금 가시는 것 같았다. 덜덜 떨면서도 동생을 향해 손을 뻗는데, 시선이 마주친 순간 거짓말처럼 울음을 멈췄다.

동생은 눈을 깜박이지도 않고 그녀를 빤히 바라보았다. 눈동자는 티끌 하나 없이 새까맸고, 그 색이 너무 깊고 검어 어떤 감정도 느껴지지 않았다. 그래서 구월이는 간신히 용기를 내서 동생에게 말을 붙일 수 있었다.

"……화가 나서 온 거니?"

구월이는 목멘 소리로 속삭였다.

"미안해. 미안해. 일부러 그랬던 건 아니야. 제발 엄마한테도 말해줘. 내가 잘못했다고."

구월이는 차마 동생에게 손도 대지 못하고 무릎을 꿇은 채 눈물만 떨어뜨렸다. 순간 구월이는 그대로 얼어붙었다.

……웃었다?

동생은 바람 한 자락만 남겨 놓고 이불 위에서 갑자기 사라져 버렸다.

난데없이 나타난 동생은 갑자기 사라졌다가, 구월이가 이불을 뒤집어쓰고 우는 밤이나, 흥얼흥얼 노래하며 베를 짜거나, 수를 놓는 밤에 뜬금없이 나타났다. 죽은 자의 세계에 속한 아이는 저가 산 자의 세상에 잠시 내려온 것을 모르는지 태연하게 앉아 구월이의 노랫소리를 듣거나, 수놓는 모습을 신기한 눈으로 바라보았다.

구월이는 더 이상 동생을 무서워하지 않게 되었고, 동생이 방에 공기를 타고 스며들어 오는 기척을 눈치챌 수도 있게 되었다. 동생이 들어오면 구월이는 한두 마디씩 말을 붙여 보다가, 동생이 자리에 앉아 꾸벅꾸벅 졸고 있으면 가만히 웃으면서 조용조용 자장가를 불러 주게도 되었다.

구월이와 함께 동생도 자랐다. 두 손에 들어갈 만큼 작던 아기는 해가 갈수록 기이할 정도로 아름다운 선계의 소년으로 성장했다.

"엄마가 돌아가실 때, 엄마는 나를 원망했니?"

아니.

"너는 나를 원망했니?"

아니.

"나는 괜찮아도 되는 거니? 행복해도 되는 거니?"

응. 괜찮아.

소년은 소리 없이, 표정 없이 단호한 대답을 한다. 그래서 지금까지 구월이는 숨을 쉬며 살 수 있었다.

"나, 저분을 좋아해도 괜찮은 걸까. ……저분도 네 아버지처럼 반궁 분이신데."

소년은 대답하지 않았다.

구월이는 수틀로 시선을 돌렸다. 입에서 나직나직 노랫가락이 흘러나왔다.

바람은 솔솔 부는 날, 구름은 둥실 뜨는 날
폭, 사르르, 폭, 사르르르
월궁에 놀던 선녀님이 옥황님께 죄를 짓고
인간으로 귀양 와서 좌우 산천 둘러보니
폭, 사르르, 폭, 사르르르
베틀 놓세 베틀 놓세 옥 난간에 베틀 놓세
앞다릴랑 돋워 놓고 뒷다릴랑 낮게 놓고
폭, 사르르, 폭, 사르르르
구름에다 잉아 걸고 안갯속에 꾸리 삶아
앉을깨에 앉은 선녀 양귀비의 넋이로다

노랫가락을 타고, 꼬리가 길고 화사한 봉황 한 쌍이 오색구름이 둘린 하늘에서 어우러진다. 땅에서는 높은 봉우리가 솟아 크고 장한 폭포를 만들어 내고, 기화요초가 가득한 들판에서는 불로불사의 신수가 뛰논다. 이곳은 아픔과 슬픔, 더럽고 악한 것이 존재하지 않는 곳. 내가 사랑하는 세상. 나의 작고 아름다운 세상. 폭, 사르르르, 머리카락보다 가는 명주실 오가는 소리가 공간을 차곡차곡 채운다.

푸르르르, 등잔불이 다시 일렁이자 그림처럼 앉아 있던 소년의 형상이 연기처럼 흔들린다. 부스럭대는 인기척. 툇마루가 삐걱거리는 소리가 가까워지면서, 소년의 형상이 깜깜한 어둠 속으로 스며들기 시작했다.

구월이는 조심스레 바늘을 내려놓았다. 뺨을 매만지는 듯한 부드러운 바람은 동생이 돌아갔다는 뜻이었다. 소년이 앉아 있던 이불 위에는 격자 모양의 문살과 어깨가 넓은 사내의 긴 그림자가 늘어져 있었다.

"자고 있니?"

"아닙니다. 양시님."

"잠시 할 말이 있다."

방문을 열자 달을 등지고 선 키 큰 사내가 그녀를 빤히 내려다보며 서 있었다. 푸른 난삼 자락이 바람에 우미하게 흔들렸다. 하지만 조용한 자태와 달리 그의 눈동자는 이글이글 끓어오르고 있었다.

"월아, 너 반촌 밖에서 살아 볼 생각은 없니?"

"원한다면 내가 도와주마. 너도 좋아하는 사내와 혼인해서 아이들을 낳고 행복하게 살고 싶다 하지 않았느냐."

정신이 아뜩해진다.

양시님, 그 '좋아하는 그 사내'가 양시님인 건 알면서 이러시는 건가요?

그리고, 반촌 계집은 첩으로도 데려가지 못하는 거 모르시나요?

꽉 움켜쥔 주먹 속으로 땀이 진득하게 돋았다. 무서운 것들로만 가득 차 있다 믿었던 돌다리 밖의 세상이 열리려 하고 있다. 심장이 쿵쿵 소리를 내며 달리기 시작했다.

말해, 안 된다고 얼른 말해. 반촌의 비복들은 한번 마을에서 도망가면 돈을 모아 속환조차 하지 못하고 평생 쫓기며 살아야 한다고. 들키기라도 하면 양시님 집안에 큰 누가 될 것이고, 정실 마님도 안 계시는데 나 같은 천한 것이 첩이라고 붙으면, 아니 제대로 된 첩도 못 되는 계집이 붙으면 그것도 양시님께 큰 욕이 될 거라고. 그러니 말해, 얼른 말하란 말이야!

구월이는 떨어지지 않는 입술을 억지로 떼어 더듬더듬 말했다.

"저, 저희는 반촌 밖에 나가 살면 안 되는 거 아시잖아요. 바로 추⋯⋯노꾼이 붙을 거예요."

"괜찮다, 월아. 그런 건 다 괜찮아. 내가 숨겨 줄 수 있다. 들키지 않아. 그럴 일은 없다."

달빛에 물든 그의 얼굴은 지나치게 희고 창백했고, 그럼에도 사내다운 코와 턱의 윤곽은 기가 막히게 수려했다. 매끈하고 흰 피부에 선명하고 단정한 입술, 굵고 검은 눈썹과 긴 속눈썹. 그 속눈썹이 달빛을 매달고 가늘게 떨리는 모습을 보며, 구월이는 그의 마음 역시 자신에게 닿아 있다고, 겁도 없이 믿고 싶어졌다.

"양시님, 왜 저한테 이런 말씀을 하세요?"

"⋯⋯왜일 것 같으냐."

새까만 눈동자가 훅, 가까워진다. 어둡고 깊은 우물에 풍덩 빠지는 것 같다. 복숭아꽃의 심지에 스민 핏방울 같은 그의 입술, 그 사이로 월아, 월이야, 혹은 무엇인지 부정확한 소리가 스며 나온다. 눈을 꽉 감았다.

입술에 축축하고 뜨끈한 무엇인가가 내려앉는다.

"야, 양시님! 잠깐만요! 양······."

짧은 외침은 곧 헙, 하는 외마디와 함께 다시 사내의 입속으로 파묻혀 버렸다.

그의 혀가 입속을 파헤치며 들어왔다. 목구멍까지 치받고 휘젓는 통에 기침이 터졌다. 그의 혀가 후벼 대는 곳마다 미친 듯 근지러웠고, 발끝 손끝은 뜨거운 모래를 끼얹는 것처럼 오싹오싹했다. 팽팽하게 긴장한 팔의 근육, 자신의 작은 몸을 온전히 덮고도 남을 만큼 넓은 어깨가 온몸으로 느껴진다. 머릿속이 새까맣게 뭉친다. 그의 기세가 점점 흉포해지고, 허리가 뒤로 밀리면서 두 사람은 툇마루에서 엉겨 버렸다.

안 되는데! 혹시 아버지가 들으면! 이웃 사람이 알게 되면!

하지만 머리가 아뜩했다. 밀어 내야 하는 건 아는데, 안 된다고 해야 하는데 자신의 두 손 역시 정신없이 그의 가슴을 더듬고 있었다. 그의 손이 치맛자락 속에 감추어진 허리를 움켜쥔다. 척추를 타고 머리끝까지 오싹, 소름이 돋는데, 이젠 배꼽 아래에서 뜨거운 불덩이가 확확 지피는 것 같다.

난 미쳤어.

은밀하게 들었던 이야기가 떠오를 때마다, 나는 항상 눈앞의 이분을 상상했다. 어쩌면 이런 순간을 상상했던 건지도 모른다.

헐떡이는 숨소리가 달라붙은 입술 사이로 거세게 새 나왔다. 입맞춤은 시간이 갈수록 거칠고 깊어졌고, 허리의 굴곡을 더듬던 점잖지 못하던 손가락은 이제 가슴까지 기어올랐다. 꼭꼭 동인 가리개를 억세게 헤집는 그는 지금까지 알고 있던 점잖은 그분이 아니었다. 뿌리쳐야 하는데, 뿌리칠 수 없다. 뿌리치고 싶지 않다.

"크르럭, 크억."

갑자기 안방에서 아버지의 코 고는 소리가 울렸다. 구월이는 그제야 후드득 정신을 차렸다. 주변을 가득 채우고 있던 팽팽한 공기가 와장창 소리를 내며 부서져 내리는 것 같았다.

"아, 이런."

양시님은 아버지가 안 계신 줄 알고 있었던 듯 황급히 몸을 물렸다. 그는 헐떡이며 숨을 고르더니 이내 이마를 짚으며 허탈하게 웃는다. 들켜 봐야 보지도 못하시는 분이라는 데 늦게 생각이 닿은 모양이었다. 하지만 훅훅 끓던 분위기는 단번에 꺾였다. 구월이는 가슴을 감싸 안고 부들부들 떨며 몸을 뒤로 물렸다.

하아, 백일몽을 꾼 것 같다.

그녀는 헝클어진 매무새를 간신히 수습하고 허둥지둥 방으로 들어가 고리를 걸었다. 백랍처럼 창백해진 양시님이 입술을 물고 툇마루를 콱 내리친다.

방에 들어와 미친 듯 들뛰던 가슴을 진정시킨 구월이는, 불현듯 눈썹을 찌푸렸다.

양시님께 대답을 해 드리지 못했다.

구월이는 어깨까지 이불을 폭 뒤집어쓰고, 무릎을 감싸 안았다. 눈을 깜박이며 새까만 천장을 올려다보고 있노라니 열어 놓은 쪽창으로 선득 바람이 들었다. 창을 꽉 채울 듯 부푼 보름달이 쪽창에 걸려 건들거린다. 안방에서 아버지의 코 고는 소리가 끝없이 들리는데, 옆방에 누워 있는 선비님의 뒤척이는 소리가 훨씬 크게 느껴진다. 대체 언제부터 양시님의 작은 기척에도 이렇게 예민해지게 되었는지.

양시님은 왜 그런 말씀을 하신 걸까?

정말 양시님은 나를 마음에 두고 계신 걸까?

성균관 유사님들과 반촌의 계집종 사이에 정분이 나는 일은 드물지 않다. 아내들을 집에 놓고 상경한 유생들이 긴 시간 독수공방을 견디기가 쉽지는 않을 것이다. 하여 몇몇 유사님들은 '무슨 방법을 쓰든, 대사성 어르신에게 특별히 청을 넣어서라도 너를 반드시 첩으로 데려갈 테니 걱정 말고 기다리라'는 말로 처녀 아이들을 꾀었다.

물론 그게 현실로 이루어지는 법은 없었다. 몸이 동한 대로 아쉽잖게 욕정을 풀었던 사내들은 애가 생기고 시끄럽게 말이 오가기 시작하면 모르쇠로 돌변했고 계집의 팔자는 진창에 처박혔다. 유사님들이야 반궁에서 출재를 당하든 귀찮다고 그만두든 집에 돌아가 과시 준비를 하면 그만이지만, 당한 계집은 쫓아가 호소할 수조차 없었던 것이다. 그렇다고 명색 반가의 자제들이, 미치지 않고서야 섬처럼 고립된 천민촌에 첩살림을 차리고 주저앉을 턱도 없었다.

양시님도 잠시간의 열기에 휩쓸려 그러시는 건 아닐까. 몸이 동할 때, 대과 입격 전까지 아쉬운 대로 봄을 풀 계집을 원하시는 선 아닐까. 저 선비님도 독수공방 세월이 벌써 7년 아니냐고.

'몸이 잠깐 동한 거면 어때. 첩이 못 되어도, 다시 안 오셔도 어때.

양시님 아이 하나만 낳으면 그게 어디야. 손가락질 좀 당하면 어때. 쌍과붓집 아줌마들도 선비님들 아이 낳고 잘만 사는데.'

문득 떠오른 생각에 구월이는 몸을 부르르 떨었다.

그래. 양시님께서 이곳에 들어와 살지 못하고, 내가 그분의 첩이 되어 동네를 나가지 못한다 해도, 생각해 보면 아기는 몰래 낳아 키울 수 있지 않을까? 양시님을 닮은 아기님이라면 얼마나 귀하고 예쁠 건가.

내가 드디어 미쳤구나. 씨도둑질을 하겠다고?

그게 왜? 내가 첩으로 삼아 달란 것도 아니고 돈을 달란 것도, 귀찮게 하겠다는 것도 아닌데. 어차피 평생 혼인도 못 하고 아버지를 모셔야 할 거면, 연모하는 분의 아기라도 얻어 키우고 싶다는 것뿐이잖아.

심장이 지끈 쑤셨다. 그래. 불가능한 건 아니다. 쌍과붓집 아줌마들을 보면 안다. 반궁 유사님의 아이를 낳으면, 다른 연놈들이 붙어먹은 것처럼 때려죽이거나 조리돌림을 시키진 못하니까. 뒤에서 손가락질 좀 당해도 모른 척 살면 그만이다.

어떡해. 나는 어떡해.

입술을 피가 나게 깨물어도 어찌할 바를 알지 못했다. 양시님이 데리고 나가 숨겨 준다는 말씀까지 하셨는데, 기껏 바랄 수 있는 게 씨도둑질뿐이라는 이 상황이 너무 분해서 눈물이 떨어졌다.

"월이야, 디금 뭐 하네?"

구월이는 화들짝 놀라 얼른 눈물을 씻고 문을 열었다. 아버지가 방문 앞에 서 있었다.

"아버지? 왜, 왜 일어나셨어요? 뒷간에 가시려고요?"

"아니야, 기양 잠이 안 와서."

아버지는 고개를 흔들었다. 그러고는 딸의 얼굴을 한참 더듬더듬 하더니 웃는 듯 우는 듯 이상한 표정을 지었다.

"우리 월이 못난 아바이 때문에 고생이 많디. 너두 더 늦기 전에 괜찮은 사난하구 혼인해야 하디 않갔서?"

"고생은 무슨. 나 시집 안 간다니까 아빠 왜 그래요."

"야야, 내래 올마든지 괜찮다. 너 여의구 아바이 혼자 살 테니끼니 아모 걱정 말라. 고조 배고프면 아궁이에 불 넣어 이밥 낄이구, 입이 싱거우믄 옆집 가서 장 한 국자 얻어먹고, 목마르믄 우물가에 가 물 마시믄 되는 기야. 낼 당장부터 동반촌 서반촌 모도 뒤져 혼처 알아 보갔어. 기러니 암말 말구 기다리기만 하라."

"아……빠?"

"괜찮아. 내래 우리 구월이가 예쁜 갓난이들 낳고 서방한테 괴임 받으며 사는 기 가장 큰 소원이야. 반궁 유사님이랍시구 몹쓸 짓 하 려 집적대는 한량이 붙으면 분해서 어드레 살간? 네 엄마 꼴은 내래 살아서 두 번은 못 본다, 알갔네?"

"아빠, 왜 그런 말을 해?"

구월이는 겁에 질려 떨리는 목소리로 아비의 손을 쥐었다. 아빠 가, 아빠가 무슨 소리를 들었을까? 아빠가! 천 봉사는 눈물에 잠긴 목소리로 말했다.

"딱한 것. 이번만은 내 말 들으라. 내래 온제 차사 영접힐디 모르 니끼니, 아바이 마지막 소원이라 생각하구 들으라, 응?"

입이 턱 막힌다. 그는 딸의 뺨을 한참 쓰다듬더니, 다시 울 것 같은 얼굴로 중얼거렸다.

"이 착하고 고운 아이가 어드러게 이리 못난 내 딸로 태어났을꼬. 나는 또 와 이 꼴로 태어났을꼬. 미안해서 어쩌누. 미안해서."

구월이는 그 자리에서 얼어붙은 것처럼 서 있었다.

"양시님."

구월이는 사내가 잠든 방 앞에서 무릎을 꿇고 앉아 조심스럽게 그를 불렀다. 아버지가 깊이 잠든 것을 두 번 세 번 확인했지만, 그래도 조심해야 했다. 주무시나요, 양시님? 두 번 부르기도 전에 안에서 조용한 기척이 들렸다.

"깨어 있으니 들어오너라."

구월이는 들어가지도 문을 열지도 않고 조용히 말했다.

"아까 하문하셨던 말씀, 대답 올립니다."

"그래."

"저는…… 아버지를 두고 갈 순 없습니다."

……나 없으면 한시도 사시지 못할 아버지를 놓고 떠날 생각을 하다니. 아까는 무언가에 잠깐 홀렸던 게 틀림없다. 아버지의 일침에 간신히 정신을 차린 구월이는 이제 제대로 된 대답을 할 수 있게 되었다.

그는 오랫동안 침묵하다가 긴 한숨과 함께 말했다.

"내가 너를 좋아한다."

"……."

그렇게 듣고 싶은 말이었는데, 고맙지도 기쁘지도 않았다. 걷잡을 수 없이 눈물만 떨어졌다. 참으려 참으려 해도 흐느낌이 새어 나갔고, 눈물이 차가운 마룻바닥에 툭툭 떨어졌다.

그는 구월이의 흐느낌을 듣고도 한참 동안 침묵했다. 거칠어진 날숨소리가 간간 흘러나왔지만, 문은 끝까지 열리지 않았다. 흐느낌이 어느 정도 잦아들고서야 그는 조용히 말을 이었다.

"그래서 너를 반촌 같은 험한 곳이 아닌, 내 곁에 두고 싶다. 아버지가 걱정된다면 아버지도 함께 모시고 가면 되지 않느냐."

구월이는 다시 웃었다. 점입가경이다. 반촌의 계집종 하나만 끌고 가서 숨기는 것도 모자라서 눈먼 늙은이까지? 나라의 노비를 둘이나 집에 숨겨 두는 게 어떤 일인지 양시님은 전혀 모르시나? 대체 우리 두 사람이 양시님 집안에 얼마나 큰 재앙과 혹덩이가 될지 모르시나? 내가 아비까지 끌고 따라붙을 만큼 뻔뻔하다고 생각하시는 건가?

하지만 구월이는 그렇게 말하지 않았다. 그리 말했다간 괜찮다, 걱정하지 마라 고집을 피우실 것이 틀림없었다. 구월이는 눈물을 닦지도 못하고 말을 이었다.

"아비는 눈이 멀어 익숙한 이 집, 이 마을이 아닌 다른 곳에서는 살지 못할 것입니다. 더구나 아는 이 하나 없고 모든 것이 생소한 바깥 마을에서 병들고 눈먼 노인이 어찌 숨어 사는 것까지 감당하겠습니까?"

그 말까지 예상하지는 못했던 듯, 양시는 숨을 몰아쉬더니 잠시 생각에 잠겼다.

"그래. 바깥세상의 삶이 두 사람에게…… 솔직히 말하자면 녹록지는 않을 것이다. 너도 그렇겠지만…… 특히 네 아비가 몹시 힘들어할 게다. 내가 ……생각이 짧았구나."

"……예."

괴괴한 침묵이 다시 두 사람 사이를 가로막았다. 구월이는 이쯤에서 그가 말을 접고 물러서길 바랐으나, 그는 한참 망설이다가 조심스럽게 새로운 제안을 내놓았다.

"정 그렇다면 아비를 이곳에 두고 내가 수발할 사람을 붙여 두면 어떻겠느냐. 비용이 얼마가 들더라도 심덕 좋은 이를 수소문해서 네 아비를 편히 모시도록 하겠다. 내가 이곳에 올 때마다 들러 소식도 자세히 전할 테고. 그러면 안 되겠느냐."

한번 마음을 고백한 사내는 집요하고 끈질겼다. 구월이는 점점 더 단호해질 수밖에 없었다.

"안 됩니다. 제가 도망치면 아버지가 반궁에서 치도곤을 당하실 거예요."

"그럼 나한테 대체 어쩌라는 거냐!"

그는 울컥, 소리를 치더니 이내 황급히 목소리를 낮추었다.

"알겠다. 그것도 내가 최선을 다해서 막아 보마. 앞이 안 보이는 사람에게 무엇을 보았느냐 캐물을 순 없을 테니 길게 추달할 수도 없을 게다."

"절대 그럴 수는 없습니다. 저만 좋자고 몸도 성치 않은 불쌍한 아버지를 남의 손에 넘기고 도망칠 순 없습니다. 천륜과 순리를 어기는 짓이에요."

"천륜?"

갑자기 픽, 하는 냉소가 터졌다.

"네가 공맹을 아느냐? 천륜이 뭔지, 사람 사는 순리가 뭔지 알고 그러는 거냐? 천륜은, 사내 계집이 나이 차서 짝으로 맺어지고, 아이를 낳고 함께 사랑하며 살아가는 것이다. 그 잘난 성현들이, 자식의 창창한 인생을 뺏어서 부모에게 바치는 것이 순리라 하더냐? 아니야, 부모에게 받은 것을 자식에게 갚으며 사는 것이 하늘이 정한 순리다!"

"양시님! 어떻게 그런 말씀을……."

그녀는 질겁을 하며 외쳤다. 이래선 안 된다. 성균관에 계신, 밤낮으로 유가 성현의 말씀을 외우고 받드는 유사님의 입에서 저런 말이 나와선 안 된다. 그것도 나 같은 것 때문에. 제발 하지 마세요. 그런 말씀은 하지 마세요. 그녀는 목이 졸리는 것 같은 기분으로 속삭였다.

"저는 아까 양시님 말씀을 듣고, 난생처음으로, 아주 몹쓸 생각을 했어요."

"……."

"돼지는 무녀리에게 젖을 먹이지 않아요. 수리는 새끼를 절벽에서 떨어뜨려 살아남는 놈만 기르고, 인왕의 대호든, 반빗간의 생쥐든 작고 약한 놈들은 제 씨를 남길 수조차 없대요."

"살아남은 무녀리는 삶을 잇는 것 자체가 고통이기 때문이다. 죽는 것이 제게 복이다."

"사람은 왜 그러지 않을까, 하는 생각을 해 봤어요."

양시님, 저는 처음으로 아버지가 안 계시기를 바랐어요.

……아니, 난생처음으로 아버지가 언제 돌아가실까, 그런 생각까지 했어요.

삼킨 말을 바로 알아들은 듯, 침중한 장탄이 문틈으로 흘러나왔다. 그녀는 목멘 소리로 속삭였다.

"양시님, 사내 계집이 짝으로 맺어지고 함께 살아가는 게 천륜이면, 그 뒤에 달라붙어 딸려 온 이 짐승 같은 마음도 천륜인가요?"

"……."

"저는 이 마을을 떠나지 못합니다, 양시님."

"만일 네 아비가 눈이 성했어도 이리 대답했을 것이냐?"

구월이는 힘없이 웃었다. 입속에서 들끓는 것은 '하고 싶은 말'. 하지만, 입 밖으로 나와야 할 것은 '해야 할 말'. 구월이는 입속에서 들끓는 것을 기어이 잡아 눌렀다.

"그랬다면, 저는 벌써 누군가의 아낙이 되어 있었겠지요."

"……그래. 그렇겠구나."

그는 길게 설득하지 않았다. 그녀는 살짝 열린 문틈으로, 그가 창백하지만 초연한 표정으로 고개를 끄덕이고 있는 것을 보았다.

늦게까지 잠을 이루지 못했다. 파루를 알리는 스물여덟 번의 종소리가 들리고서야 깜박 잠이 들었다. 늦은 아침에 눈이 팅팅 부어 나가 보니, 아버지는 코까지 골며 늦잠을 자고 있고, 옆방은 비어 있었다. 덮고 주무신 이불만 반듯하게 접혀서 방구석에 놓여 있었다.

선비님도 밤새 잠 못 주무신 거 아는데. 밤새 부스럭거리고 뒤척이셨는데.

가슴에 구멍이 뻥 뚫린 것 같다.

이곳이 반촌만 아니었다면, 내가 반인 계집만 아니었다면.

아버지가 안 계셨더라면, 아니, 눈이라도 성하셨다면.

엄마가 살아 계시기만 했더라면.

했더라면, 했더라면. ……했더라면.

……대체 이게 무슨 부질없는 생각일까.

쪼그리고 앉아서 이불에 얼굴을 묻어 보았다. 그분의 냄새가 희미하게 난다. 칼로 에는 것처럼 날카로우면서도 시원하고, 그러면서도 아랫배가 간질간질해지는 그분의 냄새가.

이 바보야. 어차피 언감생심 바랄 수도 없는 분인데.

눈 안쪽 깊은 곳이 절굿공이로 짓눌리는 것처럼 아팠다. 어젯밤에 나는 그냥 미친 생각을 했던 거였다. 도화가 만개할 때 술렁이는 춘정은 믿을 바 없고, 달님이 있을 때 했던 고백은 반드시 후회한다 했었다. 어제 복사꽃은 너무 흐드러지게 열렸고, 요요한 달빛은 농간을 부렸다. 그분도 나도 복숭아꽃 향기와 달님의 농간에 넘어가 얼빠진 생각을 했던 거였다. 너무 달콤해서 정신이 빠져 버릴 것 같은 생각을.

그냥 하룻밤의 달콤한 꿈.

앞으로 양시님은 이곳에 오시지 않을 것이다. 만약 오신다 해도 두 번 다시 그런 말씀을 하시진 않을 것이다. 평생을 담아 두었던 그분의 비밀을 어젯밤 나누어 가진 것, 그것만이 내가 차지할 수 있는 몫이었다. 새하얀 학의 날개 위로 물방울이 흥건하게 떨어졌다.

며칠 후, 구월이는 반궁 수복 구용출의 삼취 자리로 혼인날을 받았다.

4-1
인연
by.박운식

음, 내가 새 가족을 처음 만났던 게 여섯 살이었던가. 아 젠장. 벌써 그렇게 됐나. 그리고 보니 내가 처음 시간 여행을 한 것도 여섯 살이었구나.

눈앞에 보이는 건 환하게 빛이 들어오는 작은 방, 그리고 허리를 구부리고 그림을 그리는 이상한 아저씨였어. 어리둥절했지. 조금 전까지 내가 있던 곳은 이 집이 아니었는데. 나는 분명히 동생을 업은 채 옆집으로 숨어들어 가서, 두리번두리번 사람을 찾다가 그곳에 걸린 그림을 잠깐 보고 있었거든. 그런데 어느새 엉뚱한 집의 작은 방 구석에 서 있었던 거지.

앞에서 그림을 그리고 있는 아저씨는 이마가 한참 위로 올라가 있었는데 눈이 부리부리하고 얼굴은 호랑이처럼 생겼었어. 아저씨는 입에 나무로 만들어진 구부러진 담뱃대를 물고 빨간 양말을 신고 칙

칙한 셔츠를 걸쳐 입고 있었는데, 손과 셔츠에는 물감이 묻어 있었던 기억이 나. 앞에는 물감이 풀린 작은 접시가 몇 개 놓여 있었고, 아저씨는 길고 가는 붓을 들고 그림을 그리고 있었어.

"아저씨…… 도와주세요."

여러 가지 생각할 겨를도 없었어. 지금 나는 집으로 누구라도 데려가야 했어. 엄마 아빠 누나가 죽지 않도록 말려 줄 누군가를. 나는 덜덜 떨면서 아저씨 뒤에서 무릎을 꿇고 빌었어. 아저씨, 도와주세요. 아저씨, 우리 엄마랑 누나 좀 살려 주세요.

빨간 양말 아저씨는 들은 척도 하지 않았어. 아니, 돌아보지도 않고 그림만 그렸어. 그렇게 크게 훌쩍이면서 울고 있었는데, 한 번도, 단 한 번도 나를 돌아보지 않았어.

빨간 양말 아저씨 앞에 놓인 커다란 종이에는 온통 시퍼런 파도뿐이었어. 파도 속에선 한 사람이 빠져서 죽어 가고 있었어. 상투를 틀고 조그만 갓을 쓴 아저씨가 허우적허우적하면서 살려 주세요, 도와주세요, 애처롭게 손을 뻗고 있더라고. 그리고 뒤에 있는 배에는 사람들이 타고 있는데, 그 사람들도 거의 죽을 것 같은 얼굴로 가라앉아 가는 배에 매달려 있었지.

그런데 한가운데 큰 갓을 쓰고 도포를 입은 학처럼 깨끗하고 멋진 선비님 한 분이, 머리 뒤로 둥그렇게 노란 보름달을 매달고 물 한가운데 서 있는 거야. 물 위에서! 그리고 허우적거리는 사람을 붙잡아서 끌어 올려 주는, 좀 이상한 그림이었어.

이상하다? 이 그림은 분명 조금 아까 옆집 마루에서 본 그림인데?

나는 아까 칠복이 아저씨랑 그 패거리를 피해서 옆집으로 도망쳤는데 이 그림은 그 집 마루에 걸려 있었거든. 칠복이 아저씨가 뒤를 따라와서 나하고 동생을 때려죽이고 활활 타는 집에 던져 넣을 것 같아서 정신이 없긴 했지만, 그 마루에서 본 그림은 지금 이 아저씨가 그리는 그림이 분명했어.

길게 생각할 겨를은 없었어. 동생이랑 개구멍을 통해 옆집으로 간신히 빠져나올 때 누나하고 엄마가 칠복이 아저씨한테 붙잡히는 걸 봤으니 일이 급했어.

칠복이 아저씨는 형하고 동생이 인민군한테 맞아 죽어서 항상 이를 북북 갈고 다녔어. 그런데 우리 아빠가 인민군한테 밥도 해 주고 닭도 잡아 주고 방에서 잠도 자게 해 주었다고 그 찢어 죽일 놈들하고 같은 패거리라는 거야. 아빠는 안 그러면 엄마랑 누나를 죽인다고 하니까 해 준 것뿐인데. 아빠는 글도 모르고 골치 아픈 이야기도 전혀 모르고 그냥 해 뜨면 논으로 일하러 나가고 해 떨어지면 괭이 들고 집에 오는 사람이었단 말이야.

"쉿, 아가야, 화가 선생님은 귀가 전혀 안 들리셔. 이쪽으로 오렴."

갑자기 소곤대는 여자 목소리가 들려서 나는 정말 기절하게 놀랐지. 아까 방엔 화가 아저씨 말곤 아무도 없었는데? 뒤를 보니 병풍 뒤에서 하얀 손이 나와서 까딱까딱 손짓을 하고 있더라고. 얼른 콧물을 닦고 동생을 업은 채 병풍 뒤로 갔어.

거기에는 아주 예쁘고 화려한 한복을 입은 아줌마하고 아저씨하고 키가 큰 형들이 네 명 서 있었어. 저 그림에 길을 내서 온 걸 보니, 너도 여행하는 아이로구나. 아줌마가 머리를 쓰다듬으면서 부드러운 목소리로 말해 주는데 난 그게 무슨 말인지도 몰랐지.

우리는 병풍 틈으로 빨간 양말 아저씨가 그림 그리는 걸 한참 동안 지켜보면서, 그 아저씨가 붓을 놓고 배를 문지르며 밖으로 나갈 때까지 병풍 뒤에 숨어 있어야 했어.

"야야, 넌 이름이 뭐야? 이 동네 살아? 너 되게 귀엽게 생겼다."

"안 돼, 윤오야. 우리 이름을 먼저 밝혀야 예의라고 했잖아. 만나서 반가워, 나는 큰형 박윤이고, 열두 살이야. 애들은 동생 윤삼이, 윤사, 얘는 막내 윤오야. 닌 이름이 뭐니?"

"너 저 화가 선생님을 아니? 우린 유명한 한국화가 순회 전시회 관람하다가 잠깐 그림 그리는 거 구경 왔는데. 너도 구경 온 거야?"

"똥삼이 형은 바보야. 그렇게 막 멋대로 가 보자고 엄마 조르면 아빠가 히스테리 발동하는데 아직도 모른다니까."

"윤오징어 이 고자질쟁이는 짜져! 근데 야, 꼬마야 넌 왜 울어? 무슨 도와줄 일이 있어? 우리가 도와줄까?"

"너희 조용히 좀 해. 동생은 이리 줘, 내가 안고 있을게. 너도 조그마한 아기 같은데, 무슨 아기를 업고 있어?"

형들이 소곤소곤하면서 한꺼번에 이야기를 쏟아 내더라고. 윤이라는 큰형은 동생을 대신 안아 주었고. 그때 무슨 말을 어떻게 해야 할지 알 수 없었어. 빨리 도와줄 사람들을 끌고 집에 가야 한다는 생각밖에 없었는데 이런 형들은 아무리 많이 데려가 봐야 소용이 없으니까.

그런데 사실 난 내가 여기 어떻게 왔는지, 여기가 어딘지, 그리고 어떻게 집에 가야 하는지, 아무것도 몰랐어. 확실한 건 여기가 옆집이 아니라는 거, 그리고 아까 본 그림이랑 똑같은 걸 이 화가 선생님이 지금 그리고 있다는 것뿐이었지. 어떻게 왔는지 굳이 묻는다면, 글쎄, 그림 속에서 들리는 목소리를 들었다고나 할까? 살려 주세요,

누구라도 좋으니까 저 좀 도와주세요. 제발 도와주세요. 아마 내 속에서 들리던 목소리였는지도 모르고, 그 그림에 화가 아저씨의 목소리가 스며들었는지도 모르지.

그게 처음 시간 여행을 한 거였으니 무슨 일이 일어났는지 알 턱이 없잖아?

생각해 보면 아주 멀리 간 건 아니고 몇 년 정도 뒤로 흘러들어 갔던 것 같아. 내가 살던 때는 분명 전쟁이 끝나고 마을별로 마녀몰이가 진행되던 때였는데 거기 같이 있던 키 큰 아저씨는 지금이 한창 전쟁 중이라고 했었거든.

"얘들아, 얘들아, 조용. 지금 나가신 빨간 양말의 화가 선생님이 운보 김기창 화백 맞아. 이 그림은 운보 선생님의 대표작 중 하나인 '예수의 생애' 연작 시리즈 30개의 그림 중에 열네 번째 그림인 '물 위를 걷는 예수'고. 아까 전시관에서 이 그림 봤던 거 기억나지? 지금 그 그림이 막 만들어지는 중인 거야."

"아, 아까 박물관에서 봤던 그림들 맞네! 아빠 아빠! 여기 옆에 걸린 그림들도!"

"아빠, 그럼 여기 가운데 서 있는 갓 쓰고 도포 입은 선비님이 예수님이란 사람이에요?"

"맞아. 우리가 타고 들어온 그림은 여기 병풍 옆에 걸린 '수태고지(受胎告知)'였지. 노란 저고리 푸른 치마를 입은 댕기 머리 마리아가 물레를 돌리고 있다가 선녀 모습의 가브리엘 천사에게 '처녀가 잉태하여 아들을 낳으리라.' 하는 말을 전해 듣는 장면이란다."

"어, 아버지, 그럼 이 선녀가 가브리엘 천사인가요?"

"그래, 천사가 선녀 모습이라니 윤이가 신기한가 보구나."

아저씨는 벽에 걸린 그림들을 하나씩 둘러보면서 형들하고 아줌마한테 이야기해 주었어.

"민호 씨. 지금 여기는 전쟁 중이에요. 한국전쟁이 발발한 지 2년이 되어 가는 때였죠. 운보 화백은 같은 민족끼리 끔찍하게 싸우는 모습이 너무 괴로워서 민족의 고통을 위로하고자 이 시리즈를 그리기 시작했어요. 도포를 입고 갓을 쓴 예수 그리스도와 치마저고리 쓰개치마를 입은 성모 마리아라니. 누가 상상이나 할 수 있었겠어요."

"그러네, 이완 씨가 말 안 해 줬으면 그냥 풍속화인 줄 알았겠는데? 완전 신기해."

"운보 화백의 '예수의 생애' 연작 시리즈는 서른 점에 이르는 작품 숫자도 대단하지만 놀랄 정도로 대담하고 원숙미가 넘쳐요. 동일한 주제를 다룬 세계의 많은 성화 중 가장 독창적이란 생각도 들고요. 저는 6·25 동란이라는 깊은 고통을 겪는 민족을 그림으로 위로하려 했던 김 화백의 깊은 뜻과 예술가로서의 도전 정신에 경의를 표하고 싶습니다. ……하지만 여기 데려다 달라는 말은 아니었어요. 민호 씨, 다시 말하지만 여기는 지금 한국전쟁 중이에요. 치안도 엉망이고 인민군과 국군이 번갈아 점령했던 지역에는 죄 없는 민간인들도 숱하게 죽었어요. 얼른 돌아가야 합니다."

나는 눈물을 멈추고 그 아저씨와 아줌마를 바라봤어.

얼른 돌아간다고?

두 번 생각할 것도 없이 아줌마의 치맛자락을 붙잡았어. 나는 그림 속에 있는, 파도 속에서 빠져 죽어 가는 불쌍한 사람이었고, 살려고 버둥대는 고통스러운 사람이었고, 그러기 위해서는 아무라도 붙잡아야 했으니까. 다시 눈물이 줄줄 쏟아졌지.

"아줌마, 도와주세요."

아줌마 목에 꽉 매달렸어. 내가 찾지 못한 돌아가는 길, 그림 속으로 난 길을 아줌마가 용케 찾아 주시더라고. 나는 그때야 내가 살던 시간과 빨간 양말 아저씨의 시간이 다른 때라는 걸 알아차렸지.

어쨌든 내가 살던 시간으로 되돌아오긴 했어. 하지만 늦었어. 너무 늦었지. 우리 집은 활활 불타서 이미 잿더미가 돼 있었고, 칠복이 아저씨 패거리는 총하고 낫을 들고 잿더미가 된 집을 막 뒤지고 있더라고. 마당에서 굴러다니는 거적이 세 덩어리 있었는데, 난 거적 끝에 비죽 나온 발끝을 보자마자 그 속에 든 것이 뭔지 금방 알아차리고 말았어. 엄마, 엄마, 엄마, 아빠. 나는 아줌마한테 매달려서 미친 것처럼 울었어. 동생을 안고 있는 아저씨 얼굴이 새파랗게 질린 게 보였지. 애새끼 둘이 도망갔어! 도망쳤다고! 잡아내! 이런 집안 것들은 씨를 말려야 한다, 이 말이야! 고래고래 고함을 지르는 칠복이 아저씨는 눈이 시뻘겋고 얼굴도 시뻘게서 제정신이 아닌 것 같았어.

하필 잠깐 고개를 돌린 사이에 칠복이 아저씨하고 눈이 마주쳤지 뭐야. 칠복 아저씨는 내 얼굴을 가끔 본 적이 있어. 아저씨가 무시무시한 얼굴로 총을 잡고 내 쪽으로 걸어오더라고. 아줌마가 나를 꽉 끌어안고 고개를 빳빳하게 드는 게 느껴지더라. 뒤에 있던 아저씨가 악을 쓰면서 우는 동생을 급하게 윤이 형한테 맡기고 아줌마 앞을 막았지. 아저씨는 키가 굉장히 컸고 칠복이 아저씨는 작고 땅땅한 편이었지만, 칠복이 아저씨네 패거리는 사람도 많고 다들 긴 총하고 끝이 뾰족한 죽창을 들고 있었어. 아줌마의 몸이 들들 떨리는 게 느껴지는데 아줌마도 아저씨도 한 걸음도 물러나지 않더라고.

"무슨 일입니까."

"데리고 있는 애새끼 둘 내놔. 인민군 부역한 집안은 씨를 말려야 해. 이 집 애새끼들을 왜 엉뚱한 사람들이 데리고 있어?"

온몸이 저절로 얼었어. 난 나이는 여섯 살밖에 안 됐지만, 동네에서 눈치가 제일 빨랐거든. 무슨 말인지는 금방 알아들었지. 나하고 동생도 여기서 총에 맞아 죽겠구나.

뒤에서 혀를 차면서 중얼대는 소리가 들렸어. 에그, 그만하지. 마누라, 딸까지 죽이고도 뭐가 모자라. 천벌 받아. 밥 좀 해 준 게 뭐가 그렇게 큰 죄야. 그러니까 패거리 아저씨들 몇 명이 그런 말을 한 사람들을 찾아서 막 발길질을 하고 주먹질을 하는 거야. 그 아줌마 아저씨들이 코피를 철철 흘리면서 땅바닥에 뒹구니까 그런 소리도 쏙 들어가 버렸어.

"씨발! 그럼 내 형하고 동생은 무슨 죄야! 내 형하고 동생은 국군으로 끌려갔던 죄밖에 없어! 가고 싶어 간 게 아닌데 그게 무슨 죄라고 인민군한테 복날 개 잡듯이 나무에 매달려서 맞아 죽어야 했는지 말해 봐! 같이 맞아 죽은 형수는 무슨 죄고, 내 조카들은 무슨 죄야, 엉! 말 좀 해 보라고!"

나는 여기서 죽는구나.

너무 무서워서 끅끅대는 소리도 나오지 않더라고. 그런데, 칠복이 아저씨가 내 등을 잡으려고 하니까 아줌마가 아저씨 손을 탁 치면서 무섭게 화를 내는 거야.

"얘는 내 아들이야! 대체 무슨 소릴 하는 거야!"

갑자기 사방이 조용해졌어.

나는, 여기 모인 동네 아줌마 아저씨들을 잘 알아. 여기 모인 아줌마 중에서 내 얼굴, 동생 얼굴 모르는 사람은 아무도 없어. 저 칠복이 아저씨 패거리 중에서도 내 얼굴을 아는 사람이 많아. 내가 나이는 어려도 골목대장이어서 윗마을 아랫마을 막 돌아다니면서 사고란 사고는 다 치고 다녔거든. 하지만 이상하게, 내가 이 아줌마 아들이라는 말이 거짓말이라고 나서는 사람이 하나도 없는 거야. 칠복이 아저씨가 콧방귀를 핑 뀌었어.

"내 아들 좋아하시네. 춘만이 새끼들인 거 내가 모를 줄 아나?"

"내가 낳은 내 새끼 맞다니까! 엉! 멀쩡한 남의 집 아들을 갖고 무슨 말을 하는 거야?"

아줌마는 배를 딱 내밀고 쩌렁쩌렁하는 소리로 고함을 쳤고, 앞을 가로막은 아저씨도 무시무시한 얼굴로 으르렁거리면서 마누라하고 아들들한테 손대면 가만 안 두겠다고 하는 거야. 칠복이 아저씨는 기가 막힌 듯이 어깨를 으쓱하더니 나한테 고개를 척 들이대고 물어봤어.

"어이, 너 이름이 뭐냐? 저기 있는 꼬맹이 이름은 뭐고?"

나는 눈을 부릅뜨고 생각했지. 큰형이 알려 준 이름, 박윤이, 박윤삼, 박윤사, 박윤오. 나는 성희 누나가 알려 줘서 일이삼사 숫자 헤아리는 법 정도는 알고 있었어. 5 다음엔 6하고 7이 나오는 것도 알고 있었지.

"박윤육이에요. 저기 있는 막내는 윤칠이고요."

나는 아줌마 어깨에 얼굴을 묻고 들릴락 말락 대답했어. 이름이 좀 이상하긴 했지만 그런 건 생각할 겨를이 없었어. 피식거리던 칠복이 아저씨가 기분이 더럽다는 듯이 침을 찍 뱉고는 뒤로 천천히 걸어서 동생을 안고 있는 윤이 형한테 가는 게 보여. 아저씨하고 아줌마가 급하게 따라가려는데, 옆에 있던 사람들이 막는 거야. 윤이 형이 새파랗게 질린 얼굴로 동생을 꽉 끌어안더라.

"거기, 꼬마. 이름이 뭐냐."

"박윤이예요."

"안고 있는 애가 누구냐."

"……제 동생이에요."

아저씨는 기도 안 찬다는 듯이 느물느물 웃었어.

"너 솔직하게 말하지 않으면 아저씨가 이 총으로 네 대갈통에 총을 빵, 쏠 거야. 다시 한번 말해 봐. 저기 엄마가 안고 있는 애하고요 꼬맹이가 누구냐."

"제 동생이에요!"

윤이 형은 허리를 펴고 크게 대답했어. 윤이야, 윤이야아! 아줌마가 고함을 지르다가 입이 틀어막혔어. 괜찮아 여보, 윤이는 무사할 거예요. 아저씨가 소곤소곤하고서야 아줌마가 움직임을 멈췄어. 칠복이 아저씨는 긴 총을 빙빙 돌리다가 팔짱을 끼고 코를 찡그렸어.

"네가 안고 있는 동생 이름이 뭐냐?"

내가 뭐라고 대답했는지 윤이 형아는 모를 텐데. 나는 눈을 꽉 감았어. 어떡하지, 어떡하지. 하지만 윤이 형은 크게 한숨을 쉬더니 또박또박 대답하는 거야.

"내 막냇동생 이름은 박윤칠이에요."

아아. 갑자기 눈물이 왈칵 쏟아지더라고. 나는 그때, 사람들끼리 말을 하지 않고도 이야기를 할 수 있다는 걸 처음 알았어. 내가 다시 우니까 아줌마가 내 등을 꽉 안고 토닥토닥 두드려 줬어. 괜찮아. 아가야, 괜찮아. 우린 무사히 빠져나갈 수 있어. 다른 사람 귀에는 들리지 않는 말인데, 내 몸이 그 말을 알아듣더라고.

칠복이 아저씨는 뒤에 있는 다른 형들을 붙잡고 물어봤어. 형들은 새파랗게 질린 얼굴로, 하지만 꼭 약속이라도 한 것처럼 내 이름을 윤육이, 그리고 동생 이름을 윤칠이라고 말해 주었어. 네 형 중에서 단 한 명도, 정말 단 한 명도 내 동생이 아니라고 빼는 형이 없었어. 울면 안 되는데, 눈물이 도무지 멈추지를 않더라고. 아줌마가 나를 너무 세게 끌어안고, 아저씨는 아줌마를 너무 세게 끌어안아서, 나는 거의 숨이 막혀서 죽을 지경이었지.

"이봐 칠복이, 내가 이 집 애들 얼굴 잘 알아. 오래 같이 일했잖나. 그런데 둘은 좀 아닌 거 같아. 잘 보면 완전히 생긴 게 다르다고. 걔들은 이 정도로 동그랗지는 않았어. 턱이 애들보다는 좀 갸름하고, 둘째 놈 목에는 큰 점이 있고 손등에 큰 사마귀가 있었는데."

칠복 아저씨 패거리 중에서 영철이 삼촌이 나서서 머리를 긁는 거야. 믿을 수가 없었어. 영철이 삼촌은 동네에서 내 얼굴을 제일 잘 알아. 여름 내내 개울가에서 빨가벗고 같이 멱도 감고 그랬어. 내 목에 점 같은 거 없다는 거 잘 알아. 사마귀 따위 하나도 없는 것도 잘 알아. 칠복이 아저씨는 내 목하고 손등을 살펴보더니 씨발 씨발 욕을 하면서도 고개만 갸웃거리는 거야. 그러니까 뒤에 있던 아저씨 아줌마들이 하나씩 나서더라고.

"그러게 말이야. 아무리 봐도 안 닮았어. 왜 멀쩡한 남의 집 아이를 잡으려고 해."

"아니랑게, 참말로 아니제라. 저것 봐, 즈이 꺽다리 아부지랑 보조개 들어가는 게 판박이루다 닮았구만, 애먼 집 자식 잡지 말랑게."

"춘만이 애덜은 내가 젤로 잘 알지라. 저것들이 춘만이 아덜덜이면 나가 손에 장을 지져 뽈 텡게."

아까 얻어터졌던 아저씨 아줌마들도 하나둘씩 일어나서 피멍이 든 얼굴로 나를 가까이 들여다보더니 코를 훌쩍이면서 고개를 젓는 거야. 아녀, 아녀. 가까이 봉게 춘만이 아덜이 전혀 아니지라. 나가 춘만이네 이웃으로 10년을 살았는데 갸덜 얼굴 못 알아볼까. 우리 아부지 할아부지 이름 걸고 말하는데, 아니랑게. 동네 사람들이 차차로 다 모여들었는데, 거기서 내가 춘만이 아들인 걸 알아보는 사람이 글쎄 한 명도 없었지 뭐야.

뒤에 있는 칠복 아저씨 패거리들도 아니라고 하나둘씩 고개를 저었어. 나를 잘 아는 아저씨들일수록 아무리 봐도 아니라고 딱 잘라서 말을 하는 거야.

칠복 아저씨는 욕설을 퍼부으면서도 별수 없이 우리를 놓아주어야 했어. 동네 사람들이 다 모여들어서 나하고 칠복이 아저씨 사이를 겹겹으로 막아 준 데다가 몽땅 다 나를 모르는 아이라고 하는데 칠복이 아저씨 혼자 맞다고 총을 쏠 수는 없잖아.

나는 아줌마한테 안겨 가면서 모여 있는 동네 아줌마 아저씨들한테 마지막으로 눈인사를 했어. 이제 우리 집에 다시는 못 올 거라는 걸 알았거든. 칠복이 아저씨가 안 보는 틈을 타서 아줌마 몇몇이 옷고름으로 눈을 닦으면서 손가락을 살짝 흔들어 주더라고.

"엄마, 그때 왜 나를 구해 주셨어요?"

언제였더라. 온 집 안에 고기 볶는 냄새가 요란하던 날인 것 같아. 조금 있으면 저녁 식사 시간. 햇볕이 부엌 창문으로 쨍하게 내려오고, 식탁에는 온갖 종류의 음식들이 산더미처럼 쌓여 있었지. 엄마는 소림사의 주방장처럼 커다란 팬을 흔들고 있었는데, 여러 가지 색깔의 채소들이 위로 훅훅 솟았다가 팬에 착 떨어져서 섞이는 모습이 정말 멋져 보이더라고. 그런데 왜 그걸 보면서 엄마가 나를 구해 준 이유가 갑자기 궁금해졌는지 모르겠어.

"짜식아, 이렇게 같이 밥 먹고 같이 살 인연이니 그랬지."

엄마는 뒤를 돌아보더니 쿨하게 대답하시는 거야.

이해가 잘 안 됐어. 우리를 구해 주었던 엄마, 아빠, 형들과 우리 사이에는 '인연' 같은 시시한 거 말고, 뭔가 대단하고 멋진 낱말이 들어가야 옳을 것 같았거든.

그래서 그날 저녁, 늦게까지 공부하는 윤이 형의 뒤통수에 대고 똑같이 물어봤지.

"형, 형은 그때 왜 우릴 구해 줬어?"

형은 머리를 긁더니 한참 있다가 내키지 않는 것처럼 중얼중얼하더라고.

"……글쎄. 너하고 매일 지지고 볶고 싸울 인연이었나 보지."

윤이 형은 자랑하거나 낯간지러운 말을 할 일이 생기면, 손발이 오징어가 되고, 말투가 이상하게 퉁명스러워지거든. 나는 조그만 목소리로 다시 물어봤지.

"머리에 총 닿았을 때 안 무서웠어?"

"흥, 너라면 안 무서웠겠냐."

형은 뒤도 돌아보지 않고 시큰둥하게 대답하더라고. 형이 무서웠다고 인정할 정도면 정말 오줌을 지릴 정도로 무서웠다는 뜻이야.

난 그때 엄마와 형이 말하는 '인연' 이라는 낱말의 진짜 뜻을 알게 됐어.

그것은 '용감한 선택' 이라는 뜻이었어.

4-2
선택

나는 대체 누구고, 여긴 대체 어딘가.

이거 잘하는 짓일까? 해서는 안 될 짓을 하는 건 아닐까?

……자그마치 미혼모 만들기 프로젝트라니.

이완은 청금복 차림의 선비들이 바글바글하는 식당 한가운데서 한 손엔 출석체크용 도기책을 들고 한 손엔 벼루를 든 채 얼떨떨하니 서 있었다. 밥 냄새에 고깃국, 자반 조림 향기가 마당에 자욱했고, 그의 정수리로는 따가운 햇볕이 내리꽂혔다.

'아 글쎄 민호 씨, 안 된다니까요! 늑대가 득실대는 곳에 어딜 함부로 발을 들여요!'

'그럼 어떡해. 얼굴 곱기로 소문 따르르한 구월이가 들어가냐? 저 얼굴에 저 키면 개흙칠을 해 놔도 알아볼걸! 날 봐! 나는 여기

사람도 아닌 데다 딱 봐도 마당쇠처럼 생겼잖아.'

'마당쇠처럼 안 생겼어! 구월이보다 백배는 예뻐요! 변장해 봤자 들킬 거니까 꿈도 꾸지 말라고!'

식식대던 이완은 다른 말이 나오기 전에 얼른 못을 박았다.

'제가 대신 갈 테니까, 민호 씨는 꼼짝 말고 집에서 기다리고 있어요.'

'왜! 왜 이완 씨가 나서고 그래! 나 집에서 불안해 죽는 꼴을 보려고 그러지? 내가 가서 깔쌈하게 알아 올 거니 걱정하지 말라고. 이래 봬도 여행자들 사이에선 내가 윤전일, 윤코난에 윤셜록으로 통한단 말이야.'

'뭔 말이에요! 성균관 몰살 드라마 찍고 싶어요?'

이완은 임신한 여자가 대체 왜 저리 망둥이처럼 날뛰려는지 도저히 이해할 수 없었다. 제발 선정 씨처럼 비단 금침 좌우로 커튼 늘어뜨려 놓고 핼쑥한 낯으로 누워서 끙끙 앓고 있으면 안 될까? 왜 당신은 호르몬마저 이렇게 태교에 비협조적이야.

'민호 씨야말로 왜 저를 그렇게 못 믿어요? 제가 여행 하루 이틀 해 봐요?'

여자는 대답 대신 입을 덩그러니 벌리고 이완을 위아래로 훑기 시작했다. 이완은 심한 성적(?) 수치심을 느껴야 했다. 결국, 그는 민호의 가장 큰 약점을 정통으로 찌르는 것으로 문제를 해결했다.

'민호 씨, 이 양시, 한문으로 써 봐요.'

네이롱, 한판승!

운이 좋은 건 알겠다. 이완이 한문을 잘 읽는다는 것도 다행이고,

학분이의 남편 박잠미라는 수복이 식당직으로 입번해 있던 것도 다행이라면 다행이었다. 그는 이완에게 10문을 받아 챙기더니, 평소 재직 꼬꼬마 놈들이 하던 도기 차례 일을 이완에게 넘겨주었다. 도기 차례는 유사들의 출석 점검에 쓰는 도기책과 벼루를 들고 다니는 심부름꾼 노릇이었다.

도기책에는 가로세로 선이 여러 줄 그어져 있고, 네모 칸 안에 자신의 이름을 쓰고 수결(서명)을 하게 되어 있었다.

'이씨 성을 가진 양시님이세요. 서재에 계신다 했고요, 얼굴은 관옥 같고 피부는 갓 짜낸 타락처럼 뽀얗고요, 눈썹은 길게 뻗은 수리 날개처럼 수려하고, 입술은 봉숭아 꽃잎을 물고 있는 것 같지요. 목은 굵고 목젖이 호두만큼이나 크고, 손가락은 옹이도 없이 매끈하니 길고, 키 크고 어깨 넓고 위풍이 당당하신데 금빛 천마에 높이 올라앉으신 걸 보면 천계의 백마신장이 따로 없으시죠. 목소리는 어찌나 그윽한지 한번 듣기만 하면 허공에 선계의 향기가 가득 차는 것만 같고 다리가 홀홀 풀릴 것만 같아요. 아 참, 그리고 달떡같이 생긴 뚱보 육 생원 나리하고 같이 방을 쓰신댔어요.'

……미치겠네.

지금 이완의 눈앞에는 ㄷ 자 모양의 긴 식당 건물이 펼쳐져 있다. 입번한 계집종 열 명이 마당을 부지런히 종종거리고 백 명이 넘는 선비들이 아침 식사를 기다리는 중이었다. 진사 식당에서는 하루 두 끼 식사를 제공했다는데 해의 위치를 봐서는 아침 겸 점심시간이 오전 열 시 정도로 정해져 있는 듯했다. 두 줄로 길게 좌정한 선비들

사이로 밥상을 대신할 삼베 천이 놓였고, 찬모, 탕다모, 채다모, 어전이라 불리는 계집종들이 큼직한 목반을 들고 돌아다니며 그 위에 상을 차렸다.

이완은 그들의 반찬을 곁눈질하며 조금 감탄했다. 연중 두 계절을 삼순구식하고 싸라기밥과 장 한 종지, 시래깃국으로도 감지덕지하는 사람이 태반인 시절에, 고봉밥에 고깃국에 섞박지와 간장을 제하고도 네 가지 반찬이라니. 생선조림이 한 토막씩 돌아갔으니 단백질도 풍성하고, 나물도 있고, 젓갈도, 찜도 골고루 있어 지금 기준으로 보아도 꽤 양호한 식단이었다. 유학자들의 나라 조선에서 성균관이 차지하는 위상을 한눈에 실감할 수 있었다.

다만 식당에 입번한 계집종들은 사정이 달랐다. 매끼 100인분의 식사를 준비해야 하는데, 밥과 탕국 외에도 너덧 종류의 찬을 하루 두 번씩 마련해야 하고, 그것들을 100여 명의 선비 앞에 일일이 날라 각 맞춰서, 그것도 짧은 시간 안에 차려 놓아야 한다. 식후의 숭늉까지 알뜰하게. 학분이라는 친구 말마따나, 입번한 여자 노비들은 대사성 영감, 세자 저하께서 납셔도 못 알아볼 지경으로 정신이 없어 보였다. 부뚜막 앞에 서 있는 몸집이 큰 식모는 화통을 삼킨 듯한 목소리로 이년 저년 하며 밑의 것들을 닦아세웠고, 반궁의 아전으로 보이는 홍단령 평정건 차림의 땅딸한 사내는 탕국을 나르다 넘어진 학분이를 잡아 뺨을 후려친다.

이완은 도기책을 들고 식당직 박잠미 수복의 뒤를 졸졸 따라다니며 선비들의 수결을 받았다. 이름과 인상착의도 확인해야 했다. 하지만 아무리 눈을 부릅떠 봐야, 다 똑같은 옷을 입고 똑같은 건을 쓰고 똑같은 폼으로 앉아 수염을 쓰다듬고 있으니 다 그놈이 그놈 같

252

았다. 그는 열심히 두리번거리다가 바삐 돌아다니는 찬모들에게 부딪혀 두 번이나 먹물을 쏟을 뻔했다. 그때마다 좌우에서 욕설이 쏟아졌다.

햇볕은 정수리에서 지글지글하고, 멘탈은 태양계 너머로 날아가 버리는 것 같다. 이씨 성을 가진, 키 크고 목젖도 크고 얼굴이 하얗고 입술에 봉선화를 문 것처럼 섹시한 사나이…….

가 대체 어딨지?

"네 이놈! 못 보던 놈이 들어온 걸 보니 오늘 도기 차례 놈이 또 도망을 친 게로구나. 대신 왔으면 정신 똑바로 차리지 않고! 손을 대들보에 매달고 태질이라도 해야 정신 차릴 거냐!"

수결을 하던 염소수염이 버럭 호통이다. 잠시 한눈팔았다고 들보에 매달다니, 두 번 한눈팔았다간 껍질 벗겨 내겠다.

"아, 예, 조심하겠습니다."

"에잉, 밥버러지 같으니. 키만 저리 싱겁게 커서 무엇에 써. 네놈 이름이 뭐냐?"

댁은 땅딸한 게 자랑이요 그럼? 그리고 누가 누구한테 밥버러지라고? 난 장사 열심히 해서 국가에 세금 펑펑 내고 있다고! 남이 낸 세금으로 고봉밥에 고깃국 얻어먹고 있는 주제에! 이완은 말을 꼴랑꼴랑 삼키며 참으로 순박하게 웃어 보였다.

"예, 박이…… 아, 바, 박무명(無名)이라 합니다."

"키잉, 이름도 고약허구."

이완은 이제 시간 여행 중엔 절대 본명을 대지 않는다. 민호 씨에게도 단단히 일러두었다. 특히 글줄이나 아는 놈들 앞에선 절대로. 나중에 아이들을 낳으면, 제일 먼저 그것부터 교육할 생각이었다.

동재, 서재뿐 아니라 하재 쪽까지 필사적으로 둘러보던 이완은 결국 어깨를 축 늘어뜨렸다. 아무리 둘러봐도 고리탑탑하고 오종종하고 퀴퀴하고 캥캥대는 염소 나리들뿐이었다.

이완은 어쩔 수 없이 현실을 받아들였다. 현재 이곳에서 '봉선화 꽃잎 같은 입술에 키 크고 잘생긴 우윳빛깔 사나이'는 인간 박이완이 유일했다.

"서재 이 양시? 혹 육 생원 방형 양시 형님 아닌가? 키 크고 얼굴 허연?"

"진사 식당에서 식사하는 게야 태학생 반절이나 되나. 원점 채우는 일도 중하긴 하지만 시간 맞춰 줄 서서 기다렸다 들어가기도 귀찮고, 층층시하 어르신들 앞에서 눈치 보면서 엉덩이에 힘주고 밥 먹기도 짜증 나니."

"게다가 백 명 밥상을 다 차리려면 한 식경이 날아가잖소. 배는 꼬르륵, 방석 한 장 없이 맨바닥에 엉덩이는 지끈지끈하는데 하염없이 기다리다가 밥이든 탕이든 싸르르 식어 가니, 게 무슨 맛이겠소. 아예 삼순구식하던 한미한 집안의 선비라면 모를까 본디 잘살던 집안 자제들이야 어디 견디겠나."

"그러게 말이오. 그러잖아도 양시 형님, 만석 지기 대갓집 장손이라 들었는데, 매일 아침저녁 구첩반상 산해진미 흐드러지게 받고 살다가 기껏 4첩, 5첩 놓인 상에 식은 밥, 식은 국이 눈에 차겠소? 양시 형님 입맛이 좀 까다롭소."

"자주 나가는 거 보면 반촌에 요리 잘하는 집이라도 있는가 보데."

"아니지, 날도 좋으니 공부 집어치우고 농탕질 하러 나간 게지. 봄바람 살랑살랑, 복사꽃 봉긋봉긋 춘정 동할 때 아니오. 팔자 좋네."

이번에도 운이 좋았다. 심부름하는 서재 재직 꼬꼬마들에게 한두 문씩 쥐여 주며 어름어름 탐문질을 해 보아도 주둥이질하다가 매 맞기는 싫었는지 '키 크고 잘생긴 이 양시 나리'에 대해서는 영 입을 여는 놈이 없었는데, 역시 동기들에게 물어보니 바로 술술 정보가 흘러나온다.

오 진사라 불리는 인상이 날카로운 선비와 석 초시라는 턱이 투실한 선비 역시 은행나무 그늘에서 태극선을 살랑살랑 흔들며 농땡이 중이었다. 어지간히 심심했는지 땀에 폭 젖어 돌아가는 이완을 불러 세워서는 '못 보던 놈인데 새로 입번했느냐, 이름자가 무엇이냐. 무슨 일로 왔느냐, 뉘를 찾느냐.' 한참 취조를 해 대더니 이완이 묻는 말에 조조이 대답을 해 주었다. 아니, 대답뿐만 아니라 그간 속에 쌓아 두었던 뒷담화까지 슬금슬금 흘리기 시작했다.

"내 이런 말까진 안 하려 했지만 다들 이 양시에 대해 좀 알아 두는 게 좋을 게야."

"예?"

"이 양시가 허우대도 멀쩡하고 나름 멀끔하긴 하지만, 그 외양에 혹하는 건 제 무덤을 파는 짓이야. 옆에 있으면 속이 터실 일이 하나둘씩 생길 터인데."

"조금이 뭔가, 많이 터지지, 아무렴."

진사의 말에 초시가 고개를 끄덕이며 말을 받는다.

"아무리 날 새우고 공부해서 대통, 대통, 대통으로 죄 깔아 버리면 무얼 하나. 입에서 곰팡이가 날 판인데."

"융통성도 없고, 농지거리도 못 걸고. 기루에 가도 찬밥일 게 분명하외다."

"입도 짧고 깐깐하고 그 비위를 누가 다 맞춰 준단 말이오? 같은 방의 육 생원이 무던한 게요."

"그렇지. 불쌍한 육 생원. 전생에 무슨 천인공노할 짓을 저질렀기에. 코 좀 고는 게 뭐가 그리 큰 죄란 말이오."

이 양시의 건너 건너 방을 쓴다는 두 동기는 부채를 설렁대며 심심풀이 땅콩 삼아 동기의 뒷담을 까 댔다. 내용을 미루어 짐작하면, 구월이가 좋아한다는 양시라는 사내는 꽤 잘사는 집 자제인 듯했는데 성격이 까다로운 데다 융통성 없고 곧이곧대로 성격인 듯싶었다. 구월이도 민호 씨처럼 얼굴 보고 첫눈에 반한 모양인데, 친구끼리 별걸 다 닮는다 싶어 갑자기 웃음이 터지려 했다.

"그래, 이 양시나 육 생원이 언제 돌아올진 잘 모르는데, 자넨 예서 기다릴 텐가? 아니면 내가 저녁 늦게라도 말을 전해 줄까?"

"아, 그러시면……."

오 진사는 이 양시가 돌아오는 대로 '서반촌 아랫말 복숭아꽃집에 일간 들러 달라'는 말을 전해 주겠노라 선선히 고개를 끄덕였다. 소 뒷발에 쥐 잡듯 미션을 완수하게 된 이완은 두 선비에게 깊이 고개를 숙여 사례했다.

다만, 이번 일이 성공하면 민호 씨의 친구는 오갈 데 없이 미혼모가 된다는 사실과 옆을 지나가던 꼬꼬마 재직들이 흘끔대며 아래위로 곁눈질하는 꼬락서니만큼은 영 마음에 들지 않았다.

집에 돌아오니 민호는 하얀 머릿수건을 쓴 채 뒤꼍의 채마밭에 쪼그리고 앉아 상추를 솎고 있었다. 혼자 흥얼흥얼 노래하며 손을 재게 놀리고 있었는데 얼굴과 목덜미로는 땀이 조르르 달렸다. 이완은 말없이 민호의 곁으로 가서 수건으로 목덜미를 닦아 주었다. 여자가 환하게 웃으며 고개를 드니 이마에 입을 맞춰 주기도 좋았다. 여자의 얼굴이 발그레해진다.

"잘 다녀왔네! 이 양시란 사람 찾았어?"

"아뇨, 직접 보진 못했고요. 대신 같은 기숙사 동기인 오 진사라는 사람이 그 사람 오는 대로 말을 전해 주겠다고 했어요. 어쨌든 미션은 완료했어요."

민호는 다시 벌쭉 웃으며 흙투성이가 된 손으로 엄지 척을 해 주었다. 오오, 제법인데, 다시 봐야겠는데! 하는 글자가 이마 위로 둥실 나타났다.

이완은 옆에 나란히 앉아 상추를 따기 시작했다. 날이 더워 거름 냄새가 후끈후끈 올라온다. 허름한 짚신을 신은 민호의 발가락 사이로 지렁이와 작은 벌레들이 기어오르는 것이 보인다. 이완이 입을 꾹 다물고 손으로 벌레를 떼어 멀찍이 던지자 민호는 싱긋 웃으며 이완의 등짝을 타고 오르는 벌레를 떼어 준다. 이완도 똑같이 싱긋 웃어 주었다.

이런 것이 좋았다. 이렇게 아무 말 하지 않아도 탁, 하면 척, 하고 손발의 아귀가 들어맞는 느낌. 함께 울고 웃고 몸부림치며 보냈던 시간이 아니었으면 도저히 이해하지 못할 그 느낌.

민호는 상추를 따서 툭툭 털더니 입에 넣고 우물대며 웃었다.

"와, 상추 진짜 싱싱하고 달다. 상추쌈 해서 저녁 맛있게 먹자."

"아, 민호 씨! 어제 밭에다 거름 줬다면서!"

구충제가 도입되기 전은 기생충 창궐의 시대란 말입니다! 상추 주름 속에 흙이나 벌레가 들었으면 어쩌려고 씻지도 않고 덜렁 먹어요! 이완은 으으, 질색한 표정을 하다가 후, 한숨을 쉬었다.

그래, 삼킨 걸 어떡하리. 이제 시간 여행 중에 이런 일로 날뛰는 걸 창피해할 정도의 관록은 생겼거니. 흙이면 어떻고 작은 벌레면 또 어떠랴. 사람은 어차피 흙이며, 위산은 페하 2의 강산이며, 현대를 사는 우리에겐 구충제와 우월한 항생제라는 든든한 아군이 있지 아니한가.

……아, 민호 씨는 임신 중이라 약 먹으면 안 되는구나.

이완은 여자의 손에서 얼른 상추를 뺏었다.

"그래요. 우리 상추 잘 '씻어서' 맛있게 먹어요. 남이 먹던 상 내려 먹는 거 싫어서 박 수복 아저씨가 밥 먹고 가라는데도 그냥 왔더니 꽤 허기가 지네요."

말이 떨어지기가 무섭게 탈탈 털린 상추가 서너 장 입속으로 들어왔다. "좀 씻어서 먹자니까!" 투덜댔지만 때는 이미 늦었다. 이완은 여자가 넣어 준 것을 차마 뱉지는 못하고, 눈을 질끈 감고 꾸역꾸역 씹어 삼켰다. 그렇다, 다시 말하건대 나의 위산은 페하 2의 산도를 지니고 있으며, 현대를 사는 나에게는 구충제와 무수한 항생제가 있으며, 상추는 말대로 싱싱하고 달았다.

"그럼 민호 씨, 이제 우리가 도울 일은 끝난 것 같으니, 오늘 밤이나 내일 아침쯤 돌아가면 어떨까요. 낮엔 아무래도 사람들 눈에 띄기 쉬우니까요."

"응. 나도 그러려고. 밤엔 반궁 문 닫아 두니 내일 새벽참에 돌아가도록 하자."

"그런데 민호 씨, 어제부터 걱정하긴 했는데요, 우리 이거 정말 도와줘도 되는 걸까요?"

"그러게, 나도 사실은 좀 헷갈려. 이게…… 아버지 반대나 뒤탈 없이 혼사 깨는 방법이 맞긴 한데, 이 시대에 미혼모라니, 참 나도 마땅치가 않네."

항상 명쾌하게 결정을 내리고 행동하던 여자도 이번만큼은 갈팡질팡했다.

사실 옳다, 그르다의 척도로만 따지면 이 문제는 퍽 단순하다. 이 시대의 도덕률에 따르면, 부모에 의해 결혼이 정해졌으면 결혼을 하는 것이 옳고, 하기 싫은 결혼을 깨기 위해 엉뚱한 선비의 아이를 갖는다는 것은 옳지 않다. 옳지 않은 정도가 아니라, 사회적으로 매장당하고 조리돌림을 당할 정도의 패륜적인 행동이다.

하지만 당사자의 입장이 돼서 생각해 보면 그렇게 말할 수 없었다. 당사자는 행복한 길까지는 아니라도 적어도 덜 불행한 길을 택할 권리가 있고, 결혼을 깨뜨려서라도 재앙 같은 삶을 피할 이유가 있다. 도덕률만으로 재단해서 족쇄를 채우기엔 저 젊은 아가씨의 삶이 너무 막하다.

……이미 몇 겹의 족쇄에 묶여 있는 삶이긴 하지만.

이완은 씁쓸하게 웃으며 혀를 찼다.

딸은 아버지의 결정을 원망하지 않았다. 이완 역시 늙은 아비의 갑작스러운 심경 변화를 충분히 이해할 수 있었다. 추측하건대, 구월이와 선비님의 대화를 천 봉사가 들었던 것 같다. 특히 성균관 유사 때문에 아내를 잃었던 천 봉사로서는 당연한 결심이었을 것이다.

날까지 잡혔다 했으니, 그를 설득해 파혼하긴 늦은 감이 있다. 파혼한다손 쳐도, 아비와 딸이 한날에 칼침을 맞게 될 가능성도 적지 않았다.

참, 사는 게 무수한 선택의 연속이라지만, 이런 선택은 너무 어렵다. 더욱이 저렇게 작고 맑고 순정한 아가씨에게.

푸짐한 저녁상이 차려졌다. 찬은 몇 가지 없었지만 따끈한 달걀로 만든 계란찜과 된장국, 그리고 싱싱한 상추가 한 바구니 가득 놓였다. 내외 장유 법도 따위 다 집어치우고 두리반에 네 명이 둘러앉아 함께 먹었다. 딸은 눈 안 보이는 아비에게 수저를 쥐여 주고 어디에 무슨 반찬이 있는지 하나하나 알려 주며 수저로 그릇을 땡, 땡 소리 나게 짚어 준다. 상추쌈을 싸 주고 물김치와 숭늉을 대 주며 그날 있었던 일을 조잘조잘 떠들어 대기도 한다.

눈이 안 보이는 노인은 딸의 얼굴이 시퍼렇게 멍든 것을 모른다. 딸이 다른 선비의 씨를 받아 사생아를 낳으려 하는 것도, 그렇게 해서라도 정해진 결혼을 다치는 사람 없이 파하면서 덜 불행한 길로 가려고 안간힘을 쓰는 것도 모른다. 그는 쪼그라진 입을 함빡 벌려 딸이 싸 주는 상추쌈을 맛있게 먹고, 딸의 등을 쓰다듬어 주었다. 그리고 오랜만에 찾아온 딸의 친구와 그녀의 남편에게 생각할 수 있는 모든 좋은 덕담을 늘어놓으며 복을 빌어 주었다.

"문 열라, 이년! 서방님 오셨다! 문 열라니까!"

난데없는 고함에 이완은 자리에서 벌떡 일어났다. 벌써 달은 중천에 올랐고 민호는 곁에서 깊이 잠들어 있었다. 밖에서 무슨 일이 일어났나?

"구월이 이년, 내 말 안 들리네? 지금 네년 아바이 정자나무에서 탁주 퍼마시고 곯아떨어딘 거 우리 안방에 뫼셔 놨더니 잘 방이 없다 이기야. 내래 오늘은 예서 좀 자야갔서!"

"새끼가! 술 취하면 개가 된다더니 개도 아니고 개새끼네! 얼마나 처마셔서 오밤중에 저 지랄이야!"

"잠깐, 민호 씨! 내가 나갈게, 민호 씨는 여기서 기다려요!"

이완은 벌떡 일어나 적삼 차림으로 뛰쳐나가려는 여자를 황급히 끌어 앉히고 방문을 열었다. 덩치가 큰 사내가 울타리를 콱콱 걷어찰 때마다 싸리 울타리와 사립문이 무너질 것처럼 크게 출렁거렸다. 구월이는 작은방 문을 걸어 잠그고 달달 떨리는 목소리로 소리쳤다.

"지금 손님들이 계셔요. 나중에 날 밝으면 오세요."

"이년, 손님은 무슨, 쌔빨간 꽝포인 거 모를 줄 아네? 서방님 오셨는데 맨발로 썩 나와 맞디 않고 무얼 하네! 엉!"

"뭐야, 영감님 없으니까 작정하고 오셨다 이거지? 저, 저 개 같은……."

이완은 뒤를 돌아보고 기겁했다. 여자가 문틈으로 다시 머리를 내미는데, 대충 주워 입은 저고리는 뒤집혀 있고, 머리는 귀신 산발이 따로 없었다. 이완은 여자의 입을 틀어막고 방으로 밀어 넣었다.

"민호 씨는 구월이 데리고 어디 숨어 있어요! 제가 시간을 좀 벌어 볼게요."

"안 돼! 저 인간 완전 개깡패야. 혼자 붙었다간 크게 다쳐. 쪽수라도 많은 게 나아."

"내 걱정은 말고! 나 안 죽어, 안 다쳐요."

엄마아아! 언니 나 어떡해! 민호가 방에 들어서자마자 구월이가 겁에 질린 목소리로 울기 시작했다. 민호는 방으로 들어가다 말고 이완을 향해 고함쳤다.

"이완 씨! 맞붙을 생각 하지 말고 얼른 뒤로 빠져나가서 도망쳐!"

"민호 씨나 구월이 데리고 얼른 숨으라니까! 해결될 때까지 절대, 절대 나오지 마세요!"

민호 씨라면 구월이를 데리고 살짝 다른 시각으로 숨을 수 있을 것이다. 비슷한 시대라면 구월이도 눈치채지 못할 것이다. 조금만 가 있다가 돌아오면 되니까.

난 두 사람이 숨을 시간만 벌어 주면 돼.

이완은 방문을 탁 닫아 버리고 마당으로 뛰어내렸다. 맨발에 닿는 흙의 감촉이 차가웠다. 와지끈, 하며 싸리울과 사립문이 동시에 찌그러졌다. 이완은 눈을 똑바로 뜨고 울타리를 부수고 들어온 사내를 응시했다.

괜찮다. 나는 무사할 것이고, 민호 씨도 무사할 것이다.

사지 멀쩡한 미래의 나와 민호 씨를 잠시 보았다는 것은, 일종의 큰 보험과도 같다. 특히 이렇게 시간 여행을 와서 심장이 죄는 듯한 상황에 맞닥뜨렸을 때.

미래를 아는 것이 재앙이라는 결론은 진작 나 있었다. 하지만 긴 세월 시간 여행을 하며 매 순간 이렇게 불안에 떨다간 내 약해 빠진 정신이 먼저 붕괴하고 말 것이다. 미래의 내가 과거의 나에게 정체를 알려 준 이유는 '너와 민호 씨, 네 아이들은 먼 훗날까지도 사지 육신 멀쩡하게 살아 있으니 쓸데없이 사서 걱정하진 말게.' 하는 최소한의 보험 개념이 아니었을까?

"어라, 참말 숙객이오?"

마당에 들어선 거한이 어깨를 실룩, 하더니 자리에서 멈췄다. 들짐승처럼 험상궂고 어깨가 딱 바라진 사내로, 정리되지 않은 상투가 산발로 흩어져서 거의 야차 형상이었다. 술 냄새가 십 리 밖까지 퍼질 정도로 지독했다.

"숙객 맞고, 지금은 야심한 시각이니 돌아가시는 게 좋을 것 같소."

"허, 긴데 뉘쉐까? 혹 요게 종종 들른다는 반궁의 유사님이십네까? 아, 닙성을 보아하네 기건 아닌 것 같구, 어느 댁에서 반궁에 심부름을 보낸 게구만."

이완은 자신의 옷차림을 보고 한숨을 쉬었다. 반듯한 유생 복장이면 좋았을 텐데 눈에 띄지 않겠다고 옷차림을 추레하게 하고 왔으니 양반인 척 호통을 쳐 봐야 먹힐 턱도 없고, 양반 사칭 하다가 이 배타적인 동네에서 신분 취조라도 당하면 그야말로 끝장이었기에 이완은 그의 추측을 부인하는 대신 잠자코 입을 다물었다. 게다가 저 사람은 텃세가 센 반인 마을의 터줏대감이며 술만 마시면 개가 된다 소문이 파다한 자였다.

하지만 그렇다고 저 인간이 여자들 숨은 방에 들어가게 그냥 놔둘 수도 없었다. 두 사람이 제대로 숨을 때까지 시간을 벌어 주어야 했다. 이완은 그의 앞을 막았다.

"여인들만 있는 방이오. 못 들어가오."

야차 같은 사내는 누런 이를 드러내며 이죽거렸다.

"네놈이 오데서 굴러먹던 새낀디는 모르디만 말로 할 때 비키라. 조 방에서 문 걸어 잠그고 앙탈하는 게 내 마누라 될 년인데 날 받아 놓고 다른 사난한테 연통을 한답시고 깝치더란 말이야. 재직 어르나들이 전해 주디 않았으면 오쟁이 질 때까지 까맣게 모를 뻔했디."

……이런.

"기런 년은 초장부터 입구멍이든 밑구멍이든 모조리 조져 놓아야 그 짓을 안 할 테지. 야 구월아 네 이년, 학분이, 경실이 그년들한테 좋아린 유사님이 뉘라? 뉘기에 외인까디 보내 가며 애타게 찾고 지랄이네? 사난 물겐이 동해 기런 거면 서방님한테 젤로 먼저 연통을 해야 하디 않갔어? 오데 다른 사난한테 눈깔을 희번덕대고 지랄이네?"

안에서는 아무 소리도 들리지 않는다. 술 취한 사내의 목소리가 더욱 커졌다.

"옳거니, 뒈지는 것 중 천하제일은 복상사라니, 내 밑에서 오줌 좀 지리다 죽어 보라. 아조 밑구녁이 너덜너덜 헐 때까디 쑤셔 주디, 엉! 이 가랑이를 째 죽일 년! 얼른 안 나오네!"

"돌아가라는 말 안 들리시오? 아직 혼례 안 올렸다 하지 않았소? 혼약한 처자의 집이라도 야밤에 드나드는 것은 경우가 아니오."

"아, 이겐 와 자꾸 끼어드네? 내래 내 마누라한테 좆질하갔다는데 뭔 놈의 경우야! 공자님두 맹자님두 죄다 제 마누라한테 좆질하고 살았단 말이야. 씨발, 25년 됐으면 밑구녕에 친 거미줄로 비단 한 필은 짜겠네. 거 진짜 안 비키네?"

용출의 주먹에서 두드드득 콩 튀는 소리가 난다. 이완 역시 주먹을 꽉 마주 잡았다. 격투기나 배워 둘 걸 하는 후회는 쓸데없고, 민호 씨가 숨을 때까지만 어떻게든 버텨 볼 생각이었다.

"쌍! 비키라 하디 않네!"

훅, 맞붙는 순간부터 몸이 뒤로 밀렸다. 맨발이 흙 위에서 죽 미끄러진다. 키는 이완이 더 크지만 어깨가 바라지고 푸줏간에서 힘쓰는 일만 해 온 사내의 힘을 감당하는 건 버거웠다. 등으로 땀이 버썩 솟았다.

화통이 터지는 듯한 고함과 함께 그가 몽치 같은 주먹을 휘둘렀다. 명치께에 극심한 통증이 인다. 동시에 이완이 내두른 주먹이 퍽, 소리를 내며 그의 턱에 들이박혔다. 어억! 의외의 반격을 당한 사내는 이를 부득 갈아붙였다.

"흐이! 쌍!"

이완은 지금까지 몸싸움을 해 본 적이 거의 없었다. 하지만 지켜야 할 사람을 생각하니 피가 끓어오르는 것 같았다. 다행히 초가의 그림자가 늘어진 곳인지라 서로의 움직임이 잘 보이지 않아, 싸움은 용출에게 특별히 유리할 것도 없이 중구난방 막싸움으로 치달았다. 이완은 땅에 구를 정도로 옆구리를 걷어채었고, 용출은 턱이 돌아갈 정도로 재차 주먹질을 당했다. 호리호리한 놈에게 몇 대 얻어터지고 분에 받친 용출이 이를 갈며 허리춤을 뒤적였다. 달빛 아래서 허여스름한 것이 번득 빛을 냈다.

"뵈나? 소 발골할 때 쓰는 칼이다. 아침에 날 세웠디."

제기랄. 도나캐나 칼부림이라더니. 이완이 숨을 몰아쉬며 뒷걸음질하는 순간, 그가 비열하게 웃으며 가까이 다가와 발길질을 한다. 컥! 옆구리에 콘크리트 덩어리가 굴러와 부딪친 것 같다. 숨도 쉴 수 없었다. 이완은 옆구리를 감싸 안고 미친 듯이 기침을 했다. 칼 쥔 사내의 연이은 발질에 이완은 어깨와 머리를 댓돌에 부딪치며 나동그라졌다. 잠시 후 잠겨 있던 방문이 용출이의 발길질에 와지끈 소리를 내며 부서졌다.

"씨발, 이 쌍녀러 가스나이가 대체 오데로 튀었네?"

뒤의 조그만 들창이 열려 있고, 방은 텅 비어 있었다. 취한 사내의 몸에서 흉흉하게 살기가 피어올랐다.

"요놈의 에미나이, 잡히기만 해라! 밑구녁에 칼을 박고 열두 갈래로 각을 떠 버릴 테다, 이년!"

무사히 다른 시간으로 도망쳤구나. 다행이다.

안도감이 드는 동시에 머리가 빙, 돌았다. 이런 제기랄. 머리를 너무 심하게 부딪쳤나? 툇마루를 짚고 간신히 일어서자 갑자기 온몸에 힘이 쪽 빠지더니 땅바닥이 위로 확 솟아올랐다. 깜깜한 밤하늘, 거구의 사내가 쿵쿵대며 집 안을 휘저으며 제 여자를 찾는데, 지붕을 덮은 이엉 속에서 갑자기 여자의 머리가 불쑥 올라오는 것이 보인다. 여자는 바닥에 쓰러진 이완을 발견하고는 머리를 쥐어뜯으며 고함을 질렀다.

"으아악! 이완 씨이이! 괜찮아? 가만있어 봐! 내가 구해 줄게!"

귀신처럼 산발한 여자가 지붕을 뚫고 아래로 껑충 뛰어내린다. 맨발로 용감하게 착지해 놓고는 발이 아픈지 억억대며 경중경중 뛰더니 이내 이완을 향해 맹렬히 달려온다. 저 기세면 불곰도 때려잡을 수 있겠다. 아니, 그런데 여기서 민호 씨가 등장하면 안 되는데? 이완이 잠시 얼빠진 생각을 하는 참에, 지붕 속에서 새로운 머리통이 불쑥 솟아오르더니 새된 비명이 터진다. 꺄악, 언니! 형부!

……아오 쉣.

"너는 누구길래 이렇게 남의 집에서 행패냐."

유령처럼 허연 형체가 마당에 모습을 드러내더니 조용한 목소리로 용출을 제지했다. 용출은 뒤를 돌아보고 픽 웃었다. 용출은 민호가 이완을 들쳐 업고 방에 들어가 죽었느냐 살았느냐 울고불고 하는 동안 지붕에 숨은 구월이를 질질 끌어 내린 참이었다.

"허 참, 이건 또 오데서 구르던 돌멩이람."

"……"

"오늘 와 이래 걸치적대는 게 많다? 서반촌의 구용출 님이, 마누라 옷, 좀, 벳게 보겠다 하디 않네? 이년이 네 마누라 아니면, 입 처다물고 다 꺼디란 말이야!"

용출은 한 손에 붙잡은 구월이를 바닥에 팽개치더니, 다른 손에 든 칼을 건들건들 흔들며 이죽거렸다.

순간 하얀 옷자락이 펄럭, 하더니, 번개처럼 용출의 곁으로 다가왔다. 어찌나 빠른지 발이 땅에 닿지도 않는 듯, 허깨비가 바람을 타고 날아가는 것처럼 보였다.

빡, 가벼운 소리가 퍼졌다. 용출의 오른손에 있던 칼이 하늘 높이 날아올랐다. 악! 용출은 손목을 붙잡고 길길이 날뛰었다. 새로 들어온 사내는 횃불마저 발로 걷어차서 울타리 밖으로 넘겨 버리고, 깜깜해진 마당에서 용출이를 그야말로 미친개 잡듯이 후려 패기 시작했다.

용출은 본디 덩치 좋고 힘 잘 쓰기로 반촌에 유명했지만, 유령처럼 스며든 사내는 아예 등과 무인인 듯, 맨손과 접은 부채만으로 급소를 찍어 내는데 손놀림이 몹시 빠르고 힘이 있었다. 퍽퍽퍽, 쫙, 쫙! 따딱! 용출은 댓바람에 따귀를 양쪽으로 얻어맞았고 뒤이어 명치와 옆구리, 관자놀이와 목 뒤의 급소까지 사정없이 걷어채었다.

그렇게 당하면서도 용출은 사내의 옷자락조차 잡을 수 없었다. 깜깜한 마당, 희미하게 날리는 소맷자락의 윤곽만 보이는데 흡사 유령이 춤을 추고 있는 듯했다. 퍽, 퍽, 퍽 하는 소리가 날 때마다 용출이의 입에서 끽끽대는 신음이 터졌다.

"내래 네놈 새끼를 잡아 백 갈래로 각을 떠내고야 말아……."

바닥에 뒹굴다가 더듬더듬 다시 칼을 쥔 용출이 붕, 크게 팔을 휘둘렀다. 나리! 나동그라진 구월이가 새되게 소리 지르는 순간 용출의 오른쪽 팔이 뒤로 확 비틀렸다. 빠그작, 하는 소리와 함께 칼이 다시 땅에 떨어졌다.

"아악!"

용출은 한쪽 팔을 움켜잡고 마당을 뒹굴며 울부짖었다. 아까와 달리 이제는 손을 움직일 수조차 없었다. 사내는 용출의 등을 발로 눌러 꼼짝 못 하게 해 놓고는 얼음장 같은 목소리로 말했다.

"네 아낙을 취하는 것은 네 마음이지만 저 아이는 아직 네 아내가 아닌 데다."

그는 땅에 떨어진 칼을 발끝으로 튕겨 올려 한 손으로 잡았다. 횃불까지 날아가서 깜깜한 어둠 속인데도 대낮에 칼을 다루는 것 같다. 그는 날이 파랗게 서 있는 발골도를 한 손으로 빙글빙글 돌리다가 땅바닥으로 힘껏 날렸다.

"혼전에 겁간을 당하는 것도 원치 않는 것 같구나."

칼끝은 용출의 얼굴에서 반 뼘밖에 안 되는 곳에 박혔는데, 운용한 기가 어찌나 무시무시했는지 칼날이 절반 넘게 땅에 박혀 버렸다. 팅, 하는 긴 소리가 구월이의 귓가에서 길게 꼬리를 물었다.

용출은 엎드린 채 우들우들 떨기 시작했다. 그의 사타구니가 흥건하게 젖어 들 때, 부채가 다그르르 펼쳐지는 소리가 났다. 부채 너머로 스산한 목소리가 흘러나왔다.

"반인 주제에 확인도 아니하고 유사에게 칼을 들이댐이 참람했다. 또 이런 행패를 부릴 시에는 이 칼이 네 몸에 저리 박힐 것이다. 오늘은 일단."

그는 엎드린 용출의 발목께에 손을 가져다 댔다. 무슨 일을 겪을지 눈치챈 용출은 순식간에 태도를 바꾸어 절절 빌기 시작했다.

"아이고, 나리, 나리? 혹시 예서 기숙하시는 유사님이십네까? 몰라뵀었시요! 아, 나리! 내래 잘못했소, 아, 아니, 이 천것이 잘못하였습네다. 혼례 전에는 죽어도, 절대로 여게 발도 디디지 않갔시요. 이런 금수 벌레 같은 짓은, 다시는 아, 안, 그저 술이, 이놈의 술만 아니면, 으악, 아아악!"

두 개의 발목에서 차례로 우득, 우득 하고 관절이 빠지는 소리가 울렸다. 용출이 돼지 모가지 따는 소리로 울부짖으며 바닥에서 꿈틀대는 동안 사내는 차디찬 목소리로 내뱉었다.

"취중에 상전을 죽여 놓고 술 깨면 살아난다 우기겠구나. 벌레 같은 짓을 했으니, 벌레답게 집까지 기어가거라."

　이완이 무사한 것을 확인한 민호가 얼른 밖에 나와 보니 이미 상황은 종결되어 있었다. 마당 한가운데서 키가 크고 어깨가 넓은 사내가 친구를 끌어안고 서 있었다. 나리, 양시 나리, 하염없이 울고 있는 친구에게 사내가 고개를 숙이고 깊이 입을 맞춘다. 사내의 넓은 등으로 희끄무레한 달빛이 흠뻑 스며들었다.
　잠시 후 사내는 품의 여자를 안고 천천히 울 밖으로 걸어 나갔다. 두 사람 모두 뒤도 돌아보지 않았다. 민호는 텅 빈 마당에 쏟아지는 달빛만 물끄러미 바라보며 서 있었다.

　이완이 정신을 차리고 일어났을 때는 여전히 캄캄한 밤이었다. 으으, 신음을 꾹꾹 삼키며 이리저리 몸을 움직여 보았다. 걷어채었던 옆구리와 어깨가 욱신거렸지만 어디가 부러진 것 같지는 않았고, 머리도 부딪친 부분이 아리긴 했지만 어지럽거나 두통이 일지 않는 걸 보면 일단 큰 이상은 없는 듯했다.
　그런데 아까 방문 밖의 소란을 들어 보니 누가 구해 주러 왔던 것 같은데.
　옆에서 가르락, 가르락, 태평하게 코 고는 소리가 들렸다. 일이 어떻게 해결됐는지 알 수는 없는데, 민호 씨가 옆에서 편히 자고 있는 걸 보니 상황이 나쁘진 않은 모양이다.
　구월이는 괜찮은가?

이완은 살그머니 문을 열고 마당으로 나섰다. 영감님은 여전히 안 들어왔는지 안방은 신발도 기척도 없었지만 구월이가 쓰는 건넌방에는 조그맣게 불이 밝혀져 있었다.

구월이도 무사한가 보다.

하지만 안심하고 방으로 돌아가려던 이완은 그대로 걸음을 멈췄다. 불이 켜진 방에서 가는 흐느낌이 흘러나오고 있었다.

"내가 어떻게 했으면 좋겠니? 나 어떡해야 해?"

이완은 고개를 갸웃했다. 안에 누가 있나? 댓돌엔 구월이 신발밖에 없는데? 아무리 귀를 기울여도 구월이의 목소리 말고는 아무것도 들리지 않는다. 이완의 등으로 식은땀이 쭉 흘러내렸다.

그럼 구월이는 누구와 이야기하는 거지?

잠꼬대……인가? 불 켜 놓고 자고 있나?

"양시님께서 내게 뭐라 하셨는지 아니?"

구월이의 목소리가 선명해졌다. 이완은 귀를 바짝 기울였다. 불이 켜진 데다가 목소리가 명료하고 내용이 연결되는 걸 보면 잠꼬대를 하는 건 아니다. 헛소리를 하는 건 더욱 아니다. 분명 누군가와 이야기를 하는 것 같은데, 들리는 목소리는 구월이의 것 하나뿐이다. 다른 사람의 기척도 없다. 여자의 흐느낌 사이사이로 고해와도 같은 긴 속삭임이 이어졌다.

"……지금 네가 나를 유혹하는 게냐?"

사내에게서 버석하게 갈라진 음성이 흘러나왔다. 구월이는 새빨갛게 달아오른 얼굴을 폭 수그렸다. 그렇다고도, 아니라고도 말할 수 없었다. 대답을 기다리던 사내는 초조한 기색을 감추지 못하고 물었다.

"옆방의 아우에게 남긴 전언을 들었다. 네 혼인날이 잡혔다는 소문도. 사실이냐?"

"예, 나리."

"그런데도 나를 불러내서 이런 청을 하다니. 그 사내와 혼인하기 싫어 이러는 거냐?"

"……."

"마지막으로 한 번만 더 묻겠다. 나와 같이 이곳을 나가겠느냐?"

사내의 입은 건조하고 싸늘한 말을 뱉고 있지만 이글대는 눈빛은 비참할 정도로 절박했다. 하여 구월이는 이곳을 나갈 수 없다는 대답을 되풀이하는 것이 죽을 만큼 힘들었다.

"그럼 내게 어째서 이런 말을 하느냐? 혹시, 혼인을 파하려고 반궁 유사의 여인이 되었다 핑계할 참이냐? 그러다 아이라도 생기면 어쩌려고."

"……."

"설마 혼인을 피하려 아이만 낳을 생각인 게냐?"

확인하려 묻는 사내의 얼굴은 비참하게 구겨졌다. 입술이 벌벌 떨려 대답이 제대로 나오지 않았다.

"절대, 절대 나리를 귀찮게 하지 않겠습니다. 도움을 청하지도 않겠습니다. 아이가 생기면 조용히 키우면서 죽은 듯이 살겠습니다."

'……다른 사람과 혼인하고 싶지 않습니다. 양시님 말고 다른 사람의 아이를 낳고 싶지도 않습니다……'

하지만 그 말은 함께 가자는 간청을 거절한 년이 해서는 안 될 말이었다. 지금이라도 속에서 들들 끓는 대로 아버지와 나를 바깥 세상으로 데려가 주세요, 평생 숨어 사는 건 감수할 테니, 저희를 숨겨 주세요 하고 부탁하면, 흔쾌히 데려가실 것이다. 두 번 묻지도 않고 그리하실 것이다.

하지만 그래선 안 되는 걸 안다. 이분께 그렇게 많은 짐을 지울 수는 없었다. 대체 나 따위 천한 계집이 무엇이기에 이 귀한 분께서 그 많은 위험과 짐을 감수한단 말인가. 부모님과 형제자매, 집안사람들에게 반촌에서 도망친 계집종과 꼬리처럼 딸려 온 눈멀고 늙은 노비에 대해 무엇이라 설명할 것이며, 두 사람을 평생 숨기고 거두어야 한다고 어떻게 설득한단 말인가. 사람도 낯짝이 있으면 그런 것까지 바라면 안 되는 것이다.

"지금 내 아이를 낳아 이 마을에 가두고 노복으로 키우겠다는 말이냐. 내 아이를?"

"선비님."

"네가 미쳤구나."

항상 부드러운 웃음을 머금고 있던 입술에서 핏기가 사라진다. 그의 잇새로 드득, 하는 소리가 샜다.

"고작 네 파혼을 위해서, 아이를 만들기 위해서 내게 안기겠다? 네겐 내가, 내가 고작……. 내 아이가, 네겐 고작……."

선비의 입술에서 핏물이 배 나오고 있었다. 그는 고개를 돌리고 입을 꾹 다물었나. 복울대가 크게 아래위로 움직였다. 그는 길게 말하는 대신 몸을 돌려 마을의 경계인 석교를 천천히 건넜다. 그는 돌다리의 끝에 한참을 멈춰 서 있더니 뒤를 돌아 싸늘하게 내뱉었다.

"나의 아이를 그리도 갖고 싶으면, 지금 이 돌다리를 건너 나를 따라오너라. 그러면 네가 나를 연모한다 어쩐다 떠들던 말을 진심이라 착각할지도 모르고, 기분 내키면 한 번쯤 씨를 뿌리고 돌려보낼 기분이 들지도 모르지."

구월이는 눈물이 그렁그렁한 눈을 들어 선비님을 올려다보았다. 차갑게 비아냥대는 양시님은 너무 생소했다.

"하지만 돌다리 건널 용기도 없으면, 다른 자를 찾아 유혹해 봐라. 네 얼굴은 그만하면 반반하니 씨를 뿌려 줄 유사 따위는 지천으로 널렸을 것이다."

구월이는 그 자리에서 꼼짝 못 한 채 사내가 석교를 건너는 모습을 바라보았다. 다리를 건너면 바깥세상. 나는 영원히 나가 살 수 없는 곳. 부러 싸늘한 말을 골라 내뱉은 그는 돌아보지 않았고, 구월이는 두 개의 세상을 가르는 석교 앞에 서서, 어둠에 묻혀 사라지는 사내를 보며 소리 없이 오열했다.

"이제는, 끝났어. 정말 끝났어. 이젠 얼굴도 뵙지 못하겠지. 다시는. 다시는."

여자가 힘없이 웃는 소리가 들렸다.

"괜찮아. 그럴 줄 알았는데 뭐. 그래도 역시 위로해 주는 건 아우님밖에 없네."

이완은 벽에 손을 짚은 채 숨을 몰아쉬었다. 이젠 등으로 식은땀이 흘러내린다. 아기 동자 모신 집, 동자 귀신 지핀 집이란 소문이 있다더니, 그게 동생이라고?

혹시, 엄마 배 속에서 죽었다던 그 동생?

구월이는 그럼 마을 사람들 말처럼 정말 신기가 있는 걸까? 소문이 그저 퍼진 건 아닌 모양이다.

그런데 민호 씨는 친하다면서 왜 아직 그걸 모르고 있었을까?

이완은 소름이 돋은 팔을 움켜쥐고, 구월이의 방 쪽으로 조심조심 걸음을 옮겼다. 이대로 모른 척 들어가야 할까? 두 눈으로 확인해야 할까? 고민하는 사이 삐그덕, 쪽마루가 눌리는 소리가 났다. 흠, 흠, 이완이 가볍게 기척을 하자 구월이가 부스럭부스럭 일어나려는지 등잔불이 가물가물 흔들렸다.

구월이가 잠시 후 잠긴 방문을 열었다. 급하게 눈물을 닦은 듯, 얼굴이 살짝 젖어 있고 눈가가 벌겠지만 그래도 차분한 모습이었다.

"아, 형부. 일어나셨어요? 몸은 좀 괜찮으세요? 그런데 무슨 일이신가요?"

"몸은 괜찮아. 무슨 소리가 들려서 잠깐 나와 봤어. 혹시 안에 누구 있었어?"

"아뇨, 아무 사람도 없었어요. 그냥 허공에 대고 넋두리 좀 한 거예요."

……아무 사람?

이완은 그녀가 거짓말도 참말도 고하지 않았음을 알았다. 당연히 '사람'은 없었겠지. 하지만 이완은 조조이 캐묻는 대신 눈썹을 찌푸리고 조용히 물러났다.

돌아갈 것이다. 민호 씨에게 이 모든 사실을 자세히 이야기하고, 내일 새벽같이 돌아가서 다시는 이곳에 오지 말라 약속을 받아 낼 것이다.

이제는 이 마을에 존재하는 것은 아무것도 믿을 수 없었다.

민호 씨 분위기가 아무래도 이상하다. 저 해맑고 발랄한 여자가 무려 눈치를 본다. 구월이네서 돌아온 후부터 계속 우중충한 얼굴로 돌아다니고, 이완을 보기만 하면 화들짝 놀라거나 비슬비슬 피한다.

처음엔 이상해도 임신이라 예민해서 그렇겠거니, 구월이 이야기에 놀라서 그렇겠거니, 이해하고 넘기려 했다. 하지만 날이 더워 같이 못 자겠다, 대청 소파에서 혼자 자겠다, 슬금슬금 나가는 꼬락서니를 보니 이건 뭔가 아닌 것 같다. 이완은 지근지근 울리는 관자놀이를 누르며 여자의 잠옷 자락을 끌어당겼다.

"민호 씨. 무슨 일이에요? 대체 왜 그래요?"

"내, 내가 뭘."

"우리가 벌써 각방 쓸 나이는 아닌 것 같은데. 내가 뭘 잘못했어요?"

"아냐, 이완 씨는 절대 아니야."

민호는 화들짝 놀라서 손을 붕붕 저었다. 이완은 눈을 가늘게 뜨고 여자를 바라보았다.

"이완 씨 '는' 아니라?"

여자의 시선이 발끝으로 처박혔다. 역시나. 이완은 최대한 나긋나긋하게 웃어 보였다.

"민호 씨? 그냥 솔직하게 말해 봐요. 대체 뭔 짓을 저질러 놓고 이래요?"

"어? 어, 그게. 화낼 거잖아……."

"에이, 화 안 냅니다. 임신한 와이프한테 함부로 화를 낼 정도로 제 간덩이가 크진 않아요."

그는 민호의 손을 꽉 잡아당기며 덧붙였다.

"아 물론! 내가 화를 안 내는 건, 임신 때문이 아니고, 전적으로 내 인격입니다, 인격. 하하하."

생각해 보면, 이완은 민호와 함께 살면서 지금까지 화를 낼 일이 거의 없기도 했다.

일단 민호는 다른 이들에게 하듯 이완에게 막말이나 욕설을 퍼붓는 일이 별로 없었다. 옆에서 곯아떨어진 허연 얼굴만 봐도 너무 좋아서 '안 예쁜 말'이 잘 안 나온다는 해괴한 이야기를 들은 적이 있었다. 그놈의 바가지가 밖에서는 새는지 안 새는지 잘 모르겠지만 이젠 알 바 아니고, 가끔 거시기한 말이 툭툭 튀어나와도 어느새 만렙이 되어 버린 귀가 적당적당히 걸러 들여보내는 바람에 이완은 저게 욕인지 구수한 애칭인지 가끔 헷갈렸다.

여자는 걱정했던 것만큼 지저분하지도 않았다. 따뜻한 물이 잘 나오는 데다 기름값 걱정을 덜게 되자 여자는 본격 욕조 목욕의 세상에 입성하게 되었다. 가끔 럭셔리 모드랍시고 욕조 가득 거품을 채워 놓고 거품 수영 인증샷을 날려 사무실에서 상담 중인 사내를 낭황하게 했다.

여자가 관리하는 안채는 꽤 깔끔하다……기보다 휑뎅했다. 짐을

늘어놓는 습관이 없는 데다가,─그랬다간 예전 옥탑방은 발 디딜 곳
도 없었을 것이다.─ 살림을 '필요가 넘치는 것' 만, '최소한' 으로 사
고 쓸모가 다한 것은 바로바로 치워 버리는 버릇 때문이었다. 굳이
고상한 말로 포장하자면 윤민호의 인테리어 취향은 '울트라 미니멀
리즘' 쪽이었는데 유일한 예외는 식료품 저장창고 정도였다.
  적성을 제대로 찾아서인지 여자는 궁중요리연구원에서 승승장구
하고 있었고, 이완을 모르모트 삼아 하루 세끼를 꼬박 챙겨 먹이고
있었다. 이완의 점심 도시락인 삼단 찬합은 학교에서건 친구들 사이
에서건 꽤 유명했는데, '대한민국의 흔한 도시락' 이라는 제목의 사
진으로 SNS에 몇 차례 돌아다니기도 했다.

  "화 안 내, 약속해. 내가 민호 씨한테 화낼 일이 뭐가 있어요, 응?"
  손을 잡힌 여자가 자포자기한 듯, 아예 형형 소리를 내며 울기 시
작했다. 이완은 당황해서 여자를 안고 등을 두드렸다.
  "왜, 왜 울어요. 엄마가 울면 애도 같이 운대요. 울지 마세요. 그만
뚝! 아 글쎄 무슨 일이냐니까?"
  "개뿔 애가 울기는 뭘 울어! 개코같은 소리 집어치워, 으어, 흐어,
어어어어!"
  "민호 씨?"
  "미안해, 으어, 미안해. 미안."
  이완의 등으로 슬금슬금 한기가 치밀어 올랐다. 순간 여자의 입에
서 폭탄선언이 터졌다.
  "대자연이 다시 공격해 왔어."

"사과하지 마세요, 민호 씨. 아 글쎄 왜 미안하다고 하느냐고. 괜찮아요. 임신 아니면 마는 거지. 괜찮다니까."

이완은 여자를 어떻게 달래야 할지 알 수 없었다. 아니 당황스러웠다. 이게 민호 씨가 울면서 미안해할 일이 아닌데.

이완은 민호가 아이에 대해서 그리 조바심을 내지 않았던 것을 잘 알고 있었다. 때가 되면 오겠지. 우리한테 올 팔자가 된 놈이 번호표 뽑고 오겠지, 뭐. 조바심하고 기다렸던 것은 이완이었다. 임신 테스트기에 두 개의 붉은 선이 희미하게 나타났을 때, 민호가 좋아했던 이유는 자신의 배 속에 '이완의 아이'가 자란다는 이유였고, 이완이 몹시 기뻐했기 때문이었다.

"이완 씨가 좋다고 막춤 추는 꼴까지 봤는데 아님 말고, 그 소리가 어떻게 나오냐."

"아 정말 괜찮다니까요. 미안해. 내가 너무 부담을 줬죠?"

어쩐지 자면서도 끼잉끼잉 끙끙 아랫배를 끌어안고 앓더라니. 그때 눈치챘어야 했는데.

"말했잖아요. 원래 수정란의 30~40%는 자연 소멸 한대요. 착상했다가 바로 떨어져 나가는 놈도 많고요. 너무 속상해하지 말아요. 예?"

민호는 시무룩한 얼굴로 펑퍼짐한 아랫배를 펑펑 때려 주었다.

"이 망할 놈의 자궁이 나를 속였어! 이완 씨가 달타령 숯타령도 다 연주해 줬는데, 그것만 날름 받아먹고!"

"그깟 연주는 애가 있건 없건 밤마다 해 줄 수 있어요. 그러니까 그만 뚝, 해요. 우리 젊은데요 뭐.”

이완은 어린아이를 달래듯이 소맷자락으로 여자의 눈가를 닦아 주었다. 여자가 탁구공처럼 핑, 맞받아친다.

“젊기는 내가 뭐가 젊어! 폭 삭았지!”

“민호 씨, 우리 120세 시대에 이제 1/4밖에 안 살았어요. 100년 전만 해도 길게 살아야 예순 살이었단 말이야. 거기서 1/4 해 봐요. 열다섯 살! 그 기준으로 보면 우린 완전 피부에 물광 자르르한 이팔청춘이야. 줄기세포 상용화되면 150세 이상은 껌일지도 모르고요. 내가 분발할게. 한 살이라도 젊은 내가 분발하면 되죠. 응?”

“나이 서른 넘었으면서 젊다는 소리가 막 나오지? 사십 다 돼 가는 사람한테 막 얻어터지고 다니면서! 으악, 이거 봐! 완전히 시커메졌어!”

민호는 이완의 옷자락을 쳐들고 멍든 옆구리를 꾹꾹 찌르며 화를 냈다.

“칼을 들고 있었단 말이에요! 아, 아야, 그 사람이 반칙을 했어! 아으, 아파요!”

“개싸움에 반칙 규칙이 어딨어? 칼이 보이면 일 차는 뒤도 보지 말고 튀어야지. 어디서 맞붙을 생각을 해? 튀지도 못할 것 같으면 엎드려서 싹싹 빌고! 살고 봐야 할 거 아냐. 에이 진짜 이게 뭐야! 백옥 같은 피부에 먹물 엎어 놓은 것 같잖아. 엎드려 봐! 파스 붙여 줄게.”

이완은 웃통을 벗고 엎드린 채 고개를 갸웃했다.

“천상 싸움닭, 아니 여기사께서 튀라는 말을 하다니 믿을 수가 없네요.”

“무슨 말이야? 난 딱 봐서 답 안 나오는 싸움은 무조건 튀어. 내

서바이벌 기술 1번이 뛰는 기술이라는 거 알잖아."

아 그리고 보니 그렇다. 도망질 이력이 천하제일이라 했던가. 하지만 이완은 이내 콧방귀를 뀌었다.

"하지만 그렇게 주장하기에 인간 윤민호는 지나치게 정의롭고요."

"아 글쎄, 지구의 사랑과 정의는 내가 지킬 테니까 이완 씨는 그럼 뒷일을 부탁하네, 하고 도망치란 말이야! 그런 거로 쪽팔려 할 거 없어! 그리고 세상의 개싸움 중 대부분은 사랑과 정의하고는 아무 상관이 없다고! 그럴 땐 등짝으로 싸르르 느낌이 오자마자 짠, 하고 내 빼 주는 게 정의야!"

여자는 사랑하는 사나이를 위해 삼십 년간 지켜 온 신념을 아주 쉽게 저버렸다. 여자는 진지한 얼굴로 이완의 손을 꼭 잡고 말했다.

"어쩔 수 없이 싸울 일이 생겨도, 승산이 보이거나, 주변에 내 지지 세력이 있을 때, 이래 죽으나 저래 죽으나 마찬가지일 때 말고는 맞붙지 마. 그때도 어지간하면 최선을 다해서 반칙이라도 하고 목숨 구해 뛰라고. 그런 새끼 칼에 찔려 죽느니 호두알 터뜨리고 뛰는 게 낫지. 그런 일로 천벌 안 받아. 오히려 하느님은 '악당의 씨를 마르게 했으니 천국에서 상이 크도다.' 하실걸? 난 우리 애들한테도 서바이벌 1번 기술로 뛰는 방법을 가르쳐 줄 거야."

싸움에선 초장 한 방이 중요하다고 열변을 토하던 여자가 뛰는 방법을 강론할 날이 오다니, 사랑의 힘이 위대하긴 한가 보다. 이완은 픽 웃고 말았다.

잠시 후 민호는 진통제를 먹으려면 속을 채워야 한다며, 환자용

밤참을 대령했다. 그게 라면쯤 됐으면 안 먹겠다 할 텐데, 메뉴가 하얀 그릇에 소담하게 담긴 송이 전복죽이 되고 보니 도저히 안 먹고 버틸 수가 없었다. 먹여 줘, 어깨 아파서 팔이 안 움직여, 민호 씨, 아. 먹여 줘. 그는 서른두 살 혹은 184센티 따위의 숫자를 모조리 파묻어 놓고 병아리처럼 주둥이만 내밀고 죽을 받아먹었다. 큰일이다, 저 통 큰 여자는 엄마도 안 받아 주던 응석을 다 받아 주는구나. 이런 맛에 꼬꼬마들이 엄살을 떠는 거구나. 죽 그릇을 다 비우자 이번엔 진통제니 소염제니 종합 비타민들이 한 무더기 입에 밀려들어 온다.

이완도 질세라 협탁 서랍을 열고 준비해 둔 약을 꺼냈다. 임신이 아니라니, 드디어 상추 뒤에 숨어서 잠입했을지도 모르는 닌자충들을 물리칠 차례였다. 흙만 털고 상추를 먹는 것이 당연한 시대를 돌아다니자니 이런 식으로 맞춰 살 수밖에 없다. 위대할손 구충제, 깔끔할손 살균비누, 현대문명 만만세. 약과 주사를 바퀴벌레만큼이나 싫어하는 여자가 엉덩이를 뒤로 빼고 꾸물거린다.

"위산이 강하니까 녹았을 거야."

"걔들은 위산 생존에 특화돼 있어요."

"아니, 뭐 상추 주름 속에 닌자충들이 은신해 있었다 해도 내가 꼭꼭 씹어 먹어서 다 죽었을 텐데."

"거 끔찍한 소리 하지 말고 먹어요, 좀!"

이완이 고함을 치자 여자는 그제야 투덜거리며 받아먹는다. 은근히 오래가는 생리통을 감안해 센스 만점 진통제까지 슬쩍 챙겨 주었다. 환자가 주는 거니까 봐주고 먹어 준다, 흥. 여자는 투덜대면서도 얌전하게 받아먹고, 따뜻한 손으로 이완의 멍든 어깨를 살살 문지른다. 아 좋다. 아프긴 아픈데 몸이 짜르르 녹는 것 같다. 이완은 눈을 감은 채 중얼거렸다.

"구월이는 괜찮을까요?"

"에휴, 별수 있겠어? 양시님도 거절하고 갔다니, 그냥 정해진 대로 결혼하겠지."

민호의 입에서 부레가 녹을 정도로 한숨이 흘러나온다. 어쩔 수 없으니 그냥 왔지만, 무척 속상한 모양이었다. 이완은 침대에 엎드려서 눈을 깜박거렸다. 딱한 것은 딱한 것. 미심쩍은 것은 미심쩍은 것.

"민호 씨. 그 ……구월이가 얘기하던 대상은 누구였을까요?"

"확실히 들었어?"

"구월이 혼자 이야기하는 건 분명 들었죠. 다른 사람 목소리는 안 들렸고, 기척도 없었거든요."

"글쎄. 정말 헛것이 보이는 걸까? 걔 진짜 말짱하고 이상한 구석 없는 앤데. 설사 동생의 귀신이 오는 거라 해도, 구월이가 그걸 나한테까지 숨길 이유가 있을까? 무슨 죄를 지은 것도 아닌데? 미친년 소리를 들을까 봐 겁이 났을까?"

"그건 알 수 없죠."

"뭔가 말 못 할 이유가 있어서 그런 것 같은데. 다음에 가서 내가 물어볼까?"

은신저를 획보해 놓고도 마을의 경계인 석교에서 끌려온 구월의 어미. 석교에서 가장 가까이 위치한 구월이네 집. 이완은 언결될 듯 말 듯 가늘게 이어진 실을 얼핏 감지한 듯해 눈썹을 찌푸렸다. 느낌이 딱히 좋지 않다.

"아뇨. 가지 마세요. ······전 별로 알고 싶지 않아요."

"어? 어디 가는 거야? 나 수업받는 궁중요리연구원은 창덕궁 방향
인데."

"잠깐 병원 들렀다 가요. 민호 씨도 약효 괜찮은 진통제 처방받는
게 낫겠어요."

민호는 아침부터 계속 아랫배를 만지면서 구시렁대는 중이었다.
어젯밤에 진통제를 먹었는데도 여전히 앵앵통이 가라앉지 않는단
다. 이완은 산부인과 앞에 차를 세웠고, 민호는 약은 먹기 싫다고 노
새처럼 버텼다. 민호는 이 정도 일로 자꾸자꾸 약을 먹으면 약에 중
독된다는 이상한 신념을 갖고 있었다.

"아 왜 이래요! 왜 고생을 사서 해? 아프면 먹는 거지! 이런 통증
이 사람의 삶의 질을 얼마나 떨어뜨리는지 알아요?"

이완은 민호를 질질 끌다시피 병원에 밀어 넣고 차 안에서 기다렸
다.

"······왜 이렇게 안 나와?"

이십 분, 삼십 분이 지나도록 여자는 나오지 않았다. 그냥 약 처방
만 받는 건데, 환자가 많은가?

고개를 갸웃하며 안을 살피던 이완은, 병원 문을 열고 비슬비슬
걸어 나오는 민호를 보고 깜짝 놀랐다. 시체처럼 혈색이 하나도 없
고 넋이 반쯤 빠진 상태였다. 이완은 차 문을 벌컥 열고 뛰어나갔다.

"미, 민호 씨! 민호 씨? 왜 이래! 무슨 일이야!"

"이완 씨, 서, 선생님이, 나, 남편도 들어오래, 남편도……."

여자는 말도 끝맺지 못하고 주차장 바닥에 쭈그리고 앉아 울기 시작했다. 이완의 등 뒤로 싸늘한 한기가 흘렀다.

"지금, 아기가 있대, 쌍둥이가."

"야, 약을 먹었습니다."

이완은 울고 있는 여자의 손을 잡고 더듬더듬 대답했다. 눈앞이 새까매져서, 묻고 있는 의사의 얼굴이 제대로 보이지 않는다.

"무슨 약을 드셨는지 기억하시나요?"

"진통제 이부프로펜, 구충제 알벤다졸을 엊저녁에 먹었습니다."

의사의 낯이 어두워진다. 목이 졸아붙는 것 같다.

"부인은 현재 임신 8주차입니다. 수정란이 자연 소멸 하면서 생리를 재개한 것이 아니고, 절박유산 상태였어요. 그러니까, 쉽게 말하면 유산의 위험이 있어서 출혈과 통증이 있었던 거죠. 며칠 전에 높은 데서 뛰어내렸다고 들었는데요."

아. 이완은 입을 벌린 채 그대로 굳었다. 그랬지, 자신이 싸우다가 마당에 나동그라져 있을 때 나를 구한다고 지붕에서 맨발로 뛰어내렸었다.

"그런 일이 있었으면, 생리가 시작된 게 아니라 절박유산성 출혈도 염두에 두셨어야죠."

"몰랐습니다. 최종적으로 임신이 안 된 줄로만……."

나는 모른다. 절박유산과 생리통이 뭐가 다른지. 임신 테스트기의 선이 워낙 희미했고, 생리가 시작되었다 하니, 수정란인지 뭔지가 착상되어 자라는 대신 소멸한 줄로만 알았다. 당사자인 민호 씨도 몰랐는데, 내가, 내가 그런 걸 어떻게 알아.

의사는 이런 일은 비교적 흔한 듯 크게 호들갑을 떨지는 않았지만 무거운 목소리로 말을 이었다.

"배란 3주에서 10주 정도, 임신 주수로 치면 5주에서 12주 정도 기간은 태아의 신체 기관이 형성되는 시기예요. 그 전까지는 이상이 있으면 대부분 자연유산이 되고, 그 이후는 기관이 얼추 발달한 상태라 약물의 위험성이 감소합니다. 하지만 5주에서 12주 시기는 굉장히 조심해야 합니다. 철분 엽산제를 제외하면 어떤 약물도 피하는 게 안전해요."

압니다. 알아요. 잘 압니다. 이완은 입술을 벌벌 떨었다. 속에서 무언가 폭발할 것 같다.

"서, 선생님, 그럼 저희는 어떻게 해야 합니까? 그래도 요즘 약들은 임부가 먹어도 안전한 게 꽤 많지 않습니까?"

의사는 안타까운 목소리로 대답했다.

"상황을 정확히 아셔야 하니 솔직하게 말씀드리겠습니다. 드신 약에 대해 말씀드리자면, 산모께서 드신 이부프로펜은 타이레놀보다 위험 등급이 높아서 임부에게는 잘 처방하지 않는 약이에요. 특히 구충제의 알벤다졸이라는 성분은 임산부에겐 금지된 성분입니다. 임부 안정성이 C등급, 일부 국가에선 D등급으로 분류된, 고위험군에 속하는 약이에요. 임신 상태에서 금지는 물론이고, 복용 후 적어도 1개월은 지난 후에 임신하기를 권할 정도예요."

맙소사.

의사는 상황을 긍정적으로 말하지 않았다. 안타깝다는 기색이 가득했지만, 입에 발린 위로조차 하지 않았다. 이해한다. 의사는 결과를 책임질 수 없으니, 당사자가 정확하게 판단하고 결정하라는 의미였다. 그래도 괜찮다는 말 한마디쯤은. 어지간하면 괜찮으니 너무 걱정 말라는 말 한마디쯤은. 이완은 입술을 부들부들 떨며 물었다.

"선생님, 지금 검사로 기형 여부를 알아볼 수는 없습니까? 검사에서 괜찮으면 낳아도 되는 거 아닌가요? 지금 당장 검사해 볼 수 있지 않습니까?"

의사는 쓴웃음을 지으며 고개를 저었다.

"엊저녁에 투약한 약물의 영향을 지금 알아내는 건 불가능하죠. 12주 차에 아기가 어느 정도 자라면 정밀 초음파나 통합 검사를 시작하긴 합니다만, 모든 장애를 알아내는 건 불가능해요. 유전자 검사 결과도, 오늘 드신 약물과 상관관계가 있다 보긴 어렵습니다. 약물의 영향이 어느 시기에 어떤 형태로 나타날지 알 수 없어요. 출산하고 키우면서 알게 되는 경우도 많고요."

"그래도 정말 이상이 생길 가능성이 높지는 않잖습니까? 이럴 땐 어떻게 해야 합니까?"

"임신 중 금지 약물을 먹었다고 모두 장애가 생기는 건 아니에요. 장애 발현 가능성은 생각보다는 훨씬 낮습니다. 하지만 저로서는 아무것도 장담하기 어렵습니다. 당사자가 되면 그게 100%인 거니까요."

당신은 평생 기를 아이를 두고 도박을 할 겁니까? 혹은, 모든 것을 감수할 각오를 한 겁니까? 의사는 눈으로 그렇게 묻고 있있디.

비슷한 상황에서 모든 것을 감수하기로 결심한 부모 중 몇몇은 이후에 이어지는 모든 검사를 포기하고 아기를 낳기도 했다. 하지만 의사는 그들의 삶이 어떻게 이어지는지 어느 정도 알고 있었고, 하여 그 길을 빈말로라도 권장하지 않았다. 그렇다고 속의 말을 대놓고 뱉을 수도 없었다.

이완은 의자 손잡이를 꽉 붙잡았다. 주변이 빙빙 돌며 서서히 일그러지기 시작했다. 의사의 말이 조각조각 끊어져서 허공을 떠돈다. 아무것도 제대로 이해되지 않는다. 이완은 눈을 부릅뜨고 필사적으로 귀를 기울였다.

"현재로서는 태아에 대해선 아무것도 장담할 수 없습니다……."

"태아의 외형이 초음파로 확인될 때까지 기다리셨다 결정하시는 게……."

"모쪼록 두 분께서 의논하셔서 결정을……."

의사의 말은 모호하다. 어느 병원에 가든 마찬가지일 것이다. 법적인 책임을 벗어나야 하기 때문이다. 머릿속에선 조각난 낱말들만 제각각 돌아다녔다. 하지만 의사의 말 뒤에 숨은 의미를 모를 정도로 멍청하지는 않다. 이완은 목멘 소리로 더듬더듬 쥐어짰다.

"그런데요 선……생님, 어떻게 해야 할……지 모르겠으니까 묻는 거잖아요. 이런 경우 많이 보셨을 것 아니에요?"

"……."

"알려 주세요! 뭘 어떻게 해야 우리 아이들이 괜찮아지는지! 우리가 어떻게 해야 하는지, 제발 알려 주세요!"

"당신은, 당신은 왜 그걸 몰라? 여자면서, 왜 평소와 다르다는 걸 몰라? 어떻게 유산기 있는 것하고 생리통하고 헷갈릴 수가 있어?"

이완은 재킷을 침대 위로 던지며 고함을 질렀다.

이래선 안 되는 거 안다. 지금 민호 씨를 끌어안고 다독여 주어야 한다는 건 안다. 얼마나 힘들었을지, 혼자 들어가서 저 청천벽력 같은 소식을 듣고 얼마나 놀랐을지, 안다. 아는데.

"그걸 내가 어떻게 알아? 임신 처음 해 보고, 출혈 있는 것도 비슷하고, 아픈 것도 아주 다르진 않았단 말이야. 내가 좀 무디잖아. 게다가 임신 테스트기 선도 좀 희미해서 그때 결과가 잘못 나왔던 거구나 했단 말이야……."

여자는 평소와 달리 방어적인 태도로 말끝을 흐렸다. 이완의 목소리는 자꾸 악을 쓰며 튀어 나간다.

"당신 바보야? 왜 몰라, 왜! 당신 몸인데 왜 그런 걸 몰라? 당신은 왜 이렇게 아는 게 아무것도 없어!"

"그래, 나 바보 멍청이다, 왜! 그래, 내가 멍청해서 유산기인지 생리통인지 구별도 못 했고, 당신이 얻어맞고 있으니까 앞이 노래져서, 그냥 앞뒤 생각도 없이 지붕에서 막 뛰어내리고 그랬다, 왜!"

"민호 씨!"

"미안해! 그런 말 안 해도 정말 미안하단 말이야! 당신이 얼마나 기다렸는지 아는데! 미안한 거 나도 안단 말이야!"

여자의 발끝으로 물방울이 떨어졌다. 어깨가 자꾸 들먹거린다. 하지만 예상과 달리, 여자는 약을 억지로 먹인 일에 대해서는 단 한 마디도 비난하지 않았다. 이완은 한 손으로 눈을 가린 채 입술을 깨물었다.

민호 씨, 이러지 마세요. 그렇게 고개 숙이고 울지 말고, 나한테 화를 내요. 내가 약을 억지로 먹게 했다는 것에 대해서 내 **뺨**을 때리고, 멱살을 잡고, 나한테 손가락질하면서 욕을 하란 말이에요.

"당신은 왜, 나한테 화 안 내?"

이완은 목멘 소리로 중얼거렸다.

"당신이 안 먹겠다는 약, 내가 억지로 먹였잖아. 진통제고 구충제고, 막, 안 먹겠다는 걸, 내가…… 내가!"

여자가 눈물이 그렁그렁한 눈으로 고개를 설레설레 젓는다. 그리고 소리 지르며 욕하는 대신 팔을 올려서 그의 얼굴을 끌어안았다.

"당신이 일부러 그랬어? 내가 알고도 모른 척했어? 이 판에 우리끼리 잘못하고 잘한 거 따져서 뭘 할 건데?"

여자의 커다란 울음소리가 가슴을 통해 들린다. 이완은 여자의 등을 끌어안고 드디어 눈물을 쏟기 시작했다.

"미안해, 민호 씨, 미안해. 임신인 줄 알았으면, 약 같은 건 절대 안 줬을 거야. 그따위 약, 저, 절대, 저, 절……."

정말 부질없었다. 민호 씨의 말대로 누구 책임인지, 누가 잘못했고, 누가 사과해야 하는지, 다 부질없었다. 그저 앞에 놓인 것은 하나의 사실뿐이었다.

의사는 끝까지 희망적인 말을 해 주지 않았다. 괜찮으니 낳아 보세요, 하는 격려 따위는 단 한 마디도 없었다. 그녀의 비정을 탓할 수는 없다. 냉철하게 생각하면 그녀가 차고 냉혹한 정보들을 가감 없이 쏟아 낸 것이야말로 두 사람을 가장 배려한 것인지도 모른다.

한국 사회에서는, 장애를 가진 아이가 있으면 부모들은 평생 웃을 일이 없다 했다. 부모뿐 아니라 가족들도 정도의 차이는 있지만 자신의 삶을 희생하는 것을 피할 수 없다.

멀리 갈 것도 없다. 며칠 전에 함께 있었던 구월이만 보아도 안다. 그녀의 눈먼 아비는 구월이, 구월이의 어미, 자신의 어미의 삶과 그의 아비가 평생 걸려 모은 알량한 재산을 담보로 하고서야 이 세상에 살아남을 수 있었다. 반촌의 효녀 지은이라는 별명은 칭찬이 아니다. 어린 나이부터 아비를 위해 제 인생을 포기해야 했던 가련한 계집아이에 대한 싸구려 동정일 뿐이었다. 그의 아내는 자신을 강간한 사내의 뒤에 숨어서라도, 생때같은 딸을 버리고서라도, 평생 벌레처럼 숨어 살아야 하는 것을 감수하고서라도 그 지긋지긋한 족쇄를 벗어나려 했다.

나의 아이들은 어떻게 되는 걸까?

이완은 작년에 잠시 잠깐 자신을 스쳐 지나간 미래의 아이들을 떠올렸다. 삼거리 집 자매들이 아재라고 했던 사람 두 명, 아니 세 명이었지. 다른 아이들이 더 있던 듯도 했는데 그것까진 알 수 없었다.

내가 알지 못했던 아이들 중에 장애를 가진 아이가 혹시 포함되어 있을까?

미래의 우리는 행복할까?

당연히 무난하고 평범하게, 행복한 삶을 누릴 거라고만 생각했는데, 지금 생각하니 그것도 알 수 없었다. 내가 보았던 두 사람은, 지금 민호 씨의 배 속에 있는 아이에게 얽매여 웃음이 없는, 웃을 수조차 없던 삶을 그저 버티고만 있었던 건 아닐까?

쌍둥이라고 했다. 만약 엊저녁에 먹었던 약으로 인해 징애가 온다면 두 아이 모두에게 한꺼번에 올 가능성도 크다. 그것도 초음파로 확인할 수 있거나 나중에 수술로 교정할 수 있는 구순구개열이나 다지중 따위의 장애가 아니라, 수술 치료가 불가능한 장애나 자폐, 지적 장애 같은 발달장애를 갖고 태어난다면?

"민호 씨. 민호 씨⋯⋯."

이완은 민호를 끌어안은 채 아랫배를 더듬었다. 눈물 때문에 앞이 부옇게 보였다.

어차피 기형아 검사, 유전자 검사, 3D 초음파, 무슨 방법을 동원해도 장애 여부를 완벽하게 알아낼 순 없다. 검사란 검사, 모조리 받아서 장애가 안 나오면 안심이 될까? 피 마르게 기다렸다가 낳았는데 문제가 있으면? 어차피 선천 장애 중 많은 부분은 임신 중기가 지나서야 육안으로 확인할 수 있고, 태어나고서야 알고, 아니면 기르면서 알게 되는 장애도 많다는데?

의사의 말이 맞다. 낳고 길러 보기 전까지는 장담할 수 없고, 낳은 후에 되돌리기엔 이미 늦는 것이다.

민호 씨와 나는 먼 훗날 사회적 성취를 훌륭하게 이루었다. 삶을 자식에게 저당 잡히고서는 그것이 가능할 것 같지 않다.

물론 이 배 속의 아기는 정상일 수도 있다. 나는 그것을 믿는 것에 우리 두 사람의 인생을 걸고 도박을 할 수도 있다. 하지만, 반대로 지금 양심의 가책과 평생의 삶을 바꾸는 선택을 했을 수도 있다.

민호 씨라면 어떤 선택을 할까?

여자를 잠시 바라본 이완은 쓰게 웃었다. 묻지 않아도 알 것 같다. 민호 씨다운 선택을 하겠지. 어쩌면 낳기로 결심하고 그다음엔 검사조차 하지 않겠다 할지도 모른다.

하지만 나는 민호 씨가 아니고, 될 수도 없다. 나는 인생을 걸고 로또에 투자하지는 못한다. 내 인생과 민호 씨의 인생 역시 아이의 인생만큼 중요하고, 비겁하지만, 여기선 태중의 아이보다는 내가 더 강자일 뿐이다.

아아, 모르겠다.

민호 씨, 모르겠어요. 우린 어떻게 해야 하나요? 용감하고 정의롭게 낳아야 할까요. 비겁하게 포기해야 할까요. 알면서도 자신의 삶을 포기하는 것만이 용감하고 정의로운 걸까요? 여덟 달 후 태어날 두 개의 생명만큼이나 먼저 태어난 부모의 삶도 중요하다고 말할 순 없는 걸까요?

우리는 이 아이들의 생사여탈을 결정할 권한이 있을까요?

그렇다면 부모란 존재는, 자신의 삶을 보호할 권리가 없나요?

두 사람이 간신히 정신을 차리고 침대에서 일어난 것은 반나절은 족히 지나서였다. 벌써 해가 떨어져서 깜깜했지만 두 사람은 배가 고픈 것도 제대로 느끼지 못했다. 이완은 세수를 하고 나와 물수건으로 민호의 얼굴을 꼼꼼하게 닦아 주었다. 그리고 한결 진정한 모습으로 민호의 아랫배를 부드럽게 쓰다듬으며 말했다.

"여러 가지로 놀라게 해서 미안하구나. 오늘 많이 놀라고 고생했지?"

민호는 눈을 깜박거리며 이완이 하는 양을 지켜보았다. 이완은 민호를 벽에 기대앉혀 놓고 이불로 다리까지 꼭꼭 여며 준 후에 스칼렛을 들고 맞은편에 앉았다. 얼굴에는 붉은 기가 남아 있었지만 이제 그는 담담하게 웃고 있었다.

"내가 너희들한테 들려주려고 얼마나 이 곡을 연습했는지 아니?"

아이들을 향한 그의 목소리는 조금 잠겨 있긴 했지만 부드럽고 다정했다. 부우우웅, 붕 부웅, 활과 현 사이에선 다사로운 음이 흘러나오기 시작했다. 태교 전용 음악으로 열심히 연습했던 모차르트와 이완이 좋아하는 바흐의 첼로 조곡, 그리고 헨델의 라르고까지 길게 이어졌다. 마지막으로 연주했던 라르고는 평소보다 느렸다.

"이 곡은 어쩐지 많이 슬프다. 괜히 눈물이 나려고 해."

벽에 기댄 민호는 눈을 끔벅거렸다. 이완은 빙긋 웃으며 말했다.

"슬픈 음악이나 눈물이 아주 나쁜 건 아니에요."

"그래? 어떤 점이 좋은 건데?"

"마음을 깨끗하게 청소해 주거든요. 눈물에 씻겨서 지저분한 먼지가 밀려나면, 마음이 투명해져서 내가 무슨 생각을 하고 있는지 더 잘 볼 수 있게 되니까요."

이완은 담담하게 말하며 활을 내려놓았다. 목의 울대뼈가 힘겹게 파도를 치는데, 눈시울이 다시 욱신욱신 쑤시는데, 그는 끝까지 웃으며 민호의 뺨을 쓰다듬다가 입을 맞추었다.

"민호 씨, 우리 며칠 있다가 마음 좀 가라앉으면 다시 병원에 가요. 마음 단단히 먹고 다시 가서……."

"무, 무슨 말이야, 이완 씨? 더, 좀 더 생각해 봐. 생각하면 뭔가 방법, 그래 좋은 방법이 나올 거야. 이완 씨 머리 좋잖아, 응?"

민호는 겁에 질린 얼굴로 고개를 저었다. 믿을 수가 없었다. 이 사람이 이런 말을 하다니, 믿을 수가. 이완의 목소리는 더욱 부드럽고 처연해졌다.

"좋은 방법? 무슨 좋은 방법이요? 생각 많이 하면 좋은 방법이 나올까요? 잘못된 아이들이 정상으로 돌아오나요?"

"잘못됐는지 아닌지 모르잖아."

"모르니까요. 그러니까, 민호 씨."

"싫어! 하지 마! 말하지 마!"

민호는 더 무서운 말이 나오기 전에 얼른 이완의 입을 막았다.

"애들이 듣는단 말이야. 아빠가 연주하는 음악도 다 들었는데, 아빠 얘기는 못 듣겠어? 알아들을 거야. 아빠 말 다 알아듣는단 말이야!"

이완은 입술을 달싹이며 필사적으로 무슨 말을 하려 했다. 하지만 말 대신 눈물이 먼저 쏟아졌다. 그는 한 손으로 눈을 가리고 이를 악문 채 숨죽여 흐느꼈다. 민호는 다급하게 말을 이었다.

"이완 씨! 우리 아이야. 우리 첫아이. 괜찮을 거야. 검사 같은 거다 필요 없어! 난 이제 검사도 안 할 거야! 옛날에는 검사 하나 안 해도 다 낳고 살았어! 의사 선생님이 괜찮을 가능성이 크다잖아! 내가, 내가 또 이런 데는 억세게 운이 좋단 말이야! 좋다니까!"

아니, 아니, 아니. 이완은 웃으면서 힘겹게 고개를 저었다. 웃고 있는 뺨 위로 눈물이 굵게 길을 텄다.

이완은 여자의 앞에 무릎을 꿇고 여자의 무릎을 끌어안았다. 민호의 입술이 부들부들 떨렸다. 싫어, 싫어, 악을 쓰고 싶었다. 하지만 고함 대신 이완처럼 눈물이 쏟아지기 시작했다. 민호는 이완의 등을 감싸 안고 허리를 천천히 구부렸다. 둥글게 구부린 어깨 안쪽에서 가는 흐느낌이 흘러나왔다.

이튿날 아침, 이완은 텅 비어 있는 옆자리를 보고 입술을 물었다. 이불 속은 오래전에 자리를 비웠는지 온기 한 점 없이 싸늘했다.

"구월아? 너 구월이 맞지?"

"민호 언니……?"

이불 위에 앉아 수틀을 들고 흥얼흥얼하던 구월이의 노랫소리가 멈췄다. 동그랗게 벌어진 눈에는 당혹한 빛이 가득하다. 민호는 그보다 훨씬 당혹한 얼굴로 중얼거렸다.

"내가…… 왜 여기 와 있지?"

5-1
백설공주의 사과
by.박윤사

세상은 경이롭고 아름다운 일로 가득 차 있다.

나의 취미 생활은 보물섬 탐험이다.

안락재는 다른 집에선 상상도 할 수 없는 보물이 엄청나게 숨어 있는 섬이다. 나는 어릴 때부터 보물섬 탐험을 즐겼다. 험난하고 스릴 넘치는 여정 끝에 손에 보물이 떨어지는 맛은 그야말로 유쾌, 상쾌, 통쾌 그 자체였다.

사람들은 안락재의 비밀 보물창고라 하면 몇천 점의 유물이 잠자고 있는 수장고를 꼽지만, 천만의 말씀이다. 안락재의 진정한 보물섬이자 미지의 탐험 장소는 바로 우리 집 팬트리, 식료품 저장장고나.

나는 엄마 아빠와 토마스 폰 에디슨 경을 제외하면, 세상에서 우리 집 팬트리를 가장 사랑한다. 그곳으로 발걸음을 옮길 때마다 가

숨이 설레고 여자 친구를 만나러 갈 때처럼 심장이 둥둥 뛴다. 물론 말이 그렇다는 거지 진짜 여자 친구가 있다는 건 아니다.

두리번두리번하며 주변을 살피고, 잔소리 대마왕이 있는지 없는지를 확인한 후 부엌 뒤로 연결된, 굳게 닫힌 문을 연다.

불을 켠다.

올레!

눈앞으로 보이는 큰 선반에는 온갖 종류의 설탕 절임과 피클, 잼, 장아찌를 담은 유리병들이 줄지어 앉아 있다. 가장 높은 선반에는 각종 과자 상자와 빵이 차곡차곡 얹혔고, 바닥에는 아빠가 하와이에서 정기 공수 해서 들여오는 파인애플 상자가 산더미처럼 쌓여 있다.

내 생각에 아빠는 Dole 회사의 주식을 엄마 몰래 샀다가 똥망한 것 같다. 그래서 날린 돈을 현물로 받는 모양이다. 그렇지 않고서야 오뉴월에 한 맺힌 귀신처럼 저렇게 파인애플을 쟁여 둘 리가 없으니까. 문제는 아빠를 빼놓고는 아무도 저 누런 과일을 안 먹는다는 거다.

보물섬의 관리자는 쿨하고도 화통하셔서, 별로 건전하지 못한 먹거리에도 상당히 너그러웠다. 하여 쥐포, 쫀드기, 식당용 사탕, 약과, 엿 같은, 달고 짜고 기름진 것들이 항상 어느 구석엔가 숨어 있다. 나는 셜록 홈스와 같은 추리력으로 그것들을 기가 막히게 찾아낸다. 물론 건강 간식이 없는 것은 아니다. 탁자 위 바구니에는 엄마가 구운 건강 계란이, 마루 탁자에는 엄마표 핸드메이드 쿠키와 제철 과일들이 산더미처럼 쌓여 있지만, 싸구려만의 강렬한 매력을 당할 수는 없다.

나는 보물섬을 한 바퀴 빙 돌며 새로운 보물을 샅샅이 탐색한 후, 구석 자리에 쪼그리고 앉아 새로 취득한 보물을 티 안 나게 훔쳐 먹으며 명상에 잠기곤 한다. 천장에 매달린 살라미나 어디서 얻어 왔는지도 모르는 사슴 훈제 뒷다리, 퍼런 곰팡이가 숭숭 박힌 치즈 덩어리, 양념 닭발과 족발 따위를 조금씩 떼어 맛을 보며 나는 인생의 진정한 행복을 일찍부터 깨달을 수 있었다.

그뿐인가. 버터, 빵, 우유, 시리얼, 피클, 페퍼로니, 베이컨, 맛살, 육포, 아이스크림, 냉동 피자, 오징어, 초코파이, 치즈케이크, 고구마 무스 케이크, 송화다식, 강정, 된장, 고추장, 라면과 라면 국물에 기꺼이 입수한 송이버섯, 캐비어, 볶음 김치, 명란젓, 어란, 양배추, 통후추, 작은 멸치, 큰 멸치를 닥치는 대로 먹으며 맛의 조화와 부조화의 신세계도 알게 되었다. 바보 같은 형과 미맹 동생들은 모른다. 작은 멸치와 큰 멸치는 맛이 다르며, 오징어구이와 문어구이도 맛이 다르다는 것을. 다만 그런 조화를 시험하노라면 어떤 맛 폭탄이 입에서 터질지는 운에 맡겨야 했다. 맛의 탐험이란 신비와 경이와 위험으로 가득 찬 오지 여행과 다름없기 때문에.

슬프게도 나의 보물섬 탐험은 초등학교 3학년, 십 대에 갓 진입한 시점에서 종언을 고하게 되었다.

"토마스가 요새 입맛을 좀 잃은 것 같아서 기호성이 좋다는 사료 샘플을 받아 와 봤어요. 팬트리 선반에 올려 두었어요."

아빠가 아침 식사 시간에 엄마에게 말씀하셨다. 하나는 치킨 맛 사료이고 하나는 햄버거 맛 사료라고 했다. 물론 나도 알고 있었다. 외국 사료였지만 겉봉투에 닭 그림과 햄버거 그림이 그려져 있었던 것이다.

"치킨하고 햄버거? 어떤 게 더 맛이 좋으려나? 며칠씩 바꿔 가며 먹여야 할까?"

엄마 말씀에 내가 얼른 대답했다.

"치킨 맛이 더 맛있어요."

아빠의 움직임이 딱 멈췄다. 엄마는 고개를 갸웃하며 물었다.

"치킨 맛 사료는 맛이 어떠니?"

"치킨 맛이 나요."

그런 당연한 것을 묻는 엄마가 바보 같았다. 엄마는 한 번 더 물었다.

"햄버거 맛에선 정말 햄버거 맛이 나니?"

"당근이죠. 그러니까 햄버거가 그려져 있겠죠."

나의 보물섬 탐험은 그렇게 끝이 나고 말았다.

올해는 더웠다. 정말 더웠다. 아스팔트가 끈적끈적 녹아서 신발에 달라붙을 지경이었다. 우리는 모두 땀을 쫄쫄 흘렸고, 입맛을 잃어버렸다. 그중에서 입맛을 가장 많이 잃어버린 것은 아빠였다.

"달고 시원한 과일 말곤 당기는 것이 없네. 여보, 민호 씨. 수박 좀 없어요?"

엄마는 수박을 잘 사 오시는 편이 아니었다. 왜냐하면, 음식 쓰레기가 많이 나오기 때문이다……라기보다 못 먹는 껍질 부분이 40%나 된다는 것에 정의롭게 분노하신 것 같다.

아빠의 말 한마디에 엄마가 수박을 사들이기 시작했다. 물론 토마스 경의 짤막한 꼬리 같은 아빠의 입맛으로는 하루 한두 쪽이 고작이었다. 하지만 매미 소리가 시끄러워지기 시작하면서 우리는 본격 수박의 가치를 깨닫기 시작했다. 달고 시원하고, 또 달고 또또 시원하고. 여름엔 그 이상의 미덕이 없는 것이다.

나는 뭐 그렇게 많이 먹지는 않았다. 처음엔 칼로 딱 쪼개서 하루에 반 통, 많으면 3/4통 정도만 먹었다. 정의의 사도의 아들답게 진실을 밝히자면 윤삼이 형이나 윤이 형이 나보다 훨씬 많이 먹었다. 중학교 2학년인 윤이 형은 운동을 많이 한다는 핑계로 하루에 한 통을 먹었다. 윤이 형은 우리 집에서 유일하게 수박의 꼭지를 따고 숟가락으로 퍼먹는 파였는데 아침에 꼭지를 따는 걸 분명히 봤는데 저녁땐 안이 텅 비어 있으니 틀림없었다. 윤삼이 형도 하루에 반 통만 먹는다고 큰소리를 치지만 실은 한 통을 다 먹을 때도 있었다. 엉덩이가 굼뜬 놈은 못 먹었다. 굼벵이 윤세는 남은 수박이 없다고 매일 징징거렸다.

"수박 어제 네 통 사 놨는데 다 어딜 갔지?"

저녁때 오신 아빠한테 드릴 수박이 없었다. 뜨끔한 우리는 전통의 식불언(食不言)을 실천하며 열심히 밥을 먹었다.

엄마는 내가 평생 만난 사람 중 세 손가락에 꼽을 정도의 대인배로, 먹을 것을 가지고 쫀쫀하게 따지는 사람은 아니었다. 엄마는 우리에게 잔소리를 하는 대신, 수박 다섯 통을 시켰다. 그날은 다행히 아빠 몫으로 몇 쪽이 남아 있었다. 우리 모두 필사의 인내심을 발휘했다 생각했다. 하지만 엄마 몫이 없는 것을 아무도 계산하지 않았다. 엄마는 오기가 났다. 그날 밤 우리를 모두 소집해서 허리에 손을 없고 엄숙하게 선언했다.

"엄마는 아빠만큼 돈을 많이 벌지는 못해. 하지만 제주도 농장에서 봄철에 부수입 들어오는 것이 있고, 요리를 가르쳐 주고 버는 돈도 조금 있으니 수박 까짓것 맘껏 못 사 주겠니? 먹어! 먹어! 사람이 먹고 싶은 건 먹다가 죽어야 하는 거야! 까짓 수박값은 내가 댈 테니, 원 없이 먹어!"

엄마의 선언은 비장했고 여신과 같은 위엄과 포스가 철철 넘쳐흘렀다. 하지만 사실은 미친 식욕을 자랑하는 십 대 사나이들에게 누가 이기나 한번 해보자, 하는 것 같았다. 엄마는 먹을 것으로 잔소리하는 법은 절대 없었지만 이상한 데서 경쟁의식이 있었다.

엄마는 이튿날부터 수박을 '매일' 다섯 통씩 시켰다. 우리는 그런 저급한 경쟁의식은 없었고, 그냥 더웠고, 더 더웠고, 더더 더웠고, 밥 대신 수박을 먹을 만큼 충분히 더웠다. 그래서 우리는 수박을 먹었다. 엄마는 이제 수박을 매일 여섯 통씩 시켰다. 냉장고들은 거의 석 달 동안 항상 퍼러둥둥 벌거둥둥한 놈으로 둥실둥실 출렁출렁했고, 뒷동산 채마밭의 호박 군단은 수박 껍질을 거름 삼아 100만 대군으로 자랐다.

가을이 되었다. 학교에서 오는 길에 엄마가 물건을 사는 슈퍼에서 수박을 파는 것을 보았다. 우리가 먹던 것과 똑같은 놈이 한 통에 2만 원이었다. 나는 수박 매대 앞에 서서 잠시 계산을 해 보았다.

2(만원)×6(통)×30(일)×3(개월)=1080.

……1080.

나는 이 놀라운 소식을 형제들에게 전하기 위해 집을 향해 마구 달리기 시작했다.

윤위가 태어나면서 우리에게 동화책을 읽어 주는 일은 아빠 혼자 전담하게 되었다.

엄마, 아빠는 동생들이 태어나도 돌보미 이모님을 고용할 수 없었다. 말도 안 통하는 윤삼이 형이나 내가 성성 사라질 때마다, 이모님들이 패닉에 빠졌기 때문이었다. 그래서 엄마 아빠는 동생이 생기면 돌보미 대신 도우미 이모님을 불러 살림을 부탁하곤 했다.

그리고 우리 형제들은 모조리 아빠의 손에 떨어졌다.

아빠는 동생이 태어나면, 그 앵앵이가 적당히 말이 통하고 어린이집에 들어갈 때까지 나머지 형과 동생들을 밀착 방어 하는 임무를 맡게 된다. 아빠는 임무 수행에 몹시 열심이었다. 하지만 엄마가 아침마다 40분 안에 해치우던 일들이, 아빠 손에 들어간 후론 한 시간 반이 걸려도 끝나지 않았다. 큰형이 아빠를 돕는답시고 우리를 걷어차면서 깨우지 않았다면 한 시간 반이 아니고 두 시간이 걸렸을 것이다.

아침을 챙겨 먹이고 알림장을 확인하고 숙제를 제대로 했는지 검사하고, 손톱·발톱을 확인하고, 옷을 단정히 입었는지, 버리는 감 았는지, 팬티는 새로 갈아입었는지, 세수하고 이는 닦았는지, 필통에 연필을 잘 깎아서 넣었는지, 지우개도 들어 있는지, 가방 안에

과자 부스러기와 봉지가 굴러다니지 않는지 검사했다. 엄마는 그런 것은 검사하지 않았지만, 아침에 해는 동쪽에서 제대로 떴고, 우리는 충분히 잘 먹고 잘 쌌고, 발가벗고 학교 가는 놈도 없었는데 말이다.

엄마도 잠이 모자랐지만, 잠꾸러기 아빠는 더더욱 모자랐다. 아빠는 모자란 잠을 주로 차에서 벌충했다. 고미술품 운반 전용 무진동 밴에 침대를 설치하고 운전석에는 풀 오토 드라이브 기능을 때려 박았다. 그리고 주소를 입력해 두고는 천마산에서 인사동까지 그 지독한 교통지옥을 이불을 뒤집어쓰고 주무시면서 돌파했다. 물론 퇴근 길도 마찬가지였다. 주차장에 들어와 보안용 드론이 바로 옆에서 날아다니면서 삐요삐요 소리를 낼 때까지 계속 주무셨다. 우리는 아빠가 주차장에서 날아다니는 드론들을 향해 잠 좀 자자고 화를 내는 소리를 들을 때마다 윤팔이가 하루에 한 살씩 먹기를 간절히 빌었다.

아빠가 우리에게 동화책을 읽어 줄 때쯤 되면 아빠의 얼굴은 이미 절반쯤 좀비가 돼 있다. 우리는 아빠를 위해 큰형 방에 다 모여 동화를 들은 후 각자 방으로 해산하여 자는 것으로 잠정 합의했다. 물론 윤이 형이야 동화를 들을 나이는 벌써 지났지만, 그 방이 가장 넓었기 때문이었다.

물론 우리는 '이제 나이도 있고 십 대로서의 사회적 체면도 있으니 동화 따위 안 들어도 된다.'며 극구 사양했지만, 아빠는 그것이 굉장히 중요한 일이라도 되는 것처럼 한 번도 거르지 않았다. 솔직히, 아빠의 구연 솜씨는, 빈말로라도 출중하다곤 할 수 없었다. 하지만 우리는 좋은 아빠가 되기 위해 열심히 노력하는 사나이를 배려해 눈을 반짝이며 열심히 들어 드리기로 의견을 모았다. 대신 동화는 항상 어린이용의 짧은 것을 골랐다. 윤이 형은 그것을 윈윈 정책이라고 했고, 윤오는 짜고 치는 고스톱이라고 했다.

"백설공주는 눈앞의 사과를 자세히 살펴보았어요. 할머니가 먹은 것을 보니 안심해도 될 것 같았어요. 백설공주는 사과를 먹고……."

10분도 되지 않아 아빠의 목소리가 툭 끊어졌다. 독 사과를 먹은 백설공주 대신 아빠가 동화책을 떨어뜨리고는 머리를 이불 위에 쿡 박고 쓰러지고 말았다.

이불 밑에 같이 발을 넣고 옹기종기 모여 있던 우리는 얼른 눈짓을 했다. 아빠가 완전히 주무시면 그때 발을 살그머니 빼서, 까치발로 각자 방에 가서 불 끄고 자는 것이다. 그러면 아빠는 비몽사몽간에 어떻게든 또 안채로 찾아 들어가 주무실 것이다.

우리가 빠져나가려고 발가락을 꼼지락거리는데 갑자기 긴 잠옷 자락을 휘날리며 엄마가 등장하셨다.

"저런, 아빠 벌써 주무시는구나. 윤위 일찍 자서 내가 해 주려고 왔는데. 오늘은 뭐 읽어 주셨니?"

엄마는 아빠 옆으로 끼어들어 이불 밑으로 발을 밀어 넣으며 물으셨다.

"배설공주요. 아빠가 사과 먹는 장면까지 읽어 주셨어요."

"아, 저런, 그 말 안 듣는 공주님? 얼마나 사과가 먹고 싶었으면. 내가 이해한다, 그 아가씨."

엄마가 호탕하게 하하, 웃다가 쿨쿨 주무시는 아빠를 보고 얼른 입을 틀어막았다.

"아무리 그래도 좀 너무해요. 난쟁이들이 문 열어 주지 말라고 세 번이나 말했는데! 사과에 걸신이 들린 것도 아니고!"

"윤사야. 살면서 여자가 먹고 싶은 뭔가에 꽂히는 때가 있는데, 그때 못 먹으면 큰일 난단다. 그래서 먹고 싶은 건 그때그때 꼭 먹어 줘야 하는 거야. 백설공주도 그때 사과 안 먹었으면 그것대로 큰일 났을 거야."

"큰일이 나요? 어떻게요?"

"사과가 스토커로 변해. 그래서 허공을 날아다니면서 몇 날 동안 미친 듯이 쫓아다니는데…… 진짜야. 내가 두 눈으로 똑똑히 봤어."

우리는 겁에 잔뜩 질려 엄마를 쳐다보았다. 우리는 엄마가 뇌세포의 문제로 인해 거짓말을 하지 않는 것을 잘 알고 있었다. 그러니 하늘을 날아다니는 스토커 사과 이야기는 실제 있었던 이야기가 틀림없었다.

엄마는 공포 특집의 구미호 같은 얼굴로 고개를 끄덕이며, 오늘 얌전하게 잠을 잘 자면 나중에 백설공주가 먹은 독 사과보다 훨씬 더 무서운 스토커 사과 이야기를 들려주기로 약속하셨다.

엄마는 허리를 구부려 곯아떨어진 아빠의 머리카락을 가만가만 쓸어 넘기시더니 빙그레 웃으셨다.

"야야, 아빠가 너희한테 좋은 아빠 되려고 너무 고생한다. 안 그래도 되는데. 그렇지?"

"네."

"좀 적당히 농땡이 아빠가 되면 어때서. 그래도 우리 아이들이니 잘 먹고 잘 싸고 잘 다닐 텐데. 그렇지?"

우리는 백배 공감하는 얼굴로 고개를 맹렬히 끄덕였다. 그러면 우리 팔자도 백만 배는 편해질 것이다.

"가만있자, 아빠를 방으로 모셔 가야 하는데. 어떻게 모셔 가나."

"엄마가 뽀뽀해서 아빠 깨우면 되잖아요."

"뽀뽀하면 일어나실까?"

우리는 다시 열심히 고개를 끄덕였다. 윤오가 백설공주 책을 번쩍 들어 올렸다.

"좋아. 그럼 다들 손으로 눈 가려! 하나 둘 셋!"

엄마가 아빠한테 뽀뽀를 한다. 우리는 손가락 사이로 엄마가 아빠한테 백설공주의 왕자님처럼 근사하게 뽀뽀를 하는 모습을 지켜보았다. 하지만 뭔가 약발이 안 통했는지 아빠는 일어나지 않았다. 아, 우리는 문득 백설공주는 뽀뽀로 일어나는 게 아니라 난쟁이가 돌에 걸려 엎어지면서 공주의 목에 걸린 사과가 튀어나와서 살아났다는 것을 깨달았다. 윤삼이 형이 아는 척을 한다.

"그럼 주무시기 전에 사과를 드셨어야 하는데."

"야야, 그럼 됐다. 아빠 아까 파인애플 드셨거든. 이제 우리가 아빠를 안방으로 모시고 가면 되겠다."

엄마가 화통하게 결론을 내리고 벌떡 일어났다. 우리는 엄마의 결론에 군소리 없이 동의했다. 이 순간 파인애플이 사과가 아니라고 하는 놈이 있으면 우리 7형제가 정의의 이름으로 결단코 용서하지 않을 것이다.

백설공주를 운반하는 데는 일곱 명의 난쟁이가 필요한데, 천만다행으로 우리는 딱 일곱 명이었다. 엄마는 머리를 들었고 우리 여섯 명은 팔과 다리를 나누어 잡았다. 아빠는 얼마나 깊이 잠드셨는지 우리가 낑낑거리며 긴 복도를 지나 안채의 안방으로 들어갈 때까지 일어나지 않으셨다. 허리와 엉덩이가 질질 끌리는데도 일어나지 않으셨다. 심지어 윤식이와 윤세가 한쪽 다리를 복도에 텅 놓쳐서 아빠의 온몸이 꿈틀, 경련했는데도 눈을 뜨지 않으셨다. 정말 피곤하신 것 같았다.

윤위가 잠을 자는 아기 침대 옆으로 빙 돌아 아빠를 침대에 눕혀 놓고 우리는 크게 안도의 한숨을 쉬며 방을 빠져나왔다. 문을 닫기 직전, 엄마에게 눈인사를 하려고 돌아본 순간, 엄마가 다시 아빠에게 제대로 뽀뽀하는 모습이 보였다.

문이 닫히고 얼마 후 누군가가 윤위처럼 칭얼대는 소리가 들렸다.

"민호 씨, 나 아팠어요! 아, 진짜! 다리 놓친 자식 누구야, 발이 깨지는 것 같았다고!"

우리는 못 들은 척하고 발끝으로 살금살금 걸어 방으로 돌아갔다.

나는 방에 돌아와 곰곰이 생각에 잠겼다.

엄마는 왜 아빠하고 결혼했을까?

세계 8대 불가사의 중 하나일 것이다. 우리 엄마가 아빠와 결혼한 이유. 세상에서 세 손가락 안에 들 정도로 예쁘고, 날씬하고, 성격도 완전 시원시원 화통한 우리 엄마. 안 해 본 일이 없고 못 하는 일이 없고 안 가 본 데가 없고 어딜 가든 반드시 살아 돌아오는 능력자 중의 능력자. 우주를 평정하는 후르르 뚝딱 요리의 달인이시며 우리나라 궁중요리 후계자로 벌써 텔레비전에도 몇 번이나 나온 엄마가,—골동품 장사인 아빠는 겨우 두 번밖에 안 나왔다.— 재벌가 사모님이나 대통령 부인이 되었어야 마땅할 우리 엄마가!

왜 저런 칭얼이 골동품 장사하고 결혼했을까?

나는 한숨을 푹 쉬고 결론을 내렸다.

에휴, 그놈의 사랑이 뭔지.

세상은 정말 경이롭고 아름다운 일로 가득 차 있다.

5-2
세상에서 가장 맛있는 과일

　민호는 얼빠진 얼굴로 사방을 둘러보았다. 사방은 깜깜하고 수를 놓기 위해 밝혀 놓은 호롱불만 가물가물하다. 조그맣게 열린 들창 밖으로 조각달이 흘러가고 있었다. 옆에 있어야 할 이완 씨는 보이지 않고, 대신 구월이가 뒤를 돌아보더니 수틀을 떨어뜨리고 화들짝 뛴다.

　"민호 언니?"

　내가 왜 여기 와 있지? 내가 왜 여기 다시? 민호가 공포에 질려 중얼대는 말에 구월이는 고개를 갸웃하며 되물었다.

　"언니가 왜 다시 왔는지 내가 어떻게 알아. 그런 것까지 까먹으면 어떡하냐. 그나저나 들어올 거면 밖에서 기척 좀 하지, 소리노 없이 괭이처럼 들어오냐? 놀랐잖아. 옷은 또 그게 뭐야? 세상 흥해라."

　민호는 사방을 둘러보다가 자신의 옷을 내려다보았다. 구월이의 방. 하지만 옷은 강아지 그림이 그려진 커플 잠옷. 민호는 아무리 생각해도 왜 여기에 이 꼴로 혼자 와 있는지 이해할 수 없었다.

구월이는 볼멘소리로 한참 투덜거렸지만 길게 따지는 것은 일단 접어 두고 요와 이불을 옆에 새로 깔아 주었다. 민호는 깨질 것 같은 머리를 쥐어짜며 무슨 일이 일어났는지 파악하려 애썼다.

난 이완 씨 옆에서 잠을 자고 있었는데. 밤늦게까지 뒤척이던 이완 씨가 잠드는 걸 보고서야 나도 겨우 잠이 들었는데.

옆에서 눈치를 보던 구월이가 결국 이상한 기색을 눈치채고 조심스럽게 묻는다.

"언니. 이마에 온통 땀이야. 무슨 일이 있었어? 어디서 급하게 뛰어온 거야?"

"……뛰어왔다고?"

아, 그래. 이제야 간신히 기억난다.

꿈에서 무서운 괴물에게 쫓기고 있었다. 태산처럼 커다란 괴물. 형체는 시커먼 연기처럼 흐릿해서 보이진 않았지만, 숨 막힐 듯한 살기는 뚜렷이 기억난다. 나는 정신없이 도망치고 있었고 괴물은 나를 죽이려 미친 듯 달려오는 중이었다. 막 넘어져서 돌밭에 호되게 굴렀고, 괴물이 내 머리 위로 덮치는데…….

순간 어디선가 희미한 소리가 흘러들어 왔다. 익숙한 소리인 듯한데 제대로 기억이 나지는 않았다. 그래도 확실한 건 그때부터 공간이 바뀌기 시작했고, 괴물이 덮쳤던 목과 어깨의 싸늘한 기운이 사라졌다는 점이다.

그런데 문제는, 왜 뜬금없이 구월이네로 이동했냐는 거지. 내가 이동한 건 분명 아닌데.

"일단, 집으로 돌아가야⋯⋯."

천천히 몸을 일으키던 민호는 움직임을 멈췄다. 등 뒤로 소름이 오싹 돋더니 이유도 알 수 없는 공포가 시작됐다. 턱턱 숨이 막힌다. 꿈속에서 보았던 시커멓고 살의에 가득 찬 무언가가 다시 목을 조르기 시작했다.

"억, 컥컥, 억!"

"언니! 언니 왜 그래!"

구월이는 머리맡에 놓인 자리끼를 황급히 건네주었다. 민호는 덜덜 떨면서 친구의 팔을 붙잡았다.

"지금 이거 꿈이지, 구월아?"

"언니 너 왜 자꾸 이상한 소리 해? 이거 꿈 아니거든?"

구월이는 민호의 한쪽 뺨을 쭉 잡아당긴 후, 제 뺨까지 양쪽으로 쭉 잡아당기며 얼굴을 찡그렸다. 민호는 아직도 얼얼한 뺨을 매만지며 중얼거렸다.

"꿈 아니네."

민호는 자기가 들어온 길을 찾아보려 두리번거리다가 움직임을 멈췄다. 다시 등 뒤가 써늘해졌다.

내가 들어온 길이 ⋯⋯없어?

민호는 후들후들 떨리는 무릎을 짚고 일어났다.

"가야 해, 지금 당장 반궁 은행나무로 가 봐야 해."

대체 무슨 일이 일어났는지는 모르겠지만, 지금이라도 돌아가야 했다. 지금 그 사람 놔두고 나 혼자 덜렁 와 있으면 안 된다. 그렇게 비참하게 잠들었다 아침에 일어나서 내가 없어졌으면 기분이 어떻겠는가.

317

구월이가 기겁하며 소맷자락을 잡고 끌어 앉혔다.

"언니, 오늘 왜 이래? 인정 친 지 한참 지났어! 밤에 거길 어떻게 들어간다고 해? 입번 수복 아저씨들이 눈을 부릅뜨고 지키고 있고, 늦게까지 공부하시는 유사님들도 얼마나 많은데! 상감마마 계시는 창경궁이 코앞인데 담 넘었다간 맞아 죽어."

"그래도 가야 해. 그 사람 덜렁 혼자 놔두면 안 돼."

하지만 불을 댕기고 밖으로 나가려던 민호는 갑자기 움직임을 멈췄다. 누군가 바짓부리에 매달려서 끌어당기는 것 같다. 뭔가 이상했다. 한 걸음 디딜 때마다 얼음으로 된 송곳으로 발을 찍히는 기분이 들었다. 하얗게 바래 가는 머릿속에서 몇 개의 목소리들이 왕왕거렸다.

가지 마.

"왜 이래? 난 이완 씨한테 가야 해."

가지 마. 무서워!

"뭐가 무서워?"

민호는 이를 악문 채 중얼거렸다. 하지만 속에서 울리는 목소리는 더욱 막무가내가 되었다. 왕왕대는 목소리가 차츰 분리되며 점점 또렷해지기 시작했다.

'너 그럼 돌아가서 이완 씨가 시킨 대로 할 거야?'

'무서워, 무서워, 무서워, 무서워.'

'너 정말 이완 씨 따라서 병원에 수술하러 갈 거야?'

'살려 줘, 살려 줘, 살려 줘, 살려 줘, 살려 줘……'

입을 틀어막았다. 등으로 식은땀이 쫙 흘러내린다.

내가 왜 여기 와 있는지 알겠다.

"대체 왜 길이 안 보여. 당장 돌아가야 하는데 왜!"

민호는 은행나무 앞에 서서 발을 굴렀다. 전전긍긍하며 뜬눈으로 밤을 새우고, 새벽닭이 울자마자 구월이 아버지의 옷을 얻어 입고 성균관으로 달려온 참이었다.

은행나무만이 아니었다. 어느 곳에서도 길은 보이지 않았다. 단순히 매개 물건의 이동이나 현대 물건을 떨구는 바람에 길이 막힌 것이 아니었다. 입고 왔던 옷이나 물건은 바로 아궁이에 태웠다. 시간 여행 경험이 한두 번도 아닌데, 미숙하게 꼬리 따위를 남길 리가.

"지금 이러면 안 돼! 혼자 남아 있는 이완 씨가 얼마나 피가 마르겠어. 진짜 왜 이래!"

은행나무를 주먹으로 퍽퍽 지르던 민호는 옆의 바위에 털썩 주저앉아 머리를 쥐어 쌌다.

사실 민호는 어제 이완의 말을 온전히 이해할 순 없었다. 이완 씨만큼 아이를 간절히 기다린 것도 아니었고, 부모가 될 마음의 준비도 이완 씨만큼 되어 있지 않았지만 아무리 생각해도 그건 뭔가 아닌 것 같고 눈물만 쏟아졌다.

아마 합리적으로 따진다면 이완 씨의 결정이 옳기는 옳을 것이나. 똑똑하고 생각이 많은 사람이니, 먼 미래까지 염두에 두고 현명하게 결정을 내렸을 것이다. 나는 바로 앞의 일만 생각하니까 단순하게 미안하고, 미안하니까 하기 싫고, 그런 마음이 드는 것이다.

그래도 이완 씨에게 어떻게 그런 말을 할 수 있느냐 비난할 수 없었던 것은.

그가 나보다 아이를 훨씬 애타게 기다렸기 때문이다. 좋은 아빠가 되기 위해 나보다 훨씬 많은 것을 준비했고, 아기가 생겼을 때 세상을 다 가진 것처럼 기뻐했기 때문이다.

그가 아기들의 생명을 가벼이 여겨 그런 결정을 한 게 아니란 걸 안다. 냉혈한이라 그렇게 모진 소릴 한 게 아니란 것도 잘 안다. 그가 나보다 여리고 물러 터진 인간이란 거, 너무너무 잘 알아서, 그를 비난할 수 없었다. 다만 그 사람은 나보단 훨씬 똑똑해서, 이 빌어먹을 도박판에 걸린 것이 우리 두 사람의 인생 전체라는 것을 좀 더 구체적으로, 먼저 실감했을 뿐이다.

민호는 일이 터진 순간, 책임 공방과 자책감이 무익한 일이라는 것을 본능적으로 알아차렸다. 물론 자신이 임신과 절박유산의 증세에 대해서 좀 더 잘 알았으면 좋았을 것이고, 그가 나와 구월이를 구한답시고 몸싸움까지 벌이는 대신 뒤란의 울타리를 넘어 도망쳤으면 더 좋았을 것이고, 그를 구한답시고 내가 지붕에서 뛰어내리지 않았으면 더 좋았을 것이고, 지저분한 상추를 먹지 않았으면 더 좋았을 것이고, 그가 내게 억지로 약을 먹이지 않았으면 더 좋았을 것이다.

그렇지만 알고 한 짓은 아니고, 일부러 한 짓은 더더욱 아니었다. 그리고 한번 일어난 일을 바꿀 수 없다는 것은 이제 민호가 가장 잘 알고 있었다.

하지만 이완은 자신과 달랐다. 그는 제 성격대로 원인을 찾아내려

했고, 결국 책임의 화살을 자신에게 돌리게 되었다. 모진 소리를 먼저 내뱉으며 총대를 멘 것도 그 때문일 것이다. 그러니 내가 여기 덜렁 와서 돌아가지 않으면 그는 뭐라 생각하겠나. 아침에 일어나 텅 빈 옆자리를 발견하면 또 얼마나 기가 막힐까.

하지만 아무리 필사적으로 살펴도 길은 보이지 않고, 등 뒤로 치밀어 오르는 한기만 더욱 맹렬해진다.

하릴없었다. 민호는 동재 곁으로 난 쪽문을 통해 비틀비틀 걸어 나왔다. 멍하니 벽에 기대 서 있노라니 부옇게 동이 튼다. 벽을 타고 둥, 길게 북소리가 울린다. 유사들의 기상 시간을 알리는 북소리였다. 안에서는 하나둘씩 인사를 하는 소리가 담을 넘고, 세숫물을 떠 바치는 재직 아이들이 나무 대야와 무명 수건을 들고 바쁘게 오가기 시작했다. 진사 식당의 굴뚝에서는 무덕무덕 연기가 치솟는다. 민호는 식당 옆으로 난 좁은 골목을 비틀비틀 걸어 나왔다. 벽에 어깨가 쿡쿡 부딪치는데도 하나도 아프지 않았다. 민호는 아랫배를 손으로 더듬으며 중얼거렸다.

"지금 너희들, 아빠 무서워서 안 가겠다고 꽉꽉 버티고 있는 거니?"

"……"

"많이 무서웠니? 그렇게 많이 무서웠니?"

의사 선생님 말씀으로는, 아이들은 아직 엄지손가락 크기도 안 된다고 했다. 그 아이들에게 그렇게 구체적인 감정이 있을 리가 없어, 뭔가를 느낄 수 있을 리가 없어, 생각하려 애쓰던 민호는 결국 포기하고 고개를 떨어뜨리고 말았다.

……미안해.

흙바닥 위로 짠물이 툭툭 떨어졌다.

"많이 무서웠구나. 미안해, 아빠한테 바로 안 된다고 막 싸워 주지 못해서 미안해. 아빠가 불쌍해서 그랬어. 어떻게 말해야 할지 몰라서 그랬어."

말할수록 훌쩍임이 점점 커졌다. 생각할수록 아기들에게 너무 미안해서 눈물이 멎지 않았다.

"아빠도 너희가 미워서 그런 말을 했던 건 아니야. 정말 아니야. 아빠 원래 그런 사람 아냐, 진짜 아니야. 아빠가 너희를 얼마나 애타게 기다렸는데."

이완을 위해 변명을 늘어놓던 민호는 결국 입을 다물고 말았다. 말을 할수록 우습다. 그래 봤자, 아빠 입에서 모진 말은 나왔고, 엄마는 말리지 않았다. 엄마는 그때 아빠의 마음이 갈가리 찢어지는 모습밖에 안 보였다.

난 모성애 같은 거 없는가 봐.

나 같은 게 무슨 엄마가 돼.

민호는 한 손으로는 아랫배를 감싸고, 한 손으로는 눈물을 훔치며 계속 걸었다. 돌이 총총 박힌 길바닥이 일렁일렁 찌그러져 보인다. 현대까지 이어지는 긴 담벼락과 대문을 지나도 투명한 황금빛 길은 여전히 보이지 않았다. 발걸음 뒤로 조그만 물방울들이 송알송알 줄지어 따라왔다.

"……지금 뭐라고 하셨습니까? 두 달 됐다고 하셨습니까, 형님?"

송석은 높은 등받이 의자에 시체처럼 푹 파묻혀 있는 이완을 보고 망연자실했다. 하도 소식이 없어서 누님의 입덧과 태교가 절정을 향해 치닫고 있구나 하던 참이었다. 그렇다고 먼저 연락을 할 수도 없는 게, 주변의 입덧러는 공주마마 한 명만으로도 지나치게 충분했다. 그 쌀쌀맞은 형님도 고난의 가시밭길을 걷고 계시겠구나, 짐작만 하고 있었는데 이건 또 무슨 푸른 하늘의 날벼락이냐.

"주무시다가 갑자기 없어지셨다고요?"

"그래."

"혹시 주무시다 갑자기 날개가 솟아 승천하신 건 아니지요?"

"……꺼져."

이완은 다 죽어 가는 목소리로 쏘아붙였다.

송석은 커다란 눈을 데굴데굴 굴리며 허깨비가 다 된 형님의 신색을 살폈다. 옷도 대충 입은 데다 얼굴은 양초처럼 허여스름하고, 눈은 10리 정도 들어간 것 같고, 면도도 제대로 하지 않아 턱이 거칠었다. 단언컨대, 저렇게 미라처럼 말라비틀어진 형님의 모습은 처음이었다. 고난의 과거 여행을 갓 끝내고 귀환했던 당시만 해도 지금보다 근육발은 좋았다.

하긴, 구충제 문제만 해도 넋이 나갈 일인데 누님마저 쪽지 한 장 없이 사라졌으니. 임신까지 한 상태이니 형님의 속이 속이겠나. 그것도 자그마치 두 달. 염통이 아마 숯덩이가 되어 있겠지. 외모와 달리 섬세한 성격의 송석은 형님의 두 손을 와락 부여잡고 같이 흐느껴 울고 싶었다.

달그락.

천만다행히 두 사람 사이로 앤드류가 가져온 커피 잔이 놓였다.

송석은 노랑머리 형님이 굉장히 눈치가 좋거나, 굉장히 눈치가 없거나 둘 중 하나일 거라는 부질없는 생각을 했다.

"형님, 왜 진작 저에게 도움을 안 청하셨습니까?"

"이번엔 어디로 갔는지도 전혀 모르는걸. 평소엔 어디 가면 메모를 꼭 남겨 놓고 갔는데 이젠 쪽지 한 장 없어. 작정하고 간 거지. 집에 있는 유물만 3,500점이 넘는데 뭘 타고 들어갔는지 어디로 갔는지 어떻게 알겠어?"

"전 세계의 트래커를 동원해서라도 안락재에서 자취를 찾아보면 되지 않겠습니까? 일단 최근에 가셨던 구월이네 집부터 시작해서 탐문 수색을 해 보면……."

"글쎄. 찾으러 가는 게 옳을까?"

이완은 커피 잔을 내려다보다가 쓰게 웃었다.

"왜 내가 진 실장한테 연락 한 번 안 했을 거 같아?"

"형님."

"나를 피해서 도망간 거잖아. 아이를 살리려고 가서 안 오는 거잖아."

"형님!"

"그래. 민호 씨라면 그렇게 결정할 거라 생각했어. 그런데 내가 가면 다시 다른 데로 도망가지 않겠어? 그리고 과거 어느 시대에선가 아이를 낳고, 더는 내가 어떻게 손쓸 수 없을 때 귀환하겠지."

고릴라의 이마에 세 겹의 주름이 시루떡처럼 잡히더니 이내 습곡 지층처럼 오묘하게 휘었다.

"민호 씨다운 결정이야. 나처럼 검사라도 모조리 해 보고 결정할 생각조차 없어. 검사 한 번 안 하고 그냥 낳겠다는 거지. 거기에 대고 내가 감히 뭐라 할 수 있겠어?"

"형님, 무슨 말씀이십니까? 형님은 그 아기의 아버지라고요!"

"……내가 무슨 자격으로?"

독설의 방향은 자신이든 남이든 가리지 않았다. 송석은 이완의 얼굴을 차마 쳐다볼 수 없었다.

마당으로 그림자가 길게 늘어섰다. 큼직한 괴나리를 진 사내가 천천히 마당 안쪽으로 발걸음을 옮긴다. 평상에 앉아 있던 민호는 물끄러미 그가 다가오는 것을 쳐다보았다.

사내는 말없이 평상 쪽으로 다가와 봇짐을 절그덕 내려놓고 민호의 곁에 앉았다. 그러더니 민호의 어깨를 꼭 감싸 안고 이마에 입술을 댔다. 뽁, 메마르고 부드러운 소리가 났다.

"많이 말랐어요, 민호 씨. 혹시 입덧 왔어요?"

민호는 눈을 끔벅거리다가 얼른 고개를 저었다. 그간 입덧에 시달렸던 민호는 피골이 상접했고, 걱정되는 일이 있으면 밥도 못 먹고 잠도 못 자는 모지리는 얼굴이 푹 곯아 있었다. 코가 찡하고 콧물이 흘러나온다. 이완은 푸슬푸슬 기운 없이 웃었다.

"입덧이 없다니 다행이네요. 신통해요. 그런데 얼굴은 왜 이 모양이에요?"

"입맛이 좀 없어서. 이완 씨는 괜찮아?"

"……임신하더니 눈 많이 나빠졌네. 민호 씨는 지금 내가 괜찮아 보여?"

"아니."

미안해. 미안해. 민호는 이완의 꺼칠해진 뺨을 쓰다듬으며 속삭였다. 불쑥 튀어나온 광대뼈를 더듬자 창자가 녹아내리는 것 같다. 민호는 목멘 소리로 속삭였다.

"왜 말도 없이 왔느냐고 화 안 내?"

"뭐, 이유가 있으니까 왔겠지. 내가 뭘 잘했다고 화를 내겠어……."

이완은 쓰게 웃었다. 당연히 화를 내야 하는데, 화가 나는데, 화를 낼 수 없다. 자신의 감정이 서 있는 위치는 체념과 자책과 해탈의 중간쯤 되는 것 같았는데 그중 가장 넓은 영역은 자책이 아닐까 싶었다.

아이를 살리고 싶다는 모성애를 어떻게 비난할 수 있을까. 나는 아이를 낳자고 끝끝내 확답할 수 없었다. 검사란 검사는 모조리 해 보고 결정하려는 나를 비난한다면 모를까, 검사도 모조리 집어치우고 아이를 낳겠다며 도망친 여자를 비난할 수는 없을 것이다.

"그래도 민호 씨, 다음에는 제발 도망치기 전에 말이라도 해 주고 가세요. 아니 가지 말고 차라리 소리 지르고 화를 내라고. 나도 귀 있으니 듣고, 입 있으니 말하면 되잖아. 그런 상태에서 혼자 가 버리면, 난 따라갈 수도 없고, 하루하루 피가 말라요."

"미안해 이완 씨. 난 이제 이완 씨 걱정시킬 일은 안 하려고 정말 노력해. 어디 가려면 꼭 연락도 남기고."

그랬다. 여자는 결혼 이후로 멋대로 혼자 돌아다니던 버릇을 고치려 노력하고 있었고, 어디를 가건 적어도 쪽지라도 꼭 남기고 떠났다. 이완도 그녀의 노력을 잘 알고 있었다. 충분히 고맙게 생각하고도 있었다. 그런데 이번엔. 여자는 시커멓게 가라앉은 얼굴로 조용히 말했다.

"그런데 이번엔 내가 오려고 해서 온 게 아니야."

"그래, 그래요. 역시…… 뭔가 돌아오지 못할 만한 사정이 있을지도 모른다, 모른다 생각했어야 했는데."

이완은 벌어진 입을 다물지도 못한 채 망연히 중얼거렸다.

무서운 괴물에게 미친 듯이 쫓기는 꿈, 꿈에서 들린 어떤 소리, 의지에 반한 갑작스러운 시간 이동, 돌아오려 할 때마다 밀려오는 걷잡을 수 없는 공포, 막혀 버린 길.

이완은 듣자마자 무슨 일이 일어났는지 바로 이해했다.

내가 왜 그 생각을 미리 못 했는지 믿을 수 없다. 아이들도 시간 여행자라는 걸 알고 있었잖아. 진 실장이 뭐라 했더라? 능력이 뛰어난 트래커의 경우, 자식이 능력을 물려받을 수도 있다 했었지? 쌍둥이라면 한 명에게만 선택적으로 유전된다고 했던가?

그래. 능력을 물려받은 한 아기가 생명의 위협을 느껴 본능적으로 도망쳤고, 아기가 도망치니 민호 씨도 함께 이동했던 거였고, 아기가 여전히 느끼고 있는 공포가 복귀를 막은 거였다. 송석의 말이 연이어 떠올랐다.

'요크셔테리어하고 세인트버나드하고 줄다리기를 시키면 누가 어느 쪽으로 끌려가겠습니까?'

'누님을 끌고 나올 정도가 되려면 누님보다 생존 본능에 충만한 타임 트래커가 눈에 뵈는 것도 없이 목숨 걸고 덤비는 상태여야 할 겁니다. 그런데, 그런 사람이 과연 누가 있겠습니까?'

……생존 본능에 충만한 타임 트래커?

이완은 휘청휘청 몸을 뒤로 물렸다. 그렇다면 지금 복중의 아이 중 한 명은 시간 여행 능력을 갖고 있는 게 확실하며, 민호 씨보다 시간 여행 능력이 좋거나, 혹은 민호 씨보다 훨씬 필사적이고 절박한 상태일 것이다.

나는 그것도 모르고 두 달 내내 뼈가 삭도록 고민하고, 민호 씨를 원망도 하고, 자책하고, 이러면 좋았을까, 저러면 가지 않았을까, 정신이 붕괴하기 직전까지 후회만 했었다. 민호 씨를 좀 더 믿었으면 좋았을걸. 그래서 무슨 일이 생겼나 여러 가지로 생각해 보고 진 실장을 빨리 찾아갔으면 좋았을걸. 오지도 못하고 소식도 전하지 못하고 아기 걱정에 내 걱정까지 하느라 얼마나 노심초사했겠는가.

못났다. 나 같은 게 무슨 남편이라고.

순간 여자가 곁으로 다가와 손을 꽉 잡는다. 말 한 마디 없었지만 여자의 손은 여전히 따뜻했고, 그래서 백 마디의 말보다 마음이 놓였다. 이완은 눈을 감고 길게 한숨을 쉬었다.

"아……. 바로 수술하러 병원에 가자는 말이 아니었어? 아오 씨, 미안. 정말 미안해. 내가 급하게 지레 생각해서…… 그냥."

민호는 눈을 껌벅이며 머리를 긁었다.

불가항력을 운명처럼 받아들인 여자는 오히려 평연해 보인다. 그냥 낳자고 끝내 말해 주지 못했던 남편에게 섭섭해하는 대신 오해를 했다며 미안해했다.

"미안할 거 없어요. 그래 봤자, 비겁하게 결심을 뒤로 미룬 것에 불과하니까."

이완은 고개를 옆으로 돌린 채 시큰둥하게 내뱉었다. 바로 수술하러 가자는 거나, 검사 다 받아 보고 이상이 있다면 결정하겠다는 거나, 대체 다를 게 뭔가? 명색 아비란 작자가 뻔뻔한 이기주의자에 겁쟁이라는 사실은 변함없는데.

여자는 무슨 말을 해야 할지 난감한 듯, 우물우물 말을 돌렸다.

"그나저나 내가 길이 안 보이니, 애들이 안심…… 방심할 때까지 이완 씨도 못 돌아가게 됐는데 그건 어떡하냐."

"막힌 게 한두 번인가요. 앤디가 갤러리 려를 잘 지킬 거고, 학교도 휴학 처리를 해 줄 거고, 토마스 경은 안락재를 꿋꿋하게 잘 지키겠지요."

이완은 이제 대수롭지 않게 웃었다.

민호는 허깨비가 다 되어 버린 사내의 얼굴을 하염없이 쓰다듬었다. 미안하고 미안하고 하염없이 미안했다. 왜 이 멀쩡하고 잘생기고 뇌도 섹시한 데다 가정적인 사나이는 어쩌다 나 같은 시간 여행자를 만나서 이렇게 걸핏하면 집 떠나서 개고생을 하게 됐을까. 하지만 그는 이제 그런 일로 불평하거나 화를 내지 않는다. 두 달 동안 피가 마르게 초조해하며 속을 끓였던 것에 대해서도 이제는 불평하지 않는다. 무디어지고 닳고 체념하는 그의 모습이 자꾸 아팠다.

"진 고릴라가 며칠 내로 데리러 올 거야. 따라가."

이완이 식사할 동안 잠시 마당쇠 복장으로 밖에 나갔다 온 민호가 덤덤하게 말했다.

"예? 그게 무슨 말입니까?"

"나 조금 아까 성균관 은행나무에 가서 새끼줄로 나비매듭 지어 놓고 왔어."

"민호 씨!"

"그 매듭 있으면 이틀쯤 후에 한 번 확인하러 온다고 고릴라가 말 안 해? 다른 시간에 누군가 혼자 부득이하게 남아 있을 때, 꼭 확인 하러 오라고 가르쳤거든. 내가 있으니까 걱정은 안 하겠지만 아마 한 번은 와 볼 거야. 그러니까 이완 씨만이라도 돌아가. 난 여기서 길이 열릴 때까지 기다릴게."

"말도 안 되는 소리 그만하세요. 지금 민호 씨를 버려두고 가란 말 인가요?"

"아오 씨, 진짜! 제발 시킨 대로 좀 해. 갈 수 있는 사람만이라도 가 있으라고. 난 길만 열리면 바로 돌아갈 테니까! 지금 이완 씨가 여기 와 있으면 내 속이 편할 것 같아?"

"나는 거기 가 있으면 편할 것 같아요?"

"거치적거린다니까! 혼자 있는 게 더 편하고 생존 능력치도 올라 가!"

민호가 불퉁하게 내뱉었다. 이완은 단호하게 고개를 저었다. 예전 에는 저 말에 속도 많이 끓었지만, 지금은 아니었다.

"구박해도 소용없어요. 안 갑니다."

"이완 씨! 내 몸은 내가 잘 지킨다니까!"

"임산부가 지키긴 뭘 지켜요. 이순신 장군 강감찬 장군도 임신해 서는 전쟁 못 나가! 당신이 여기서 혼자 입덧 치르고 혼자 죽도록 고 생하면서 아이 낳는 동안, 나는 현재에서 느긋하고 편안하게 기다리라고?"

"아 그럼 댁이 입덧할 거야? 똥꼬 째지게 아파서 대신 애 낳아 줄
거냐고! 뭔가 해 줄 수 있는 게 아무것도 없잖아!"

빽 소리를 지르던 여자는 이완의 처량한 얼굴에 결국 꾸물꾸물 속
을 실토했다.

"미안해서 그런단 말이야."

"민호 씨가 미안할 게 뭐가 있어요. 내가 미안하지."

이완은 씁쓸하게 웃고 다시 고개를 떨어뜨렸다.

"아기들이 많이 무서웠나 봐요."

이완은 민호의 아랫배를 더듬었다. 전과 달라진 것이 확실히 느껴
졌다. 마른 체형인 민호 씨는 아랫배에 살집이 거의 없었는데 지금
은 옷 위로도 볼록하게 느껴질 만큼 아랫배가 튀어나왔다. 5개월부
터 조금씩 티가 난다고 했는데, 쌍둥이라서 이르게 배가 부른 건가?
이완은 민호의 배에 손을 댄 채 가만히 웃었다. 하, 하하, 흐흐, 흐흐
흐. 웃음에서 물기가 묻어 나왔다.

"둘 중 어떤 놈인지 몰라도 엄마보다 능력 좋은 녀석이 있나 봐요.
그러니까 세계 최강 트래커라는 엄마를 이렇게 멀리까지 끌고 도망
올 수 있죠."

"그런가 봐."

"무서운 아빠를 피해서 조선 시대까지 런어웨이라니, 안전제일 튀
는 실력 하나만은 엄마를 닮았으니 이제 안심해도 되겠어요. 우리
아기들도 민호 씨처럼 수명 선이 손등까지 돌아가 있을 거고요, 아
마 백이십 살까지 무병장수할 거예요."

민호는 콧잔등에 주름을 잡고 이완을 노려봤다. 저 인간을 확 한

대 때려 줄까, 욕을 해 줄까, 아니면 킬킬 웃어 줄까, 가만히 안아 줘야 할까. 하지만 이완의 시커멓게 가라앉은 눈을 보니 너무 속이 아파서 아무 짓도 할 수 없었다. 이완은 배에서 손을 떼고 무겁게 중얼거렸다.

"그런데 민호 씨. 지금도 아기들의 감정 같은 게 혹시 느껴지세요? 아직도 무서워해요?"

"글쎄. 콩알만 한 놈들이 뭔 생각을 하는지 알 게 뭐야."

하지만 이완은 무의식적으로 가늘게 흔들리는 여자의 손을 발견했다. 공포 반응, 하지만 여자의 것이 아닌 공포 반응. 이완은 씁쓸하게 한숨을 쉬었다.

"좋은 아빠가 되려고 만반의 준비를 했는데 무서운 괴물로 찍혀 버렸네요. 하긴. 그런 소리 들어도 싸긴 하죠. 백번 쌉니다."

"엔간하면 자학은 그쯤 하지?"

이완은 시킨 대로 얌전히 입을 다물었다. 하긴. 내가 그 아이들이라도, 이런 한탄이나 자조 따위 듣기 싫을 것이다. 스스로 듣기에도 동정을 유발하는 발언 같아 구차했다. 민호가 어깨를 펑펑, 치더니 씩씩하게 말했다.

"아이들한테 그런 어둠의 오라를 풍기는 말은 어지간히 하셔. 태교 몰라 태교? 얘들은 밝고 명랑하게 자라나야 하니까 입 다물고 얌전히 햇볕이나 쬐든가 차라리 춤추고 노래를 해. 첼로 없으면 몸으로 때워야지. 내가 북하고 장구 빌려 올까?"

이완은 얌전히 햇볕을 쬐는 쪽을 택했다. 초가을의 햇볕은 따갑고 간질간질했다. 툭, 여자가 이완의 어깨에 머리를 기대고 비비적거린다.

"근데, 되게 신기하다? 요새 내가 애들을 부르면, 애들이 앵앵앵 대답하는 거 같아. 박일호! 네네, 네네네, 박이호! 네네, 네네네! 하고. 막 허공에서 소리가 들리는 것 같아."

"아아, 그렇군요."

이완은 예전에 농담 삼아 주고받았던 아이들의 이름을 떠올리며 웃었다. 일호, 이호, 삼호, 사호. 아니 축구단을 줄줄이 만들 정도로 많이 낳기로 했었는데 막상 그 이름들을 들으니 굉장히 현실감이 없다.

"나 요즘은 여기 평상에 앉아서, 아기들하고 이야기하면서 온종일 놀아. 애들 어지간히 말 많게 생겼어."

"예."

이완은 여자의 말을 잠자코 들어 주었다. 민호는 점점 어둡게 가라앉는 이완의 얼굴을 보며 필사적으로 용기를 짜냈다.

"나 좋은 엄마도 못 되고, 모성애 따위도 개뿔 없을 게 분명한데."

"……."

"나, 구월이가 아버지 모시는 거 옆에서 봤고, 유치원에서 통합교육 일환으로 발달장애 학생 받아 본 적은 있어. 하지만 내 아이로 키우는 문제는 여전히 잘 몰라."

이완은 희미하게 웃으며 고개를 저었다.

"민호 씨. 그건 아무도 몰라요. 낳아 보기 전엔, 키워 보기 전엔 아무도 몰라. 내가 들은 건, 그냥, 무엇을 상상하든 그 이상이라는 말뿐이에요."

"내가 힘낼게. 그러니까 아이들 낳게 허락해 주면 안 돼?"

"……그건 제가 허락하고 말고 할 일이 아니잖아요. 지금은 아무 검사도 할 수 없는 상황이고."

"내 멋대로 결정해서 낳을 일도 아니잖아."

"……."

"이완 씨도 힘들 거 아는데, 그냥, 우리 일호, 이호, 그래도 용감하게 세상에 내려왔으니, 엄마 아빠가 지켜 줄게, 이제 안심하고 살아, 하고 말해 주면 안 될까? 엄마 아빠 말고 세상에서 얘들한테 누가 그런 말을 해 주겠어. 응?"

"……."

"두 손 두 발 멀쩡하게 태어나면 그냥 평생 감사합니다, 감사합니다 하면서 키울게. 공부 못해도, 막 속 썩여도 화 안 내고 궁둥이 팡팡도, 등짝 스매싱도 안 하고 욕도 조금만 하고 키울게. 다른 집 애들하고 좀 다르게 태어나면, 내가 좀 더 용감해지면 되잖아. 내가 더 업고 다니고, 안고 다닐게. 응?"

"그만하세요, 민호 씨. 지금 제가 무슨 대답을 하겠어요."

"그러지 마, 이완 씨가 이 아기들의 아빠란 말이야."

"저 같은 게 무슨 아빠가 돼요. 그럴 자격이나 돼요?"

이완은 하늘을 올려다보고 마른침을 삼켰다. 이제는 목이 찢어지는 것처럼 아팠다.

나는 기다렸다. 설레는 마음으로 아니, 숨 막힐 정도로 초조하게 기다렸다. 우리 두 사람의 사랑의 결실, 그런 낭만적인 감정이 아니었다. 그 기다림은 수컷으로서의 본능이었다. 나는 내 DNA에 새겨진 열망대로, 내 유전자를 받은, 내 피와 살과 뼈를 이어받을 아이들을 강렬하게 욕구했다.

아기들을 맞이하기 위해 온갖 출산 양육 책들을 들여놓았고, 유기

농 이유식과 배내옷, 무공해 완구들을 예약해 두었다. 장바구니가 터질 지경이 되는데도 신상품이 뜰 때마다 홀린 듯이 들여다보곤 했다. 밤마다 모차르트를 연습하고 태중 아기들에게 들려줄 좋은 이야기들을 생각해 두었다.

같잖아 죽겠다. 그게 다 무슨 소용일까. 이제 나는 아기들에게 목숨을 위협하는 괴물이고, 몇백 년의 시간을 뛰어넘어 도망쳐야 할 공포의 대상에 불과한데. 내가 여기 머무른다면, 아이들은 다시 다른 시간으로 도망칠지도 모르는데.

"나 같은 게 무슨 아빠가 돼. 웃기지도 않아."

이완은 되풀이해 중얼거리며 필사적으로 웃었다. 하, 흐흐, 흐하하. 이완은 지금 이렇게 흉하게 웃는 꼴을 아이들이 못 보는 것이 다행스러웠다. 눈물이 나오지 않는 것조차 천만다행이다. 눈물이라도 흘리는 꼴을 봤으면 훗날 분명 악어의 눈물이라, 가증하다 할 테니까.

민호는 가타부타 반박하는 대신 이완을 조용히 안아 주었다. 이완은 여자를 마주 끌어안았다. 그립고 그리웠던 내 여자. 애타게 기다렸던 아이들. 하지만 모든 게 엉망진창이 되어 버린 상황에서, 나는 이제 아이들을 품에 받아들여야 할지 말아야 할지 내 입으로 말해주어야 한다.

"아이들한테 말해 줘요, 나도 엄마만큼 용감해지려고 열심히 노력하겠다고."

"……."

"사랑한다고……는 하지 마세요. 애들한테까지 비웃음당할 내공은 아직 안 돼."

이완은 여자를 안은 채 나직하게 웃었고, 여자는 그의 어깨에 눈을 비비며 울기 시작했다.

이튿날 새벽, 이완은 반궁의 은행나무로 가서 민호가 전날 묶어 둔 매듭을 풀어 버렸다.

입덧이 점점 심해졌다. 처음에는 입맛이 없는 것으로 살그머니 시작했는데, 결국 구토가 시작됐고, 구월이가 얻어 온 계란찜 냄새나 어렵게 구한 잡뼈로 만든 설렁탕 냄새만 맡아도 속이 뒤집혔다. 나중에는 밥만 들이대도 불끈불끈 화를 냈다. 민호는 원래 입맛이 까다로운 사람도 아니었고, 자잘한 일에 신경질을 부리는 사람도 아니었는데, 입덧이 시작되자 아예 외계 생명체가 되어 버렸다.

"그냥 입맛이 없는 거야. 여름 다 갔는데 뒤늦게 더위 타나 봐."

"천하의 윤민호가 더워서 입맛을 잃어요? 오뉴월 삼복더위에도 꽁보리밥에 소금, 된장 찍어서 두 그릇씩 먹던 사람은 대체 어디 사는 누군데요?"

"천마산 사는 윤민호가 그래 돼지다, 돼지! 댁은 돼지랑 결혼해서 좋겠다!"

이완은 여자의 푸석해진 머리를 쓰다듬었다. 까칠한 반응에 대해 짚이는 게 있었다.

"뭐 먹고 싶어요, 민호 씨?"

민호는 한참 망설였다. 말해 봐야 소용없는 건 아는데 말 안 하고 꾹 참기가 너무 힘들었다. 원래 식욕이 막무가내이긴 했지만, 이번 엔 급이 달랐다. 하늘에 동동, 땅에도 둥둥, 꿈에도 나타나서 바람결에 살랑거리니 이건 아주 미칠 것 같다. 어차피 하루 이틀에 끝날 게 아니니 들통이 안 날 수도 없겠다. 민호는 시무룩한 얼굴로 실토했다.

"어, 그게, 있잖아. 사실은, 조, 조금 먹고 싶은 게 있는데."

딱 한 가지였다. 달고 새큼하고 개운한 맛이 나는 과일. 그것만 먹으면 울렁이는 속이 사르르 가라앉을 것 같았다. 민호는 자리에 누워서 그 과일이 어두운 천장에서 둥둥 떠다니는 꼴을 구경했다. 스스로 껍질을 까고 살랑살랑 스트립쇼까지 한다. 아무리 시선을 돌려도 사방에서 둥둥거리며 따라다니니 미칠 지경이다. 눈을 감으면 입에 신 침이 고였다. 과일의 향기가 입에 꽉 차는 것 같다.

구하기 썩 어려운 것도 아니고 비싼 것도 아니다. 다만.

"아, 아니 조금이 아니고, 좀 많이 먹고 싶은 게 있는데⋯⋯."

"뭔가요?"

"별로 비싼 건 아니고, 대충 사과 종류라면 사과 종류인데⋯⋯."

이완은 안도의 한숨을 쉬었다. 다행히 사과 철이니 구하기 어렵진 않을 것이다. 민호는 눈을 끔벅이며 중얼거렸다.

"⋯⋯파인애플."

민호는 죄를 지은 것 같은 표정으로 바닥의 흙을 직직 문질렀다. 아아. 그게 대충 사과 종류구나. 이완의 얼굴로 어두운 그늘이 내려앉았다.

"⋯⋯민호 씨. 그게."

"어, 나도 여기 없는 거 알아. 아마 오백 년 후에나 수입되겠지."

"삼백 년이요…… 아, 예. 오백 년 합시다."

"근데 있잖아. 먹고 싶어 하면 안 된다고 아무리 야단쳐도, 자꾸 막무가내로 생각이 나는 거야. 생각해 보면 파인애플이 굉장히 맛있는 과일이었어. 아주 막 비싼 것도 아니면서. 그렇지? 이럴 줄 알았더라면 여기 오기 전에 많이 먹어 놓고 올걸."

민호는 길게 한숨을 쉬었다.

혀가 오그라질 정도로 시면서 개운하게 단맛, 파인애플 말고 다른 거라도 먹으면 충족될까 했는데, 과연 입덧이란 고약하기 짝이 없었다. 파인애플의 그 신맛, 파인애플의 그 단맛, 파인애플의 그 향기가 아니면 안 됐다. 온종일 떠오르는 것이라고는 파인애플 한 가지뿐이었다. 야야, 아니야, 사과도 맛있고 배도 맛있어. 바로 딴 파란 대추도, 아삭아삭 단감도 얼마나 맛있냐? 잘 먹어 봐, 어딘지 한 군데씩은 파인애플하고 비슷한 구석이 있다니까? 하고 아무리 레드 썬을 걸어 봐야 이건 사람이 미친 게 아닐까 싶을 정도로 막무가내였다.

"이완 씨, 걱정하지 마, 이 없으면 잇몸이지! 잘 익은 배에 꿀하고 감식초 섞어서 찍어 먹으면 파인애플하고 좀 비슷하지 않을까? 잘하면 내 대갈통이 좀 속아 줄지도 몰라. 내가 기르는 뇌세포들이 좀 단순하잖아?"

"아, 예."

이완은 눈을 내리깔고 억지로 대답했다.

민호는 허공을 쳐다보며 입맛을 다셨다. 젠장, 말이 그렇지 똑같을 턱이 있나. 배, 사과, 대추, 단감 다 필요 없어. 제기랄. 파인애플은 파인애플이어야 하는 거다. 그러니까, 한입 아작 물면 이에 부딪히는 탱탱하고 상쾌한 감촉과 함께 소름이 쪽 돋을 정도로 시고 달고 오묘한 향기를 잔뜩 품은 황금색 단물이 줄줄 흘러나오는 그거!
바로 그거! 온몸이 자르르 오그라드는 것 같으면서도 개운한 그 맛
은, 신비롭게 새큼하고 황홀하게 달콤한, 아으, 파인애플. 파인애플.

민호는 침을 꼴딱 삼키며 하늘을 올려다보았다. 하늘이 노란 파인
애플 색깔로 물든다. 세상에 살다 살다 파인애플이 흰 구름 사이로
동동 떠다니는 꼴은 처음 본다. 입안으로 새로운 침이 자르르 고였
다. 먹고 싶어서 죽을 지경이다. 오늘 파인애플을 잔뜩 먹고 내일 죽
으라 하면 그렇게 할 수 있을 것 같은데 그게 안 되니 이젠 진짜로
눈물이 날 지경이었다. 민호는 저도 모르게 콧물을 훌쩍이며 중얼거
렸다.

"난 세상에서 파인애플이 제일 맛있는 것 같아. 생과를 껍데기도
벗기지 말고 배 모양으로 사 등분 해서 말이지, 가운데 심은 과도로
쪽 잘라 내고 수박처럼 들고 먹으면 얼마나 맛있을까? 그냥 새큼하
고 달콤하고 물이 쭉쭉 나오는 거, 물 한 방울도 흘리지 않고 싹싹
핥아 먹을 수 있는데. 잘라 낸 심도 아까워, 껌처럼 씹어 먹어도 돼.
나 밥 대신 파인애플 종일 먹을 수 있을 것 같아. 열 개든, 스무 개
든."

"민호 씨, 우리 밖으로 다시 나가게 되면요."

"응."

"제가 파인애플 생과 짝으로 사 드릴게요. 매일 정기 배달."

"아, 정말? 으샤, 완전 신난다. 이완 씨도 같이 먹자! 이완 씨도 파
인애플이 얼마나 맛있는지 온몸으로 느껴 봐야 해. 꼭 정기 배달 시
켜 줘야 해?"

"그럼요. 약속해요. 돌(Dole) 농장이든 델몬트 농장이든 전속 계약

이라도 맺어서 평생 싱싱한 파인애플을 하루에 한 박스씩 공수할 테니, 우리 같이 먹어요. 환갑 때까지 밥 대신 파인애플만 드셔도 아무 소리 안 할게요."

"싱싱한 파인애플 생과 말고도, 파인애플 주스, 파인애플 말랭이, 파인애플 잼, 그리고 파인애플 잼 든 쿠키도 먹고 싶어."

"얼마든지요."

여자가 좋다고 히죽히죽 웃는다. 이완은 눈썹을 찡그리며 따라 웃었다. 제기랄, 제기랄! 하필이면 이 시각, 하필이면 존재하지도 않는 과일이야. 그까짓 과일 쪼가리. 그까짓, 싸구려, 과일 쪼가리, 얼마든지! 얼마든지!

"그런데요, 앤디가 그러는데 입덧할 때 먹고 싶은 거, 사실 아기가 아니라 엄마가 먹고 싶어 하는 거라는데요."

"그런 당연한 말을. 당근 내가 먹고 싶은 거지."

"민호 씨 파인애플 원래 좋아했어요?"

"응? 아니. 머리털 나고 파인애플 생과는 두 번인가 먹어 봤는데 좀 시고 혓바닥 아파서 별로 안 좋아했어."

"그럼 앤디가 틀렸네요. 그건 아기들이 먹고 싶어 한다는 거예요. 민호 씨."

"그런 거야?"

"그렇죠."

"그럼 내가 먹지 말라고 해 볼게. 박일호! 박이호! 쪼그만 놈들이 벌써 그런 거 먹으면 안 돼. 배탈 나! 그런 거 먹으려면 오백 년은 더 커야 해!"

민호는 손바닥으로 배 위를 탁탁 쳤다. 이완은 여자의 어깨에 이마를 대고 킬킬 웃었다.

　이완은 이불 속에서 민호에게 팔베개를 해 주었다. 늦더위가 꽤
질겼지만 이 양시가 머물렀던 손님방은 깨끗하고 바람이 잘 들어
시원했다. 이완은 민호의 가슴과 배를 가만히 어루만졌다. 유선이
발달하고 있는지 가슴이 조금 더 부푼 것 같고 배의 윤곽도 작은 언
덕처럼 둥그렇게 잡힌다. 따뜻한 체온이 손바닥을 타고 흘러들어 왔
다. 순간.
　폭.
　무언가가 손바닥을 콕 친다. 이완이 깜짝 놀라 손을 떼고 일어나
앉았다. 뭐야. 뭐지? 민호는 졸다가 푸스스 웃으며 그의 손을 다시
배 위에 얹었다.
　"요새 가끔 이런다? 아주 가끔."
　폭, 폭.
　손가락, 손바닥으로 다시 볼록거리는 느낌이 이어졌다. 머릿속이
텅 비어 버리는 것 같다.
　"태……동인가요? 버, 벌써?"
　"나 닮아서 좀 부산해."
　"저 닮아서 그럴 거예요. 저 어릴 때 못 말리는 사고뭉치였잖아
요."
　이완은 웃으며 말을 받다가 뚝 멈추었다. 그렇게나 갈팡질팡하던
주제에 닮았다고 좋아하다니, 하는 자괴감이 밀려들었다. 민호는 모
르는 척 말을 이었다.
　"웃기는 게, 아이들이 속에서 꼼지락꼼지락하는데, 그때마다 좋아

서 미칠 것 같아. 그냥 자기들끼리 답답하니까 꼬물대고 심심하니까 바동바동하는 것뿐인데, 막 주책없게 눈물이 나는 거야."

이완은 넋을 놓고 다시 여자의 배를 더듬었다. 다시, 다시 한번만 더. 순간 그에게 대답이라도 하듯 손가락 쪽에서 볼록 튀는 감촉이 돌아왔다. 손으로 찡, 길게 전기가 오는 것 같다. 하하하, 위에서 여자의 맑은 웃음소리가 들렸다.

"아빠 왔다고 인사하고 싶은가 보다. 아빠, 안녕하세요, 하고."

"······거짓말이죠. 꿈에서 죽이려고 쫓아다니던 괴물한테 무슨 인사를 한대요?"

이완은 얼빠진 얼굴로 중얼대며 손바닥을 내려다보았다. 콕, 하고 꿈틀거리던 감각이 여전히 남아 있는 것 같다. 민호는 몸을 반쯤 일으키고 그의 머리를 어루만지며 부드럽게 웃었다.

"아냐. 무서워서 도망친 건 맞지만, 그 이상으로 아빠한테 사랑받고 싶어 해. '아빠, 엄마를 사랑하는 것만큼, 나도 사랑해 주세요.' 그 말을 하는 거야. 물론 나는 단호하게 대답해 주지. 방자한 셰키들! 어디 감히 엄마만큼 소리가 나와? 네놈들은 아빠한테 만년 넘버 투야."

"민호 씨, 말, 막 지어내서 하지 마세요. 믿고 싶어지잖아요."

이완이 목멘 소리로 띄엄띄엄 말하자 민호는 단호하게 고개를 저었다.

"입덧 때 당기는 음식은 엄마가 먹고 싶어 하는 것 같지만, 사실은 아기가 먹고 싶어 하는 거라며."

"······."

"이 말도, 내가 하는 것 같지만, 사실은 아기들이 하는 말이야. 왜 그러냐고 물으면 모르겠지만, 어쨌든 이건 아기들이 하는 말 맞아."

우리 엄마가, 또 엄마의 엄마가, 엄마의 엄마의 엄마가 다 알아들었던 것처럼.

"그럼…… 제가 물어봐도 될까요?"

이완은 민호의 아랫배에 손을 대고 짐짓 근엄하게 말했다.

"박일호, 박이호."

"네, 아빠."

"너희들 아빠 보고 싶으니?"

"당근이죠."

"이놈들, 말 곱게 해야지."

"당근이 얼마나 착한 채소인데요! 얼마나 더 곱게 해요!"

어쩐지 벌써 밀리는 것 같다. 이완은 여자의 배에 귀를 갖다 댄 후, 눈을 감고 속삭였다.

"너희들 파인애플이 먹고 싶어서 엄마 졸랐니?"

"……네. 하와이 당일 배송 매일 한 상자씩 10년이요."

"편식은 안 돼."

"엄마가 그러는데 아빠도 편식쟁이인데 미남이 됐으니까 괜찮대요."

민호는 진지한 얼굴로 대답했다. 이완은 민호의 배에 뺨을 댄 채 키득거리고 웃었다.

"지금 아빠가 못 사 줘서 미안하다. 나중에 많이 사 줄게. 많이많이 사 줄게."

나중에 돌아가기만 하면, 너희가 무사히 태어나기만 하면. 그의 속말을 들은 것처럼 아이들이 명랑한 목소리로 대답한다.

"아빠, 약속한 거예요. 사나이 이름 걸고 약속한 거예요."

이완은 여자의 배 위에 입술을 대고 오랫동안 입 맞췄다. 안녕, 아기들아. 아빠다. 보고 싶다 얘들아. 아빠다. 내가 너희들 아빠다. 아기들이 아버지에게 팔랑팔랑 손을 흔든다. 아빠, 아빠, 아빠. 파인애플 속살처럼 밝고 화사한 목소리. 엄마, 엄마, 아빠야, 아빠, 아빠. 달콤하고 싱그럽고 물기가 많은 그 목소리. 외형이 어떠하든, 유전자가 어떠하든, 생명을 얻은 이상 땅에 발 딛고 살 자격이 있노라, 온몸으로 힘껏 소리 지르는 나의 아이들. 그 금빛 찬란한 목소리. 살포시 부푼 언덕 위로 더운 눈물이 주르르 미끄러졌다.

6-1
나는 대통령이 될래요
by.박윤오

내 장래 희망은 뭐 그리 썩 자랑스럽게 내놓을 만한 것은 아니다.
아니 까놓고 말하면 친구들에게 말했을 때 우우, 하고 비웃음을 당
할 직업 순위 2위 정도 될 것 같다. 차라리 장래 희망이 댄스 가수나
프로게이머, 프로그래머나 하다못해 윤삼이 형의 꿈처럼 '전투 로봇
탑승 조종사' 정도만 되었으면 훨씬 나았을 텐데. 그 정도만 돼도 친
구들에게 하루 열 번씩 자랑스럽게 이야기하고 다녔을 것이다.

"……왜 하필 대통령이니?"

아빠의 반응까지 이 모양인 걸 보면 이놈의 직업은 꿈도 희망도
없다.

나는 사실 아빠가 대통령이 되면 정말 멋질 거라고 생각한다. 아빠
가 대통령이 되면 우리나라 문화예술계는 활화산처럼 불타오르는 르

네상스를 맞을 게 틀림없다. 그리고 국가 대표로 순방을 나가서 사진을 찍힐 때 어느 각도에서라도 그림이 나올 것이고, 쓸데없이 많이 알고 있는 외국어도 다 폼 나게 쓰일 데가 생기지 않겠냐 말이다.

하지만 아빠는 애석하게도 정치에 전혀 뜻이 없다. 뭔가 그럴듯하고 폼 좀 나는 자리로 제안이 와도 죄다 거절하신다고 들었다. 정치에 대해서리면 콧방귀 일인자인 것이다. 일이 이러니 내가 속이 터지겠나 안 터지겠나.

하지만 아빠를 향한 나의 열렬한 마음을 털어놓기엔 좀 거시기한 면이 있었다. 자고로 같은 집안의 사나이들끼리는 그렇게 낯간지럽게 비행기를 태우는 법이 아니라 했다. 그래도 진로 탐색 활동 동의서에 서명은 받아 가야 했고, 어쨌든 나는 아빠를 설득해야만 했다.

"연봉이 높잖아요. 2억이 넘는대요."

"아빠가 대통령 각하보다 훨씬 많이 버는데. 근무 시간도 짧고 탄력적이고. 골동품 장사는 어떠니?"

아빠는 은근슬쩍 돈 자랑을 하면서 후계자 로비를 하신다. 딱하게도 아직 골동품 장사의 길로 나선다는 아들들이 없어서 아빠는 시시때때로 이렇게 로비를 하신다.

"대통령 관사가 넓잖아요. 산 좋고 물 좋고 경치 좋고."

"안락재 아흔아홉 칸이 좁니? 안락재도 뒤에 해발 812m 천마산이 있고 보이지는 않지만 멀리 한강도 있고, 집 뒤로 넓은 밭까지 딸려 있잖니. 엄마가 상추 배추 고추 심어 놓은 거 좍 밀고 허허벌판 만들어서 말을 달려도 되겠다. 청와대 뒤에선 말 타고 달리기 같은 거 못 해."

"대통령은 길쭉한 방탄 리무진 타고 다닌다고요."

"우리 미술품 운송 트럭도 방탄이고 리무진만큼 길쭉해."

"보디가드 운전기사가 줄줄이 붙어 다니니 폼 나잖아요."

"차에 오토 드라이브 기능 때려 박았으니 운전기사로 퉁치고, 윤삼이가 띄운 보안 드론 몇 개 더 만들어서 너 학교 가는 길에 붙여 주라고 할까? 건담 모형으로 만들어서 홍채 인식 기능에 레이저 공격 기능까지 탑재해 달라고 하면 아마 수십 기는 만들어 줄 거다. 스토커가 달려올 때 레이저가 슝슝 위협사격을 하면 정말 폼 나지 않겠니?"

생각 외로, 도장을 찍지 않으려는 아빠의 노력은 필사적이었다.

"세계 각지를 다닐 일도 많고요."

"너는 대통령을 안 하면 여행을 훨씬 많이 다닐 수 있을 거야."

"하루 세 끼 맛있는 것도 꼬박 먹을 거고요."

"장담하는데, 엄마 밥보단 못할 거다."

"어딜 가나 사진기자가 따라다니잖아요."

"내가 찍어서 안락재에 전시해 줄까?"

"텔레비전하고 인터넷 뉴스에 나올 정도는 돼야죠."

"차라리 댄스 가수를 하지그래."

브레이크댄스나 힙합을 왈츠처럼 추는 나에게 저런 말씀을 하시는 걸 보니 아빠는 저 직업을 정말 창피하게 생각하는 것이 틀림없었다. 나는 눈을 치뜨고 말했다.

"아빠는 자라나는 꿈나무의 꿈을 짓밟고 있어요."

아빠의 손에 들려 있던, 장미꽃이 훨훨 날아다니는 금띠 두른 홍차 잔이 달그락, 차받침 위에 내려앉았다. 아빠는 멋진 포즈로 팔짱을 끼고는 한마디 하셨다.

"그런 꿈은 좀 밟아도 돼."

"대체 왜 이렇게 반대하시는 거예요?"

나는 진지하게 물었지만, 아빠는 여전히 심드렁하게 되물었다.

"요새 너 역사 열심히 공부한다며. 그거 혹시 네 장래 희망과 관계가 있니?"

"네. 아빠가 역사는 통치자의 학문이라고 하셨잖아요."

"왜 역사가 통치자의 학문인지는 알고?"

"역사책은 옛날 왕들이 저질렀던 흑역사들의 창고잖아요? 전 형들이 무슨 짓을 하다가 엄마한테 등짝 스매싱 당하는 걸 보면 절대 그 짓 안 하거든요. 왕들도 그랬겠죠, 뭐."

아빠의 얼굴이 드디어 조금, 아주 조금 진지해졌다.

"좋다. 그러면 아빠가 내는 퀴즈를 맞히면 서명해 주마. 내가 조선 시대에서 가장 좋아하는 왕 세 명은?"

나는 어렵지 않게 세 명을 꼽았다. 고기를 사랑하신 세종대왕, 동물을 사랑하신 성종대왕, 그리고 무병장수의 아이콘 영조대왕. 엄마와 어딘가 닮은 구석이 있는 왕들이었다. 아빠는 흠, 눈썹을 찌푸리시더니 반대로 질문했다.

"그럼 아빠가 조선 시대에서 가장 싫어하는 왕은?"

이건 어렵다. 정말 어렵다. 연산군을 대고 싶었지만, 아빠가 그런 뻔한 문제를 낼 리가 없다. 잔혹무비 태종·세조, 흥청망청 연산, 튀고 보자 선조, 갈팡질팡 인조, 넌 뭘했니 철종, 우왕좌왕 고종…….

"아빠, 힌트."

"예와 도리를 숭상하여, 패역무도한 세력을 용감하게 몰아냈고, 정이 많아 불쌍한 백성을 보면 눈물을 흘리고, 정의롭고 강직한 신하들을 귀히 여겨 그들을 중용하고 끝까지 감싸 안았으며, 옳은 일이라 신념하는 것을 꿋꿋이 지키려 애쓰던 왕이었지.”

나는 아빠를 요상한 눈으로 쳐다보았다.

“그런 왕을 싫어하시다니, 아빠 변태인가요?”

“……넌 대통령이 되려면 낱말 공부부터 제대로 해야 할 것 같구나. 그래서 정답은?”

“힌트가 함정이잖아요! 비겁해요. 대신 다른 힌트 한 가지 더 주세요. 과자 드릴게요.”

나는 엄마가 구워 주신 티 쿠키 접시를 아빠 쪽으로 밀어 드리며 최대한 협상을 시도했다. 원래는 엄마가 아빠 드리라고 주신 것이지만 협상의 달인인 나 박윤오는 굳이 그런 말은 하지 않았다. 아빠는 쿠키를 하나 집어 먹더니 선선히 두 번째 힌트를 주셨다.

“어떤 사람이 자동차를 타고 가면서 나한테 길을 묻더라. 이 길로 가면 서울로 갑니까? 저런, 길을 반대로 드셨어요. 이건 하행선, 부산 가는 길입니다. 아, 괜찮아요. 이 자동차는 시속 300까지 올릴 수 있는 차예요. 빨리 갈 수 있어요. 아니 속도를 빨리 낸다고 해도 방향이 반대라고요. 아 글쎄 괜찮다니까요. 휘발유도 뒤에 넉넉하게 실었어요. 얼마든지 갈 수 있어요.”

나는 아빠가 쿠키 한 접시와 홍차 한 잔을 더 드실 때까지 열심히 생각했다. 머리에서 쥐가 날 것 같았다.

“그 왕이나 정의로운 신하들이 옳은 방향이라 믿고 끌고 갔던 게 옳은 방향이 아니었을 수도 있다는 건가요?”

“빙고. 차이점이라면 도착지가 부산 정도가 아니라 낭떠러지였냐는 거.”

아빠는 빙긋 웃으셨다. 하지만 그걸로 끝이었다. 나는 그 왕이 누군지 끝까지 알 수 없었다. 나는 어쩔 수 없이 비겁한 방법을 동원하기로 했다.

"서명 안 해 주시면 희망 직업을 국회의원, 이라고 바꿔 쓸 거예요."

"협박이냐?"

"협상이죠."

"그런 건 협잡이라고 한다, 박윤오."

아빠는 티팟에 든 홍차를 우아하게 잔에 따른 후, 진로 탐색 동의서에 서명했다.

서재 문을 나서며 나는 잠깐 뒤돌아서 물었다.

"아빠, 내가 옳다고 배운 게 옳다는 걸 믿을 수 없으면, 이것이 옳다, 그르다, 하는 걸 굳이 배울 필요가 있어요?"

"버리기 위해서는 먼저 소유해야 하지. 그리고 사실, 자신이 배운 정의와 상식이 이 시대에 진짜로 맞는지 의심하고, 자신만의 판단 기준을 반드시 세워야만 하는 사람들이 그리 많지는 않아. 하지만 시간 여행자는 그 사람들 중에 포함되지."

"그 새로운 기준은 어떻게 세우나요?"

"엄마한테 가서 물어보렴. 아빠보다는 열 배쯤 유용한 대답을 해 주실 거다. 하산할 경지가 되면 그때 대통령 출마를 허락하겠다."

"그런데 아빠, 정답은 누군가요?"

아빠는 빙긋 웃으며 찻잔을 멋들어지게 입술에 갖다 댄다.

6-2
목면산의 봉화

"이제 오지 마. 오면 안 돼."

깊은 밤에 나타난 소년을 보고 구월이는 서글프게 말했다.

"내일부턴 절대 오면 안 돼."

소년의 눈이 의아한 듯 깜박거린다.

"나 혼인해."

이 양시님?

힘없이 고개를 저었다. 선계의 동생은 당연히 내가 좋아하는 사내와 혼인하는 줄 알고 있을 것이다.

"아우님, 나는 양시님하고 혼인할 수 없어."

동생은 여전히 의아한 얼굴로 나를 응시한다. 선계의 동생은, 내가 죽었다 깨나도 그분과 혼인하지 못하리라는 것을 이해하지 못하는 모양이다. 저승이나 선계엔 양반도 상놈도 없는 걸까? 반촌 따위

사방 가로막힌 동네도 없는 걸까? 구월이는 희미하게 웃었다.

"어쨌든, 서방 될 인간이 너를 보면 화를 낼 거야. 굿을 할지도 몰라."

동생은, 자신이 저승의 사람이 아니라 말하려는 듯 고개를 가볍게 저었다. 구월이는 동생이 이승에 머물러선 안 될 존재라 말해 준 적이 없었고 앞으로도 말할 생각이 없었다. 그저 조용히 웃으며 말을 돌렸다.

"너도 내가 싫어하는 사람과 혼인하는 게 싫으니?"

당연한 말을 한다는 듯, 말간 눈이 깜박거린다. 구월이는 빙긋 웃었다.

"역시 그렇지? 나도 실은 좋아하는 사람하고 혼인하고 싶어."

마음대로 할 수만 있다면, 백 번이든 천 번이든.

원하는 대로 하면 되지 않아?

살포시 바람이 일더니 동생은 조용히 사라졌다. 구월이는 마지막으로 들린 말이 동생이 한 말인지 자신의 속에서 간절히 맺혀 있다 튀어나온 말인지 조금 헷갈렸다. 뭐 어느 쪽이든 상관없다.

다만 동생이 앞으로 오지 않겠다 확답 없이 그냥 사라진 것이 마음에 걸렸다. 난생처음 듣는 축객령 때문일까? 많이 섭섭했을까? 싫어하는 사람과 혼인하겠다는 내가 한심했을까? 아니, 어쩌면 동생은 내 마지막 대답을 '좋아하는 사람과 혼인하겠다'는 대답으로 잘못 이해하고 안심하고 떠난 건지도 모르겠다.

구월이는 동생이 사라진 이불 위를 가만히 매만졌다. 이제 이 아이도 다시는 못 보겠지. 만질수록 서글펐다. 올록볼록 화사하고 세심한 자수가 손끝에 쓸리자 이불 속에 스며들어 있던 소년의 목소리가 손가락을 타고 흘러들어 오는 것 같다.

괜찮아요 누님, 괜찮아.

⋯⋯괜찮다, 월아. 그런 건 다 괜찮아.

불현듯, 자신을 떠났던 또 다른 사내가 떠올랐다. 이 이불을 사용하셨던 그분. 구월이는 가만히 눈을 감았다.

여기가 작은 무릉이로구나.

월아, 너 반촌 밖에서 살아 볼 생각은 없니?

내가 너를 좋아한다.

내가, 너를, 좋아한다⋯⋯.

눈물이 주르르 흘러나왔다.

두 발목이 빠졌던 용출은 반궁의 의원에게 기어가 뼈를 맞춘 후에야 간신히 지팡이를 짚고 기동했고, 굴신이 가능해지자마자 득달같이 달려와 구월이의 머리채를 잡았다.

“와? 이 더러운 에미나이가 뭘 또 눈깔을 희번덕희번덕 두리번거리네? 내래 접때처럼 호락호락하니 당할 줄 알간? 요거 요거 눈깔 팽그르르 도는 거 보라? 또 오데선가 양시님이 날래 튀어 오실 거 같네?”

“아니에요, 양시님은 그날부로 공부 그만두고 낙향하셨어요.”

“오냐, 기럼 이참에 네년이 뒈져두 올 인간이 없겠구나. 긴데 이

에미나이는 외간 사난이 낙향했는지 공부하는지 어드러게 알간? 이 더런 년, 온제부터 기래 꼬랑지를 살살 쳐 댔서?"

구월이는 이제 도망치지도 않고, 소리 지르고 도움을 청하지도 않았다. 그냥 입을 틀어막고 마당에서 굴렀다. 자신이 택한 길이 이 모양 이 꼴이라는 건 양시님을 보낼 때부터 알고 있었다.

동짓달 보름, 구월이는 용출과 혼례를 올렸다. 웃는 얼굴이 복숭아 꽃처럼 곱다던 새 신부는 시퍼렇게 멍들고 눈물로 얼룩진 얼굴에 연지 곤지를 찍었고 나이 먹은 신랑은 초례상 앞에 서기 전부터 술에 취했다. 이웃과 친구들이 십시일반 거들어 음식을 준비했지만, 여인들은 표정이 어두웠고, 신랑의 술친구들만 모여 술판, 노름판을 벌였다. 세 번째 장가를 드는 사내는 겁에 질려 훌쩍대는 새색시에게 입 닥치지 않으면 가랑이를 찢어 버리겠다 협박하며 몸을 취했다.

혼례를 올린 지 이레도 되지 않아, 구월이는 자신이 상실한 것과 감수할 것 모두 생각보다 훨씬 크다는 것을 알았다. 용출은 말짱할 때는 그럭저럭 사람 구실을 했지만 술에 취하면 으레 물건을 던졌고, 말 한마디라도 거슬렸다간 바로 머리채를 잡았다. 구월이가 마당 한가운데서 퍼렇게 멍이 들도록 얻어맞을 때, 대가리가 굵은 의붓아들들은 말리기는 고사하고 찢어진 옷 사이로 비어진 그녀의 가슴을 담장 뒤에서 훔쳐보며 낄낄댔다.

물정 몰랐던 아비의 후회는 부질없었다. 그는 뒤늦게 딸을 붙잡고 하염없이 울기만 했다. 미안하다 아가, 미안해. 미안하다. 기냥 우리 죽디, 응? 죽자.

"괜찮아 아빠, 구 서방 안 취했을 땐 잘해 줘. 친구들도 다 이러고 살아. 정말이야 아빠."

구월이는 아비를 달래면서도 그날, 이것저것 다 집어 던지고 양시님 손을 잡고 훌쩍 떠나 버렸으면 어땠을까, 혹은 아버지랑 같이 죽어 버리면 어떨까, 하는 생각을 하곤 했다.

한 달 만에 구월이는 반벙어리 허깨비가 되었다. 자수도 베 짜는 것도 모조리 손을 놓아 버렸다. 저녁이면 툇마루에 백치처럼 앉아 시간을 보냈다. 잃어버린 것을 생각하면 웃음밖에 나지 않아 가끔 목멱산을 바라보며 히죽히죽 웃기도 했다. 이제는 사내가 때려도 머리채를 잡아도 아무 반응을 하지 않았다. 주변 사람들은 용출을 욕하는 대신 드디어 구월이에게 동자 귀신이 씌었다 수군대기 시작했다.

그해 섣달은 평화롭게 시작됐다. 가을은 대풍도 대흉도 아니랄 정도로 평안히 지나갔다. 성균관 유사들의 반촌 드나듦도 별다를 것 없이 이어졌다. 반촌 주점의 뜨끈한 방에 둘러앉은 그네들 중 간혹 북방의 흉흉한 소문에 대해 꺼내 놓는 이들이 있었으나 거개의 유사들은 그럴 때마다 오랑캐의 본데없고 무식한 행태에 대해 크게 비웃었다. 올봄에 거행되었다는 만주 칸의 황제 즉위식은 가장 좋은 안줏거리였다. 붉은 돼지(청 태종 홍타이지를 낮잡아 이른 별명) 따위가 감히 칭황이라니, 서달(몽골) 왕자, 호족 왕자 따위를 사신이랍시고 떼로 보내면 무얼 하나. 조정에서 큰소리 한번 치니 머리 싸쥐고 말이나 훔쳐 타고 도망쳤다며! 반인들은 그들에게 술과 안주를 나르며 기럼요, 기렇구말구요, 맞장구를 쳤다.

코끝이 쨍하게 맵던 저녁, 툇마루에 앉아 있던 구월이는 홀린 듯

자리에서 일어났다.

"저, 저거…… 저게 뭐야."

목멱산 산마루 봉수대에서 다섯 홰 봉화가 이글거리고 있었다. 구월이는 우들우들 떨면서 중얼거렸다.

"……혀, 형부 말이 맞았어……."

"민호 씨, 힘들어도 조금만 참아요."

이완과 민호는 구월이가 혼례를 치르기 열흘 전, 행장을 꾸리고 집을 나섰다. 용출이네 집으로 구월이가 들어가는 것이 아니라 용출이가 아이들을 끌고 들어온다 했으니 방을 비워 주어야 했다. 그러잖아도 한양에 길게 머무를 생각은 없었다. 이른 시일 내에 남쪽으로 내려가야 했다.

말린 고기, 곡식 볶은 것과 미숫가루, 말린 과일 따위를 준비하고 솥이며 자잘한 그릇과 바가지 따위도 차곡차곡 지게에 얹었다. 노숙을 염두에 두고 기름 먹인 포와 베, 짚신, 여벌들도 챙겼다. 된장을 발라 구운 떡에 이완이 시전에 들러 사 온 기장 미역에, 구월이가 직접 짠 기저귓감까지 올리고 보니 이삿짐이 따로 없었다. 지게를 정리한 이완은 마지막으로, 크고 작은 은자가 들어 있는 전대를 허리에 단단하게 둘렀다.

칠 삭으로 접어든 민호의 배는 이제 걷잡을 수 없이 부풀었다. 해산을 하려면 석 달을 더 기다려야 하는데 배는 이미 만삭이었다. 쌍둥이라 그런가 싶기도 했고, 입덧이 사라진 여자가 걸신을 하고 먹어 댄 탓도 있었다.

여자는 배가 고프다는 말을 버릇처럼 달고 살았다. 진흙을 먹다가 들켜서 화들짝 도망치는 모습을 봤을 때는 눈에서 불이 치솟았다. 빈혈 증세의 하나라는 이식증인 듯했는데 손을 쓸 방법이 없었다. 서로 속이 빤한지라 미안하다는 말은 입에 담지 않았지만, 이완은 미안하다 못해 속이 새카맣게 타들어 갔다.

제발, 제발 빨리 길이 열려야 할 텐데.

처음에는 아기들을 편안하게 안심시켜 주면 바로 돌아갈 길이 열릴 거라고 막연하게 믿었다. 밤마다 아기들에게 이야기를 해 주고 배를 쓰다듬어 주고 용기를 쥐어짜서 노래까지 불러 주었지만, 결과는 요지부동이었다.

이제는 별수 없이 떠나야 했다. 한양이 위험해지는 시기가 다가오고 있었다.

"형부, 어디든 가시면 바로 산파부터 수소문하시고요, 언니 산후 조리하려면 뜨끈한 구들에서 따뜻하게 이불 덮고 등짝 엉덩짝을 골고루 푹 지져야 하고요, 겨울이라 산후풍 들기 쉬우니까 바람하고 물 닿게 하면 절대 안 되고요, 언니가 발랑대고 아기 안고 돌아다닌다고 하면 꼼짝 못 하게 새끼줄로 허리통을 묶어서 방에 꼭꼭 잡아매 두시고요."

떠나기 전, 구월이는 이완을 붙잡고 신신당부했다.

"응, 그래. 걱정하지 마. 고마워."

"미안해요. 제가 언니 산 구완까지 꼭 해 주려고 했는데 일이 이렇게 돼서요."

이완은 구월이를 보며 희미하게 웃었다. 역시 비슷한 사람끼리 친구가 되는 건가? 민호 씨만큼 오지랖이 넓거나 물불 안 가리고 앞장서는 성격까진 아니지만, 구월이 역시 속정이 깊고 마음 씀이 넉넉했다. 이완 역시 구월이를 도와주지도 못하고 도망치듯 나가는 것이 안타까웠다.

"아니야, 우리가 그동안 덕을 많이 봤는데 이렇게 가게 돼서 더 미안하지. 그런데 처제, 한 가지만 물어볼게."

"예, 형부."

"정말 구용출 그 사람이랑 혼인할 거야?"

동그란 눈이 실쭉 찌푸려진다. 혼례를 코앞에 둔 처자한테 뭔 말도 안 되는 소리냐 싶은 얼굴이다. 이완은 한참 망설이다가 후, 한숨을 쉬고 작은 목소리로 속삭였다.

"혹시 마을 밖에서 살 생각은 없어? 이 양시님 댁 지금이라도 수소문해서 찾아가 볼 생각은 없고?"

"양시님도 헤어지기 직전에 그런 말씀을 하시더니, 형부마저 왜 이러세요."

구월이는 눈앞의 사내를 올려다보며 푸스스 웃었다. 하지만 이완은 진지했다.

"만에 하나 그럴 생각이 있으면, 지금이라도 혼례를 한 달만 더 미뤄. 무슨 핑계를 대서라도. 그리고……."

"예? 무슨 일로?"

이완은 이야기를 해 주어야 할까 지금까지 고민했다. 과거의 사람에게 미래에 일어날 일을 알려 주어선 안 된다는 기준은 확고했다. 자신이 해 준 말로 인해 엉뚱한 소문이 나거나 일이 안 좋은 방향으로 진행된다면 그 뒷감당과 자책을 어쩔 것인가. 민호 씨처럼 모든 시간을 현재처럼 산다는 것은 정말 쉽지 않은 일이다. 특히 지난번처럼 말꼬리를 잡혀서 시간에 묶이는 것은 정말 원하지 않았다.

하지만 구월이는 민호의 친구였고, 지금까지 두 사람을 가족처럼 살펴 준 은인이기도 했다. 무슨 일이 닥칠지 뻔히 알면서 한마디도 하지 않는다는 건 사람의 할 짓이 아닌 것 같다. 이럴 때 어떻게 행동해야 할지 결정하는 것은 여전히 애매했다.

그는 한참 고민하다 어렵게 입을 열었다.

"목멱산에 봉화가 삼 해 이상 오르면."

"형부?"

"뒤도 돌아보지 말고 도망쳐. 잡으러 갈 추노꾼 따위는 없을 거야."

구월이는 입을 틀어막고 비명을 안으로 삼켰다.

봉화라니? 임진년의 왜란, 정묘년의 호란, 갑자년의 이괄 병마사 역모 같은 난이 다시 일어나는 건가?

구월이는 전란이나 역모가 일어났을 때 견고하던 반촌의 경계가 붕괴했던 것을 알고 있었다. 그때 사라진 이들은 모두 죽은 자로 치부하고 아무도 추쇄하지 않았다. 엄마 역시 구월이를 데리러 왔다가 들키지 않았으면, 다들 죽은 줄 알고 추적 없이 내버려 두었을 것이고, 엄마는 동생과 함께 참의 댁에 몰래 숨어서 지금까지 여생을 누리고 있었을 것이다.

구월이는 푸르게 질린 얼굴로 물었다.

"혀, 형부. ……하, 한 달 안에 무슨 일이 일어나나요? 임진년, 정묘년, 갑자년처럼? 그걸 형부가 어떻게 알아요?"

"북쪽 오랑캐들의 분위기가 심상치 않아. 화약이 터질 것 같은 분위기야."

"그게 무슨……."

"길게 설명 못 해. 만약 정묘년처럼 무슨 변고가 터지면, 그리고 양시님께 갈 생각이 있으면 바로 남쪽으로 도망가서 인적 없는 깊은 산에 숨어 있어. 그러다가 조용해지면 몰래 양시님 댁을 수소문해서 찾아가면 돼."

이완은 이 양시에게 연통이 아주 불가하지는 않으리라 짐작했다. 낙향했더라도 같은 방을 쓰던 생원이나 동기들에게 수소문하면 될 것이다. 하지만 구월이는 도저히 이해하지 못하겠다는 듯, 울 것 같은 얼굴로 고개를 저었다.

이완은 한숨을 쉬고 고개를 끄덕였다. 구월이가 양시를 찾지 않는다면, 더는 일러 줄 말이 없었다. 반촌 사람들은 난이 터지면 무리를 이루어 강원도 쪽으로 피신한다 했으니, 별일이 없다면 이 아가씨는 남편, 아버지와 함께 그들을 따라갈 것이다. 그러면 적어도 난이 끝난 후에 안전하게 돌아오기는 할 것이다. 이완은 구월이에게 자세하게 설명하는 대신 목소리를 낮춰 당부했다.

"내가 한 말은 절대, 아무에게도 말하면 안 돼."

공주까지만 가면 돼요. 하루 10킬로만 걸을게요. 그리고 마을이 나오거나 주막이 나오면 바로 방 잡고 자요. 눈 딱 감고 보름 남짓만 고생해요, 우리.

계산이 틀렸다.

이완은 안성 이보 장터의 주막집 평상에서 시래깃국밥을 두 그릇째 허발하고 있는 여자를 보며 입술을 깨물었다. 지금 같은 식으로 갔다간 열흘이 아니라 한 달 만에 공주에 도착할 판이었다.

서울―부산이 400km 정도라 치면 서울―공주까지는 1/3 정도가 될까? 대충 130~40km 정도로 잡았을 때, 평소의 민호 씨 체력으로 보면 사나흘에 주파가 가능했을 것이다. 하지만 임신 중이니 어림없을 테고, 시속 2km 정도로 천천히 하루 다섯 시간만 걷는다 치면 하루 10km. 산길도 많지 않고 우회로도 크게 없으니, 공주까지 대략 보름.

그 정도면 됐어, 충분해. 공주 어름에 도착해서 적당한 집을 찾아 머물면서 산파를 수소문해 두고, 아기 낳을 때까지 조용히 기다리면 돼.

떠날 당시 이완의 계산은 대략 그랬다.

그 무슨 어림도 없는 계산을.

이완은 쏩쓸하게 웃으며 고개를 저었다.

몸이 아직 무겁지 않을 때는 묶여 있는 기간이 길어지리라고는 생각하지 못하고 길이 다시 열리기를 기다렸다. 그러자면 통로인 성균관에서 가장 가까운 곳에서 대기하고 있어야 했다. 임신한 상태에서 돌아다니는 것 자체가 위험한 일이었고, 민호의 몸 상태도 그리 좋지는 않았다.

하지만 아이들은 일곱 달이 될 때까지 민호가 이동하지 못하도록 요지부동으로 버텼고, 이완은 더 이상 기다릴 수 없었다. 이젠 여기서 해산하는 경우의 수도 감안해야 했다. 의료 시설이 아무것도 없는 곳에서 해산이라니. 생각할수록 기가 막혔지만 불평할 계제가 아니었다. 빨리 받아들이고 대책을 세워야 했다. 일단, 한양을 벗어나는 게 급선무였다. 한양에 오랑캐들이 들이닥치는 게 한 달 후의 일이다.

그나마 다행인 것은 아이를 낳을 당사자의 반응이었다. 어디서 낳든 아픈 건 똑같겠지만, 이완 씨가 큰일인데? 조선 시대엔 여자가 애 낳을 때 남자 상투 풀어서 휘어잡고 낳기도 했었대! 잘못하면 이완 씨 속알머리가 몽땅 빠질 수도 있어! 하며 태연하게 웃고는 그만이었다.

"맛있어요?"

"세계 최고야."

그릇에 남은 밥풀 한 알까지 박박 긁는 여자를 보며 이완은 자신이 먹던 국그릇을 가만히 밀어 주었다. 아 이거 참, 내가 생각해도 너무 뻔뻔한데, 미안해. 여자는 우물우물하면서도 미칠 듯이 배가 고픈지, 사양하지도 못하고 받아먹기 시작했다. 시근대며 먹는 여자의 입에서 하얀 입김이 쏟아져 나왔다. 이완은 하늘을 한 번 쳐다보고 주모에게 물었다.

"오늘이 며칠입니까?"

"이레 전에 보름 지났응게 스무이틀이네유. 동짓달인데 워찌 섣달 정월보다 매운겨. 먼 길 가시는 갑는디 워칙헌대유."

11월 22일이라. 이완은 금방이라도 눈을 뿌릴 듯 어두워진 하늘을 보며 낮은 목소리로 말했다.

"여기서 며칠 묵다가 가요."

1600년대 초반에는 이완이 예상했던 것보다 주막이 훨씬 적었다. 그렇다고 마을에서 하루 쉴 집을 찾는 게 나았느냐 하면 인심이 하도 흉흉해서 그것도 쉽지 않았다.

생각해 보면 그럴 만도 했다. 임진년과 정유년의 왜란, 현 금상이 일으킨 반정, 갑자년 평안 병마사 이괄의 반란, 정묘년의 호란, 명군과 후금군의 지독한 수탈, 이곳저곳에서 끝도 없이 터지는 역모, 모반, 반란. 명나라 혹은 오랑캐에 빌붙은 개들과, 개들에 들러붙은 조선인 빈대들은 미쳤다 싶을 정도로 뇌물을 요구했고, 왕과 반정 세력은 백성들의 피를 짜고 살을 도려내 그들의 요구를 들어주어야 했다. 그 세월이 장장 40여 년이었다. 넉넉한 인심 따위가 남아 있을 턱이 없다. 하여 여행객들은 길을 떠날 땐 으레 노숙과 취사를 감안하고 짐을 꾸렸다.

두 사람 역시 안성까지 내려오며 노숙도 감수해야 했다. 서바이벌 전문가의 오랜 노하우 덕에 얼어 죽지는 않았지만, 이완은 한국에서 겨울 노숙은 할 짓이 못 된다는 사실을 절감했다. 불행 중 다행으로, 민호의 백두산처럼 부푼 배를 본 아낙들은 어지간하면 혀를 끌끌대며 안방 윗목이든 부뚜막 구석이든 지붕이 있는 장소를 내어 주고 몸을 녹이게 했다.

민호는 할딱할딱 따라가며 천으로 둘둘 감은 손을 꾹꾹 쥐었다 폈다 했다.

야단났다. 손발의 감각이 이상하다.

힘든 내색을 하지 않으려고 안간힘을 썼지만 요망한 몸뚱이가 말을 듣지 않았다. 한두 시간만 걸으면 발이 질질 끌렸고, 손발이 퉁퉁 부어올랐다. 이젠 저 잘생긴 사나이가 손을 잡아도 이게 네 손이냐 내 손이냐 했고, 저녁때 발을 꼭꼭 주물러 줄 때도 저게 네 살이냐 내 살이냐 싶었다.

춥고 피곤한 것도 문제였고 두 시간마다 오줌이 마려운 것도 문제였지만, 배고픈 것이 너무 견디기 어려웠다. 배고파, 배고파, 아아 배고프다, 노래가 절로 나왔고, 하늘이 노랬다가 까맸다가 나중에는 사방에서 별이 반짝였다. 먹어도 먹어도 허기가 지는 판에 먹을 것도 많지 않았다. 싸 온 것들의 양이 적지는 않았지만 일이 어찌 될지 모르는 판이니 최대한 아껴 먹어야 했다. 구운 떡 따위는 꽁꽁 얼어붙어 먹으려면 다시 불을 피워야 했는데, 그나마 얼마 가지 못해 동나고 말았다.

길이 눈으로 덮인 것도 큰 복병이었다. 버선을 겹으로 껴 신고 걸어도 발가락이 젖었고 젖은 발가락은 곱아들다가 점차 감각이 없어졌다. 젖은 버선을 말릴 곳도 마땅찮아서, 밤에 봉놋방 바닥에 깔고 자거나 이완이 아궁이 앞에 쪼그리고 앉아 모락모락 말려 주곤 했다.

이완은 지게를 짊어지고 앞서가다가 민호가 늦어지면 말없이 돌아와 손을 잡고 다시 걸었다. 그의 길고 매끄럽던 손가락은 이제 수세미처럼 거칠어졌고, 우유처럼 비단처럼 희고 매끄럽던 손등은 이제 쩍쩍 터지고 갈라져 피딱지가 얼금얼금 얹혔다. 항상 짧게 다듬던 손톱은 돼지 멱을 딸 정도로 길어졌는데, 손톱 밑은 시커멓고, 그나마 두 개는 부러진 상태였다. 그가 잠시 쉬면서 자갈을 하나 주워 부러진 손톱을 갈고 있는 것을 보니 속상해서 눈물이 나올 지경이었다.

민호는 억지로 눈을 다른 곳으로 돌렸지만, 훌쩍대는 콧물까지 감출 순 없었다. 사내가 고개를 들더니 눈썹을 지그시 찌푸린다.

"민호 씨? 힘들어요? 다리 많이 아프신가요?"

"콧물은 추워서 나는 거야! 왜? 나는 콧물의 자유도 없냐?"

민호는 일부러 고함을 팩 질러 댄다. 이완의 미간으로 주름이 조로록 잡힌다.

"아하, 그러시군요. 좀 업어 드릴까 했는데 안 그래도 되겠네요. 목소리 짱짱한 거 보니 괜찮으신 모양입니다."

"웃기시네. 업어 줄까 하고 돌아봤는데 마누라 배 나온 거 보고 겁이 더럭 난 거지? 보아하니 100kg은 훌쩍 넘어간 거 같으니까! 그렇지?"

이완은 뜨악한 얼굴로 여자를 바라보았다. 저 여자는 간 떨어질 만한 소리를 정말 아무렇지도 않게 해 댄다.

"뭔 말이에요. 7개월짜리 애는 1kg 정도밖에 안 해! 양수도 1kg 남짓일 텐데 그럼 나머지 40kg은 대체 어느 별나라에서 와서 붙은 겁니까? 아니, 사람이 길이 개념이 없으면 무게 개념이라도 있어야지, 숫자 감각이 그렇게 저질인데 지금까지 이 풍진 세상을 어떻게 살아왔어요?"

"남의 숫자 감각 저질이니 고질이니 하지 말고 다리 후달려서 자빠질까 봐 그런다고 실토하시지그래?"

"설마요, 임오년에 쌀 지게 번쩍번쩍 지고 일하던 잘생긴 총각은 깡그리 잊으셨나. 지금 아랫배를 보니 아무리 계산해도 어부바를 해 드릴 각이 안 나와서 그러잖습니까?"

"그래애, 나 수학 고자라 그런 거 몰라. 각이 안 나오면 각도기를 불에 구워서 휘면 되는 거야."

이완은 고개를 들고 크게 웃었다.

"짐 보따리 저 내려 주시고 지게에 올라타실래요? 쌀 한 섬 지고 걷는다 생각하죠, 뭐."

"싫어! 내가 탔다가 지겟가지 부러지면 평생 놀릴 거잖아."

"당연하죠. 제가 그런 호재를 놓칠 리가."

두 사람은 미안하다는 말도 삼키고, 아프다는 말도 삼키고, 힘들다는 말도 삼키고, 그저 그렇게 떠들면서 걸었다.

봉놋방에 들어앉은 민호는 가장 아랫목에 앉아 발을 쭉 폈다. 봉놋방은 그야말로 혼숙이라 여자 혼자 다닐 때는 위험천만한 곳이지만 남편이나 종들이 옆에 있을 때는 비교적 안전했고, 어느 곳에 가든 아랫목이 까맣게 타들어 가도록 불을 절절 때 주는 미덕이 있었다.

한겨울 대낮의 주막 봉놋방은 더욱 그럴싸했다. 돌아다니기에 좋지 않은 계절이라 발품 파는 장사치 말고는 객이 거의 없었고, 장이 서지 않는 날이면 방이 비어 있을 때도 있었다. 양반 나리님이 들기라도 하면 임산부고 나발이고 바로 윗목으로 쫓겨나게 마련이지만 나리님들은 추울 때 집에서 궁둥이 떼고 돌아다니는 걸 싫어했다.

이완이 얼어붙은 떡을 주모에게 주며 구워 달라 하는 동안 민호는 버선을 벗고는 끙, 하는 소리를 냈다. 벌겋게 언 발가락 두 개가 가려웠다. 발에 얼음이 박혔나 보다. 끙끙대며 긁어 대는데 긁어도 긁어도 시원하지 않고 점점 빨개진다.

아오, 이 씨불이가.

민호는 긁던 것을 멈추고 발가락에 안 예쁜 말을 해 주었다. 발톱 사이에서 진물이 흘러나오고 있었다.

떡을 들고 들어온 이완은 벽에 기대 늘어져 있는 민호를 보고 깊이 한숨을 쉬었다.

저렇게 무거운 몸으로, 이 추운 겨울에 여기까지 내려오게 하다니, 내가 죽일 놈이다.

이완은 떡이 담긴 소반을 내려놓고 여자의 발을 주무르기 시작했다. 꿍, 낑, ㄲㄲ끄. 강아지가 앓는 것 같은 소리가 흘러나온다.

어쩐다? 간신히 안성까지 왔는데.

……공주까지 어떻게 내려간다?

거리상으로 아주 먼 건 아니었다. 1~20km만 더 가면 천안, 거기서 3~40km 정도 내려가면 공주 정도 될 것 같지만 이젠 1km 걷는 것도 끔찍했다. 그리고 사실 공주라고 해서 백 퍼센트 안전하다 확신할 수 있는 것도 아니었다.

청의 군대가 남쪽 어디까지 유린했는지는 정확히 알 수 없었다. 병자년의 전투 기록은 한강 변을 중심으로 한강 하구, 강화, 남한산성을 위시한 경기도 용인과 남양주 정도까지지만 팔기군, 특히 몽골 기마병들의 이동 속도는 무시무시했다. 경기는 물론이고 충청도에 경상도 일부까지 약탈하러 내려갔다는 기록이 있었다.

확실한 것은, 경기도에 남아 있으면 안 된다는 것, 그리고 한강 이북과 깅화도, 용인, 남한산성, 남양주 방향과 가까운 곳은 절대 피해야 한다는 점 정도였다. 남쪽 방향, 청군의 점령지에서 말로 이동해 적어도 하룻길 이상 되는 곳 중에서 장소를 골라야 했다. 몽골 기병의 하루 이동 거리는 평지를 진격할 때 160~200km에 이른다. 만주 팔기군은 군기가 엄격한 편이지만 몽골과 한족 부대는 강화도 점령 시 약탈과 민간인 사냥에 목숨을 걸었다고 했었다. 하룻길 이상은 떨어져야 안전했다.

그러면 마지노선이 공주 정도였다. 공주 인근 계룡산이 해발고도 가 비교적 높다는 점과 충청도, 전라도 근왕병이 공주로 퇴각했다는 기록 역시 그의 선택에 한몫했다.

"이완 씨."

여자는 떡을 먹는 대신 이완을 물끄러미 바라보았다.

"공주까지 가야 하는 이유를 물어봤는데 대답 안 해 줬던 건 뭔가 이유가 있어서라고 생각했고, 그래서 더는 안 물어본 건데."

"……예."

"지금은 이유를 좀 알아야겠어."

"……내려가서 말씀드리면 안 될까요?"

"이쯤에서 상황을 듣고 더 갈지 멈출지 결정해야 할 것 같아. 여기 서 멈출지, 발가락이 잘리더라도 공주까지 그냥 갈지."

이완의 얼굴이 시퍼렇게 변했다. 그는 여자의 발에서 손을 떼고 자세히 살펴보았다. 붉게 부은 데다 진물이 배 나오고 있었다.

제기랄.

그렇다. 임신한 이후 민호 씨는 손발이 잘 붓곤 했다. 그 말은 혈 액순환이 잘 안 된다는 뜻이었고, 동상에 걸리면 급속히 악화할 거 라는 의미였다. 민호는 평소처럼 덤덤하게 말을 이었다.

"겨울에 여행하면서 동상에 걸린 사람을 많이 봤어. 대충 보면 답 나오지. 길게 걷지도 못하는 데다, 이 상태로 사나흘 더 가면 발가락 을 자르게 될 거야."

이완의 입술 사이로 부드득, 이 갈리는 소리가 흘러나왔다. 민호는 여전히 심드렁하게 말했다.

"뭐 발가락이 인생의 전부는 아니고, 한두 개 잘려도 사는 데 큰 지장은 없지만, 그래도 난 여름에 샌들도 신고 싶어서 되도록 발가락이 다 있었으면 좋겠어. 하지만 꼭 공주까지 가야만 하면, 갈 수도 있어. 그러니까 무슨 일인지 상황을 말해 줘."

이완은 진물이 배 나오는 발을 꽉 감싸 안은 채 고개를 숙였다.

민호 씨는 떠나기 전 왜 공주로 내려가야 하는지 두 번 물었다. 그가 내려가서 말해 주겠다며 답을 피하자, 거듭 묻고 잔소리를 하는 대신 묵묵하게 따라왔다. 그를 깊이 신뢰하고 있다는 방증이었다. 그러니 지금 이런 말을 하는 것은 몸의 상태가 이완의 계획을 따를 수 없는 지경이라는 뜻이었다.

이젠 이야기를 해 주고 민호 씨의 판단을 들어 봐야 했다.

"민호 씨, 올해가 무슨 해인지 혹시 아세요?"

"아니, 몰라."

"구월이 열세 살에 이괄의 난이 일어나서 어머니가 돌아가셨는데, 그게 갑자년이라고 했죠? 지금 구월이가 스물다섯이면 12년이 지난 거니까 올해는 병자년이에요."

"왜, 이번 병자년에 무슨 일이 일어났어?"

"예."

민호는 힌참 동안 눈을 깜박거리며 무언가를 생각해 내려 했다. 한참 만에 가느다란 눈이 깜박, 커지는 것을 보며 이완은 여자가 역사책에 떠도는 어떤 낱말을 떠올렸음을 알게 되었다. 여자는 눈썹을 찡그리고 물었다.

"아오 쉐……, 제, 제기랄. 그게 올해 겨울이었어?"

"예, 지금, 병자년 섣달부터 내년, 정축년 정월까지 딱 두 달입니다."

"그러면 겨울 말고 아예 가을쯤 미리 내려오는 게 낫지 않았어?"

"12월 전까진 집에 돌아갈 수 있을 거라 생각하고 기다렸어요."

"그래도 이런 일이 있을 거라면 진작 말을 했어야지. 그러면 내가 먼저 떠나자고 서둘렀을 거라고. 왜 이야기를 안 했던 거야? 왜 공주에 가서 이야기하려고 했던 거야?"

"민호 씨 괜히 걱정시키지 않으려고 그랬죠. 굳이 말 안 해도 될 일이라서요."

여자는 이제 대놓고 눈을 찌푸렸다.

"그게 말이 되냐? 그게 어떻게 굳이 말 안 해도 되는 일이야? 그거 미리 알았으면 나 절대 한겨울에 출발하지 않았어. 겨울 여행이 얼마나 위험한진 내가 제일 잘 알아."

"……."

"길이 오늘 열릴까, 내일 열릴까 애타게 기다린 것까진 나도 이해하겠는데, 아오 진짜 미치겠네. 난 무슨 중요한 이유가 있는 줄 알았더니만. 내가 걱정할까 봐? 내 걱정이 그렇게 대수야? 내가 그런 거로 밤잠 설치고 질질 짤 거 같았어? 내가 여행 하루 이틀 해 보냐? 아오, 아오, 아오 씨!"

뒤늦게 상황 파악이 된 민호는 머리를 북북 쥐어뜯었다. 어지간하면 이완이 하는 일에 토를 달 생각이 없었지만, 이번 일은 기가 막혀 욕도 나오지 않았다. 민호는 고개를 번쩍 들고 이완을 노려보았다.

"솔직하게 말해 봐. 진짜 이유가 뭔지."

"그게 다예요."

"고짓말 좀 작작하고! 그 말을 그대로 믿기엔 당신 머리가 너무 복잡해. 인간적으로 우리 거짓말은 하지 말자, 응? 한두 해 같이 살 것도 아니잖냐."

발을 쥐고 있는 사내의 주먹에 힘이 들어간다. 시선을 피하고 있던 사내의 입에서 한참 만에야 토막토막 대답이 흘러나왔다.

"민호 씨가 걱정하면, 아이들이 겁먹을 거고, ……그럼 민호 씨는 또 어디론가 사라질 거 아닙니까. 민호 씨는 저 있는 곳으로 돌아오지도 못할 거고. 그럼 저는 어떻게 따라갑니까?"

방 안에 돌덩이 같은 침묵이 내려앉았다.

에이 씨, 씨이, 에이 씨발. 민호는 욕설을 퍼부으며 주먹으로 벽을 내리쳤다.

안성에서 멈췄다. 민호는 단번에 그렇게 결정했다.

"여기가 안전하지 않다면, 공주도 장담할 수 없어. 말로 반나절 길도 안 돼."

"아무래도 그렇죠."

"멀리 있는 것보다 높은 산으로 피하는 게 더 안전해. 사람이 있는지 없는지도 모르는 산올 뒤지느니 평지를 더 달리며 약탈하는 게 낫거든. 나무가 많은 곳은 말 타고 오르기도 번거롭고 인가를 일일이 찾기도 힘들 테고. 그리고 산에선 시야가 좁고 엄폐물이 많아서 숨으려 들면 얼마든지 숨을 수 있어."

민호는 이보나루 장터에서 옆길로 살짝 빠져나와 인근 칠현산에 올라가기로 결론을 내렸다. 해발 800m가 넘는 집 뒷동산(?) 천마산 보단 한참 낮지만 그래도 어림잡아 500m는 넘어 보였고 산의 폭도 넓은 데다 몇 개의 산들이 길게 연결돼 있었다. 무엇보다, 겨울인데도 속이 보이지 않을 정도로 나무가 울울창창한 점이 가장 좋았다.

이완과 민호는 주막집의 한적한 봉놋방에서 며칠 몸을 녹이고 발이 낫기를 기다린 후 칠현산으로 올랐다.

어느새 섣달이었다. 섣달 초하루, 압록강 이북 심양에서 새로 칭제한 청 태종 홍타이지가 12만 만몽한(滿蒙漢) 연합군을 끌어모아 출정식을 할 때, 이보 장터에서 먹을 것을 잔뜩 사 짊어진 사내와 배불뚝이 여자는 정강이까지 쌓인 눈을 헤치며 산에 올랐다. 주모에게 들은바, 산 중턱에 화전민이 몇 집 모여 사는 곳이 있다고 했다.

화전민 마을은 다섯 집이었고, 이마와 입가에 주름이 주글주글한 노부부가 사는 작은 움막엔 빈 방이 하나 있었다. 사냥을 하는 아들이나 약초꾼, 친한 심마니들이 가끔 들러 자고 가는 방이라 했다. 이완이 닷 냥짜리 백은을 내보이며 두어 달만 머물 수 있겠느냐 묻자, 노파는 휑한 잇몸을 드러내며 반색했다. 어차피 겨울엔 약초꾼도 듬성듬성하고 아들놈도 고작 며칠씩만 들렀다 바로 나가는 놈이니 큰 방에서 같이 재우면 된다, 조석 밥상도 따끈하게 넣어 주마 하며 두 사람의 소맷부리를 잡았다.

"암 걱정 말구 맘 펜히 있어. 몸 푸는 것두 염려 말구. 역부러 산 아래 산파 부를 거 읍서. 넓적다리 두 번 펑펑 뚜들긴 담에 끙차, 하구 바루 나오도록 해 놀 텡게. 나가 낳은 아이, 받은 아이 합치문 스물은 족히 될겨. 은자(銀子)루다 석 냥만 더 주믄 해산에 삼칠일 산 구완꺼지 손 갈 것 없이 해 줄 게구먼."

노파는 홀홀 웃으며 장담했다. 이완은 군말 없이 석 냥짜리 은자를 후불로 약속했다.

사냥꾼이라는 아들은 겨울이든 여름이든 한번 사냥을 나가면 집에는 거의 오지 않는다 했다. 일가친척이 없느냐 하자 간신히 얻었던 며느리와 손주는 정묘년의 호란 때 하필 아비와 함께 송도에 있다가 휩쓸려 죽었다며 길게 한숨을 쉬었다.

노파와 영감은 가는귀가 먹어 두 사람이 소곤대는 소리를 잘 듣지 못했다. 그것이 가장 좋았다.

산속의 겨울은 조용하고 움직임이 없었다. 반촌에서처럼 아무 때나 들러 들여다보는 이웃도, 이런저런 소식을 참새처럼 물어 나르는 친구도 없었다. 먹을 것이 박하고 등잔 기름마저 귀한 산골에서 겨울을 나는 사람들은 겨울잠을 자는 동물들처럼 하루의 절반을 이불 속에서 보냈다. '꿈적대지 말어유, 배 꺼져유.'가 그 화전촌의 겨울나기 모토인 듯했다.

그들은 하루 한 번은 쌀과 조, 수수, 기장, 콩이 뒤섞인 밥과 소금에 절인 흰 섞박지에 시래기 된장국 따위를 먹었고, 하루 한 번은 옥수숫가루에 잡다한 곡물을 섞은 듯한 멀건 죽을 먹었다. 세끼 밥이란 겨우살이를 하는 화선민에게는 말도 안 되는 호사였기에, 두 사람은 불평하는 대신 밤늦게 군불 넣는 아궁이 앞에 쪼그리고 앉아 준비해 간 누룽지나 볶은 곡식을 끓여 먹거나 딱딱하게 얼어붙은 육포를 구워 먹었다.

머리맡에는 비상식량이 담긴 큼직한 자루가 있었고, 꼭꼭 싸 둔 미역은 방구석에 신줏단지처럼 모셔 놓았다. 천장에선 고라니, 멧돼지들의 말린 다리가 대롱거렸다. 이완은 은자 한 냥으로 천장에 매달린 고기들을 사들였고, 민호가 배고프다 하는 날이면 끌어 내려 칼로 한 넓적이씩 떼어 불에 구워 주었다. 두 사람은 밤에 이불을 뒤집어쓰고 그것을 나누어 먹었다. 소스 따위는 없어도 오래오래 씹을수록 고소한 고기 맛이 좋았다. 문틈으로 차가운 바람이 스며들어 이불 밖으로 얼굴을 내밀면 코가 쨍했지만, 나무와 숯이 넉넉하다 보니 구들은 밤새 자글자글 끓었다.

두 사람은 낮에는 햇볕을 쬐거나 장작을 패서 볕에 말리거나 잡곡에 섞인 벌레들을 사냥하거나 삼 껍질로 노를 꼬며 소일했다. 해가 떨어지면 두 사람은 혼자 눕기도 빠듯한 작은 방, 따끈한 이불 속에 폭 파묻혀 자자분한 이야기를 나누었다. 낮은 사슴 꼬리만큼 짧았고, 밤은 40자 흑 명주 한 필을 모조리 펼친 듯 길고 깊고 온통 새까맸다. 그들의 작은 방은 전설 속 커다란 여우의 아홉 개 꼬리 속에 폭 파묻혀 있는 것 같았다. 시간은 산마루에 걸려 멈춰서 마을로 내려오지 않았다.

출산 예정일이 다가오며 이완은 말이 조금씩 줄어들고, 잠은 더욱 줄었다. 민호가 잠든 후에도 그는 한참 동안 잠을 이루지 못하고 뒤척였다.

곧 애들이 태어나겠구나.

기대와 설렘은 솔직히 말하자면, 없었다. 어쩌면 한때 있었을지도 모르지만, 의사에게 선고를 들은 후부터 말갛게 사라졌다. 출산일이

다가올수록 무언가 시커먼 것이 점점 수면 위로 올라오는 것만 같다. 행복하고 선명한 태몽 따위는 꾼 적 없고 악몽뿐이었다. 이완은 자다가 소스라쳐 일어날 때마다 잠든 여자의 손을 잡거나 뒤에서 꽉 끌어안았다. 여자의 체온을 느껴야만 안심이 됐다.

아이들은 어떤 모습일까.

심장 상태는 괜찮은지, 유전자 이상은 없는지, 사지는 멀쩡한지, 눈코입은 다 괜찮은지, 손가락 발가락은 다 멀쩡하게 붙어 있는지. 자세하게 상상할수록 목이 졸리는 것 같다. 아무 검사도 받지 못하고 왔는데. 그 흔한 초음파 영상 한 번 못 보고 왔는데.

아이들이 건강하기만 하면, 함께 즐기고 베풀어 줄 많은 일을 준비하고 있었다. 좋은 아빠, 멋진 아빠, 아이들을 사랑하고 아이들에게 사랑받는 아빠가 되고 싶었다. 하지만 약의 부작용을 등에 업고 태어난 아이들에 대한 육아 계획은 여전히 갈팡질팡, 온통 깜깜하기만 했다.

낳으면 다 키우게 된다고?

……거짓말.

이완은 눈을 감은 채 입속으로 중얼거렸다.

……얘들아. 아빠는 무서워.

이완은 이불 속에서 여자에게 몸을 바짝 붙였다. 여자가 코를 가르락가르락 곤다. 이 소리가 들리지 않으면 이제 안심하고 잠도 잘 수 없었다. 이완은 여자의 어깨에 머리를 대고 입술을 달싹거렸다.

민호 씨, 나 어떡하지?

나는, ……여전히 무서워.

여자가 몸을 돌린다. 빛이 거의 없는 깜깜한 어둠 속에서 별처럼 반짝이는 안광만 눈에 잡힌다. 여자가 속삭였다.

"뭐가 그렇게 무서운데?"

"뭔 소리가 들렸어요?"

이완은 솔직하게 말하는 대신 희미하게 웃었다.

"똥뙤놈들이 여기까지 쳐들어올까 봐 겁나?"

이것도 두렵고, 저것도 두렵다. 하지만 이완은 고개를 저었다. 지금 가장 중요한 것은, 아이들에게 내가 느끼는 두려움을 절대 알게 해서는 안 된다는 사실이었다. 그는 여자의 배를 톡톡 두드리며 속삭였다.

"······아무 말도 안 했는데. 이렇게 잘 숨어 있는데 겁날 게 뭐가 있어요?"

"······."

"민호 씨 판단이 맞았어요. 여긴 생각보다 괜찮은 은신처예요. 한참 높기도 하고, 눈으로 덮여 있으면 길 찾기도 어렵고, 말 타고 올라오기도 힘들고, 나무는 빽빽하고. 그러니 외부 사람은 여기 집이 있는 것도 모를 거예요."

이완은 여자의 배에 손을 꽉 붙이고 속삭였다.

"얘들아, 걱정하지 마라. 꿈에서 도사님이 그러는데, 엄마하고 아빠는 너희들 데리고 무사히 집으로 돌아갈 거래."

민호는 웃으며 그의 더벅머리를 쓸어 올려 주었다.

"큰소리가 많이 늘었네. 우리 엄마처럼 도사님이 꿈에 나타나서 말해 줬어?"

"네. 미래에서 온 잘생긴 도사님이 우리가 아이들을 줄줄이 낳고 머리가 하얗게 되도록 안락재에서 해로한다고 했어요."

"오호, 잘생긴 도사님씩이나! 대박 좋은 꿈이네. 그럴 때 로또, 아니 투전판이라도 벌여야 하는데, 아까워라."

여자는 그 말의 진위 여부를 궁금해하는 대신 킬킬 웃었다.

"그나저나 지금 밖의 상황이 어떻게 돌아가는지 얘기 좀 해 주라. 여기선 전혀 모르겠어. 완전 별세계니."

오늘은 섣달 12일. 3일 전, 청의 12만 대군은 압록강을 도하했을 것이다. 이틀 전, 청의 군대가 안 쳐들어온다 호언하던 도원수 김자점은 만주 철기가 질풍노도의 기세로 밀려온다는 보고에 거짓말이라며 부하의 목을 베려 길길이 뛸 것이고, 그럴 리가 없다고 전란 봉화를 씹고 한양으로 전달하지 않았을 것이다. 산성에 모여 적을 기다리던 의주부윤 임경업을 놀리듯, 그들은 뻥 뚫린 대로로 우회해 파죽지세로 남하했다. 전면전이 아닌 속전속결을 목표로 한 홍타이지가 아무런 수비군도 없이 뻥 뚫린 길을 놔두고 산성마다 격파해 가며 진격할 이유가 없었다.

청군은 어제쯤 평양에 도착했을 것이다. 오늘 오후, 한양의 창경궁에선 적의 대군이 코앞으로 들이닥쳤다는 파발을 받고 기함을 할 것이고 백성들은 때늦은 전란 봉화에 패닉에 빠질 것이다.

이완은 잠이 완전히 깨서 말똥말똥하는 여자를 보며 씁쓰레하게 웃었다. 옛날이야기를 듣기 좋은 무료한 겨울밤. 하지만 당신이 듣고 싶어 하는 그 '옛날이야기'가 썩 신나고 재미있지는 않을 텐데?

"민호 씨. 우린 지금 조선 시대 통틀어 가장 한심하고 울화가 치미는 시기 한복판에 와 있어요. 이런 얘긴 태교에 별로 좋지 않을 것 같은데. 그래도 괜찮아요?"

"괜찮아. 조금 혈압 오르는 아라비안나이트라고 생각하지 뭐."

"야한 이야기는 1g도 없는데? 그리고 야한 얘기도 태교에 안 좋아요."

"뭔 소리야, 야한 짓 아니었으면 생기지도 못했을 놈들이!"

이완은 웃음을 터뜨리며 여자를 뒤에서 끌어안았다.

'정당성의 결핍'

이완은 인조와 서인 정권의 치욕을 결정지은 최초의 키워드로 '결핍'을 주저 없이 꼽곤 했다. 정당성의 결핍에서 파생한 열등감, 집착, 판단력 상실, 붕괴, 자멸이라는 연결 키워드들은 인조 정권이 치욕에 이르는 일목요연한 흐름을 잘 보여 준다.

어떻게 보면 인조 정권의 대외 정책은 열등감에 시달리는 사람의 연애 행각을 참 많이 닮았다. 그들은 상대방이 요구하는 것들─물질이든 관심이든 혹은 육체관계든─을 다 들어주어야 사랑이 유지될 것이라는 강박에 쉽게 빠지는데, 그럴 경우 관계는 점점 구걸과 적선의 형태를 띠게 된다. 그것은 상대에 대한 막무가내식 퍼 주기와 집착, 간혹 폭행과 같은 결과로 이어지고, 이에 반발한 상대방의 넌더리나 존중 없는 노예 취급, 혹은 파행으로 귀결된다.

인조와 서인들에게 결핍되어 있던 것은 정권의 정당성이었다. 군사 쿠데타로 광해군을 몰아내고 즉위한 정권이었기 때문이다.

사실 동서고금을 막론하고 왕권 싸움에서 형제 살해는 상당히 흔했으며, 이익에 따른 국가 간의 이합집산 역시 자연스러운 일이었다. 하지만 조선은 성리학의 규범이 지배하는 유학자들의 나라였다.

그래서 인조 정권은 광해군을 밀어낼 때, 영창대군의 살해와 인목대비의 폐서인, 그리고 살아남기 위한 쌍방향 외교를 명에 대한 배신으로 단정해 '정의 구현'을 명분으로 쿠데타를 일으킬 수 있었던 것이다.

하지만, 하늘처럼 섬겨야 할 왕을 쫓아낸 자신은 뭐가 되는가?

논어에 나오는 백이, 숙제가 유학자들에게 길이 칭송받는 이유가 무엇인데? 악행을 일삼던 옛 군주를 몰아내는 데 동참하는 대신 의리를 지키기 위해 산에 숨어 고사리만 캐 먹다 굶어 죽었다는 점이다. 그 필터로 들여다보면 인조의 반정은 정의 구현은 고사하고, 패역무도 그 자체 아니던가.

하여 인조와 그를 추대한 서인 정권은 집권 직후부터 그 빌어먹을 정당성을 확보하기 위해 비참할 정도로 몸부림쳤다. 정당성을 인정해 줄 대상은 사대의 예로 섬기던 '아버지 나라'인 명나라뿐이었다. 명의 황제께서 왕의 책봉만 해 주면 그 정당성이 생길 것처럼 보였다.

"문제는, 명나라가 망할 때가 되다 보니 관료들 중 백에 아흔아홉은 벌레 같은 놈들이었다는 거죠. 인조의 절박함에 당연히 벌레 같은 놈들이 붙었어요. 평안도 해변에 가도라는 섬이 있는데요, 명나라 모문룡 장군이라는…… 기생충 새끼가 거기 틀어박혀서 수군 기지랍시고 알량한 걸 설치해 놓고, 후금을 정벌하겠다고 큰소리만 치고 있었죠."

모문룡과 그에 딸린 오합지졸은 조선에 빈대처럼 달라붙어 끊임없이 돈을 짜냈다. 식량이 없어! 님들아, 군비가 없어! 창고 빈 거 안 보여? 내가 댁이 왕으로 책봉되도록 힘을 쓸 터이니 로비 자금 좀 보내지? 뭐? 돈이 없어? 책봉받기 싫어? 무자격자가 쿠데타 일으킨 거라고 슬쩍 찔러 봐?

인조와 서인 정권은 그의 협박에 믿어지지 않을 정도로 질질 끌려다녔다. 선주 광해가 모문룡을 '조선 말아먹을 놈'으로 일찌감치 판단해서 그의 깡패 같은 요구를 요령껏 틀어막은 것과 반대로 인조는 국고의 1/3을 모문룡의 밑구멍에 처박았다.

연례로 오가는 명의 사신도 강도질이라면 만만찮았다. 이미 조선은 명의 관료들에게 호구로 단단히 찍혀 있었다. 세자 책봉을 허락한다는 황제의 칙서를 들고 온 환관 노유녕은 조선에 칙사로 나가는 것을 '로또 당첨' 정도로 인식했다. 전임자가 은으로 10만 냥을 뜯어 왔으니, 후임자인 나는 그 이상은 뽑아 와야겠다. 계산기를 두드리고 출발해서 국경에서부터 한양까지 오는 동안 온갖 '지랄 같은 방법'으로 은을 뜯어냈다. 소 한 마리가 은 일곱 냥이던 시절, 거대한 고자 빈대 한 마리는 자그마치 12만 냥에 가까운 은을 뜯어냈는데, 당시 조선 호조에 비축된 은은 1만 냥에 불과했다. 돈을 뜯기고 파산한 상인들이 떼로 모여 통곡하자 인조는 칙사의 비위를 맞추기 위해, 그들을 잡아 감옥에 처박았다.

하지만 전국의 유학자들은 '숭유(崇儒)=숭명(崇明)=충성=효도'라는 공식에 대입해 그들의 비굴을 정의이자 바른 도리라 주장했다. 홍타이지 앞에서의 삼궤구고를 치 떨리는 치욕으로 생각한 왕은 벌레만도 못한 환관 앞에서 세 번이 아니라 다섯 번 절을 하며 칙서를 받았다.

"우와! 지랄 만세도 유분수다!"

민호는 이야기를 들으며 머리를 쥐어뜯었다.

"거봐요. 태교에 안 좋을 거라고 했잖아요."

"아냐! 이놈들도 세상의 더러운 꼴을 미리 들어 둬야 해. 강인하고 똘똘해져야 이 풍진 세상에서 살아남을 거 아냐!"

시근대던 민호는 고개를 갸웃하며 물었다.

"그런데 아무리 왕의 눈이 옹이구멍이고 귓구멍이 먹통이라도 오랑캐가 강해지고 있다는 걸 몰랐을까?"

"……모를 수는 없었죠. 후금이 무섭게 크는 것도 알았고, 명나라가 망해 가는 것도 알았을 겁니다. 광해군이 왜 위태위태하게 줄타기를 했는지도 아마 알았을걸요? 하지만."

"하지만?"

"어떤 유명한 사람이 그랬죠. 사람은 보이는 것을 보는 것이 아니라, 보고 싶은 것을 본다고."

"오호, 어떤 위인인진 모르지만 레드 썬의 대가로고."

"그리고 다른 유명한 사람이 또 말했죠. 답 안 나오는 싸움은 뒤도 보지 말고 튀고, 튀지도 못할 것 같으면 엎드려서 싹싹 빌어야 한다고. 살고 싶다면."

"오호, 또 어떤 위인이 그런 멋진 말을 하셨을꼬."

진심으로 감탄한 여자는 고개를 끄덕이며 결론을 내렸다.

"인조네는 살기 싫었나 봐."

"죽는 게 어지간히 멋져 보였든기요."

이완은 심드렁하게 대답했다.

9년 전 정묘호란은 후금이 '우리, 명나라 공격할 거니 너희는 뒤에서 집적대지 마라.' 하는 경고의 성격이 강했다. 정묘호란에서 병자호란까지 대륙의 패권이 바뀌었던 격동의 10년. 그 시간은 사이에 낀 조선이 피해를 최대한 줄일 수 있는 유예 기간이었을 것이다.

하지만 인조와 서인 정권이 그동안 가장 부지런히 한 짓은, 명의 썩어 가는 관료들의 비위를 맞추느라 후금의 신경줄을 박박 긁어 대 '피해를 최대치로 끌어 올린 일'이었다. 세폐를 엉터리로 납부한다든가, 명에게 지원 군대를 보내 후금을 공격하게 한다든가, 인질을 가짜로 속여서 보낸다든가. 이완이 이 시대만 생각하면 혈압이 오르는 이유는, 인조와 그의 정권이 저질렀던 그따위 '자잘한 짓거리'들 때문이었다.

"올봄 3월 초에 있었던 일이에요. 후금의 칸인 홍타이지는 기분이 꽤 삼삼했어요. 명이건 몽골이건 붙는 족족 연전연승인 데다가 명의 수군이 대거 투항해서 뽀대나는 수군도 생겼고, 옛 원나라 황제의 옥새까지 착착 갖다 바치니 이제 주변 사람들이 죄다 '이제 너님 황제 먹어' 하고 추대하기 시작했거든요. 기분이 좋아진 홍타이지는 '동생 나라 조선'도 이 기쁜 소식에 소고 치며 맨발로 달려와 축하해 주기를 바랐죠."

"오홍!"

민호는 나날이 재미가 삼삼해지는 이완의 중계방송에 중간중간 추임을 넣으며 귀를 쫑긋 기울였다.

"근데 조선 사신이라는 놈들은 황제 취임식에 와서 다들 절하는 그 마당에 혼자 뻣뻣하게 고개 들고 버티고, 황제가 조선 왕에게 보낸 친서를 쓰레기통에 처박고 돌아와요. 조선 조정에선 또 그 사신들에게 벌을 줍니다. 황제 앞에서 폼 나게 찢어 버린 게 아니고 하숙집에 몰래 버리고 왔다면서 말이죠."

민호는 입을 떡 벌렸다.

"어머나, 걔들 미쳤나 봐. 차라리 취임식에 가지 말지!"

"그러게요. 하여튼 황제가 된 홍타이지는 조선에 신년 사신을 보내요. 인열왕후, 그러니까 인조 와이프 죽은 거 조문 겸, 절 안 한 것도 따질 겸, 분위기도 살필 겸 해서. 용골대, 마부대 같은 장군 말고도 투항한 몽골 왕자들도 수십 명이 줄줄 따라갔어요. 이봐 아우님, 이 많은 몽골 왕자들도 나 황제 먹으라고 지지해. 만주와 몽골의 버일러(貝勒, 팔기군의 기주, 우두머리)들이 지지한 편지도 수십 통이나 돼. 우리는 모두 형제, 위 아 더 월드! 그러니 아우님도 얼른 와서 나 황제 된 거 축하해 줘야지?"

"저런, 그 바보는 조선의 순애보를 모르는구나!"

"그렇죠. 사실 홍타이지 통도 좀 큰 편이고, 명나라 정복을 신경쓰느라고 조선한테 힘을 빼고 싶지 않았어요. 어지간하면 좋게 좋게 넘어갈 수도 있었죠."

이완은 한숨을 푹 쉬면서 말을 이었다.

손가락으로 찌르면 돌아오는 것은 주먹뿐인 상황에서, 꼿꼿한 선비와 관료들은 여전히 자신이 배운 정의와 신념대로 소신 있게 행동했다. 명에 대한 충성과, 오랑캐에 대한 경멸을 꼿꼿하게 유지했던 것이다.

그들은 청의 황제가 보낸 대규모 사신단을 고의적으로 푸대접하고, 왕자들을 접견하지도 않았으며, 수십 통의 서신을 접수하지도 않았다. 그것도 모자라 조정에 모인 강경파들은 용골대, 마부대의 모가지를 쳐서 돌려보내야 한다고 악다구니를 시작했다. 식겁한 사신단은 궁을 탈출해서 민가에서 말을 뺏어 타고 도주했다. 홍타이지는 격노해서 11월 25일까지 사죄하는 사신과 인질을 보내지 않으면 그냥 넘기지 않겠다는 최후통첩을 보냈다.

조정에서는 최후통첩일 직전까지 오랑캐와 한판 붙자, 꼬리를 내리고 비위를 맞춰 주자 싸워 대다가 날짜를 넘기고 말았다. 홍타이지는 바로 군을 소집해 심양에서 출정식을 거행하고 바람처럼 남하했다. 그들은 심양에서 압록강까지 아흐레, 압록강에서 한양까지 딱 닷새 만에 주파했다.

"아오, 뭐, 뭐, 그런 개씨부랄 새끼들이······."

여자의 입에서 몹시 정의롭지만 안 예쁜 말이 다시 화산처럼 터지려는 순간, 이완은 얼른 여자의 입을 막았다. 여자의 눈이 동그래졌다. 새벽이 다 되어 가는 시각, 밖에서 인기척이 들리고 있었다.

"엄니, 엄니이, 저 왔시유, 벌써 주무시유?"

"잉? 무신 일이여?"

가물가물 졸음에 잠긴 노파의 목소리가 들린다. 엄니이이, 얼렁 좀 일어나 봐유. 급한 일여유, 쫌! 우렁우렁한 목소리가 밤하늘을 울렸다.

"엄니, 한양 목멱산에 다섯 홰 봉화가 올랐시유."

7

태어날 때, 우리가 그렇게 아픈 이유

이완은 자리에서 일어나 문을 열고 밖을 살폈다. 얼룩얼룩한 털가죽으로 된 옷과 둥그런 승냥이 털 모자를 쓰고 있는 퉁퉁한 사내가 다짜고짜 노부부가 자는 방문을 열어젖힌다. 사냥꾼이라는 아들인 듯했다. 가는귀먹은 노부부를 위해 사냥꾼은 말의 마디마디에 힘을 주었다. 말투는 느릿했지만, 표정은 다급해 보였다.

"엄니, 얼른 짐 챙기셔유. 한양서 다섯 홰 봉화가 올랐다니께유. 지금 관악서 예까지 숨두 지대루 못 쉬구 내내 뛰어온겨."

"에그머니! 게 먼 말이여?"

가는귀먹은 노파기 눈을 비비며 나오다가 자리에 주저앉는다.

"그저께 심메마니 양씨 성님 따라서 과천 관악에 있었는디, 목멱산 봉수대서 횃불 다섯 점 뜬 거 확실히 봤시유. 양씨 성님 눈이 에지간히 밝지 않것슈? 두 눈 부릅뜨구 똑똑히 보군, 영축읎시 다섯 홰라 허문서, 남로봉화(南路烽火)는 잠잠헌 거 보니, 북에서 무신 난리가 난 것 같소, 허드만유. 9년 전처럼 북방 오랑캐 놈덜이 사달이 낸 거여유. 죽일 놈덜."

"겨울인데 길 떠나기두 수월친 않으니, 내일이라두 이보나루 내리가서 지대루 정황 듣구 가자. 일단 저 방엔 길손 들었으니 이루 들어와. 어여."

"무슨 일이 일어났습니까?"

이완과 민호가 가까이 다가가도 사냥꾼은 본 척 만 척 노파만 달달 채근했다.

"엄니, 참말 답답혀유, 정황을 알아보기는 뭘! 지가 그거 안 알아봤것슈? 이보나루에서 배 타구 내리온 한양 사람덜 얘기 다 듣구서 올라온 길이어유. 지끔 오랑캐덜이 막바루 한양 들어가구, 나라님은 소식 들은 지 하루 만에 몽진 길에 오르셨대유."

노부부와 모인 이웃들은 입을 떡 벌리고 그대로 얼어붙었다. 어떻게 다섯 홰 봉화를 받은 지 하루 만에 바로 한양이 적의 손에 떨어진단 말인가.

"지금 한양은 수라도가 따루 웁대유. 되놈들이 별 미치깽이 짓을 다 한다잖어유? 놈덜이 조선 여자를 또 그렇게 밝혀서 시방 피난 못 간 집집이 난리 났대유."

"아이구 저런 세상에, 죽일 놈들, 세상에."

"여튼, 배편 알아놨으니께 퍼뜩 내려가시유. 가차운 이보나루에서 유시(오후 5-7시)에 막배 뜬다니껜유."

"그럼 우린 워디루 가는겨?"

가는귀먹은 영감이 큰 소리로 물었다.

"장터에서 물어보니 강도(강화도)가 제일 안전타 협듀. 나라님이 난리가 날 적마다 그리루 몽진허신다구 쌀이랑 온갖 물화를 진진 쌓아 놓는다 허잖유? 논밭두 너르니 농지 박한 다른 섬들처럼 굶지는 않을 테구."

"그래두 한양이 지척인데 괜찮을까?"

"옛날 서달 놈들이 왔을 때두, 강도에서는 몇십 년을 버텼다 안 혀유? 정묘년에두 오랑캐들 바다 못 건넜대유. 양씨 성님이 빨리 가자는 걸, 엄니 아부지 뫼신다구 불나게 뛰어온 거니께, 꾸물대덜 말구 얼렁 짐 싸시유."

두 노인은 불에 덴 듯 짐을 싸기 시작했다. 이웃들도 집으로 뛰어가 화에 불을 붙이고, 짐을 챙겼다. 시간이 멈춰 있던 것만 같던 동네가 순식간에 소란해졌다.

대여섯 해를 주기로 떠돌아다니는 화전민들의 짐은 그들의 신산한 삶만큼이나 애처롭고 단출했다. 집에 있는 말린 고기나 곡식들을 모조리 긁어 담은 부대가 서넛, 솜이 폭 죽은 시커먼 이불과 넝마 같은 옷가지, 그릇, 자잘한 단지 따위를 지게에 얹은 후 새끼줄로 얼기설기 묶고, 짚신, 미투리는 지겟가지에 꼬리처럼 매단다. 다섯 집, 열두 명, 사냥꾼 아들을 합쳐 열세 명의 사람들은 길게 꼬리를 물고 눈 덮인 산길을 내려가기 시작했다.

"워칙헐겨, 새댁 굴신만 되든 이보나루서 바루 배 타구 갑곶나루로 오라 허것구먼 마삭 가차워서 움직이기두 수월찮게 생겼으니."

그네들은 빈말로라도 이완과 민호에게 함께 길을 떠나자 하지 않았다. 이완은 잠시 망설이다가 노파의 소매를 잡았다. 만난 지 한 달도 채 되지 않았지만 그래도 인연이 닿았던 사람들이 불구덩이로 들어가는 건 막는 게 옳을 것 같았다.

"할머니, 강화도는 위험합니다. 한양에서 너무 가까워요. 지금 팔기군은 옛날의 몽골군이 아니에요. 배 타고 섬에 들어갈 수 있습니다!"

"아녀유, 심메마니 양 성님이 그러는디, 북방 오랑캐 놈들은 말은 잘 타두 배는 못 탄대유. 배만 타면 울렁울렁 토해 쌓구 물똥 싸구 지랄을 헌대잖유. 그리구 통짜루 무식혀서 쪼각배두 한 척 못 만든대유."

"아닙니다. 이제 그 오랑캐들도 배가 있어요. 한두 척이 아니고 200척 가까이 있고 수군도 몇만 명이나 돼요. 3년 전에 명의 장군이 반란을 일으키면서 수군을 모조리 끌고 오랑개한테 투항했단 말입니다! 강화는 위험하니 차라리 남쪽으로 가세요."

이완은 사냥꾼의 소매를 붙잡고 되풀이해서 말했다. 하지만 사냥꾼 아들은 손을 뿌리치며 버럭 부아를 낸다.

"거 모르면 가만히나 있구! 그렇담 왜 상감마마허구 삼공육경 비국 당상들이 가솔들을 죄 강화도루 여어 놓는단 말여? 이보나루는 어제버텀 섬으루 도망치려는 사람들루다 북새여유! 임자들 몸이나 빼서 피할 생각허지 그려유!"

영감과 할멈은 두 사람을 보며 눈을 끔벅끔벅하더니, 말없이 등을 돌린다. 고부라진 허리를 움켜잡은 채, 커다란 지팡이를 짚고 허청 허청 아래로 내려가기 시작했다.

이완은 더는 만류하지 못했다.

사람들이 눈 덮인 산길을 타고 무성한 나무 사이로 자취를 감추고 나니, 산을 둘러싸고 있던 적막이 빈 마을을 덮쳤다. 말없이 서 있던 여자가 하얗게 질린 얼굴로 손을 잡았다. 여자의 손이 가늘게 떨리고 있었다.

"괜찮아요, 민호 씨. 괜찮아. 그래도 여긴 숨을 곳이 많아요. 여차하면 나무 밑에 큼직한 굴 하나 파서 거기 박혀 있으면 돼요. 내가 당장 굴 하나 파 놓을게. 괭이도 있고 삽도 있어요. 걱정하지 마세요."

"응."

"그런데 왜 이렇게 떨어."

여자는 자르르 흔들리는 제 손을 물끄러미 내려다본다. 제기랄. 민호 씨까지? 이완은 여자의 손을 꽉 잡았다.

"민호 씨, 아무 일 없을 거야."

"……응."

"아이들한테도 말해 줘요. 내가 지켜 줄 테니까, 나 이제 정말 너희 무섭게 안 할 테니까 제발 도망 안 가도 된다고 말 좀 해 줘요."

이완은 간절한 표정을 숨기며 애써 웃었다.

"……응, 그, 그래. 나도 지금 말하고 있어. 나도……."

하지만 이젠 대답하는 목소리마저 알아차릴 수 있을 만큼 떨린다. 손을 움켜잡을수록 여자의 떨림이 극명하게 느껴진다. 민호는 눈썹을 찌푸리더니 흔들리는 목소리로 속삭인다.

"이완 씨, 나, 무서워."

"뭐가요?"

"나도 모르는 사이에 내가 아기한테 끌려서 어디로 가 버리면 어떡하지? 이완 씨 여기 놔두고 나는 오지도 못하면?"

"민호 씨."

"우리 항상 손 꽉 잡고 다닐까? 아니, 아니야. 그래도 잠잘 때나 화장실 갈 때는 떨어지잖아. 그럼 우리 새끼줄로 손목 묶어 둘까? 그럼 내가 어딜 가든 상관없잖아. 안락재로 가서도 긴 밧줄로 손목 매서 어딜 가든 같이 다닐까?"

무언가 이상했다. 항상 용감하고 든든하던 여자는 지금 두려워하고 있었다. 혹시 내가 다른 시간에 덜렁 남겨지고 길이 영영 엇갈릴까 봐 두려운 건가?

"괜찮아. 그럴 일은 없어."

이완은 단호하게 말했다.

"민호 씨, 만약 민호 씨가 저도 모르는 사이에 다른 시간에 가게 되면."

"응."

여자가 떨리는 목소리로 대답했다. 이완은 차분하고 담담한 태도로 웃어 주었다.

"나 이 시간에, 여기 있을게. 걱정하지 말고, 길 다시 보이면 나 찾으러 와요."

"……길이 오래 안 보이면 어떡하지? 영원히 안 보이면? 아주 먼 나중에 찾으러 왔는데 당신이 없으면?"

이완은 가만히 눈을 감았다.

이제 알 것 같다. 지금 이 순간을 위해서, 먼 훗날의 나는 미래를 알려 주면 안 된다는 걸 알면서도 젊은 나에게 잠시 정체를 드러냈던 거였다. 지금 이 순간 네가 먼저 허물어지면 안 된다고. 지금 여기서 단단하게 서서 민호 씨를 받쳐 줄 수 있는 기둥과 의지가 되어 주라고.

"나, 절대 안 움직이고 여기서 가만히 기다리고 있을게. 일 년이든, 십 년이든. 그러니까 겁먹지 말아요. 내가 말했지? 우린 나중에 칠십, 팔십, 백 살까지 사이좋게 살고 있을 거니까, 걱정하지 말고, 조바심 내지도 말라고.”

“……응.”

“만약 반대로, 내가 아기를 안고 있다가 다른 곳으로 가 버리면, 민호 씨가 찾으러 와요. 나 어디서든 아기하고 살아남아서 기다리고 있을게. 한 달이든, 두 달이든, 일 년이든, 십 년이든 민호 씨가 찾으러 올 때까지 아기랑 살아 있을 테니까, 민호 씨는 걱정하지 말고 길이 열리기만 편히 기다리면 돼요. 알았어요?”

“이 인간이 여행 몇 번 했다고, 아주 간뎅이만 팅팅 부어서! 흐어어.”

여자의 눈에서 눈물이 터졌다. 고개를 뻣뻣이 든 채, 퉁퉁 부은 얼굴로 여자가 울었다. 이완은 여자를 있는 힘껏 끌어안고 뺨을 맞댔다.

“사랑해. 민호 씨.”

“미안해. 미안해. 이완 씨 같은 사람이 왜 나 같은 여자를 만나서. 미안해.”

“잘 들어 민호 씨.”

이완은 여자의 얼룩덜룩한 뺨에 입을 맞추고 조용조용 말을 이었다.

“당신을 만나서 내가 지금까지 살아올 수 있었고, 당신이 있어야만 미래의 박이완이 살아갈 수 있어. 어느 시간에 흘러가 있든, 당신은 나하고 모든 것이 얽혀 있어. 인연이라고 해도 좋고 운명이라고 해도 좋고, 무슨 말을 갖다 붙여도 좋아. 무슨 일이 있든지, 우리는 다시 만날 거고, 머리가 하얗게 되도록 행복하게 함께 살 거야. 사랑해 민호 씨.”

여자는 고개를 끄덕이며 이완의 어깨에 얼굴을 묻었다. 어깨가 축축해진다. 여자가 떨리는 목소리로 속삭였다.

"이완 씨. 실은 아까, 그 포수가 왔을 때부터……."

"응?"

"배가 아파."

이완은 입을 벌린 채 그대로 얼어붙었다. 아직 예정일은 두 달 가까이 남았는데? 지금 산파 해 줄 만한 사람도 없는데? 설마?

"그때부터 조금씩 배가 당겼는데, 이젠 비틀어서 짜는 것처럼 아파. 나 ……무서워."

눈물과 함께 이른 진통이 시작되었다.

이완은 바닥이 절절 끓도록 불을 넣고 아궁이에 걸린 가마솥에 물을 가득 넣어 끓였다. 방에 누워 있는 여자는 치맛자락을 꽉 붙잡고 끙끙 소리를 내며 앓았다. 눈이 새로 펄펄 날리기 시작했다. 그나마 들리던 바람 소리, 새소리마저 눈 속으로 완전히 스며들어, 두 사람만 남은 화전촌은 숨 막히게 조용했다.

"아으으, 으으, 아익!"

안에서 들리는 신음은 점점 커지고, 간격이 밭아진다.

이완은 미역을 꺼내고, 쌀을 씻었다. 마당을 빙글빙글 돌고, 다시 아궁이에 장작을 넣고, 방에 들어갔다가, 다시 밖에 나와 큼직한 나무 그릇과 바가지들을 닦아 두고, 또 아기를 감쌀 만한 천이 있는지 뒤적였다. 구월이가 넣어 둔 기저귓감 한 필과 작은 배냇저고리들이 보이자 그제야 안도의 한숨이 나왔다.

대체 이걸 어쩌지?

지금이라도 산 아래로 내려가 산파를 수소문해야 하나?

미간으로 깊은 주름이 팼다. 눈이 소복하게 덮인 산에서 길을 잘 찾아 내려갈 턱이 없다. 용케 내려간다 해도 다들 난리 소식에 피난 짐을 꾸리느라 정신이 없을 것이고, 천운으로 산파를 수소문해서 데려온다 해도 밤중에 눈 덮인 산길을 타고 올 순 없으니 천상 내일에나 도착하게 될 것이다.

진통하는 여자를 하루 반이나 혼자 두어야 한다니 말도 안 된다.

⋯⋯결국, 아기를 받을 사람은 나밖에 없다는 말인데.

이완은 떨리는 손을 다른 손으로 움켜쥐었다. 손바닥 안으로 진땀이 흠뻑 밴다.

너희들 왜 이래? 왜 하필 오늘 이래? 난 아직 준비도 안 됐는데, 아무것도 모르는데, 산파 할머니도 도망쳤는데, 언제 팔기군 놈들이 이 산까지 기어 올라올지 모르는데 너희는 왜 하필 지금 이러니?

"이완 씨, 이완 씨."

방에서 죽어 가는 소리가 흘러나온다.

이완은 어둑한 방으로 살금살금 들어갔다. 여자는 몸을 옆으로 구부린 채 새우처럼 등을 말고 있었다. 30분 간격 정도로 띄엄띄엄했던 진통은 그사이 점점 받아져 지금 여자는 10분 혹은 5분 정도의 간격으로 들이치는 지독한 고통과 싸우는 중이었다. 얼굴은 온통 불그레하고, 눈의 흰자위도 실핏줄이 다 터져서 토끼 눈처럼 빨갰다. 땀이 온몸을 뒤덮어 저고리는 몸에 찰싹 들러붙어 있었다. 아으으으! 여자의 이마에는 힘줄이 돋는다.

"마, 많이 아파요?"

"아오 씨……. 이게, 조, 조금 아픈 거로 보여? 앵앵통 백만, 배,
전기가, 백만 볼트, 아오 쉐으으으!"

너무나도 윤민호다운 씩씩한 대답에 이완은 다리가 풀렸다. 옆에
풀썩 주저앉고 말았다.

"양수 터졌어."

"예? 아, 그, 그런가요? 그……럼 어떡해야 돼요? 아기들은 괜찮
은 거예요?"

치마와 깔아 둔 짚단이 흥건히 젖어 있는 걸 보니, 머릿속에 새하
얀 거미줄이 빽빽 들어차는 것 같다. 어떡하지? 제발 누가, 내가 뭘
해야 하는지 좀 알려 줘. 여자의 외마디가 치솟았다.

"아으, 아으윽!"

"민호 씨. 민호 씨. 민호 씨!"

통증으로 넋을 잃은 여자가 다리를 크게 퍼덕였다. 엄지손가락 길
이 정도로 벌어진 산도와 태아의 정수리 꼭대기가 보였다. 도망치고
싶었다. 이완은 눈을 질끈 감았다.

통증은 파도처럼 몰려왔다가 잠시 밀려가고 더 큰 파도처럼 들이
닥쳤다. 파도의 꼭대기에 올라갈 때마다 민호의 눈앞으로 노란 불이
번쩍번쩍 켜졌다. 아기는 두 달이나 덜 자랐으니 조그맣지 않을까?
그럼 덜 아파야 하는 거 아닌가? 그럼 원래는 이보다 더 아픈 건가?
어떻게 사람이 이것보다 더 아플 수가 있지? 누군가 걸레를 쥐어짜
듯 아랫배를 비틀어 대는 것 같은데 진통제도 없고 멈출 재간도 없
으니 생지옥이었다.

친구들이 떠들던 산부인과 괴담이 생각났다. 분만실에서 남편에

게 욕설을 고래고래 퍼붓는 여자들이 있다는 것이다. 하긴, 분만실에서 남편을 씹어 먹을 듯이 욕하던 근숙이 아줌마도 있었다.

간신히 통증이 잦아들 때, 민호는 눈을 끔벅이며 중얼거렸다.

"이상하다, 이럴 때쯤 욕이 기관총처럼 두다다다 발사되는 거 아니었나? 왜 발사가 안 되지?"

"예?"

옆에서 이완의 얼빠진 목소리가 들렸다. 간신히 고개를 돌려 옆을 보니 이완은 눈을 질끈 감은 채 토할 것 같은 얼굴로 앉아 있었다.

"음, 애 낳는 것과 상관없이 남편이 미웠나 보다. 아픈 것을 핑계로 마음껏 욕을 한 거야. 이런 천재일우의 기회를 놓치면 바보지. 그럼, 그럼."

"……민호 씨, 뭔 말인진 잘 모르겠는데…… 욕, 하고 싶었으면 얼마든지 해요. 내 머리채 잡고 싶으면 잡아. 옛날엔 상투 잡고 낳았다며."

저렇게 허옇게 뜬 얼굴로 벌벌 떨면서 용감한 척 머리통을 들이대는 꼴을 보니 콧방울이 욱신거린다.

"이완 씨, 그렇게 토할 것 같은 얼굴로 옆에 붙어 있을 거면 나가 있어."

"……싫어, 안 나가요."

"아오, 박이완! 저걸 그냥. 도와주지도 못하는 게 튀지도 못하냐?"

"아무도 없는데 어떻게 나가. 혼자 어떻게 낳을 건데?"

"그럼 이완 씨가 낳을 기나? 후장이라도 빌려줄 거야, 엉? 빌려줄 거냐고! 상투 따윈 좆도 필요 없어!"

쓸데없이 고집을 부리는 바보 사나이를 보니 이제야 조금 욕이 나오려고 한다. 민호는 얼굴을 잔뜩 구기며 몸을 반쯤 일으켰다.

"나 정말 괜찮으니 나가 있어."

"……싫다니까."

"혼자 해도 될 고생을 뭣하러 둘이 같이 하느냐고. 아인슈타인이 그랬어. 최대 다수결 최대 행복이라고. 아인슈타인이 틀린 말 하는 거 봤어?"

"민호 씨. 벤담. 최대 다수…… 흐으."

땀으로 뒤범벅이 된 얼굴로, 그가 허물어지듯 웃었다. 웃는 서슬에 턱에 맺힌 땀방울이 줄줄 바닥으로 떨어진다. 방은 무던히도 더웠지만, 그는 몸을 들들 떨고 있었다.

'저는 못 들어가요.'

'흐응? 출산 현장에 입회하는 남자들도 꽤 있다고 들었는데? 선정이가 그러는데 고릴라는 탯줄도 끊어 준다고 약속했대.'

'나는 못 해. 내가 먼저 졸도할걸. 물론 이건 애정의 유무와 아무 상관이 없는 개인 기질과 개인 철학에 따른 겁니다.'

'뭐야, 졸도라니. 힘 빡 주고 낳는 여자도 있는데.'

'원래 남자는 생각보다 연약해 빠져서 출산 장면 보면 후유증이 여자보다 더 오래간대요. 분만실 밖에서 기다리고 있을 테니까 욕 많이 해도 돼. 그래도 미안하지만 난 같이 못 들어가요. 정말 미안.'

결혼하고, 아기 낳고, 함께 살아간다는 건 여러 의미로 밑바닥까지 보여 주는 일인 것 같다. 나도 이런 꼴을 보여 주고 싶지 않았고, 저 남자 역시 저런 꼴을 나에게 보여 주고 싶지 않았을 것이다. 그래도 어쩔 것인가. 지금 이 사람은 내 옆을 지켜야 하고, 이런 것들이 서로 사랑하면서 살아가기로 한 사람들이 받아들여야 할 몫인데.

민호는 새로운 통증이 울울울 올라오는 것을 느끼며 이완에게 속삭였다. 목소리가 가닥가닥 갈라져서 나왔다.

"이완 씨 무서운 거 알아. 나도 아프고 무서워. 그치만 사실 나오는 애들이 제일 무섭고 힘들 거야. 생각해 봐. 얼마나 아플지."

"예."

"이 좁은 길로 대가릴 들이밀고 나와야 하니 머리뼈까지 찌그러지는 거야. 몇 시간 동안 뼈가 찌그러질 정도로 눌린다고 생각해 봐. 나보다 백만 배는 더 아플 거야. 나오면 또 좋을 게 뭐람? 배 속보다 춥고 배고프고 시끄럽고 아픈 일투성이겠지. 그래도 엄마 아빠 만나 보겠다고 용감하게 나오고 있잖아."

"……응."

"그래도, 운 좋은 놈들이지 뭐야. 세상에서 처음 보는 사람 얼굴이 의사 선생도 산파 할머니도 아니고 세상에서 제일 잘생긴 아빠라니. 그런 행운이 어디 있어. 그러니 이완 씨도 겁내지 말고 웃어 줘. 웰컴, 이 세상에 잘 태어났어, 하고 웃어 줘. 제발."

다시 통증이 가까워진다. 먼바다에서 해일이 밀어닥치는 것처럼 달려온다. 민호는 주먹을 꽉 움켜쥐었다. 와라. 올 테면 와라. 임전무퇴 윤민호가 용감하게 맞서 주지! 모든 고통은 언젠가는 끝난다. 끝이 있는 거라면, 무섭지 않아. 통증이 온몸을 두들겨 댈 때, 사내의 목소리가 희미하게 들린다. 민호 씨, 힘, 주세요. 조금만 더, 주세요. 사내의 목소리는 땀인지 눈물인지 모를 습기에 흠뻑 젖어 있었다.

"민호 씨, ……머리가 보……여. 조금만, 조금만 더!"

아기들이 태어날 때의 기억을 잊는 이유는……. 민호는 이를 악물고 생각했다.

세상에 나오는 게 너무 아팠기 때문일 거야.

왜 이렇게 아프냐 하면.

나중에 정말 아플 일이 생길 때, 이까짓 것, 흥, 하고 이겨 내라고.

이완은 처음으로 나온 아기를 받아 안았다. 작았다. 원래 쌍둥이들이 작게 태어난다는 말은 들었고, 다태 동물들이 출산할 때 태의 문을 먼저 여는 것은 가장 크기가 작은 새끼라는 것도 알고 있었지만 이건 손을 댈 수 없을 정도로 작았다. 무게를 정확하게 가늠하긴 어려웠지만, 정상 체중인 3kg은 고사하고, 그 절반이나 될지도 알 수 없었다. 말 그대로 바람에도 날아갈 것만 같다.

아기는 얼굴부터 발끝까지 붉었고, 누르스름한 태지와 양수로 얼룩져 있었다. 얼굴은 아무리 좋게 봐 줘도 찌그러진 인절미 형상에 주름만 온통 쪼글쪼글했다. 입을 벌리고 있었지만 울지는 않았다. 입술을 뻐끔거리며 얼굴을 일그러뜨리기만 했다.

그렇지, 폐호흡을 시켜야 하는데. 울어야 하는 거지.

이완은 탯줄을 자르지도 못한 채, 아이를 한 손으로 붙잡고 한참 머뭇거렸다. 어디든 때려야 하는데, 엉덩이든 등이든 너무 작아서 어떻게 해야 할지 알 수 없었다. 이를 꽉 물고 엉덩이를 한 대를 때리긴 했는데, 짝, 하는 물에 젖은 소리에 도리어 이완이 소스라쳤다. 아기는 주름진 얼굴을 잔뜩 찡그리고 고개를 흔들면서도 울지 못했다. 미숙아는 폐와 눈 기능이 약하다는 말을 떠올린 이완은 이를 악물었다. 제발, 울어. 제발! 고개를 돌리고 진저리를 치며 다시 때렸다. 그의 큰 손으로 세 대쯤 맞은 아기가 그제야 아르르 떨며 울기 시작했다. 모기 날갯소리 같았다.

이완은 어설프게 아기를 안은 채 목멘 목소리로 중얼거렸다.

"민호 씨, ……아기 울어요."

"응. 기특하게 잘 우네."

"딸이에요."

으샤, 성공했네. 민호는 기운이 쪽 빠진 목소리로 히히 웃는다.

"예뻐?"

"예, 예뻐, 예뻐요. 쪼글쪼글한 게 입 벌리고 우는데, 예뻐……."

이완은 민호에게 아기를 안겼다. 여자는 아기를 받아 안고 눈을 끔벅거렸다.

"손가락, 발가락, 다섯 개씩 다 있네. 이야……. 얘 머리카락 소복한 거 봐라."

"그러게요. 별것이 다 있네."

"근데 아빠야, 예쁘다고 하기엔 좀 양심이 찔린다. 견적 좀 나오겠는걸."

"괘, 괜찮아. 얼마가 나오든, 세계 최고 미인을 마, 만들어 줄 거야, 나, 돈 잘 벌어, 그 정도쯤, 흐, 흐으."

콧물을 훌쩍대며 중언부언하던 이완은 눈썹을 찌푸렸다. 못 보던 것이 자꾸 새로 보인다.

"미, 민호 씨. 아기한테, 콧구멍도 있고, 속눈썹도 있고, 소, 손톱도 있이……."

"뭐야, 코 있으면 당연히 콧구멍 뚫려 있는 거고, 손가락 있으면 당연히 손톱도 붙어 있는 거지."

"그게 왜 당연한데……?"

볼펜 꼭지만큼 조그만 코에 그래도 바늘귀 같은 구멍 두 개가 나란히 뚫려 숨을 색색거리고, 이쑤시개만큼 가는 손가락 끝엔, 깨알 같이 작은 손톱들이 조르르 붙어 있었다. 참깨 한 알을 대패로 잠자리 날개처럼 얇게 밀어서 붙여 놓은 것 같았다.

눈에 거의 보이지도 않는 것들이 그래도 다 제자리에 붙어 있고 박혀 있는 것이 너무 신비로워서 이완은 숨이 막혔다. 작은 손 위로 눈물이 툭툭 떨어졌다. 이완은 떨어지는 눈물마저 아기를 아프게 할까 봐 작은 손을 감쌌다. 한증막같이 절절 끓는 방, 그는 조금이라도 세게 쥐면 부러질 것 같은 작은 손을 쥐고 한참 동안 울었다.

"예전에는 아기를 처음 봤을 때, 기분이 어떨까, 많이 상상해 봤는데요."

행복할까, 뿌듯할까, 벅찰까, 혹은 걱정스러울까, 하고. 여자가 빙긋 웃으며 묻는다.

"상상한 게 맞았어?"

"아니, 다 틀렸어."

아무 생각도 나지 않는다. 아기는 너무 작고, 머리는 텅 빈 것 같다. 불면 정말 날아갈 것 같은 저 몸뚱이는 어떡하고, 이쑤시개만큼 가는 저 손가락들은 대체 어떡해야 하나. 이 아이가 온전하게 태어났는지, 추후 이상이 발견될지는 알 수 없었다. 지금 중요한 것은 이 미숙아가 내일, 다음 내일, 또 그다음 내일까지 할딱할딱 숨을 쉬며 살아 있게 만들어야 하는 것뿐이다. 이완은 아기를 꽉 감싸 안지도 못하고 비누 거품을 만지듯이 살그머니 손에 받쳐 든 채 속삭였다.

"힘내, 힘껏 숨 쉬어. 아빠가 지켜 줄게. 마음 놓고, 걱정하지 말고 숨 쉬어."

이완이 탯줄을 자르고, 아이를 더운물에 씻기고 기저귀를 채워 양 귀퉁이를 벌려 묶고, 책에서 배운 대로 누에고치처럼 꼭꼭 싸서 눕히는 동안, 민호에게 두 번째 아이를 위한 파도가 들이닥쳤다.

동이 트기 전에 시작된 산통은, 이튿날 동이 트고서야 끝이 났다.

두 번째 아기는 아들로, 역시 미숙아였다. 첫째보다는 아주 살짝 더 무거운 것도 같았지만 어쨌든 두 아기의 무게를 합쳐야 제대로 된 한 명분의 몸무게가 되겠다 싶을 정도였다. 숨을 제대로 쉬어 주는 것만으로도 그저 고마웠다. 현대 병원에서 태어났으면 두 아이 모두 인큐베이터행이었을 테지만, 여기서는 그저 살아만 달라고 간절히 비는 것 말고는 할 수 있는 게 아무것도 없었다.

"다 됐어요."

뒤처리를 끝내고 둘째까지 기저귓감에 꼭꼭 싸서 눕혀 둔 후, 이완은 널브러진 여자를 일으켜 몸이 으스러질 정도로 끌어안았다. 여자의 얼굴은 땀으로 뒤범벅이었고, 사내의 얼굴은 땀과 눈물과 콧물이 말라붙은 자국으로 엉망이었다.

"고……생했어요. 민호 씨. 고마워요."

"아오, 씨. 얼굴 꼴이 이게 뭐야! 쌍둥이 낳은 건 난데 왜 이완 씨가 열 쌍둥이를 낳은 꼬락서니야? 아우우, 배 누르지 마. 존나게, 아파서, 욕, 나오려고 해. 아오 진짜 레알로 레알로 없는 거시기도 벌떡 일어나게 아팠어! 애들 귀 좀 막아 봐 봐. 아오오 쉐쉐쉐쉐!"

여자는 가물가물 까라지는 목소리로 기어이 욕을 하고 말았다. 이완은 얼룩진 얼굴을 여자의 어깨에 비비며 킬킬대고 웃었다. 불현듯, 난 이제 죽어도 괜찮아, 하는 생각과 난 이제 마음대로 죽을 수도 없겠구나 하는 생각이 부옇게 엉겼다.

　이완은 예전에 민호와 약속한 대로 첫째에게는 박일호, 둘째에게는 박이호라는 이름을 붙여 주었다. 이란성 쌍둥이 남매는 서로 몹시 닮았지만, 엄마 아빠 중 누구를 닮았는지는 알 수 없었다.

　젖몸살이 났다. 초보 엄마 아빠는 모유가 잘 나오도록 유선을 풀어 주어야 한다는 사실을 잘 몰랐다. 민호는 친구들에게 주워듣기는 했는데 까먹었고, 이완은 책에서 본 듯도 했는데 그 중요성을 전혀 몰랐다. 그냥 아기들이 젖을 빨면 모유가 술술 잘 나오는 줄로만 알았다.

　하지만 모유는 잘 나오지 않았고, 미숙아로 태어난 아기들은 제대로 빨 기운이 없었다. 5분 정도 매달려서 할딱거리다가 까라졌다. 왜 안 먹어. 왜 안 빨아! 민호는 아파서 자지러지고, 이완은 초조하게 아기를 채근했다.

　두 사람은 가슴이 돌처럼 딱딱해진 후에야 상황이 심각하다는 것을 알았지만 이미 때는 늦었다. 가슴이 커졌다고 속으로 쾌재를 불렀던 것도 잠시, 민호는 이제 가슴에 옷이 스치기만 해도 아파서 데굴데굴 굴렀고, 아기들은 배가 고파서 모기처럼 잉잉 앵앵 울기만 했다.

　엄마와 두 아기가 한꺼번에 울어 대니 이완은 정신이 없었다. 이완은 책에서 본 것을 떠올리며 냉찜질과 마사지를 번갈아 해 주었지만, 통증은 가라앉을 줄 몰랐다.

　아기만 낳으면 아픈 것은 다 끝난 줄 알고 잠시 희희낙락하던 민호는 본격 헬게이트가 열린 것을 알게 되었다. 사흘째부터는 온몸에 열이 치솟으면서 아예 전신이 두들겨 맞은 것처럼 아프기 시작했다. 이거 죽겠구나, 하는 생각이 드는 순간, 여행 중 들었던 괴담 중 가장 믿기지 않던 이야기가 떠올랐다. 민호는 반쯤 좀비처럼 변해 버린 이완의 손을 붙잡고 가물가물 이야기했다.

"이, 이완 씨, 있잖아. 무서운 이야기가 기억났는데."

"예."

"내가 갔던 어떤 동네에서, 어떤 새댁이 아이는 잘 낳아 놓고, 애가 젖을 잘 못 빨아서, 막힌 게 뚫리질 않아서, 열이 펄펄 끓다가 젖몸살로 죽었대."

"……정말 젖몸살로 죽기도 합니까?"

"응. 옛날에는 그랬어. 이완 씨, 나 모처럼 가슴이 커졌는데 이렇게 허무하게 죽고 싶지 않아. 흐엉."

"……제가 수단 방법 가리지 않고 뚫어 드리겠습니다."

이완은 허옇게 질린 얼굴로 말했다.

이튿날부터 몸살 기운이 천천히 가라앉았다. 이완의 '수단 방법 가리지 않는 밤샘 고군분투'가 결국 빛을 발했다. 입술이 부어터지도록 고생한 것치고 나오는 모유의 양은 병아리 눈물 정도밖에 안 되어 조금 허무하기도 했고, 눈도 못 뜨는 아기들도 이리 먹고 살기 힘들어서 어쩌나 싶어 딱하기도 했다.

젖몸살이 완전히 가라앉기까지 꼬박 닷새가 걸렸다. 민호는 아기를 열다섯 명은 낳은 것처럼 아팠고, 이완은 15년은 늙어 버린 것 같았다. 민호는 이완과 두 아기 앞에서, 이제 평생 가슴 크기 따위로 절대 투덜대지 않겠다고 맹세했다. A/4컵이든, A/8컵이든 안 아픈 A컵이 최고였다.

"아 맞다. 큰일 날 뻔했다. 이완 씨. 아기들의 눈 좀 가려 줘. 수건 같은 거로."

누워 있던 여자가 가물가물하는 목소리로 말했다.

"눈이요? 눈은 왜요?"

"유치원에서 어떤 엄마한테 들었어. 애가 이른둥이로 태어났는데, 폐도 나쁘고 눈도 다 완성이 안 돼서 하마터면 시각 장애인 될 뻔했다고. 인큐베이터에서도 계속 눈 가려 놨는데도 뭔가 나쁜 혈관이 자라서 그거 수술해서 간신히 정상이 됐다고 하더라고."

"⋯⋯미숙아 망막증⋯⋯ 말이군요. 깜박 잊을 뻔했네요. 미숙아 필수 검사였죠. 그거."

이르게 태어난 아이들은 산소가 빨리 닿으면 망막에 자라지 말아야 할 혈관이 자라서 망막을 탈락시킨다고 했었다.

"옛날엔 칠삭둥이 팔삭둥이로 태어나면 눈이 머는 경우도 가끔 있었대."

이완은 수건을 찾아 눈을 가리고 살그머니 묶어 주었다. 이게 어느 정도로 예방이 될진 알 수 없었지만 적어도 눈을 뜨고 있는 것보다는 감겨 두는 게 조금이라도 안심이 될 것 같았다. 현재로 돌아가면 검사하고 치료해야 할 것이 태산이었지만, 지금은 그저 할 수 있는 것만이라도 하는 수밖에 없었다. 폐, 심장, 눈, 골격, 어느 것 하나 제대로 완성된 것 없이 세상에 태어난 아이들. 지독하게 약하고 불완전하게 태어난 나의 아이들.

이완은 두 아이의 눈에 손을 덮고 간절히 중얼거렸다. 제발 무사히, 아무 일 없기를, 나중에 무슨 말썽을 피우고 어떻게 속을 썩여도 좋으니 그저 이 고비를 넘기고 무사하게 자라 주기만을 막무가내로 빌었다.

아기를 낳고부터는 시간이 흐르는 감각이 없어졌다. 오가는 사람도 없었고, 복잡한 생각도 없었다. 폭설로 온통 새하얗게 뒤덮인 동네, 그리고 흙으로 벽을 두른 작은 방은 시간적으로 또 공간적으로 외부와 온전히 격리되어 있었다. 민호는 모깃소리 같은 앵, 소리가 나면 시간도 모르고 젖을 물리고, 밥을 먹고, 틈틈이 잠을 잤다.

두 사람은 온전히 새로운 두 생명에게만 집중했다. 아기들은 매일매일 위태로웠다. 미숙아로 태어나면 폐 기능이 떨어지는 경우가 많다더니, 두 아기 역시 폐가 심각하게 약한 것 같았다. 걸핏하면 쌕쌕 소리를 내며 숨이 넘어가도록 할딱거렸다. 며칠 동안 모유를 먹지 못했을 때는 그야말로 피골이 상접했다. 나무젓가락처럼 가는 팔다리에는 물에 적신 창호지를 두세 번 감아 둔 정도밖에는 살집이 없었다.

제발, 조금만 더 숨 쉬어 줘, 제발. 엄마 아빠 모습이라도 제대로 봐야 할 거 아니니. 아직 눈도 뜨지 못한 아이들을 붙잡고 두 사람은 밤을 하얗게 새우면서 간절하게 빌었다. 아기들이 나중에 무슨 장애가 생길까 하는 걱정은 까맣게 뒤로 밀려 버렸다. 버텨 줘, 어떻게 해서라든 살아 줘, 제발 조금만 더 먹고, 조금만 더 많이 먹고, 더 버둥버둥 살려고 발버둥 쳐 줘. 그렇게 모기 날갯소리처럼 가늘게 울지 말고, 귀청이 떠나가도록 크게 울어 줘. 밤새 잠 못 자도 좋으니까, 제발. 이완은 아기들이 오늘 밤을 무사히 넘기고 내일을 맞이할 수만 있다면 당장 무슨 짓이든 저지를 수 있을 것 같았다.

이완은 진종일 기저귀를 살피고, 아기를 안아 달래고, 밥을 하고, 얼어붙은 샘을 깨어 물을 길어 와 미역국을 끓였다. 하루 한 번씩 눈 녹인 물과 잿물로 빨래를 해서 아궁이 옆에 널어 말렸고 군불이 꺼지지 않도록 장작을 넣었다. 이완이 고릴라와 구월이에게 '한국식 산후조리'와 '뼈에 바람 드는 사태'에 대한 괴담을 잔뜩 주워들었던 덕에 작은 방은 종일 한증막 사우나처럼 절절 끓는데, 그 덕에 민호는 땀띠가 덕지덕지 솟았다. 아기를 위한 일들만으로 이완은 하루해가 모자랐고 잠도 모자랐다. 뇌의 활동도 그대로 멈춘 것 같았다.

"지금 며칠쯤 됐지?"

옷을 훌훌 벗어 놓고 윗목에서 꾸벅꾸벅 졸던 사내가 벽에 머리를 쿵, 부딪치며 대답한다.

"……아, 잘 모르겠어요."

"언제쯤 적군이 물러갈까?"

"멀었어요. 그냥 레드 썬, 하고 잊고서 기다리세요."

민호는 덤덤하게 묻는다.

"우리 언제 한양 올라갈 수 있지?"

"글쎄, 두 달은 있어야 안심할 수 있을 것 같은데? 전쟁이 끝나고도 청나라 병사들이 사람들 포로로 잡기도 하거든요. 왜요? 길이 열렸어요?"

"아니, 아직은 아닌데, 얼마 안 가 열리지 않을까? 아직은 이놈들이 눈에 뵈는 게 없으니 막강한 생존 본능 파워로 나랑 밀당을 하면서 버티시는 모양인데, 조만간 조직의 쓴맛을 보…… 아, 아니, 엄마 아빠랑 같이 있는 게 안전하다는 걸 실감하면 바로 전세가 역전될 거고, 그럼 길이 열리지 않겠어?"

민호는 곁에 누워 있는 아기 두 명을 번갈아 바라보며 웃었다.

"감히 나의 파워에 도전을 해? 내 배 속에서 물아일체 지행합일일 때나 가능하지, 흥! 네놈들이 세계 최고 트래커의 능력을 알아? 아무리 앵앵 울어도 집으로 쭐쭐 끌고 들어갈 테다!"

그런 데 쓰라는 물아일체 지행합일이 아닐 텐데…… 하고 따지고 싶은 것을 이완은 잠시 접었다. 민호 씨가 어쨌든 사자성어를 입에서 내뿜기 시작했다는 것은, 콩나물시루에 무엇인가가 들어가서 나타나고 있는 부작용……도 아니고, 명현반응, 명현반응이다. 저건.

이완은 변함없이 꿋꿋한 여자를 볼수록, 진 고릴라의 좌우명인 '내일 일은 난 몰라요, 하루하루 살아요.' 상태가 되면서 마음이 점점 편해지는 것을 느꼈다. 이완은 아이들을 물끄러미 내려다보며 희미하게 웃었다.

"아이들이 빨리 안심했으면 좋겠어요."

이완은 일호의 작은 손가락을 쓰다듬었다. 이 작은 손에도 보이지 않을 정도로 가는 혈관이 흘러, 피부는 붉고 주먹 쥔 손은 따뜻했다.

믿어 줘, 일호야, 이호야. 우리를 믿어 줘. 앞으로 최선을 다해서 지켜 주고 사랑해 줄 테니, 믿어 주고 너를 우리에게 맡겨 줘. 여기는 지금 너무 위험해. 나는 오늘도, 다음 오늘도, 그 뒤로 쭉 이어지는 무수한 오늘마다 너희와 함께 있고 싶어.

나시 눈이 내리기 시작했다. 작은 초옥은 새로운 눈에 폭 파묻혔다. 이완은 딸의 손을 잡은 채 꾸벅꾸벅 졸기 시작했다.

탁탁탁, 탁탁탁탁, 탁탁탁.

민호는 자리에서 벌떡 일어나 앉았다. 정신없이 곯아떨어진 이완도 민호가 어깨를 톡톡 치자 으으, 길게 신음하며 눈을 비볐다. 쉿, 민호가 이완의 입에 손가락을 가져다 댔다. 히히히힝! 멀찍이 말 울음소리가 들린다. 이완은 자리에서 벌떡 일어나 방문을 살짝 열어 보았다. 푸르르, 푸르르 투레질 소리가 가까워진다.

"민호 씨!"

민호는 화닥닥 일어나 잠든 아기들을 끌어안고 방구석으로 가서 이불을 뒤집어썼다. 잠깐 사이에 일어난 일인데 공포가 머리끝까지 치밀고 식은땀이 확 올라왔다. 이완은 벽에 바짝 붙어서 작은 환기 구멍으로 밖을 내다보았다.

구름이 잔뜩 끼었는지 달빛도 없이 깜깜했다. 바닥이 미지근한 걸 보면 군불이 꺼졌다는 뜻이고, 그렇다면 불빛을 보고 이곳을 찾아왔다는 말은 아니었다.

투르르, 투르르, 말의 투레질 소리. 뽀스락뽀스락 쌓인 눈이 뭉개지는 소리. 이완은 숨을 몰아쉬었다. 횃불이 일렁이는 옆으로 말이 꼬리를 펄럭이며 서 있었고, 크고 시커먼 형체가 이웃집을 뒤지는 중이다. 여자의 덜덜 떨리는 목소리가 이불 속에서 흘러나왔다.

"군인들인가?"

"모르겠어요. 지금 집들을 전부 다 뒤지고 있는데요. 길도 잘 안 보일 텐데 여길 어떻게 알고 올라왔지?"

"지금이라도 나가서 도망쳐야 하지 않을까? 방에 갇힌 상태라면 피하지도 못해."

이완은 땀이 잔뜩 밴 주먹을 꾹 잡았다. 이미 부드득, 부드득 하는 발걸음 소리가 가까워지고 있었다.

"괜찮아. 민호 씨, 괜찮을 거야."

……지금이라도 밖으로 나가야 하나? 맞붙어 싸우면 승산이 있을까?

생각이 끝나기도 전에 발걸음 소리가 지척에서 멎는다.

콰당!

찬바람이 안으로 훅 밀려들었다.

〈2권에서 계속〉